夏の災厄

篠田節子

角川文庫
19023

目次

プロローグ　七
第一部　予防法第七条　三一
第二部　感《かん》染《せん》環《かん》　一五一
第三部　呪われた島　三三三
第四部　最終出口《ファイナル・イグジット》　四八三
解説　海堂尊　五九一

夏の災厄

埼玉県昭川市

面　　積　134.6km²
人　　口　86,000人
交　　通　池袋まで特急で43分
主 産 業　農林業。近年、西部山地、南台地の宅地化、工業化が著しい
コンセプト　農業の町から、秩序ある近代都市へ

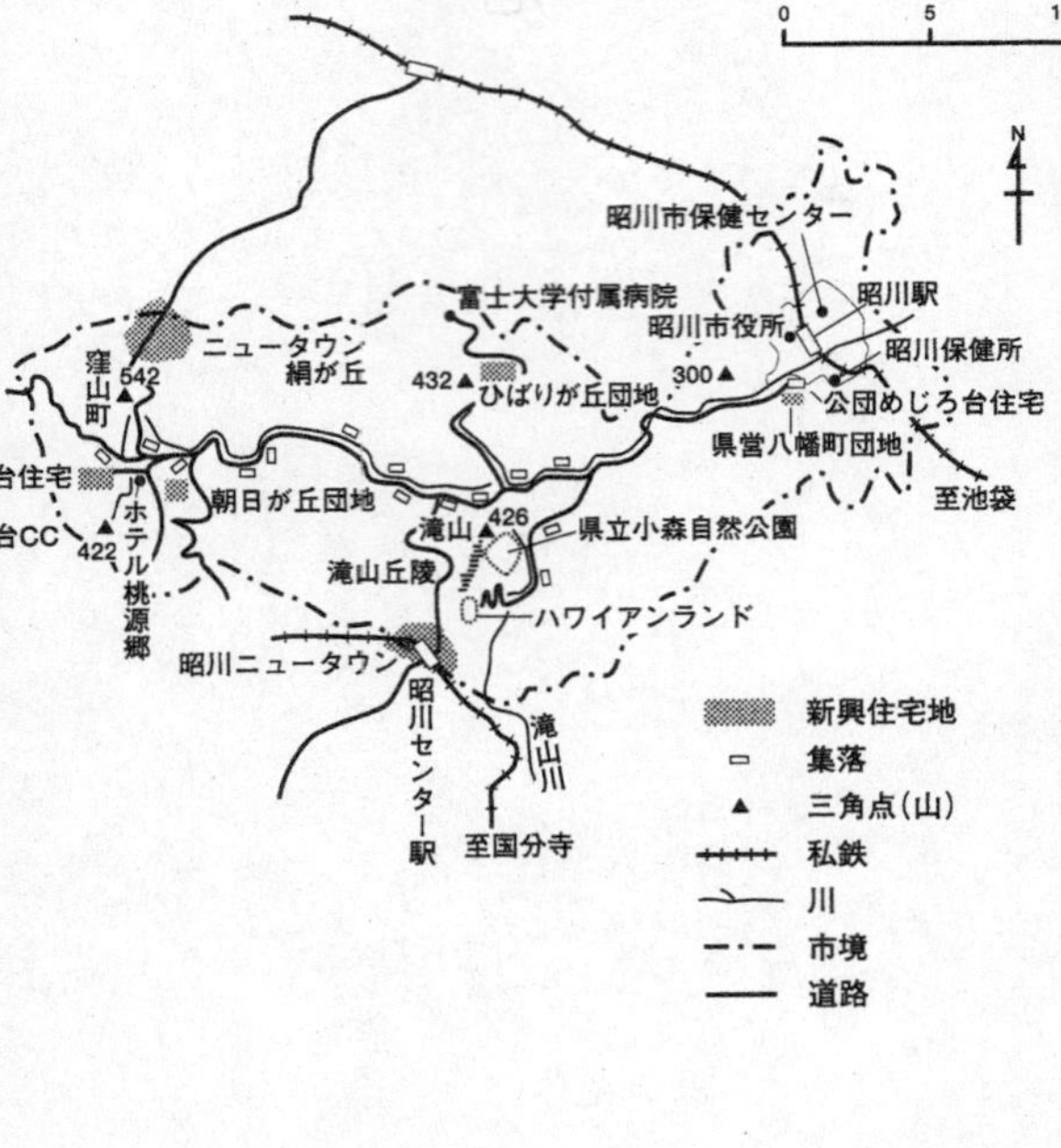

プロローグ

1989年 インドネシア ブンギ島

バンダ海は、インドネシア東部、北はセラム、西はフロレス、南はティモールの各海に接して広がる、約七万三八〇〇平方キロメートルの海域である。北部のブル、セラム両島の東から南に連なり、タニンバルなどの島々に境《きょう》されたこのあたりの海底は、そこがかつてアジアとオセアニア両大陸の谷間にあったことを示すかのように、急峻に落ち込んでいる。

そのバンダ海のほぼ中心部、バンダ諸島の最南端に、群青色の海面をつきやぶるようにして、天に向かって屹立《きつりつ》した島影がある。

火山島、ブンギである。

環礁《かんしょう》を形成せず、波荒い海に囲まれ、五〇〇〇メートルの海底から根を生やして、尖《とが》った頭を見せているこの島には、はるかな大航海時代、ここに産するナツメグの香りに引き寄せられたヨーロッパ列国が利権をめぐって争ったという歴史があるが、現在、このマレー群島中央のごく小さな点に過ぎぬような地に関心を寄せる者はほとんどいない。観光客はバリやいくつかのリゾート島に流れ、ビジネスマンと外国資本は、ジャカルタに集中する。

帝国主義時代のオランダの地図に、香辛料の産地としてかろうじてその名を留《とど》めているブンギ島を知る日本人は、おそらく皆無ではないだろうか。ごく一部の、ある特殊な目的を持った者を別にしては。

ブンギ島の周囲は五キロメートル、伊豆諸島の神津島《こうづ》とほぼ同じくらいの面積を持ち、集落はわずかに平地を残す海岸近くに細長く伸びている。

オランダ統治時代は、島の中央にそびえる休火山の中程までナツメグの木が植えられ、島民は白人の差し向けた土地管理人の下で、奴隷としてその栽培に携わっていたが、現在その木々は打ち捨てられ、人々は海に戻って、遠い昔から行なってきた丸木舟による漁で生計を立てている。いや、これもまた「いた」と過去形で語るべきであろう。島の人口は、約四百人だった。半年ほど前までは。

女は、ふらつく体を起こすと足元の桶を手にした。

水を汲みにいかなければならない。かたわらの赤ん坊は静かだ。昨夜までひどく泣いていたが、だんだんその泣き声もかすれ、明け方には喘《あえ》ぎのようなため息のようなものに変わり、今はすっかり静まった。しかし、まだ生きている。その証拠に、かすかではあるが湿った吐息がよだれも出なくなった口から漏れる。

女の名は、プスパという。十四で村の男と結婚し、十六で最初の子を産み、二十二になったこの年、夫を失い、上の子供たちと別れ、七カ月前に生まれた末の子と二人きりになった。

竹で編んだ扉を開けたとたん、プスパは両手で瞼《まぶた》を覆ってその場に崩れた。無数の針で眼球を刺し貫かれるようだ。眩《まぶ》しい。メラニン色素で守られているはずのその黒い瞳が、眩しさに焼かれ涙をこぼしていた。

プスパは片手で目を押さえたまま、空いた手で桶を拾うとよろよろと砂の上に下りた。

ブンギは水が貧しい。島民はそれぞれの家の貯水タンクに雨水を溜め、そこから竹の樋《とい》を引き、飲料水を確保する。しかしその樋も今は手入れが行き届かないまま、ほとんどの家では黒く腐り、水が漏れていた。

アーモンドの木をくりぬいた舟が、乗り手もなく家々のしっくいの壁に立て掛けられている。木は芯まで乾ききって、ひび割れる寸前だ。

プスパは這うようにして、家の裏手に回る。わずか数メートルの距離が、隣の島に渡るほどに遠い。それでも生き残っている唯一の家族、赤ん坊と自分のために、水を汲んでこなければならない。

閉めきった家々の戸口から、鼻をつく臭気が漏れてくる。どこの家にも瀕死《ひんし》の家族がいる。たいていは激しい頭痛と高熱にあえぎ、痙攣《けいれん》を繰り返しながら、確実に死に向かっていく。そして起き上がれる者は痛む頭を抱え、砂上に嘔吐《おうと》しながらも、水を汲みにいく。

プスパも照りつける太陽の下、片手に桶を抱え、片手でしっかりと目を押さえながら歩みを進める。

照りつける太陽の光が呪《のろ》わしい。赤道直下の島に生まれ育ってきた者にとっては、恐ろしいのは夜の闇であり、その闇の中を跳梁《ちょうりょう》する様々な精霊や魔物であったはずだ。ところが今、数々の恵みをもたらす光が、いつのまにか目から頭を焼きつくし、人を死に追いやるものにかわっていた。

きつく目を閉じて歩いていくと爪先に何かが当たった。衰弱した体では姿勢を立て直すこともできず、膝から崩れるように倒れた。桶でしたたかに胸を打ち、しばらく息ができなかった。うずくまったままプスパは、両手で目を覆っていた。

炎天下を死神が裳裾《もすそ》を引いて歩み寄る。死の匂いがあたりを流れた。食物が腐り、水が腐り、人が腐っていく。そのとき強烈な腐臭と死臭の中に、プスパは奇妙な甘ったるい香りを嗅ぎ取った。夫を失った直後、最初の頭痛が来たときにも嗅いだ、あの不思議な匂い。死への妖《あや》しく甘い誘惑を感じた。しかしプスパは、震える両手を砂に食い込ませ、よろよろと立ち上がった。家の中で辛うじて呼吸している彼女の赤ん坊のためにもこのまま倒れるわけにはいかなかった。

家の裏手の貯水タンクにようやくたどりつき、プスパは桶を持ち上げたまま、立ちすくんだ。桶のふちに体をひっかけ、頭をタンクにつっこんでいる者がいた。隣の家の少年だ。

肩に手をかけ、揺する。気温が高いせいで、少年の皮膚は温かい。しかしその体はぴくりとも動かない。水を汲みにここまできて絶命したのだ。

死体を退《の》かすほどの体力も気力もないまま、プスパは少年が顔をつっこんでいた水を汲み、重たくなった桶を引きずるようにして家に戻る。

風向きが変わった。薄い煙が流れてきて少しむせる。集落の端では、このところ毎日煙が上がる。少し前までは夕方に限られていたが、いまは四六時中だ。村人は、死体をそのまま村の背後の丘に埋めることはしない。

まともに動ける者がほとんどいなくなった今でも、人々は自らの体を引きずるようにして木々を拾い集め、先に逝った者の体を焼く。家族を焼きながら自分も絶命し、焼けた死体の傍らに新しい死体が転がる。

ちょうど五年前から、この島を訪れるようになった医師たちが、病死体は必ず焼くように、と教えていった。医師たちは、インドネシア人ではなかった。デンパサールから双発機と貨物船とモーターボートを乗り継ぎ、一昼夜もかけてこの島にやってくる、色白の何かわからない言葉を話す東洋人だった。

彼らは島民の病気を診《み》、子供たちに予防接種をして帰っていく。そして島民にいくつものことを教えていった。

雨水は煮沸して飲むこと、死体は焼いてから埋めること、ある種の病人のそばには妊婦や幼い子供を近づけてはならないこと、体の具合が悪くなるのは、決してだれかの呪《じゅ》詛《そ》のせいではなく小さな虫や細菌が原因であること。

プスパはあの医師たちを待っていた。赤ん坊はまだ息がある。沖合から響いてくる鈍いエンジン音を待ち焦がれていた。

医師たちは、丸一日かけて島民の一人一人の健康状態をチェックし、子供たちの一人残らずに予防接種をし、甘い菓子やミルクまで与えて帰っていった。

それだけではない。瀕死の状態になった者を魔法のように生き返らせる薬も持っていた。

しかし昨年の今頃、頻繁にやってきた彼らは、この二ヵ月間、来ない。島民が一番必要としているこのとき、彼らの乗った船が沖合に姿を現すことはなくなった。

奇妙な病気が島内に流行し始めた半年ほど前、医師たちは様々な器材を持ち込み、村人を検査し治療した。その頃はまだ生きていた夫や上の子供たちとともに、プスパも血や尿を採取され、喉の粘膜をこすりとられ、驚くほど多量の薬を与えられた。

体を反り返らせ痙攣《けいれん》する者、高熱に苦しむ者は何かの薬を注射された。薬はあっという間に効いて患者はやすらかに眠り出した。ところが、医者たちの船が水平線の彼方に消えた頃、一時、熱の引いた者は再び汗を流して苦しみ始め、痙攣発作が始まった。そしてそのまま、一気に死に向かってかけ下りていった。

島民の大半が病気に冒され、医者の来る日を痛切に待ち暮らすようになるに従い、彼らがやってくる周期は長くなった。いつかプスパはその理由を尋ねたことがある。夫を失ったばかりの頃だ。医師たちは同様の病気が国の全域に発生し、手が回らないのだ、と答えた。

しかし唯一の救いがあった。子供たちだけは病気にかかっても必ずしも死なないのだ。

数年前から始めた予防接種の効果だ。島民はあらためて、医師たちに感謝した。

そして二ヵ月前、医師たちは、州の役人を伴っていつになく大きな船でやってきて人々に言った。まだ元気な子供たちだけでも首都の病院に移したいと。

異議を唱える者はいなかった。そしてプスパは上の男の子二人と別れた。この病気の流行が収まるまでの数ヵ月間を生き延びることができれば、また会える。医師たちや役人はそう言い、プスパもその言葉に一縷《いちる》の望みを託した。

百人ほどの子供を連れた船が出ていった直後、船着場脇のコンクリートの防波堤が、轟音《ごうおん》とともに崩れた。ダイナマイトが仕掛けられたのだ。これで動力船を着ける場所はなくなった。それ以後、医師たちはもちろん、島を訪れるものはだれもいない。

空を揺るがすばかりの音を最後に、島はひっそりと静まりかえった。子供たちの甲高い声は消え、鳥の声も聞かれなくなった。

このときになって島民は、この奇病が流行《はや》る少し前から、夜明け間際に森にこだましていた野鶏の長く尾を引く声が聞こえなくなっていたことを思い出した。海の民である彼らが、山鳥の鳴き声にそれほど関心を払うことはなかった。野鶏の住む森、木々の枝が空を覆い、蔦が絡み合い、熱気をはらんだ空気の淀む森へ、彼らは不必要に足を踏み入れる習慣はなかったのだ。

それでもプスパは濃緑色の葉の間に、死んだ鳥の赤い羽色を見たことは覚えている。ずいぶん鳥が死ぬものだ、と不思議に思った。あれがこの事態の前兆であったのだろう。森の神々の怒りかもしれない、と多くの島民は考えた。それから神々をなだめるいくつかの儀式が行なわれたが、いっこうに効き目はなかった。

百人近く生き残っていた島民は、ゆっくりと、しかし確実に数を減らしていった。

プスパは手桶を引きずり、家の近くまできた。目を堅く閉じ手探りで扉を探す。そのとたん爪先に何かが引っかかった。そのまま頭から砂につっこむようにして、その場に倒れた。桶がひっくり返り、濁った水がプスパのTシャツを濡らして、砂に吸い込まれていく。すでに起き上がる力は残っていない。目を覆うこともできずに、プスパはかすかな吐息を洩らした。ゆっくりと瞼が開いていった。もはや眩しさを感じることもなくなった眼球はたちまち熱い風に乾き、数匹の蠅が寄ってきた。

島の人口はゼロになった……。

1993年　埼玉県　昭川市

十一月も終わり、数日間ひどく冷え込んだ後、初秋を思わせるような陽気になった。午後の陽射しのまぶしさに顔をしかめながら、小西誠は車の揺れに身をまかせていた。昭川市保健センターの一行を乗せたマイクロバスは、市のはずれ、窪山地区の曲がりくねった山道に入ったところだ。

十ほどある座席は、パートタイムの事務員と看護師、さらに洗面器や注射器の包みやワクチンの箱などで満杯になっていた。カーブにさしかかる度に、ステンレス製の器材がカタカタと音を立てる。

小西誠は、今日の仕事を確認するために、手元の資料に視線を落とす。これからニュータウン内にある小学校に、予防接種に行くのだ。

山の中腹に開かれたニュータウンは、市の東端にある繁華街から西北に向かって峠を二つほど越えたところにある。起伏のある曲がりくねった道を四十分、接種会場まではちょっとしたドライブだ。

一つ目の峠を越した。紅葉に陽光が降り注ぎ、大気が金色に煙って見える。錦織りなす景観と不釣合に、山の中腹に藤色の三角屋根がある。五年ほど前にできたラブホテルだ。

「あらあら、せっかくの紅葉がぶちこわしね」

事務員の一人がいう。

「そうねえ、あたしたちには、もう関係ないものねえ、でも中どうなっているんでしょ」

「さあ、小西君なら知ってるかな」

「はい、はい、なんでしょう？」

小西は笑顔を作って振り返る。彼はこの場でただ一人の二十代の独身男で、正職員だ。ここにいるのは所詮はパートタイマー。管理するのは自分だ。彼女たちを「使いこなせ」なければ、一人前とはいえない。なめられるのはまずいが、「現場のおばさん」に嫌われたら、この仕事はやっていかれない。くだらない話に調子を合わせることも必要だ。そんなことを思いながら、就職以来五年、小西は予防接種の仕事をしてきた。

それにしても、なぜ自分がこんな中年女ばかりの出先機関に放りこまれたのか、今もってわからない。本庁には、もっとやりがいのある仕事があるはずだ。やはりコネもツテもないのが悪かったのだろうか。市役所などではなく、東京の企業にでも就職すればよかった。あのとき「長男なのだから、地元にいてくれ」と母親に泣きつかれ、いうことをきいたのが運のつきだ。

不満と迷いと後悔を身辺から振り払うように、小西は一つ伸びをした。

二つ目の峠を越え曲がりくねった道を北に折れると、急に目の前が開ける。広々とした丘陵一面に、高層住宅が林立する〝ニュータウン絹が丘〟の入口だ。

小西は、口元を引き締めて後部座席を振り返る。

「えー、それではいろいろトラブルは予想されますが、何かありましたら、私に確認をとって下さい。決して、自分で勝手に判断しないで」

言いかけてやめた。顔だけこっちに向けてはいるものの、女たちはだれも小西の注意など聞いてはいない。パートタイムとはいえ、メンバーは全員古株だ。何を若造が、と腹の中でせせら笑われているような気がしてならない。

しかしこの日行なわれる予定のインフルエンザの予防接種は、対処を誤ればとりかえしのつかない混乱の起こる可能性がある。正職員の自分が締めるべき所を締めなければ、と妙な責任感にかられ再び口を開きかけたとき、マイクロバスは急ブレーキをかけた。大きく車体が揺れて止まる。

外を見て、小西は舌打ちした。予想通り、いや予想よりも早くトラブルは起こった。

「効かないワクチンはいらない」「危険なインフルエンザワクチンから子供を守れ」などと書かれたプラカードが目に入った。マイクロバスは、接種会場の小学校を目前にして数十人の主婦たちに止められたのだ。

「よせよな、まったく」

小西は車を降りていく。

妨害は予想していたが、こういう形で来るとは思わなかった。

「恐れ入ります、道を空けていただきたいんですが」

主婦たちに向かい、小西は頭を下げる。

「こんな危険な注射を学童にさせるなんて、あなたがたは、子供の命をなんと心得ているんですか？」

主婦の一人が、金切り声を上げた。

「えー、私は、現場をやっている者ですので、そういったことは、昭川市保健センター、管理課のほうにお願いしたいのですが」

丁寧に言っているつもりだが、相手を見下した態度が表に現れてしまうのは、小西の若さではしかたない。

「私たちは、今日の接種をやめていただきたい、私たちの子供に接種をしないでほしい、と言ってるんです」

「誤解です。あくまでインフルエンザは、希望する人だけに接種するものです」

小西は、詰め寄ってくる女たちを避けるように両手を前に突き出した。

「うちの子、卵でジンマシンが出るんですよ」

「だから受けたくなければ、受けなきゃいいんです」

「そういう問題じゃないでしょう。なんで、市は、こんな危険な予防接種をするんですか。インフルエンザに一番有効なのは、学級閉鎖というのが、定説ですよ」

主婦の一人が片手で眼鏡を直しながら言った。

「説はどうでもいいから、おたくの子供が受けなきゃ、それでいいでしょう」

小西は声を荒らげる。接種時刻が迫っている。

「あなた、市役所の職員？　その官僚的な言い方なんなの？」

眼鏡の主婦が、両隣の主婦を押しのけて前に出てきた。

「なぜ、今まで強制的に学童に打っていた注射を任意接種にしたか。それはインフルエンザワクチンの接種事故がたくさん起きたからでしょう。しかも効果がなかったからでしょ。でも役所のメンツでやめられないから、任意接種にして、したくない人はしなくていいなんて、逃げてるだけじゃないですか。明らかに危険なことは、母親の責任において、野放しにできませんよ」

主婦に怒鳴られ、頭に血が上って、小西は早口で怒鳴り返す。

「インフルエンザは、任意接種なんかじゃありませんよ。予防接種法上は、あくまで義務接種です。ただどうしても受けさせたくないって言うから、希望者だけって規定をもうけただけです。母親の責任といったら、法律で定められた接種を受けさせることじゃないですか」

「その言い方が、官僚的だと言うのです。学童のインフルエンザは、寝ていれば治ります。学級閉鎖すれば済むことなんです」

官僚が、こんな行政の末端のそのまた端っこにいるものか。俺と同じ年で、県庁に派遣されて、課長補佐あたりに収まってるのが官僚ってものだ。俺のような下っ端を、吊し上げて何がおもしろいんだ。

心の中で悪態をつきながら、小西は時計を見る。

そのときだ。小西を主婦の真ん中に置き去りにしたまま、看護師たちを乗せたマイクロバスが学校の校門をめざして走り出した。

あっ、と言ったまま、小西はバスの後ろをながめる。

人質にしやがった……。

主婦たちも唖然《あぜん》として突っ立っている。そのすきに、小西は丘の上の学校に向かって走り出した。

冗談じゃない。ワクチンが効くか効かないかなんてどうだっていいことだ。

校門への坂道を一気にかけ上りながら心の中で叫ぶ。

こっちは仕事だ。だいたい検査を通過したワクチンでそんなにぞろぞろ死者が出るはずはない。国立予防衛生研究所作成の手引書には、インフルエンザワクチンがそんな危険なものだとは書いてない。何より自分は、事務職だ。ワクチンの効用や副反応の詳細などわかるものか。

やることはただ、一つ。予防接種法にのっとって、予防接種をすることだ。単純に考えなければ、現場の仕事などやっていられない。

息を弾ませて学校にかけつけると、大方の用意は整っていた。自分が指示する前に、いちばん年嵩《としかさ》の看護師、堂元房代がパートの事務員や看護師を指揮して、準備を終えて待っていた。内心おもしろくなかったが、「どうも、ご苦労さまでした」と頭を下げる。

「そっちこそ、たいへんだったでしょ」

にっこり笑った房代の自信ありげな二重顎が、ますます気に入らない。

そのとき、もう一つ問題が持ち上がった。

医者が一人足りない。予定していた富士大学付属病院の勤務医が来ていないのだ。接種開始時刻は五分後に迫っている。

小西は腕時計と校門の方向を交互に見ながら、胃の痛くなる思いで待つ。

悠然とやってくる白衣の人影が見えたのは、富士病院に電話をかけようとしたときだ。老人だった。白い髪は不揃いに長く、頭のてっぺんだけ薄い。見慣れない顔だ。かさついた白い肌を通して静脈が透けて見える。目の色もごく薄い茶色で、なんだか爬虫類のような感じがする。

「あの失礼ですが……」

小西は言いかけた。

「富士大学病院だ」

そう答えると、老医師は顎を引いた。眉間にくっきりと縦皺を刻んだ気難しい顔。

「木村先生がおいでになるということでしたが」

小西は、予定されていた勤務医の名を言う。

「急患で手が離せん」

「あの……お名前を」

医師は黙って小西からペンをむしりとると、担当医のサイン欄二段分に、大きな字で自分の名前を書いた。

「辰巳秋水」

小西はぎょっとした。予防接種の登録医ではない。未登録の医師に接種させることは禁止されている。しかし辰巳は富士大学付属病院の医師だ。不用意に断わって機嫌をそこねたら、後が怖い。富士病院は市内にたった一つの大学病院で、数年前、市長が平身低頭して誘致したところなのだ。そのうえ健康診断や伝染病患者の隔離など、市はその保健医療事業のほとんどを委託している。

小西は慌てて保健センターに電話をかけ、担当の永井係長を呼び出し、判断をあおいだ。

「まずいな」

係長は開口一番言った。

「相手が、富士だろ」

「はい」

少し間をおいて指示が返ってきた。

「しょうがない、やってもらえ。来ちまったもの、追い返すわけにはいかんだろ。書類上は、登録医がやったことにしとけ」

「事故があったら困りますよ。ここに来る途中も、接種反対派のおばさんたちに捕まりました」

「あいつらか」

軽い舌打ちが受話器から聞こえた。

「煽《あお》ってるやつがいるんだ。ほら、旭診療所の鵜川って医者。ちょっとアカがかってる、医師会のはみ出し者で、あれが診療所に来る母親に『接種を受けるな』と吹き込んでいる」

「ああ、わかります」

小西は、何度か市営の診療施設に派遣されてきたことのある鵜川の小柄な姿を思い出した。ゲイだという噂もあるくらいで、そう思って見れば、その形のいい坊主頭には、それらしい雰囲気が漂っていた。

「ま、とにかく今日のところは、それでどうにか済ませろ」

永井係長からそう言われ、小西は急いで教室に引き返す。

小学生たちが、すでに腕をまくり上げて並んでいる。しかし人数は驚くほど少ない。インフルエンザ予防接種の危険性が叫ばれてから、接種希望者が激減した。この日も全校で十二人しかいない。看護師たちはいささか拍子抜けした顔をしている。

この十二人のために、いったいいくらかかるのだろう、と小西は医者や看護師たちの人件費を頭の中で積算し、舌打ちする。
二、三人の子供が、辰巳秋水の前にやってきた。
やにわに辰巳医師は、カバンから緑色のゴム手袋を出して左手にはめた。その手で、子供の腕を摑む。手術を始めるようなものものしさに、子供と看護師はぎょっとしてその顔に目を凝らす。辰巳は、子供の腕にあらかじめ看護師がぬっておいたヨードチンキの跡をまじまじと見た。

「おい、君」

いきなり傍らの看護師を呼びつけた。

「こんな所を消毒すると、どこで習った？」

看護師は、縮み上がる。堂元がかけつけてきて、「手引書の通りです、先生」と同僚の代わりに答える。

「どこで作成された手引書だ？」

「あの、うち、昭川市保健センターで、その、医師会の指導に従いまして……」

今度は小西が、しどろもどろに答える。

辰巳は、ふん、と鼻を鳴らした。

「近ごろの医者は、予防接種のことを知らんのだ。いい加減にやっていいものだ、と思っとる。いいか、ヨーチンは、ここからここまで」

辰巳は予供の腕を上げて、腕の中程から肘までの位置を示す。子供は、今にも泣きだしそうな顔で辰巳の顔を見ている。

「そして接種する者は、腕を押さえる手から雑菌がつかないように、かならずゴム手袋をはめる。予防接種の基本的な心得だ」

他の医師は、ちらりと辰巳のほうを見ただけで、沈黙している。

そのとき教室の入口で、何やら言い争う声が聞こえた。

さきほどの主婦たちだ。

「なぜ、危険な接種をやめさせないんです」

「子供たちをワクチンから守ってください」

校長と養護教諭が、応戦している。

注射器を右手に持って、中の空気を抜きながら、辰巳医師は鋭い視線を主婦たちに投げかけた。

小西は、入口に走り寄った。

うるさい親に、得体の知れない医者。今日はいったいなんという日なのだろう。

「あの、すみません。お話はあちらでお伺いしますので」

小西は、主婦たちを廊下に押し返す。

そのとき、背後でがしゃりという金属音がした。辰巳が接種を終えた注射器をステンレスバットに叩きつけ、こちらにやってくる所だ。眉間の皺が、いっそう深くなっている。

「お願いします。子供たちのために危険な注射はしないで下さい。あなた方も人の親でしょう」

主婦の一人が辰巳に向かって叫んだ。

小西は辰巳がゴム手袋を左手からむしりとるのを見た。止める暇はなかった。

「ばかもの」という怒号とともに、辰巳は手にしたゴム手袋で、主婦の頬を張った。声を上げる者もいない。そして今度は反対側にいた先程のインテリ風の主婦の頬をそれで叩いた。金縁の眼鏡がふっとぶ。

このときになって、一斉に悲鳴が上がった。

「先生、先生、やめてください」

小西は、慌てて辰巳の袖を摑み、主婦たちから引き離す。激高した女たちを校長やかけつけた他の教員がなだめる。

自分の椅子に戻った辰巳はこめかみの血管を膨らませたまま、肩で息をしていた。

「どいつもこいつも、ワクチンのありがたみを忘れておる。ほんの少し前までは、日本でも、子供が、年寄りが、若者が、インフルエンザでばたばた死んでいた。七十年前のスペイン風邪の流行のときには、四十万人が、死んだ。その後のアジア風邪では四万、その後の香港風邪のときも似たようなものだ。だれもが忘れておるのだ。あまりに豊かになりすぎて、平和ボケして、何もしなくても、病気になどかからん、と思っておる。我々が命がけで病原体を扱って作り出したワクチンを接種してもらい、病気にかからなくなると、針の穴ほどのことをあげつらい騒ぎ出す。たかだか一千万人に一人死ぬかどうかの問題だ。それだってたまたま弱く、特殊な者だけだ。死ぬべくして死ぬ者が死ぬだけだ」

辰巳は片手に注射器を持ち、針先を睨みつけた。気味悪そうな顔をして辰巳の前に腕を突き出している子供に向かい、もう一人の医者がそっと手招きする。看護師も子供たちを辰巳から離す。

「一度、疫病に見舞われてみれば、わかるのだ」

辰巳は叫んだ。

「何が、エイズだ。本当の疫病はあんなものではない。まず弱いものから死んでいく。はじめは、子供と年寄り、そのうち働き盛りの男や女、毎日毎日、どこかの家から白木の棺桶が運びだされる」

息が切れたらしくちょっと言葉を止めていたが、背もたれによりかかり、視線を宙にさまよわせ、今度は呪詛のように語り出した。

「病院が一杯になって、みんな家で息を引き取る。感染を嫌う家族から追い出された年寄りたちは、路上で死ぬ。知っておるか、ウイルスを叩く薬なんかありゃせんのだ。対症療法か、さもなければあらかじめ免疫をつけておくしかない。たまたまここ七十年ほど、疫病らしい疫病がなかっただけだ。愚か者の頭上に、まもなく災いが降りかかる……。半年か、一年か、あるいは三年先か。そう遠くない未来だ。そのときになって慌てたって遅い」

第一部　予防法第七条

1

その冬は、保健センターの職員にとっては、肩身の狭い数ヵ月になった。センターの所長は市議会にひっぱり出されて、革新系の議員にインフルエンザ予防接種の効果の是非について詰問され、一方で上級官庁の役人に呼びつけられ接種率の低下について申し開きをさせられ、製薬会社からはおたくの市には薬を卸さない、と脅された。その上、インフルエンザという病気それ自体が、流行の兆しもないまま、やがて春が来た。

夕闇が迫る頃、堂元房代は愛用のミニサイクルに乗って、昭川市保健センターに向かっていた。自宅から市のほぼ東端、駅前商店街のはずれに位置する保健センターまでは、自転車で約二十分ほどの平坦な道程だ。せっせとペダルを踏んでいると、たちまち汗が噴き出してくる。房代は太っている上、普段からのぼせ性の暑がりだが、この春は特別だ。

数日前から町には春一番どころか熱風が吹き渡っている。それでも四月半ばのことで、夜になれば冷えるかと思われたが、日が暮れてもアスファルトの地面からは熱気が立ち上り、いっこうに涼しくならない。

駐車場脇の並木を見上げれば、遅咲きのはずの大島桜が夜目にも白い花びらを広げている。葉と花が一緒に出る種類なのに、ソメイヨシノのように花だけ開いている様は異様だ。

保健センターの裏手の通用口から入ると、心地よい風が上のほうから下りてきた。エアコンが冷房に切り替わっている。「窓を開ければ済むことなのに」とぶつぶつ言いながら、房代はロッカー室に向かう。

保健センターは、昭川市の保健医療行政の中心的業務を行なっている。管理部門は、車で十分ほど離れた市役所本庁にあるが、いくつかの現場を実際に統括しているのは、この三階建てビルの三階にある事務所だ。二階は乳幼児や妊産婦のための保健施設、そして一階が、堂元房代の勤務している夜間救急診療所になっている。しかし今の時間帯は、二階、三階は、すでに職員が帰った後で戸締りされている。

看護師不足のおりで、房代は、昼は予防接種、夜は夜間救急診療所の仕事、と掛け持ち勤務をしている。忙しいが辛くはない。予防接種の仕事は楽だが、単純過ぎて退屈だ。救急の仕事を房代は気に入っている。次は何が飛び込んでくるか、と身構えるときの、ぴりぴりした緊迫感がいい。

予防衣と呼ばれるエプロン型の白衣を脱いで、救急診療所のワンピース型の物に着替え、帽子をかぶると、気分が引き締まる。

胸にピンタックの入ったしゃれた白衣は、さる有名デザイナーのデザインによるものだ。看護師たちがカタログからこれを選んだとき、小西は「DCブランドの白衣ったって、みなさん3L、4Lでしょう」と、憎まれ口を叩いたが、「ガリガリに痩せた小娘に夜間救急の看護師など務まるものですか」と看護師の中村和子に一喝され黙ってしまった。

房代は、若い頃の二倍もの太さになった体を白衣に押し込み、鏡に向かい、口紅を塗る。独身時代は、真っ赤な口紅を欠かさなかった。師長に注意されても、これだけは変えなかった。さすがに今はワインレッドにしたけれど、華やかな色の口紅は、白しか着られないナースの心意気だ。沈みがちな病人の心を引き立たせるのも、ナースの大きな使命だ、と思う。

孫の子守に明け暮れていた房代が、復職を決意したのは、五年前、亭主が定年退職したときだ。意気消沈した亭主とは対照的に、房代は、これから自分の本当の人生が始まるような気がした。そして今、様々な苦労はあるにせよ、どしりとした手応えを感じながら、第二の女盛りを迎えている。

ナースキャップをピンで止めつけ、派手な金色のイヤリングを外し、邪魔にならない小型のものに替える。初任給をはたいて買ったダイヤのピアスだ。仕事がら、落ちやすいクリップタイプはまずいと思い、娘が止めるのをふりきって皮膚科に行き、耳たぶに穴を空けた。

支度が終わると、胸ポケットに老眼鏡をつっこんで診療室に向かう。

診療開始時刻が迫り、待合室にはすでに数人の患者がいた。医者も揃っている。医者は、輪番制といって、医師会から日替わりで派遣されてくる。

窓口業務を行なっている事務員の青柳だけが、まだ来ていない。

「ちゃんとした病院なら、とうにクビね」

手早く薬品棚をチェックしながら、中村和子が言う。彼女は独身で、いくつかの総合病院の師長を務めてきた看護師歴四十年のベテランだ。定年退職後にここにスカウトされてきた。青柳が来ないので、房代が代わりに受付をする。

最初に診療室に入って来たのは、初老の男だった。丸椅子にどさりと腰を下ろすなり言った。

「先生、風邪ひいちまって」

「風邪かどうかは、こっちで判断することだよ」

内科医は、笑って言った。ペンライトで照らし、患者の喉を見る。そのとき男が目を閉じたのが受付にいた房代からも見えた。違和感があった。ややのけぞって大きく口を開けたとき、人の目は自然に開かれ、どちらかというと上を向く。しかし男は鼻のつけ根に何本も横皺が寄るほど、きつく目を閉じたのだ。

医師は男のシャツの前をはだけさせる。肌着の襟ぐりのU字形に皮膚が陽に焼けている。

「草刈りやってたら、頭、痛くなって」

男は訴える。

「ちゃんと、日陰で休んだ？」

「そんなことしてる暇ないもんで」

「水は飲んだのかい？」

「いや、草刈り終わるまでは、とてもとても」

「吐き気はする？」

そんなやりとりが始まった所に、「どうもどうも」と頭をかきながら青柳がやってきた。

房代は青柳の頭を叩く真似をして、持ち場につく。

「ちょっと熱計って」と医者に言われ、房代は患者を長椅子のほうに連れていった。顔は発熱のせいか真っ赤だ。

そのとき男は、房代に向かいぽつりと言った。

「いい匂いがするなあ」

「えっ」と言って、房代は首を傾《かし》げる。いくらおしゃれな者でも、看護師は普通、香水はつけない。

「何だろう。甘い、花みたいな匂いだ」

診療室の中に花はない。不思議に思いながら、体温計を手渡す。男は虫に刺されたらしく赤くなった腕をぼりぼりとひっかきながら、脇の下に体温計を挟む。

「なんだろう、つんとくる甘い匂いだ」

男は、急に顔を上げて言った。

「何もないはずだけど」

房代は首を傾げた。

花の匂い、甘い芳香……しかしこの診療室に漂っているのは、消毒薬の匂いだけだ。

同じことを言う患者が、昨夜も来た。

三十を少し過ぎたくらいの女だった。頭が痛い、吐き気も少しする、と言った。医者は上気道炎という診断を下し、ここは応急処置しかできないから、明朝、近くの医院に行くようにと指示した。患者は帰りかけたが、少し頭痛が治まるまで休ませてくれ、と言って待合室の長椅子に腰掛けていた。

受付の窓から様子を見ていた房代は、患者の体がぐらりと揺れて長椅子に横倒しになるのを見た。慌ててかけ寄ると、女は目を開いた。

「すいません。眠っちゃって」と言った女の手は、少し前よりも熱く感じられた。

「夢というのか、すごくいい花の香りがしてきて、真っ白な光が、さーっとかけ抜けていったんです」

女は言った。様子がおかしいと気づいて、房代は彼女をもう一度、診療室に入れた。医者はその場で紹介状を書き、患者を市内の病院に送った。

そして病院へ行くタクシーを待ちながら、待合室で患者は独り言のように繰り返した。

「看護師さん、香水つけてる？　つんつんくるような匂いだわ」

あの時は気にも止めなかったが、今考えてみれば、奇妙な言葉だった。

二晩続けて、幻の匂いをかいだ患者が来た。ささいなことだが、心にひっかかる。普通の医院と違い、ここは毎夜、派遣される医師が替わるので、こうしたことは看護師しか気づかない。

体温を計っていた男は、医者に呼ばれて再び丸椅子のほうに行った。熱は三十八度だ。医者はカルテを書くと、中村和子に薬の処方を指示した。

男は医者に向かい何度かお辞儀をして立ち上がり、診療室を出ていこうとした。しかし耳鼻科医が患者の診察をしている脇を通った瞬間、顔を背けた。ひどく不自然で神経質な動作だ。よほど見たくないものなのか、と思い、ふと気づいた。さきほど喉を見たときと同じだ。あのときはペンライト、そして今は患者の耳を覗き込んでいた医師の帯額灯の光が、何かの拍子に目に入ったのだ。この患者は、ずいぶん光に敏感だ。

なんとはなしに気になってその男のカルテを見たのは、その日の診療が終了した後だった。

「熱中症」とゴム印が押してある。四月とはいえ、この暑さだから熱中症が出てもおかしくはない。しかし「匂い」という奇妙な訴えをした患者二人が、昨日は急性上気道炎、そして今日は熱中症と診断された。医師が毎日替わる救急診療所では、こんなことはめずらしくはないが、それにしても何かおかしい。今日の男性患者の住所は「窪山町」とある。町とは言っても市域の西のはずれ、山の中だ。

「どうしたの？」

外用薬のワゴンに白い布をかけながら、和子が尋ねた。

房代は手にしたカルテをそちらに向けた。

「花の匂いがする、とか、昨日も同じことを言う患者さんが来たのよ。あたし、耳鼻科じゃないから、よくわからないんだけど」

「そりゃ、早くちゃんとした病院行ったほうがいいわね。匂いだから鼻とは限らないわ。脳腫瘍の初期症状でそんなのがあるからね」

一通りの作業を終えて、和子は額の汗を拭う。

「脳腫瘍？」

「別に脳腫瘍に限ったことじゃなくて、匂いを感じる鼻がおかしいこともあるし、その情報を処理する脳の部位に異常がある場合もあるから」

「へえ、なるほど」

「ただしあたしたちは、医者じゃないからね。大学出たてのヒヨコだって、医者は医者。彼らの診断に口は出せないわ。彼らが熱中症と言えば熱中症、上気道炎と言えば上気道炎、せいぜい薬を渡しながら、明朝になったらちゃんとした病院に行きなさいとしかいえないのが辛いところね」

和子は着替える時間も惜しいらしく、白衣の上にトレンチコートをひっかけた。長身で、所帯臭さのない和子には、バーバリーがよく似合う。

「あなた、帰らないの？」と房代のほうを振り返る。

「ちょっと昨日の患者さんが気になってさ」

よいしょと掛け声をかけてしゃがみ込み、ファイリングキャビネットの鍵を開けて分厚いカルテの束を取り出す。

和子はちょっと肩をすくめ「熱心ね」と微笑《ほほえ》み、出ていった。

気になるケースにぶつかれば、調べておく。責任とか義務とかいうものを超え、それは今、房代の生きがいになっている。二十年以上のブランクを経て、この仕事に復帰して五年目。新しい機械の操作や横文字にはずいぶん苦労させられたが、ここ一、二年、仕事の醍醐味がわかってきた。

時計は十二時を過ぎているが、眠くはない。人生も折り返し地点を過ぎると、体のほうが寝る時間を惜しみ始めるらしい。少しでも安い卵を買おうとスーパーマーケットの広告に目を凝らしていた、四十代の頃の焦燥感や閉塞感がうそのようだ。

静まり返った室内に、青柳のそろばんの音が響く。本人曰く機械類は昔から苦手で、そろばんの方がよほど便利だそうだ。確かに青柳のレジスターや電卓の打ち間違えは頻繁だ。最近まで、帳尻を合わせないまま帰ってしまっては、小西を怒らせていたが、ついに数日前、始末書を書かされた。それ以来、金額が合うまで帰れなくなった。

房代はカルテの束の中から、昨日のあの幻の匂いを嗅いだ患者の物を探し当てた。ポケットから眼鏡を取り出して鼻にひっかけ、カルテを裏返すと「富士大学付属病院へ移送」とある。そうだった。あの患者を紹介した先は、富士病院だ。この市で、夜間の受け入れ態勢が整っているのは、そこしかない。病院でどのような診断が下されたかは、報告書を見るまでわからない。

房代は、カルテの表を見て、そこにもまた今日来た男性患者との共通点を発見した。住所が窪山町だ。発熱、頭痛、そして奇妙な匂い、よく似た症状でやってきた患者二人は、ごく近くに住んでいる。女の年齢は、三十三歳だった。

「あらま、厄年だ」

「へえ？」

青柳が、覗き込む。

「俺と同じ。こっちはその上、天中殺だ」

「何が厄年だよ。あんた今年の夏で四十六でしょうが。それとも四十二から先は年をとらないっていうの？」

「いやあ、二十五からだね」

「そんなこと言ってるから、いい男が、こんなとこのパートで食いつなぐハメになるのよ」

へへっ、と青柳は笑う。青白い顔に大きな目が潤むように光っている。細面の顔に鼻筋の通った青柳は、今でこそ頬に縦皺が寄っているが、若い頃はかなりの美青年だったにちがいないという。それが災いしたものかどうか知らないが、同棲を繰り返して結婚したことはない。以前勤めていた小さな輸入品販売会社を辞めたのも、社長の囲っていたインドネシア人ダンサーに手を出したからだという、もっぱらの噂だ。

青柳は処理を終えたカルテを無造作に揃えると、キャビネットに突っ込む。

「ほら、カルテをしまったら、ちゃんと鍵をかけて」

房代は注意する。計算間違いも多いが、この男は始終鍵をかけ忘れる。

「へい、へい。看護師さんは偉いですよ。一晩で二万五千円になるんだから。あたしら事務屋は時給千五百円だ」

「くだらないこと言ってないで、さっさと仕事終わらせたらいいでしょうに」

「あんまり早く帰ると、別の仕事があるんですよ。何せ、あたしはヒモですからね」

あまりに真に迫った言い方で、房代は思わず苦笑した。

青柳の現在の同棲相手は、ラブホテルの女性経営者だ。噂によると色黒の体重九十キロはあろうかという五十女だそうだ。青柳の自宅は一応市内にあるが、彼がそこにいたためしはない。昼間は女の経営するラブホテルのフロントにいるらしいが、そのラブホテルがどこなのか青柳は決して他人には教えない。緊急時に連絡できないので、所在をはっきりさせるように、と小西に再三言われても、にやにやするばかりである。

レジの金の勘定がまだ終わっていない青柳に「お先に」と声をかけて、房代は部屋を出た。

深夜だというのに、外はまだむっとするほど暑い。ミニサイクルで漕ぎだすと、ジョーゼットのブラウスの下で、胸や背中が汗でびっしょり濡れた。

旭診療所の鵜川医師は、その頃まだ診療室で学会誌に目を通していた。白いTシャツに作業ズボン姿の鵜川日出臣は、小柄なせいもあって四十五という歳には見えない。必要以外のときは白衣を着ない、という方針は、十五年前に大学病院を追い出されて以来、貫いている。鵜川にとって白衣をぬぐというのは、医師としての権威をぬぐということであり、それがすなわち彼の生き方であった。

時計をちらりと眺めてから、再びページに視線を落とす。いつものようにワクチンの副反応に関する情報を探しているのではない。

彼の頭には、一時間前に診た患者のことがひっかかっている。

高熱を出して妻に付き添われてきた男は、さかんに片手で目を覆う仕草をしながら言った。

「頭が、割れるように痛いんですよ、先生」

男は、診療所のすぐ裏手にある不動産屋の主人だった。普段は鵜川の所を「アカのやっている診療所」と呼んで、少し離れた医院に行っていたが、深夜のことでそこでは診てもらえなかったらしい。

聴診器を取り出すと、男の妻は、夫の派手な緑色をしたゴルフシャツをまくり上げるのに手を貸した。とたんに男はぼそりと言った。

「香水、変えたな。おまえ」

「何、言ってるんですよ」

妻は素っ気なく答える。

「甘ったるい匂い、ぷんぷんさせて。男でもできたか?」

「さっきから、変なことばかり言って」

下らない冗談につきあってはいられない、と言わんばかりに、妻は白髪の目立つ髪をかき上げる。香水どころか、その顔には口紅もついていない。

熱い息に少しあえいで、不動産屋は鵜川に言った。

「注射、やって下さいよ、先生。一発で効くやつを。あした、朝からでかい仕事が入ってるんですよ」

鵜川は苦笑しながら、聴診器を手にする。注射、というのを、鵜川は滅多に打たない。風邪程度なら、寝ていれば治る。必要外の薬剤を体に入れることは、本来、体が備えている防衛機能を損なう。特に静脈注射の激烈な効果は、いくつもの危険と引き換えだ。そうしてまで仕事をしようとする人々の生き方に、鵜川は疑問を投げかけてきた。彼が、地元の医師会から、色つきとみなされ排除される原因はここにもある。

つぎに鵜川は患者の喉を診ようと明かりを男の顔に近付けた。そのとたん、男は悲鳴を上げて椅子から転げ落ちた。

「勘弁してください、先生。目を焼かれるみたいです」

両手で顔を覆って男は呻《うめ》き、ライトに尻を向けてうずくまった。

鵜川は尋常でないものを感じた。何かの理由で瞳孔が開いているのか、それとも脳のどこかに異常があるのか。冗談かどうかわからないが、ありもしない香水の匂いがする、とも言った。

いずれにせよ、自分の所には手に負えないと判断して、病院への紹介状を書く。昭川市内の医院はたいてい富士大学病院を紹介する。市内で唯一、設備の整った大病院だからだ。が、鵜川はあえてそこを避けた。

富士病院に限らず多くの大学病院の体質は、より人間らしい医療を、という鵜川の持論に反するからだ。彼は迷うことなく隣市の昭留《あきる》相互《そうご》病院に送ることにした。旭診療所同様、市民生協が母体となった総合病院の脳外科だ。鵜川が疑ったのは脳腫瘍だった。

男は注射一本で、どうにかなると思っていたらしい。紹介状を渡され少し戸惑い、不満そうな顔で出ていった。鵜川はその後ろ姿を見ているうちにふと気になって学会誌をめくってみたが、参考になるような記事はない。短い息を吐き出して、鵜川は地肌が透けて見えそうに短いクルーカットの頭を叩いた。


その翌日、やはり患者の尋常でない症状に気づいた医師が、市内に一人いた。

市の郊外にある内科病院、「若葉台クリニック」に、一人の患者がやってきた。谷を隔てた窪山地区からやってきた男は、家族の話によれば、前日昭川市の夜間診療所で熱中症と診断されたと言う。ここに連れてこられたときは、痙攣を起こしかけていた。顔色は蒼白でひどい熱だ。首筋に手を当ててみると板のように堅く、体は反り返っている。

もちろん症状がひどいこともあったが、七十歳間近の院長は、市内の多くの開業医のように、風邪や熱中症でかたづけることはしなかった。

「ちょっと髄液を取っておこうか」

家族にそう言いながら、腰椎穿刺《ようついせんし》の準備をする。もしや、と日本脳炎を、今ではすっかり古びてしまったその伝染病を疑ったのである。その「もしや」を別にしても、髄膜炎の可能性も高い。そうであれば、髄液中のタンパクと細胞数が増えているはずだ。

点滴によって痙攣の収まった患者のズボンを下ろす。ベッドの上で腰を曲げさせ、キシロカインを注射した後、腰椎の突起を確認して針を刺す。初老の患者は、呻き声を上げた。

「ちょっとがまんしててよ」と院長は、声をかけた。注射器の中を上がってくる液は、本来、水のように透明でなければならなかったが、このとき肉眼で見てもわかるほどの濁りがあった。

かなり進んでいる、と院長は判断した。患者が両手で頭を押さえ、体を海老のように曲げたのと針を抜いたのは、ほとんど同時だった。患者が激しい勢いでその場に嘔吐し、ベッドから転げ落ちそうになったのを看護師が辛うじて支えた。

しまった、と院長は青ざめた。急いで応急処置の準備をする。だがすでに容体は急変していた。そして針を抜いてから数分後に心臓は停止した。

老医師の判断自体に間違いはなかった。またその手順にも、穿刺方法にも誤りはなかった。しかしタイミングと患者の運が悪すぎた。めったに起きない事故が起きてしまったのだ。

炎症により頭蓋の中でむくみ、異常に圧力を上げていた脳は、腰に針を刺され髄液を抜き取られた刺激によって、その機能をいっぺんに止めてしまったのである。

少なくとも若葉台クリニックの院長は、この時点では重大な過失を犯してはいない。しかし結果は無惨なものになった。

事実が知れたら一悶着起きることは間違いない。「運が悪かった」は、突然に家族を失った人々には通用しない。たとえ裁判を起こされたりしなくても、若葉台クリニックのような個人病院の場合、医療過誤を疑われるトラブルは致命的だ。

うろたえる家族に、院長は事実と異なる説明をした。茫然としたまま、男の妻と長男は医師の言葉を受け入れた。そして老医師は異なる病名の死亡診断書を書き、採取した髄液を廃棄した。

2

夜間診療所の勤務体系は、二日勤務すると翌日が一日休みという三日サイクルだ。房代と和子のペアの休む日は、別のペアが勤務し、診療所は年中無休になっている。一日休んで、その翌日、房代は少し早めに診療所に行った。この日は午後から気温が上がり、日が暮れてもほとんど涼しくならなかった。

房代は、診療所に入るとまずエアコンのスイッチを入れ、それから外用薬のケースから軟膏《なんこう》を取り出し、足に塗った。駐輪場で蚊に刺されたのだ。四月に蚊に刺されるとは、昔なら考えられないことだ。隣の家の主婦は、もうゴキブリを見た、と言っていた。時ならぬ暑さのせいで、みんなおかしくなっている。

窓の白いカーテンを開け、机の上を整理しようとして気づいた。

救急病院からの報告書が重ねてある。ここ夜間救急診療所は軽度の患者を治療する一次施設であり、重症者は二次施設である救急病院に送る。報告書は移送した患者のその後の経過を記載したものだ。

一枚ずつめくっていき、途中で手が止まった。この前、「甘い匂いがする」と言ったまま、富士大学付属病院に転送された女性患者の名前がある。たった一行の短い記載があるだけだ。「収容後死亡」と。

眼鏡をちょっとずらせて凝視した。はっ、とした。

裏返してみるが、他に何も書かれていない。あの病気が何だったのか、そして収容後、どういう経過をたどり、どのくらいで死んだのか。必要な情報は何一つない。

それにしても、つい三日前に診療所の長椅子でうとうとしていたあの患者が、死んでしまうとは。

気の毒に、子供も小さいだろうに……。

他人事ながら、なんともやりきれない思いでため息をついたその後で、妙な予感に捕らえられ、背筋が冷たくなった。

「おはようございます」

和子が入って来た。夜だというのに、彼女の挨拶はいつでもこれだ。

「何見てるの？」と和子は、房代の後ろから手元を覗き込む。

房代は黙って、「死亡」の文字を示す。

和子は肩をすくめた。大病院で日常的に死に接してきた和子は、こんなことには驚かない。

「例の、あの患者さんよ、妙な匂いをかいだって言っていた」

和子は眉の先をぴくりと動かした。

「この翌日来た男の患者さんのほうは、どうなった？　あの熱中症って診断された」

「さあ」と房代は首を傾げる。

「変な病気が、流行っているのでなければいいけれどね」

その日、頭痛、発熱、吐き気を訴える患者は、十人近く来た。しかし彼らの中に、あの奇妙な病気の者が混じっているのかどうかはわからない。内科の約半数は、腹痛を訴え、それ以外はほとんど頭痛だ。熱があって頭が痛ければ、大抵は吐き気もある。

サイレンの音とともに、救急車が診療所前に横付けされたのは、十一時過ぎのことだ。患者の腕に包帯を巻いていた和子が、厳しい顔でそちらを窺う。待合室の患者たちに覗きこまれながら、一台の台車が運び込まれた。

子供の患者だ。体を海老のように丸め、両手で自分の頭を抱いている。救急隊員が小さな体を診療用ベッドに抱き下ろす。蛍光灯が土色の顔を照らす。とたんに、子供の丸みを帯びた手のひらが、その目を覆った。

「まぶしいよ、目が溶けちゃうよ」

乾いた唇から漏れた声は、か細く高かった。こちらで別の患者の薬を用意していた房代は、思わず振り返る。医師が子供の手を取り除《の》けた。子供はいやいやをするように、顔を明かりからそむけた。頰に皺が寄り、目の落ちくぼんだ顔は、小柄な老人のように見える。

「風邪ひいたんで、寝かせといたんです」

母親が、うろたえながら医師に訴える。

「医者、連れてったの？」

「いえ、この子、お医者さんがだめなんです。アレルギーがあるから、注射はダメで予防接種も受けさせたことはないんです」

取り乱した母親の話は要領を得ない。

「なんで、こんな所に連れてくるの？」

背後で和子の甲高い声が響いた。救急隊員にくってかかっている。夜間診療所には、重症患者に対応できる設備はない。そのことは関係機関に周知徹底してあるはずだが、玄関先に回っている赤ランプに誘われるように、月に一、二度、不慣れな隊員がこういう患者を運び込んでくる。一刻を争うケースでは生命にかかわる。

医師は、母親の言葉を聞き終える前に、救急病院に回すように指示する。

青柳が受付の電話に飛びつき、病院の空きベッドを確認する。その間、母親はおろおろしながら、今度は房代に訴えた。

「助かるんでしょうか。この子弱いから、自然食しか食べさせなかったし、薬も飲ませなかったんです」

子供の様子を見守りながら、房代は黙ってうなずく。不正確な情報だけが一人歩きした結果、最近こういう母親が増えてきた。

「こんなになるなんて……様子がおかしかったんです。部屋に虹が出てるとか、花の匂いがするとか、言って」

「匂い？」

「あの子、ゲームばっかりやっていたから、てっきり」

そこまで言ったとき、子供は再び台車に乗せられ救急車に戻された。

遠ざかっていくサイレンの音を聞きながら、房代は不安がいよいよ高まってくるのを感じていた。

「今の患者さんのカルテ、見せて?」

房代は、青柳に尋ねる。

「ないよ。何もしないで、そのまま病院へ送ったから」

舌打ちした。記録を残してないということは、移送した後の経過報告も上がってこないということだ。

その日の診療が終わった後、房代は消防署に電話をして、運ばれてきた患者の住所を尋ねた。

電話は救急隊員に代わり、答えはすぐに出た。

若葉台住宅。十年ほど前に市の西部に広がる丘陵地を切り開き、造成された団地だ。市の東側にある旧市街から、曲がりくねった道をバスで四十分ほど行ったところで、ちょうど窪山町から谷を隔てた向かい側の斜面にあたる。

都心へのベッドタウンとして開発された若葉台は、昭川市に合併された三十年前まで、「結木《ゆぎ》の窪《くぼ》」と呼ばれていた典型的な山村、窪山町と、隣り合っているのだ。そしてこの地域は一括して窪山地区と呼ばれている。

今、その市街地から離れた、森の中の飛び地のようなごく狭い地域から、三人、奇妙な症状の患者が出た。それも、この夜間救急診療所一ヵ所で見たケースだけでだ。

最初の女性患者は上気道炎と診断され、次は熱中症、そして今日の患者にはどういう病名がつけられるのだろうか。幻の匂いや光を感じるという、共通した訴えがありながら、彼らは、別々の病気と診断される。

「窪山地区で、何かあったんじゃないだろうか」

房代は、帰り支度をしている和子の背中に話しかける。

「そうね、住民が変な病原体を海外から持ち帰ったのかもしれない」

ボタンを留めながら、和子は顔だけこちらに向けた。

「この前、昭川保健所の所長と話す機会があったんだけどね、このところ毎日のように成田まで職員が出張しているそうだわ。うちの市民が、海外旅行帰りに検疫で引っかかっているそうよ」

「何の病気？」

「いろいろよ、それこそ。いろんな国に行くようになったもの。昔みたいに赤痢やコレラばかりじゃないらしいわ。売春宿行ったり、海鮮を生で食べたりして寄生虫にやられるのも増えているみたい。でも、病名が確定できるうちはいいのよね。アジアやアフリカ帰りだと、細菌かウイルスか寄生虫か、原因がさっぱりわからない、なんていうのもあるそうだから。この前聞いた話では、タイからの出張帰りで、なにがなんだかわからないのがあったらしいわ。本人は向こうの呪術師に呪いをかけられたって言って、保健所の人たちの手を焼かせたそうよ。現地の女と何かあって、一族の恨みを買ったんですって」

「で、どうしたの？」

「横浜に住んでいる霊能者のところに駆け込んで一件落着。まあ、自然治癒でしょうけど」

「御祓いで病気が治れば、世話がないわねえ」

房代は苦笑しながら、この前の女性患者の死亡報告書を和子に見せた。

「これ尋ねてみたほうがいいんじゃないかしらね。死んだって書いてあるだけじゃ、何が何だかわからないもの」

「どこに？」

「移送先の富士病院よ。あそこなら重症患者をあちこちの病院から受け入れているから、何かわかったかもしれない」

「無駄だと思うね」

冷めた声で和子は答える。

かまわず房代はそこの電話番号を押す。女が出た。

「昭川市夜間診療所の……」と言いかけると、すぐに「お世話になっています」と挨拶が返ってきた。

房代は、報告書の内容について尋ねた。

相手は、「ちょっと、こちらでは把握していないので」と言って、電話を回す。オルゴールの音がして、今度は男の声になった。

同じことを尋ねると、担当の先生がいないのでわかりません、と言う。それではいつ、だれにきけばわかるのか、と尋ねると、相手は、「報告書を送ったはずですがね」とにべもない。

「死亡とあるだけで、何で、いつごろ亡くなったのか書いてないのよ」

「失礼ですが、おたくは？」

「夜間診療所の者で、堂元という者ですけど」

「昭川市保健センターの職員さんですか？」

「いえ」

「医師ではないですね」

「看護師です」

「どなたかそうしたことをお知りになりたいという先生がおられたんですか？」

「え、はあ」

「それでは、先生を直接出してくれませんか」

「いえ、今、ここには」

「わかりました。明日の十時過ぎに医局のほうに連絡を下さるように、先生にお伝えください」

それだけ言うと、相手は一方的に電話を切ってしまった。

「まっ」

房代は目をむき、音を立てて受話器を置いた。

和子が肩をすくめた。

富士病院というところは、ものを尋ねたところで、一介の看護師にはまともな説明をしないところらしい。

翌日、午後から保健センターの打ち合せ会があった。普段はパートタイマーだけで運営されている夜間診療所だが、このときには正職員が出てきて、現場からの報告や要望を聞くことになっている。

房代や和子、それに彼女たちと交替で勤務しているもう一組の看護師を含め、パートタイムの看護師と事務員、それに夜間診療所担当の永井係長と小西が、診療所内の会議室に集まった。

中村和子が古くなった器材の交換を要求し、永井係長が「予算が無い」の一言《いっ》で一蹴《しゅう》するというのが、ここ数年変わらぬ打ち合せ会の内容だったのだが、この日は少し様子が違った。

房代がいきなり報告書のファイルを出してきて、小西に尋ねた。

「これ、肝心のことが書いてないんだわ。たとえば、これ」と例の女性患者の物を指差す。『収容後死亡』ってだけじゃ、意味がわからないでしょ」

「へ？」

小西は、ちょっと眉を寄せた。

「ああ、それか」

永井係長がそちらにちらりと目をやって、代わりに答える。

「うちのほうは、実際それは関係ないんだ。病院へ移送すれば、一応ここの仕事は終わりだからさ」

「つまり、『あの患者どうなった？』なんて尋ねる医者がたまにいるから、一応あるだけで、別に我々には関係ないんですよ。送り先の救急病院のほうだって、こんなものいちいち書いてられるほど暇じゃないですしね」と、小西が続ける。

「それじゃ、何のために報告書があるかわからないじゃないの」

和子がファイルを人差し指で弾いた。

「まあまあ」

永井が、なだめる。

「富士病院には、いろいろうちも世話になってるんで、こっちも、ちゃんとした報告書を上げろだのなんだのとうるさいことは言えないわけよ。つまらないことでヘソを曲げられて、集団検診の日程を変えられたりしたら大変だし。ま、看護師さんたちが、一生懸命やってくれてるのはわかるけど、書類の書き方まで文句つけるのは、さ、ちょっとひかえて」

「あたしゃ別に文句つけてるわけじゃないんだけど」

ぶすりとして房代は言った。

「送った以上、こっちにだって、それなりの責任がありますよ」

和子が憤然として続ける。房代もうなずく。青柳はにやにやしているだけだ。

「責任を取るのはこっちですから心配しないでいいですよ。おたくらは、所詮パート……

…」

そう言いかけた小西が、言葉を止めた。永井が机の下で彼の手をつついたのだ。が、もう遅い。看護師たちは顔を見合わせ、和子は鷹のような目で、若者を睨《にら》みつけている。

房代は、ちょっと間を置いて言った。

「たとえばさ、極端な話なんだけど、この患者さんが実は伝染病だったとしたら、どうするの？　教えてもらえなかったここの診療所は、汚染されていたりするわけでしょ。私たちだって、自分が感染したんじゃないかって心配になるわよ」

「確かに極端な話ですね」

小西は小馬鹿にしたように笑い、足を組んだ。その足先を永井がテーブルの下で思い切り蹴飛ばして、睨みつける。それから看護師たちに向かい、顔色をうかがうように笑いかけた。

「看護師さんたちにそこまで考えて仕事をしてもらっている、というのは、本当にありがたいことなんですけどね。ただ、伝染病ならちゃんと病院から保健所へ届け出ることになってるんですよ。そうなれば今度は県からこの昭川市の医療対策課に連絡が入ってくるわけで、こちらとしてもちゃんと対応はしますから。だからそのへんは安心して仕事して下さいよ」

永井は一旦言葉を切って、看護師たちの顔を覗きこんだ。

「でも気になるようなら、こっちのほうから富士病院に尋ねておきますから、それでいいでしょう」

「ええ、まあ」

房代たちはしぶしぶうなずく。

小西が一枚のファックスを持ってきたのは、翌日の夕方だった。

青柳が受け取ったのを和子がひったくる。

富士病院からの報告書だ。房代も覗き込む。

「死亡時刻　四月十六日　午前二時四十分　死亡原因　呼吸マヒ。ムンプスウイルスによる無菌性髄膜炎」

ムンプスウイルス……

おたふく風邪を起こすウイルスだ。得体の知れない流行病などではない。

「本当かしら」

房代は和子の顔を見上げる。和子も神経質な動作で老眼鏡を拭っている。

「無菌性髄膜炎から脳炎症状を起こして死ぬことは確かにあるけれど、あれがそうとは思えないんだけど」

「中村さん、医者じゃないんでしょう」

小西が口を挟む。和子は報告書から目を上げると小西に尋ねた。

「小西さん、あなた、厚生省の感染症サーベイランス事業の対象疾患をいくつか言える?」

小西は、ぎょっとした顔をすると、口の中でぶつぶつと言い始めた。

「コレラ、赤痢、腸チフス……それから」

「それは法定伝染病。それが今ではほとんど見られなくなったし、実状に合わないんで、新しい観点に立った感染症対策が取られているの。麻疹に風疹、水ぼうそう、おたふく風邪、それから溶連菌感染症に、ヘルパンギーナといろいろあるんだけど、髄膜炎もその中に入ってる。この病気を診断した開業医や病院は地方の感染症センターに連絡をして、その情報は厚生省へ行きます」

「そうですか。さすがに看護師さんは詳しいですね」

「ただし問題は、そのシステムがある部分で形骸化している、ということよ。制度はあるけど機能はしてないというか……。きのうの打ち合せ会で係長が言っていたけど、確かに伝染病が出たら医者は保健所に報告する義務はある。でも伝染病だ、という診断が必ずしもできるかどうかもわからないのよ」

「だって、医者だったらそのくらいわかるはずじゃないですか」

小西は、落ちつきなく時計を見た。早くこの場を逃げ出したくてしかたないというのが、ありありとわかる。

「病気っていうのは、黙って座ればぴたりと当たるってものじゃないのよ。仮に検査をしても、結果が出るまで時間がかかるし。この前県内で起きた、大腸菌騒ぎを覚えているわね」

群馬県寄りの地区で起きた事故だった。簡易水道に毒素原性大腸菌が混入し、広い地域で患者が発生したが、多くの個人医院では、食中毒という診断がなされ対策が遅れた。患者は確かに集団発生したが、それが個々の病院に散ったために、集団は点となって分散し、まとまったところもせいぜいが一家中毒とみなされ、伝染病として実態が把握されるまで、とんでもない数の患者を出し続けた。

「それだけじゃないわ。仮に伝染病とわかっても、いちいち面倒な書類を書いたり、いろいろ聞かれるのをいやがる医者もいる。もっと困ったことには、もしもよ、エイズに匹敵するような恐ろしい感染症が出たとき、あの病院に変な感染症の患者が来たという評判が立つのを恐れる病院は、報告なんかしないものよ」

「だから？」

体を揺すって、小西は再び時計を見た。終業時間を気にしているわけではない。事務屋には事務屋のスケジュールがあり、時間内にこなさなければならない仕事がある。こんなところで、看護師相手に専門外の感染症談義をしている暇はない。

「もしかすると、別の病気である可能性、新種のとんでもない病気が流行っているのかもしれないのよ」

苛立った様子で和子は言う。

「そんなことまで、責任持てないですよ」

それだけ言い残すと、小西は事務室に向かって走り去った。

後姿を見送りながら、和子は低い声でつぶやいた。

「あれが本当に無菌性髄膜炎なら問題はないのよ。でももし新しい感染症か何かだったら……」

「もしかすると、俺たちにもうつるってことかよ？」

受付の準備をしていた青柳が口を挟んだ。

「あなたみたいなのには、ウイルスだって寄りつきませんよ」

吐き捨てるように和子は言うと、器具の消毒を始めた。

青柳は、保険請求事務の担当者に渡すためにここ一週間分のカルテを整理し始めた。

その手元に数日前、熱中症と診断された男のカルテを見つけて、房代は抜き出した。

彼は、一人で家に戻って行ったが、その後どうしたのだろう。

気になって、電話をかけた。

女が出た。

「こちら、昭川市夜間診療所です。先日お見えになられましたときに、保険証番号の記入漏れをいたしまして、申しわけないんですがお教えいただきたいと思いまして」

房代は、もっともらしい理由をつけた。

「あ、はい」

沈んだ声の調子に、嫌な予感がした。

「あの、お加減はいかがですか？」

「三日前に、亡くなりました」

女は短く答えた。予感が的中しすぎて、房代は言葉につまった。

「翌朝、病院に行ってそのまま……。たまたま疲れていたところで、風邪のばい菌が、脳に入ったそうです」

「どこの病院でした？」

「若葉台クリニックですけど」

どうもご愁傷さまで、と言って房代は電話を切った。和子が口元を引き締めてうなずいた。

大変なことが起こり始めている。

「今日で何日目？」

和子が尋ねた。

「えっ」

「最初の患者さんが来てから」

「五日」

「最近では、ラッサだの、エボラ出血熱だの、怖い病気が持ち込まれているからね。今までは何とか成田で食い止めていたけれど」

房代は、ぶるっと首を横に振った。

「まさか、この町で広まるなんて、いやよねえ」

頭痛に、発熱、吐き気……症状としては、あまりにも一般的だ。

房代が気づいた限り、特徴的なのは匂いと光をまぶしがるという部分だけだ。しかしそれも単なる偶然であるかもしれない。

エイズ騒ぎを別にすれば、今では疫病だの流行病といったもの、それ自体が、流行遅れになってしまった感がある。いざ新しい疫病が流行りだしたとき、対応する知恵を人々は身につけているのだろうか。いや、人々だけではない。役所や病院も迅速に手を打つことができるのだろうか。

昔は、インフルエンザでたくさんの人が死んだものだという、インフルエンザ予防接種の折の、辰巳という偏屈な医者の言葉を房代は思い出した。

確かに房代が看護師になりたての頃、病院には疫痢の子供がよく運ばれてきた。病院に担ぎ込まれたときは、もう大抵手遅れで、脱水症状に目はくぼみ、心臓は弱く不規則な鼓動を刻んでいるだけだった。天然痘のあばたを顔に残した者もよく見かけた。悪性の風邪が流行った冬は、多くの年寄りが肺炎を起こして死んでいった。夏場には、日本脳炎にかからないようにと、親は子供に麦藁帽子をかぶせたものだ。そして多くの若者が結核で命を落としていった。

つい、三十年前までの日本はそんな状態だった。そして今、房代が長いブランクの後に仕事に復帰してみると、薬や器材だけではなく、病気そのものが様変わりしている。

しかし様変わりしただけで、無くなったわけではない。正体不明の新しい病気は生まれ、あるいは持ち込まれてくる。

その日の夜、診療を終えた鵜川が駅前の商店街を歩いていると、向こうから不動産屋の妻がやってくるのが見えた。

「ご主人、どうです」

鵜川は声をかけた。

女は顔を上げ、怒りとも悲しみともつかない顔で、首を振った。

「日本脳炎です」

「えっ」と、鵜川は驚いて、女の顔を見た。紹介先の昭留《あきる》相互病院から鵜川に来た通知には、診断結果までは書いてなかったのだ。

「日本脳炎ですか、いまどき？」

確かに天然痘と違って日本脳炎は撲滅されたわけではない。確率的には非常に低いが出ても不思議ではない。しかし今は四月だ。いくら暑いとはいえ、盛夏から初秋にかけて流行するはずの日本脳炎に、今かかるというのはおかしい。

「命は、取りとめたんですけどね、障害が残るんだそうですよ」

病人の洗濯物とおぼしい荷物を抱えて、女は唇を嚙む。

「でも、命だけでも助かってよかったです」

「冗談じゃないですよ」

女の語気の激しさに鵜川は戸惑った。

「頭も体も不自由になったあの人が、仕事もできずに家に一日中いるなんて」

吐き捨てるような口調で女は続けた。

「うちは借金の山なんですよ、先生。借金も信用のうちだなんて勝手なこと言って、契約取りに行くとかなんとか朝からベンツに事務員を乗せて、若葉台のゴルフ場通い。あたしが知らないと思っていたんですかね。手足が利かなくなって、何もしゃべれなくなって、この先、面倒見てくれって言われたって」

ゴルフ場というのは、窪山の谷を隔てた正面にある若葉台カントリークラブのことだ。

そこに行く、と女は婉曲《えんきょく》な表現をしたが、実はその帰りに若い女子事務員と窪山のラブホテルに入っていることは、狭い町のことでちょっとした評判になっていた。

女はほっと息を吐き出し、苦笑した。

「しょうがないですよね。若い頃から尻拭いばかりさせられてきましたからね」

「大変ですね、これから」

鵜川は、これといったなぐさめの言葉もみつからぬまま、女をみつめた。

女と別れた後も、あれが本当に日本脳炎なのだろうか、という疑問は鵜川の頭にひっかかったままだった。

突然の高熱、頭痛、嘔吐に始まり、首の強《こわ》ばり、体の硬直、そして意識障害、痙攣、異常行動……。

鵜川は自分が医者になって以来一度も診たことのない、日本脳炎という病気の典型的症状を反復する。

あれが、そうなのだろうか、本当に。初期症状の中に光を眩しがるなどというのがあっただろうか？　あるいはありもしない香水の匂いを嗅ぐなどというのは？

鵜川は、近くの電話ボックスに入ると、昭留相互病院に電話をかけた。医局を呼び出し、彼の送った患者のことを尋ねる。知り合いの女医が出て、抗原検査を行なったところ、確かに日本脳炎ウイルスが検出されたことを手短に伝えた。

やはり大学で習っただけの知識では、なかなか臨床診断はできないものだ、と反省しながらも、鵜川はどこか割り切れない気持ちになっていた。

3

診療所のファックスが一枚の紙切れを吐き出したのは、それから二日後のことだ。

「なんだあ、こりゃ」

最初に目を通した青柳が、声を上げた。

「夜間救急診療所担当・医師殿」となっている。医師会からだ。

「市内で日本脳炎が発生しました」とある。「まあ、いまどきめずらしい」と言いかけて、房代は「えっ」と目を凝らす。和子が後ろから覗き込む。

患者は二人。一人の住所は旧市街の八幡町、もう一人は若葉台、すなわち窪山地区だ。

「すると、私たちの見たあれは、日本脳炎だったってこと?」

顔を見合わせて、一緒に首を傾げる。

「次のような症状の患者が、来院の際は、日本脳炎を疑うこと。1　意識障害、けいれん、筋強剛、言語障害、異常運動等の症状が見られる者。2　けいれん、異常反射、頸部強直等の見られる者　3　頭痛、高熱、吐き気を訴える者。診断のポイントは髄液の細胞数、蛋白の増加、脳波およびCTスキャンによる異常所見、なお確定診断は、血清検査又は、ウィルス検査。

日本脳炎と診断されたケースは、ただちに保健所に届け出た後、富士大学付属病院に移送の手続きをすること」

富士大学付属病院は私立医大病院だが、市内に公立病院のない昭川市はそこと委託契約を結び、隔離病棟として使っている。

「なんだか違うような気がしない？」

房代は、戸惑いながら言った。和子はうなずく。

ここ数日の間に出たあの患者たちの「奇妙な嗅覚」、「光を眩しがる」ということを除いてもどこか違う。

どこがとあらためて尋ねられると、はっきり答えられないが、何か様子が違う。

夏になると日本脳炎が頻繁に発生した時代に、自分の目で患者を見て、看護に携わった者の勘である。

房代は、医師会事務局に確認の電話をする。しかしだれも出ない。夜の十時過ぎなので、職員がいないのだ。つぎにファックスの送信元の番号を押す。

電話は、医師会の副会長の自宅にかかった。

「ああ、ファックス届いたかね」

落ち着いた口ぶりで、相手は言った。

「病院から県の保健所に報告が行ったんだ。患者の発生地が昭川なんで、うちの医師会に連絡が来た。患者のうち一人は、駅前にある不動産屋の社長で、昭留相互病院に入院している。もう一人は、職場で倒れて東京の病院に収容された。このあたりじゃ十七年ぶりの発生だそうだ。こんな桜の季節に日本脳炎っていうのは考えられないが、まあこれだけ環境が変わって、冬でもゴキブリが出るわ、やぶ蚊が飛ぶわって時代なら、流行病の季節が狂ってくることもあるかもしれんね。仮にそうだとしても日本脳炎は人から人へうつることはないから、そう心配しなくていい。今では発生数は日本全国でも二桁台だろう。それもほとんど関西と九州で、死ぬ者もいるが数人程度、たいてい年寄りだ。ただ、怖いのは、最近の医者はもう日本脳炎なんて診たことがないんで、万一患者が来ても何の病気か診断を下せなくなっていることだ。風邪かな、なんて、やってるうちに手遅れにしてしまう。まあ、実際、そんな患者が来ることもないだろうが、一応、こういう報告がありましたよってことで、そちらに流しただけだ。診療室の壁にでも貼っておいてくれればいいよ」

「あの、風邪と間違えたりするんですね」

房代は、「上気道炎」と書かれた最初の患者のカルテを思い出した。

「たいていの病気の初期症状は、風邪と区別つかないからね。僕たちだっていきなり来られたら、そりゃわからないよ」

房代は、ここに運ばれてきた患者の話をした。大人の男女二人が死んで、明らかな脳炎症状を呈していた子供もいたこと、さらにその三人が共通して奇妙な甘い香りを感じていること、また、男と子供については光を避けるそぶりを見せたことなどを説明する。

「匂いにしても、眩しがるということにしても、脳の特定の部位に炎症や腫瘍があって、刺激されればそういう症状は出るがね。しかし日本脳炎では聞いたことがないな。おたくが見たのは、違う病気じゃなかったのかな」

「実は、一件、おたふく風邪の菌が脳に入ったっていうことで報告が来てますけど」

「おたふく風邪は菌じゃなくてウィルスだよ。ムンプスウィルスと日本脳炎ウィルスは、全く違うものだから、間違えるはずはない。それは日本脳炎じゃないね。まあ、日脳なんていうのは、そう頻繁にある病気ではないよ」

副会長の口調は終始、悠長だった。

確かに日本脳炎という病気は、一般的には、天然痘同様、根絶された印象がある。人から人には伝播《でんぱ》しないし、感染したところで、発病する確率はごく小さい。予防接種が行き届き、栄養状態が良くなった現代では、恐れるに足りない病気だ、そう思われている。それにしても、窪山地区とその近辺の患者三人が、日本脳炎だったのか、あれはあれで別物だったのか、今のところ確かめるすべはない。

とりあえず房代は小西の自宅の電話番号を押した。重大なことが起きたとき、夜間診療所の職員は、早急に担当の正職員に報告することになっていたからだ。

小西は、アパートの自分の部屋にいた。

「知ってますよ、保健所から連絡が来たから」

そんなことで自宅にまで電話をかけないでくれ、と言わんばかりのわずらわしげな口ぶりで、小西は答えた。

「別にコレラやエイズじゃないですからね、日本脳炎は人から人へうつるわけじゃないし。患者は一応、指定病院に隔離してあるし、とりあえず蚊の発生地になる市街地の草刈りとぼうふら駆除はやりましたから、あとは通常通り学童対象に予防接種をするだけです」

「それだけ？　ちゃんと原因を調べたりはしないの」

「疫学調査は、県の保健所の仕事ですよ」

「どこの仕事って、あんた、だれが決めたの」

「伝染病予防法にそう書いてあるでしょう。とにかく看護師さんは、いつも通り仕事をしていればいいです。診断は医者がすることですから」

小馬鹿にしたような口のきき方に腹を立てながら、房代は電話を切った。

それから二、三日は、昭川市保健センターにとって、市内の日本脳炎発生は、さほど重大事ではなかった。感染症に関していえば、隣市に不法就労の外国人を雇い入れた零細事業所や風俗店が多いことから、昭川市でもエイズ対策に重点を置いている。市民が怖れ、市議会で議員が保健部長を吊し上げるのも、エイズ関係のことばかりだった。

だが、さすがに担当の小西は、四日後には異常に気づいた。

保健所からは、患者の隔離病院への移送、患者の家の周りの消毒と蚊の駆除、といった依頼が保健センターに来る。依頼と同時に、患者の発生状況が知らされた。それがその日一日で十一件に上ったのである。今まで夏風邪、熱中症などと診断されていた患者が、つぎつぎにウイルス検査を受け、病名が確定されたらしい。不明瞭な個々の点であった患者の存在が線となって連なり、ようやく伝染病の集団発生という事実に結びついたのである。

そして保健センターの職員を驚かせたのは、その高い発生率である。この十一件は、前から発病していた患者がまとめて報告されたものと考えられるが、その翌日も新たに七件の報告があった。

　人口八万六千人の昭川市で、発生件数十八件というのは、ちょっと見ただけではそれほど大きな数字ではない。しかしそれが、現在ほぼ撲滅された日本脳炎、ということになると少し事情は違ってくる。

　戦前までの日本では、日本脳炎は確かに恐ろしく、同時にポピュラーな伝染病だった。しかし生活環境や栄養状態が改善され、何よりもワクチンの一斉接種の効果が上がってくると、発生数は劇的に減ってくる。一九五〇年代には、全国で五千二百件の発生が報告されたのが、わずか十年でその数は約三分の一に減り、次の十年でさらにその十分の一になった。現在では年に二、三十件の報告があるにすぎず、しかもその九〇パーセントは、近畿地方以西の養豚地域に集中している。

　つまりそれより東、東海、関東、東北、北海道を合わせた地域で発生するのは、せいぜい、年に二人ないしは三人程度のはずなのだ。

　そうしてみると十八件というのが、一市でわずか数日の間で出た患者数にしては、異常な数字だというのがわかる。しかもこの調子だと、この夏だけで三桁を軽く超えてしまう。

　保健センターの仕事はがぜん忙しくなった。小西が病人移送の手続きを取っている隣で、永井は消毒や駆除の手配をしている。

　病院の空きベッドは確実に数を減らし、もとより少ない防疫、医療対策関連予算の残高は、まだ年度が始まったばかりだというのに、ゼロに近づいていきた。

そして日本脳炎発生が最初に報告されてから一週間経った四月二十七日には、隔離病棟のベッドが早くも満杯になった。

小規模都市の昭川に市立病院はない。かわりに数年前、市長が選挙公約に掲げ、ようやくの思いで誘致した大学病院が富士病院で、市の伝染病隔離病棟は、そこに設置してあるのだが、すでに富士病院一つでは受け入れ不可能になったのだ。

幸い周辺の市の協力を得てベッドはすぐに確保できたものの、すでに感染症手引書からも削られようとしている古色蒼然たる伝染病の二十数年ぶりの復活に、センターのだれもが戸惑っていた。

患者の収容先が市の周辺部に広がるのと反対に、消毒と蚊の駆除作業は、ごく狭い地域に限られていた。窪山町と若葉台住宅である。市の西端に位置するこの二つの地区は広い緑地と森林に囲まれ、市街地から遠く隔てられている。

もちろん鵜川の見た不動産屋のような例外があるにせよ、患者の発生は、なぜかこの近くに集中している。元は山村であった窪山町、そして山を切り開いて作った若葉台住宅は、豊富な緑、すなわち蚊の大発生地に取り囲まれているのだ。しかし今のところ地域が限定されていることで、他の地区の住民の心理的な動揺を引き起こさずに済んでいる。

世間の暦《こよみ》はゴールデンウィークに突入したが、小西たちは休めない。

出勤してあちらこちらに電話をかけ、周辺市の病院の隔離病棟のベッドを確保する。しかしその翌日の四月三十日には、早くも富士大学のベッドが二つ空いた。

患者が退院したわけではない。そのまま霊安室に行き、伝染病予防法の規定に従ってその日の内に荼毘《だび》に付されたのである。日柄が友引であったにもかかわらず。

死亡者の一人は、発症と同時に収容されていた。そしてその四日後には死んでいる。日本脳炎の平均的な進行からすれば、死亡率の高いのは七日目というから、ずいぶん急だ。

さらに二十年前は、日本脳炎に罹《かか》ると三五パーセントが死んでいたが、現在では、対症療法の発達や栄養状態の改善によって、二〇パーセントまで落ちた。致命率二〇パーセントを高いと見るか低いと見るかは別として、とにかく罹っても死ににくくはなってきているのだ。しかしその傾向と逆行するように、患者は極めて短期間のうちに死んでいる。

何かおかしい、とは小西も感じた。おかしいのはわかっているが、調査には関われない。法律上、市役所の職員の職務内容と権限はごく限られている。県の保健所の指示に従い、患者を隔離し、付近を消毒し、媒介動物を駆除し、ワクチンを接種する、これだけだ。これだけが「するべきこと」であり、市の職員の「できること」であった。そしてその限られた仕事の内で、最優先にすべきことがあった。

日本脳炎ワクチンの接種である。法律上の規定はあっても、隔離と消毒はほとんど意味を持たない。なぜなら日本脳炎の場合、人から人への伝播はないからだ。日本脳炎は代表的な人獣共通感染症で、一般的には豚の体内で日本脳炎ウィルスが増殖し、その血液を吸った蚊に刺されることによって、人が感染する。

つまり感染は、豚の体内でウイルスの凝縮された血液によって起こるのであり、たとえ感染者の血液が、他の人間の体内に入ったところでウイルス濃度が低く、感染は起こらない。人から人にうつらない以上、法律に規定された隔離は何の意味も持たないのである。

一方蚊の駆除は、一応有効だが、一般の人々の生活圏内の蚊をすべて殺すなどということは、事実上不可能である。さらに日本脳炎は、対症療法以外には、特に有効な治療法のない病気である。ウイルスを直接叩く薬はない。

そうしたことから、この病気を防ぐ手段は、あらかじめワクチンで免疫をつけることにつきる。しかしそのワクチンによって得た免疫は、永久ではない。せいぜい五年しかもたない。現在昭川市で行なっている予防接種は、小学校四年生で行なうのが最後である。つまりその五歳上、十五歳以上の市民のほとんどに免疫がない、ということになる。一般的にはこの年齢になれば体力がついてくるので、たとえ感染したところで発病はしない。

しかし昭川市では、現実に中年の男女が倒れている。

小西は危機感を覚えた。自分と家族を含めた、十五歳以上の昭川市民七万五千六百人、そしてまだ接種を受けていない五歳以下の子供たち三千四百人が危険にさらされる。

隣席の永井係長をつつく。

「なんだ？」

駆除作業員の日当計算をしていた係長は、帳簿から目を上げずに尋ねる。

「緊急接種、やりましょう」

「何の？」

「だから日本脳炎ですよ。昭川市民全部に」

「なんだあ」

今度は、係長も顔を上げた。

「未接種の赤ん坊と免疫切れの成人、合わせて八万か、そんなたくさんどうやってやるんだよ」

「だから今から、補正予算を組んで……」

永井は呆れたように言った。

「おめえ、予算がどんなものか知ってるのか？」

「だって、こんなときしか、我々出先職員の出る幕はないですよ」

永井の顔に苦笑が浮かぶ。

「ま、そういうデカい話はともかくとして、実は俺も考えたんだ。現実的には義務教育年齢ぎりぎりのところで、中学三年生を対象にやる、という手がある。もっとも必要としているのは、年寄りなんだが。知ってるだろ、最近の日本脳炎の死者っていうのは、ほとんどが六十五歳以上だってことを」

「でも、年寄りにやったってしょうがないですからね。どうせ先がないんだから」

「そういうことじゃ、ねえだろうが」

永井は遮った。

「漏れなく一度にまとめてしなきゃならないのが、我々のやる集団接種だ。となれば、義務教育の段階でやるのが一番てっとり早いんだよ。管理するのも統計取るのも楽だろ。それで、人と予算の手当てはどうにかなるが、ネックがある」

「何ですか？」

「これが何というか」と、永井は親指を立てて見せる。センターの所長のことである。

永井と小西は所長席に行った。近くの椅子を引き寄せ、永井は所長の正面にどかりと腰を下ろす。所長は永井よりも十以上若い。総務、財務畑を歩いてきた出世頭だったが、属していた派閥の助役が最近、汚職事件で挙げられたために、自動的に出先機関に異動してきた。

「所長、実はこんな状態なんで、中学生対象の予防接種、そろそろ考えたほうがいいんじゃないかと思うんですがね」

永井は単刀直入に切り出した。

「はあ」

所長は、礼儀正しく両手を膝に揃えて、永井のほうに真っすぐ体を向ける。しかしその姿勢とは裏腹に、口元をきっちり引き締め、鋭くせわしない視線を永井と後ろに控えている小西の両方に送ってくる。話を聞く前から守りの態勢に入っているのがわかる。

「で、たとえばどんなふうにやるのか、永井さんのほうとしては考えていますか」

職員の提案には、一応耳を傾けるというのが、この所長のやり方だ。そしてこんなふうに突っ込んでくる。この段階で単なる思いつきや非現実的な案は却下される。

永井は、ごそりとファイルを開いた。小西は、あっと声を上げた。ぎっしり数字の書きこまれた手書きの資料だ。

「市内の中学三年生の接種対象者数は、四七九一人。日程は本格的流行期が始まる前だからかなり忙しいんだが、六月十八日月曜日から二十九日までの実質十日間。ちょっと無理して、ここにぶちこんじまう。今年の学童分のワクチンの落札価格は、一本一万七千八百円だから……同じ金額として見積もって、一人分が約九百円、医者の日当に関しては接種と問診、合わせて延べで四十人、一人あたま三万七千円、看護師は七十人で一人あたま六千円、事務員が同じく七十人かけることの四千円……。

それから駒木野第二中と北浦中は、接種者数が少ないから近くの会場にまとめるとして……費用は補正予算が議会を通るまで待ってられないんで、流用やっちまって」

「ちょっと待って、予算流用ったってそう簡単にはいきませんよ」

所長が遮る。

「いや需要費のうちの出張旅費が予備費として計上してあるし、足りなきゃ一般消耗品費、医療機器修繕費から持ってくりゃあいい。なに、補正が通った後で繰り戻しするだけのことなんで」

説明しながら永井が出したのは、財政課宛ての通知書だ。後は所長が判さえ押せばいいように、すべて体裁は整っている。

小西はあんぐりと口を開いて、永井の顔を見ていた。危機感にかられて、小西が市民の集団接種を思いついたそのとき、永井はすでに生徒数から、ワクチン購入代、医師、看護師の人件費まで全部積算し、予算確保の手段まで考えていた。出先機関に二十五年も居座っている万年係長に、小西はこのとき初めて敬意らしいものを覚えた。

「ま、ま、ちょっと待って」

所長は遮った。

「ちょっと検討させてください」

「は？」

「こういう時世だし、ただでさえ予防接種不要論が高まっているときに、むやみに業務を拡張するのは問題だって話になりますよ。健康被害の賠償問題がありますからね。流行っているから、さあ予防接種を中学生にもやるぞっていうわけには、こちら側としてはいかないでしょう。ここは一つ、慎重に対処するとして……」

永井は腕組みをして、ちょっとうなった。

「慎重っていっても、脳炎のピークは夏には来ちまうから、そのときになってジタバタしたって遅いんで。さあ、注射だ、ワクチンだって、そば屋の出前じゃあるまいし、すぐに手配するってわけにはいかないですよ」

所長は、昭川市の地図を机の上に出した。東西に長いその西端を指差す。緑地を表す緑と市街化調整区域を表す鶯色に囲まれた小さな島、窪山町と若葉台住宅だ。

つるりとはげ上がった額を小さな手でなでながら、所長は永井に向かい、もの柔らかだがはっきりした調子で言った。

「今のところ、患者が市内全域で発生しているわけではないでしょう。市内の中学校十一校全部で接種する必要が、ありますかね？　何より予防接種をしてもらいたければ、自分でできるんですから。何も、今、うちですぐに行なうことはないでしょう」

病院や県の医療施設にはワクチンが置いてあり、接種を希望する市民は有料で打ってもらえるのだ。日本脳炎の場合、その費用は三千円である。

もちろん所長が心配するのは、それを役所でやった場合の経費の問題ではない。行政の側で中学生に行なった場合、保護者には接種を受けさせる義務が生じる。義務接種である以上、万が一にも障害が出た場合、それは全面的に行政の責任になる。

いったん引き下がり、自席に戻った永井係長は、白髪頭をかきあげながら舌打ちした。

「やつぁ、一日も早く本庁に戻りたくってしょうがないんだ。ちっとでも問題が出そうなことは、一切やろうとしやしねえ」

小西はうなずいた。彼自身、一日も早く本庁に異動したい、できれば、財務、総務の仕事をしたい、と願ってやまなかったのだが、今、そんな気は薄れている。

何かとんでもないことが持ち上がりつつある。不安よりも、これで退屈な日々の仕事に風穴を開けられ、いよいよ自分の出番が来たという奇妙に昂《たか》ぶった気持ちがある。

その頃、保健所では疫学調査が開始されていた。係員が患者の家に出向き話を聞き、家族の健康診断を行なう。しかしそれ以外、特別なことはなされていなかった。

日本脳炎は、豚と蚊とヒトの感染環《かんせんかん》によって発生する。そのメカニズムはあまりに明らかで、外来伝染病や食中毒と違って複雑な感染経路を調べる必要はなかったからである。

4

ゴールデンウィークが明け、休みぼけと気怠《けだる》さを残したまま、人々は動き始めた。

周辺部の丘陵地に開かれた新興住宅地から東端の市街地に、眠たげな目をした勤め人たちを乗せてバスは走る。彼らのほとんどはそこからさらに私鉄特急に乗り換え、四十三分かけて東京に向かう。二、三十年前まで農林業の町だった昭川は、今、都心へのベッドタウンに様がわりしていた。

一方、年中無休の救急診療所に勤める房代には、ゴールデンウィークも、盆も正月もない。市内の開業医が休む分だけ忙しくなった一週間を終え、動き出した世間とは反対に、この日ようやくほっと一息つき、亭主の作った朝食を食べていた。

最近では、近所付き合いも含めた家事一切を亭主がやっている。短時間に手際よく、システマティックに雑事をこなしていく手腕は、四十年近いサラリーマン生活で培ったものか、持って生まれた才能なのか、房代にもわからない。とにかく家事については脱帽している。先に食べ終わった亭主はまな板をベランダに干している。

寝起きではっきりしない頭を抱えて、何気なくテーブルの上の新聞に目をやり、房代はぎょっとした。

「昭川市で日本脳炎患者大量発生」という見出しが目に入ってきた。

慌てて老眼鏡を取り出し、文字を追う。

記事内容は次のようなものであった。

保健所の発表によると、日本脳炎の発症者数は昭川市内でこの日までに二十八人。日本脳炎は、感染しても発病することは稀なので、この数字からすると、感染者数はかなりの数にのぼる見込み。患者は市の西部、窪山地区に集中している。保健所長の談話として、日本脳炎は人から人への感染はなく、原因はコガタアカイエカによる吸血のみなので、普段からまめに雑草を刈り、ぼうふらのわく水たまりをなくし、一方でバランスの取れた食事と規則正しい生活を心がけて、体に抵抗力をつけておけばかなり防げるはずだ、とある。

なんだか妙に楽観的ではないか、と房代は感じた。原因究明のための疫学調査を実施中と記事にあるから、保健所としては、しかるべき取り組みをしているのであろうが、本当に、草刈りや規則正しい生活で防げることなのだろうか。やはり窪山にだけ発生することからしても、この患者数からしてもどうもこの「日本脳炎」は尋常ではない。

「おい」

亭主に呼ばれて、房代は新聞から目を上げた。

「飯を食べるのか、新聞を読むのか、どちらかにしろ。食事しながら、新聞を読むのは、消化に悪い」

「はいはい、わかりましたよ」

房代は、慌てて新聞を畳んで脇に置き、味噌汁に口をつける。食欲がない。

「まずいか？」

房代の箸先を見て、亭主が尋ねる。

「いいえ、ちょっと気になることがあって」

「たまに、食欲が減退するほうが、人間らしくてよろしい。その体なら、二、三日食わんでも心配はない」

にこりともせずに言うと、亭主は鍋を磨き始める。

よく冷えた温泉たまごと、いんげんの梅肉あえといった朝食は、房代が台所に立っていた頃よりも、はるかに手が込んでいる。残さず食べ終え、すぐに新聞を広げる。

「茶わんを洗えとまでは言わんが、流しに下げるくらいしたらどうだ」

「はいはい」

五年の間に、ずいぶん口うるさい主夫になったものだ。

茶わんを片付けてから、居間にどかりと腰を据え、もう一度、丹念に新聞の記事を読み返す。二十八人の患者のうち、死亡者は六人。発病者の二十数パーセントがすでに死んでいる。やはり尋常なことではない。

こうしてはいられないと、保健センターに電話をかける。

「えっ、患者発生状況を詳しく知りたい？」

電話に出た小西の声は、さすがにこの前よりは緊迫感があった。

「そんなこと聞いて何するんですか。外部への対応は、県の伝染病予防課の窓口一本でやってますよ」

「あたしは外部かい？」

「そういうわけじゃないですけどね、統計については、県の保健所で答えるって決められてるんですよ。いろいろな窓口で適当に答えてしまうと混乱を招くでしょう」

「そんなことはわかってるから、いったいどこでどんな具合に、患者が出てるのよ。現場の人間に、ちゃんと教えてくれとかなくちゃ、いざってときに困るじゃないさ」

「だいたいでよけりゃ、言いますけど」

ぱらぱらと書類の音をさせてから、小西は答えた。

「今、こっちが掴んでるのは、窪山町が五件、若葉台が十六件、それから八幡町と木暮町から一人ずつ。これは昭川商工会議所のメンバーで、若葉台カントリークラブに行ったメンバー。それからざまあみろと思うんだけど、暴力団盾和会のチンピラ、こいつの現住所は、田町。たしかに窪山地区が多いけど、そこだけじゃないってことですね。それから今朝死んだのは、東京の練馬区の住人、この人は、うちの市とは何の関係もなし」

例外はあるにせよ、発生は窪山付近に偏っている。

房代が見たあの奇妙な症状の患者たちは、「日本脳炎」だと見て間違いない。少なくとも公式には、「日本脳炎」と診断された。すると、あの富士病院の「無菌性髄膜炎」の診断は何なのだろう。

釈然としないまま、房代は尋ねた。

「窪山地区だけでそんなに出るのって、おかしいわね」

「田舎だから蚊が多いんでしょう」

「そうかねえ」

「それに養豚場もあるから。もういいですか？　朝から市民からの電話応対で仕事にならないんですよ」

「市民から？」

「新聞が書き立てたものだから、心配した母親が、いったい役所は何をやってるんだってかけてくるんです」

わかったわかった、と言いながら、房代は電話を切った。それから、和ダンスのいちばん上の引き出しから、看護学校時代の教科書をひっぱり出して開いた。

黄色く変色した年代物の教科書だが、日本脳炎のような「古い伝染病」には、十分対応できる。その内容は房代が三十年以上も昔に、覚え込まされたものである。

日本脳炎は豚の体内でウイルスが増え、その血を吸った蚊に刺されることによって人が感染する。媒介する蚊は、おもにコガタアカイエカ。したがって発生は夏期に限られる。

潜伏期間は、約一週間。前駆症状は、頭痛、全身倦怠、下痢。ほとんどは、ここで終わる。が、リンパ節で増殖したウイルスが脳に入ったときから、特徴的な症状が出る。四十度近い高熱と、激しい頭痛、嘔吐、腹痛、痙攣、意識障害、筋肉のこわばり、そして昏睡、呼吸マヒに陥るのは、発病後、四日から五日。

あの窪山地区から来た患者の例を当てはめると、いくつもの奇妙な点が出てきた。何よりも発生は夏期に限られるとあるが、まだ五月の初旬だ。冬眠から覚めた蚊が飛び回り始めるのが四月。しかしこの時期には、蚊の体内のウィルス数はヒトに感染し、発病させるほど多くはない。五月から六月にかけて蚊は豚を刺し、豚の体内で日本脳炎ウィルスが増える。やがてウィルスで充満した豚の血を吸った蚊とその蚊の生んだ次世代の蚊によって、ヒトが感染する。それが七月から八月。流行のピークはそれから少し遅れて、八月の終わりから九月にくる。

たしかに暖冬につづく春先の異常な暑さで、蚊が出てきた。しかし常識からすれば、今の時期の蚊は、まだ無害なはずではないか。

それだけではない。日本脳炎は不顕性感染といって、感染してもほとんどは何の症状も出ないまま終わる。かりに発病したにせよ、大抵の者はちょっとした頭痛と微熱、軽い下痢程度で終わる。脳炎症状が出るのは、感染者の〇・一パーセント、死者は脳炎症状の出た者の三五パーセント。

教科書の「日本脳炎の疫学」のページにはそうある。ずいぶん古い本なので、実際にはこの数字はもっと低くなっているだろう。

そうして見ると、この昭川市の患者数は多すぎる。ここで患者としてカウントされたのは、隔離病棟に入院した人々で、おそらく脳炎症状を呈した重症者であろう。そうするとその背後に、その一千倍の感染者がいるということだ。二十八人の一千倍。二万八千人が感染しているということか？　昭川市の総人口が八万六千だから、その三割が感染しているとみなされる。いや、患者の発生が窪山地区に偏っているとすれば、そこの人口を大きく超えた数が感染しているという計算になる。いったいこれをどう解釈すればいいのだろう。

しかも死にすぎている。抵抗力のない幼児や、年寄りならともかく、中年の男女があのように簡単に死ぬことがあるだろうか。

もとより症状だっておかしい。頭痛、高熱。頸部のつっぱりや意識障害はともかく、奇妙な匂いを嗅ぐ、光を眩しがる、などということは、教科書のどこを探しても書いてない。

和子の言うように、外国から持ち込まれた日本脳炎以外の病気なのではないだろうか。予防手段も治療方法もわからない病気が流行り出したために、どこか上の方でパニックを避けてニセ情報を流しているのではないだろうかと房代は考え及び、あらためて寒気を覚えた。

小西と永井係長、そして庶務担当者の女性職員の三人が、その日の午後、電卓と用箋を抱えて会議室にこもった。電話の対応から逃れ、早急にやるべきことがあった。中学生対象の日本脳炎臨時接種の実施が急遽決まったのだ。

新聞に記事が出てから、市民や議員からの電話が相次いだ。さすがの所長も手をこまねいていられなくなったらしく、保健所や県庁、果ては厚生省にまで電話をかけ、相談した結果、緊急接種を決定した。

しかし接種と言っても簡単にはいかない。まず予算の手当て、そして協力医、看護師、そして接種会場を確保しなければならない。毎年、通常接種だけで予算と時間割をぎりぎりに組んであるために、緊急接種を入れる余裕などほとんどない。まずはそこをクリアしなければならない。

大量の決裁、大量の書類。予定外の業務を行なうためには、気が遠くなるほどの事務がある。大変なことが起きている、という実感を小西は、この大量の書類の山を前にあらたにした。

だが、ここで慌てて中学生に接種したとして、残りの大人はどうなるのだろう。毎年ごく少数ながらも日本脳炎の死者は出ているが、たいていは体力のない老人だ。まあ、自然の摂理で妥当なところかと思った後、実家にいる優しい祖母の顔を思い出し、それもまずい、という気がしてきた。

予防接種協力医の名簿を机の上に置いたまま、小西は両手で頭を抱えて「あー」と叫んでいた。

「なに、遠吠えてるんだ」

永井係長が、耳にボールペンを挟んで条例集から目を上げる。

「だから、中学生にだけ接種するんでいいのかってことですよ。免疫の切れた大人はどうなるんですか」

「んなこたぁ、わかってるよ」

吐き捨てるように永井は言った。

「考えたってしかたないことは、しかたない。市民の百パーセントに免疫をつけようってのが土台無理なんだ。中学三年生に接種と、この方針で決まったら、それしかねえ。

悩んでたら役所の仕事は進まないよ」

小西は、口をとがらせてうなずく。

「それより怖いのは、ワクチン不足だ。この先、もしあっちこっちの地域から患者が出てきたら、個人病院から周りの市町村まで、みんな欲しがるだろうがよ。ところがワクチンなんて、はい、どうぞって作れるもんじゃない。するとな、わかるだろ。品不足だ。俺たちは一足早く、薬屋を押さえるんだよ。岡島薬品の森沢さんをとっつかまえて、こっちの分を確保しておくように頼まなければならん」

森沢というのは、岡島薬品のプロパーである。いわゆる営業屋ではなく、医師への医薬情報、学術情報の提供者として、市内の病院では信用を得、頼りにされている。もちろん役所でも、森沢はワクチンの説明会、副反応の問い合わせへの応対、ワクチン会社や医療機器メーカーへの見学会など、専門的な知識を必要とすることの一切を引き受け、取り仕切っている。

そのうえ岡島薬品の社員とはいいながら、あちらこちらの製薬会社に顔が利き、ワクチン受注の際の談合の黒幕とも言われている。が、それはそれで、役所にしてみればこうしたときに無理を聞いてくれる、頼りになる人物なのである。

小西は、ビジネス手帳に「森沢」と名前を書き込んだ。


同じ頃、鵜川のいる旭診療所には患者が詰めかけていた。

いつもゴールデンウィーク明けには、無理なレジャースケジュールで体調を崩した患者で混み合うが、今年は特別だ。

発熱、頭痛、吐き気、そうした症状を訴える患者がほとんどだ。今朝の新聞記事を見て、もしやと思いやってきたのだ。

日本脳炎は、現在、東日本ではほとんどなくなった。にもかかわらず、狂犬病やペストなどと同様、いったんかかれば怖い病気だというイメージは広くある。

小さな子供がかかり、致命率が高く、たとえ治っても多くは深刻な後遺症、特に知的障害が残る。窪山地区で多く発生しているとはいえ、自分の所が必ずしも安全とは言えない。蚊などというものは、どこにでもいるからだ。

どこか他人事のようにかまえていられるエイズとは違い、日本脳炎は小さな子供を抱えた母親を震え上がらせるには十分だ。鵜川の元を訪れたのも、大半が幼児と小学生を連れた母親たちだった。

今まで鵜川は、むやみに薬を出さずに患者と話すことを心がけてきた。話して納得してもらうのが、治療の第一歩だ、と考えてきた。だからこの日も母親たちに説明した。だが、そうして応対するうちに待合室は満杯になり、診療所の庭から道路まで列ができてしまった。

鵜川は待合室に出ていって、そこに集まった人々に説明した。日本脳炎の典型的な症状はどのようなものか、気をつけなければならないのは、急に高熱が出たときで微熱程度ならさほど心配はないこと、等々について懇切丁寧に話した。

そして中学生以下の子供の発病者が、今のところほとんど出ていないという話もした。

例外は、義務接種のワクチンを拒否した子供で、これは鵜川にとっては、はなはだ心苦しいことだった。

鵜川は今まで、ことあるごとに、ワクチン不要論を説いてきた。その効果の不確実さ、副反応の深刻さ。さも効果があるように歪曲されるデータと、いかにも少なく粉飾される副反応。業者任せのワクチン開発と製造、資本の論理に屈伏する研究者、製薬会社と癒着する厚生省……。

健康は我々のものだ。医療を我々の手に取り戻せ。すでに撲滅されたに等しい伝染病のワクチンを業者の金儲けのために、危険な副反応を承知で子供に接種する理不尽を許してはならない。そう説いてきた。

この冬のインフルエンザは、流行予測では「ほとんど無し」というデータを得たにもかかわらず、それは表に出なかった。業者側にしてみれば、需要は一定していなければならないからだ。今年は流行がないからいらないと、言われたとき、その設備や材料は全部無駄になる。大量の在庫は、一年を期限に廃棄される。

業者に作ってもらうには、行政側が常に一定の需要を作り出さねばならない。そう言いきった厚生省の技官がいた。しかし彼は自分の子供には、インフルエンザはおろか、麻疹や日本脳炎の接種も受けさせなかった。その副反応の怖さを知っていたからだ。

日本脳炎についても、役所は一年ごとにワクチン業者を替える。メーカーにより微妙に成分が違い、年によってはかなりの数の子供たちが軽いショックを起こし、頭痛を訴え、嘔吐したりする。にもかかわらず、校医も町医者も、それを精神的なもの、という一言で片づける。しかし鵜川は丹念にそうした症例を診る。そして親に健康被害の届け出をするように指導してきた。

ところが今、この日本脳炎に関して、ワクチンは明らかな効果を示している。過去において日本脳炎は発病したら最後、三人に一人は死ぬ病気だった。現在ではそれが五人に一人くらいになったが、その分後遺症を抱えて生きなくてはならない。そうした病気が流行ってしまったとき、ワクチンの副反応は取るに足りない。

病気そのものが大きな脅威であった時代には、薬害など問題にならなかった。しかし今、そうした状況が再び訪れ、薬剤が絶対的勝利を収めつつある。

薬剤それ自体が悪なのではない。その使われ方が、問題なのだ。そんなことはわかりきっているが、鵜川は転ぶことを迫られた宗教者のような苦しさを感じている。

休む間もなく患者を診て十分間ほど時間をもらい、昼食を食べようとしたのは、午後三時過ぎだった。冷め切ったお茶でやはり冷めた飯を流し込む。診たところ、患者のほとんどは軽い風邪だ。しかし彼らの不安感は強い。

それにしても、なぜ今頃、こんな古い伝染病が流行らなければならないのか。予防接種の効果より副反応のほうが大きい、と判断されるほどに勢力を弱めた病気が、なぜよみがえってきたのか。

何か原因があるはずだ。病原体を広めるもの、人の体の防衛機構を損ない発病を促すもの、あるいは病毒を強めるもの……。

いずれにせよ、社会システムの変化にともなう何かが引き金になっているに違いないと鵜川は思う。スギ花粉症の発症の重要なファクターとしてディーゼルエンジンの排ガスがあることがわかっていながら、多くの医療関係者が口を閉ざしているように、何かがあるのに隠されているような気がする。

それだけではない。鵜川は日本脳炎患者を今まで診たことはない。にもかかわらず、これは日本脳炎ではないのではないか、という疑問が消えない。

箸を止めていると、看護師が「先生、お願いします」と甲高い声を張り上げた。

慌てて衝立《ついたて》の向こうに行くと、熱で顔を真っ赤にした老人が診療台に寝て、息を弾ませていた。鵜川が近付くと「なんだ、妙な匂いがする」とうわごとのようにつぶやいた。

鵜川はすぐに受話器を取り上げ、設備の整った隣市の大病院に連絡を取った。

診療を終えたのは五時半だったが、その日鵜川は夜間診療所の当番に当たっていた。戸締まりを看護師に任せ、一息つく間もなく保健センターにかけつける。

当番医のもう一人は、診療受付時間ぎりぎりにやってきた。

「忙しいのなんのって、たまったもんじゃない」

汗を拭きながら飛び込んで来たのは、外科医の水谷だ。どさりと椅子にかけたまま、しばらく肩で息をしている。

専門は外科だが、精神科以外ならなんでもこなす、と日頃から豪語している水谷だが、レイバンの眼鏡の下に今日は隈《くま》が浮いて見える。

「商売繁盛で、けっこうじゃございませんか」

和子が、冗談ともなく言う。

「まいったね、この脳炎騒ぎ。ちょっと頭が痛いって言うとすぐに連れて来るんだ。だいたい、子供は接種してるから大丈夫なんだがね。もっとも接種していないのもいることはいるが」

そこまで言ってから、「おっと、ここに接種反対派の鵜川さんがいたか」と笑う。

そら来た、と鵜川は思った。水谷は昭川市でも極端なくらいの予防接種推進派だ。ひところ安全性の問われたMMRワクチンについても軒並み接種を勧め、儲け主義ではないか、と陰口を叩かれていた。しかしこの青年医師は、いささかむら気で強引なところはあるが、金についてはきれいだということを鵜川も知っている。もっともそのMMRワクチンについては、後でいくつかの事故が起きて、勧めた水谷の面目は丸潰れになった。

「で、どう、忙しいでしょう、おたくのほうも」

水谷は上体をひねって鵜川のほうを見て、屈託のない調子で尋ねる。

「ええ、お母さんたちが、極端に神経質になっているからね」

水谷は、大きくうなずきながら、最初の患者に向かい手招きする。

「まったく、朝から患者が詰めかけて。蚊に刺されたって、うちに来てどうするんだよ。そんなもんウナコーワでもつけておけって怒鳴ってやりたいが、一応血清検査をした。もし日本脳炎なら、結果の出る頃には手遅れになってるよ」

水谷の前で口を開け、喉を見てもらっていた患者が、ぎょっとしたように瞬きする。

「風邪だ」

突き放すような調子で水谷は患者に言い、跳ねるような大きなローマ字でカルテに記入する。

房代は、待合室をうかがった。子供連れでいっぱいだ。あの新聞記事のおかげで、すでにパニックが起こりかけている。

「でも先生、あれは本当に、日本脳炎なんでしょうかね」

房代は声をひそめて、水谷に尋ねた。

水谷は唇を引き結び、軽くうなずいた。

「今朝ほど、うちに来た患者の検査結果を見たが、間違いなくウイルスが検出されている。トガウイルス科フラビウイルス属。直径40ミクロンの規則的な球形粒子で、きれいなものだ。蛍光抗体法検査と寒天ゲル内沈降テストの結果も、日本脳炎と出た」

難しいことはわからないが、とにかく日本脳炎ウイルスが検出されたのなら、日本脳炎に間違いないだろう、と房代は釈然としない思いを呑み込む。

「しかし」と水谷は、少し難しい顔をして続ける。

「どうも発生数が多すぎるな。しかもこの時期だ。日本脳炎と報告されているものの何割かは、別のものが交じっているかもしれない。あるいは何か他の病気かもしれない。ウイルスが同じでも、臨床的に見てあまりに様相が違うとすれば、別種の病気とみなすべきだと僕は思う」

そのとき、診療室内に作業服姿の男が入って来た。「桑原衛生サービス」という医療廃棄物処理業者の作業員だ。止める間もなくさっさと奥に行き、ビニール袋と円筒形の使用済み注射針の容器を持ち出す。

「ちょっと、おたく」

和子が呼び止める。

「診療中よ。昼間のうちに取りに来るはずじゃなかったの」

作業員は、にきび面の三白眼で和子を睨みつけると、乱暴に注射針容器を摑んで袋に入れた。

「態度悪いわね」

房代は青柳にささやいた。

「そりゃね。これモンだよ」

青柳は、片手で自分の頰を斜めに切る真似をした。

「えっ？」

「盾和会でやってるの。暴力団新法や何やかやで、なかなか極道稼業一筋じゃやっていけないんだよ。金融もきつくなってるし、目をつけたのがゴミなんだ」

「だって、ここは役所でやってるところでしょうが」

「昔から市長のお膝元に睨みをきかしてるから、しょうがないんじゃないの。去年から民間委託された不燃ゴミの回収も、盾和会系の業者が落札してさ、泣かされてるよ、こっちは」

「なんであんたが、泣くの？」

「俺が泣くってより、コレがさ」と小指を立てて見せる。

「あんたヒモなんだから、これだろ」と房代は親指を立てる。

「うん、営業妨害されてよ」

そのとき室内に、けたたましい金属音が響いた。廃棄物容器を落としたらしい。蓋が外れて、注射針が床に散らばっていた。

その数本は、少し離れたところに立っている和子の足元にまで飛んでいた。

「危ないわね、気をつけてちょうだいよ」

眉を吊り上げた和子が、屈《かが》んで拾う。摘《つま》み上げた瞬間、ちょっと顔をしかめた。

「どうしたの？」

「刺したのよ。眼鏡かけてないから、よく見えないの」

舌打ちしながら手早く拾い集め、容器に入れる。

「気をつけて下さいよ」

患者を診ていた鵜川が振り返り、いつになく鋭い調子で言った。それが業者に向けられたものか、それとも指に針を刺した和子に向けられたものか、そばで聞いていた房代にはわからなかった。

和子は、アルコール綿で傷口を拭きながら、「B型肝炎やエイズは怖いからね」と独り言のようにつぶやいた。

処理業者は、ふてくされたように袋を抱えると、ドアを叩きつけて出ていった。

「先生、日本脳炎じゃないでしょうか」という患者の訴えが、房代の耳に入ってくる。

「いつから、頭が痛いの？」

水谷は、不機嫌に尋ねる。

「今朝、起きた時からなんです」

「それをなんで、夜になってからくるんだよ。だいたいここは救急診療所だ。脳炎が心配なら、検査設備のある病院に昼間行けよ。それで、熱は？」

患者は、顔を強ばらせると、ぺこりと頭を下げた。

ごく軽症のうちに、即座に診断のつく方法はないのだろうか。易者のように黙って座ればぴたりとわかればどんなに楽だろう、と房代は思う。

「先生、二次収容に回しますか？」

房代は、患者の一人について尋ねた。

「あれを全部、救急病院へ回すのか」

水谷は、待合室のほうを顎でしゃくった。診療開始三十分でベンチは埋まり、通路から玄関前の歩道まで人が溢れていた。

「夕方のテレビのニュースでまた取り上げたそうだ。マスコミがあおってるんじゃたまらない。これじゃ肝心の救急患者に手が回らない」と水谷は舌打ちする。

深夜にかけ、患者はさらに増え続けた。受付には保険証が分厚く積まれていき、待合室は冷房を最強にしているにもかかわらず、人いきれで汗ばむほどだ。今年の異様な暖かさで蚊がすでに発生しているのも、混乱に拍車をかけている。

薬を処方し、これ以上熱が上がるようなら、明朝、検査設備のある病院へ行くように、と患者に説明しながら、鵜川は考えていた。

検出されたウイルスは、水谷も言うとおり確かに日本脳炎だった。発病率が高く、症状が重篤な新たな日本脳炎？　そんな可能性はあるだろうか？

人込みをかきわけるようにして、赤ん坊を抱いた若い母親が受付を通さずに、診療室に飛び込んできた。子供の目は、激しく左右に揺れ体が反り返っている。

「おいでなすった。本物だ」

水谷が、素早く立ち上がった。

「すぐ、富士病院だ。ここでは何もできん」

青柳が電話に飛び付き、空きベッドを確認する。保険証を返しながら、房代はそれに記載されている住所を見た。若葉台だ。

またもや窪山地区。

急患の赤ん坊の姿を目にした待合室の患者の間で動揺が広がっているのが、診療室の中にいてもわかった。やにわに水谷が立ち上がり、ドアを開けて出ていった。

「ここには、検査設備はありません。あくまで軽症の応急処置しかできませんから、日本脳炎が心配だったら、明日、病院に行って検査を受けてください」

大声で言って、戻ってきた。待合室は水を打ったように静まり、数秒おいて数人の患者が立ち上がり、そそくさと帰っていった。

診療が一通り終わったのは、夜中の一時過ぎだ。疲労困憊《こんぱい》の様子で、白衣を脱ぎ始めた医師二人のそばで、和子と房代は片付けにかかる。

「本当に、これ日本脳炎なのかねえ」

和子に向かい、房代は尋ねた。

「何だか、様子がおかしいですね」

違った方向から、答えが返ってきた。鵜川だ。大柄な房代を見上げ沈鬱な表情で首を振る。

「じゃ、お先に」と、水谷が軽く手を上げて出ていく。鵜川もその声に促されたように、後に続く。ドアを開きかけてちょっと足を止め、振り返って言った。

「看護師さんたちも大変だね。自分の体のことも気遣ってやってね」

和子と房代は、片づけの手を止め、会釈した。

静まり返った診療室には、青柳のそろばんの音だけが響いている。さすがの青柳もむだ口を叩く元気はないらしい。

「まだ、終わらないの？」

着替えを終えた房代は、声をかけた。

「こんなときは、しょうがないわな」

書類から目を上げると、青柳はいくらか不精髭の伸びかけた口元で笑った。

「まあ、せいぜい残業代を稼がないことにはね。あっちの仕事がだめになりかかってるからさ」

「あっちの仕事？」

「だから、あっちよ」

愛人の経営しているラブホテルの話だ。

「もうじきたたむんだ。ちょっと前にでかい改修工事やったばっかりで、借金を返し終わってないってのによ」

「例の盾和会のヤクザに営業妨害されたって、あれのこと？　警察に届けなさいよ。ちゃんと」

「届けたって相手にしてもらえないさ。うちのホテルはさ、緑とせせらぎの中の離れ宿ってんで、売ってきたんだよ。フロントと車置場は、紫色のピカピカの鉄筋コンクリートなんだけど、客室はあずまや風の離れでね」

房代は、あっ、と言って、青柳の顔を見た。いつか予防接種に行く途中で見たラブホテルだ。場所は、窪山町上手の山の中だった。

「ま、大自然の中で、男女の営みをやってもらおう、とこういうコンセプトだったんだけどね」

「何がコンセプトよ」

「部屋の前は、ちょっとした谷地でさ、春は若葉に山桜、初夏には藤、秋は紅葉って感じで、なかなか風情があったもんだ。ところが地主が、役にも立たない土地だってんで、売っちまった相手が悪かった。盾和会の幹部のコレだ」と小指を立てる。

「それからあっというまに、コンクリートブロックだのプラスティックゴミだので、谷が埋まっちまってさ。せせらぎなんてどっかに行って、青大将だらけだ。いくらやることは一つったって、そんなとこにわざわざ客は来るわけないわな。裁判やるにしても、相手が相手だし」

気の毒に、と房代は、そこの女性経営者に同情した。青柳などではなく、もう少ししっかりした男を飼っていれば、そこまでなめた真似はされなかっただろうに。

5

翌朝、房代はぐっすり眠っているところを亭主に起こされた。

「おい、電話」と言われて、寝ぼけまなこで受話器を取ると、小西だ。

「お疲れのところ申し訳ないんですがね、今日、出勤してもらえませんか？」

このところ患者が殺到して、とても看護師二人ではさばききれないのだと言う。

「申し訳ない」という口調が、少しも申し訳なさそうではない。

「わかった」と返事をして、房代は、いつまでこの騒ぎが続くのだろうとため息をついた。

「ところで堂元さん、中村さんが今日どこにいるか知ってますか？」

房代は時計を見た。午前十時だ。

「動員かけるのに、いくら電話しても通じないんですよ」

「デートでもしてるんじゃないの？」

小西は、大笑いした。

「失礼じゃないの。彼女独身なんだから」

「冗談言ってる場合じゃないんですよ。本当に、今日は出てきてくれないと困るんですから」

「出てきてくれなければ困る」とは、普段あれだけパートの看護師をないがしろにしておいて勝手な言い草ではないか、と憤慨する一方で、房代は奇妙な胸騒ぎを感じた。

「行ってみる？　彼女の家まで」

「いや、そこまでは」と小西は答えた。

「ま、五時過ぎて連絡がつかなければ、行ってみます」

そう言い残して電話は切れた。

再び布団にもぐる気も失せて、あくびをしながら食卓上に置かれた新聞に手を伸ばす。あくびで開いた口がふさがらないような記事がそこにあった。

厚生大臣の談話だ。昭川市で日本脳炎大量発生のニュースを受けて、昨日、記者会見が行われたということだ。

日本脳炎自体は、現在でも西日本では年に数例は発生しており、今回の例はたまたま顕在化しただけで、特別変わったことが起きたわけではない。病気自体は予防法も治療法も確立されており、エイズなどと違って人から人に感染することもなく、媒介する蚊の寿命もせいぜい三十日から四十日と短く冬になれば死ぬので、今後、全国で爆発的に流行するとは考えにくい。どのような対策があるかは今後、考えていくが、パニックになる必要はないので、冷静に対応してほしい。

「全国で流行することはない、ですか」

ふん、と鼻を鳴らして房代は着替え始める。

「お国の上の方にいる人にとっちゃ他人事よね」

再び小西からの電話を受けたのは、房代がそろそろ出かけようと支度を始めた夕方の六時過ぎだった。

「今、中村さんのマンションにいます。すみません、ちょっと、こっちまで来てくれませんか」

小西の声は緊張していた。

「部屋にいるの？」

「いえ、入れないんで困ってるんです。できれば、女の人に来てもらったほうがいいんで」

「女の人？」

「ええ……まあ」

よく意味がわからなかったが、房代はとりあえず家を出た。

和子の家は、駅からほど近い繁華街にある。十二階建ての真新しいマンションで、房代は一度だけ訪れたことがある。

ミニサイクルで乗り付けると、路上に止めた昭川市役所のマークの入った軽自動車のそばに、小西が立っていた。

「すみません」

房代に向かいぺこりと頭を下げ、「とにかくちょっと、来てください」と先に立ってマンションの玄関をかけあがる。

そのとき駐車場に和子の紺のマークⅡが止めてあるのが見えた。出かけてはいないらしい。

十二階の彼女の部屋に行くまでの間、小西は一言も口をきかなかった。廊下の突き当たりにある和子の部屋のインターホンを押す。

返事がない。続けざまに押す。室内で間延びした音でチャイムが鳴っているのが、鉄の扉を通して聞こえてくる。

と、そのとき、かすかな鳩の鳴き声のようなものが、その音に混じった。小西は、耳を扉に押しつけ、房代にもそうするように合図した。

冷たい感覚が耳たぶにあって、その向こうから、鼻にかかった、低い声が聞こえた。うめき、だ。断続的なうめき声が甲高い言葉に変わり、次の瞬間、雄叫びになった。

房代と小西は顔を見合わせた。

「部屋、ここに間違いないですよね」

小西は言った。

「何か起きているなら、すぐに管理人さんに開けてもらわなきゃ。ただ、こういう声って、もし、客が来てたりしたら、まずいって思って」

「客？」

「つまり、こういう声出すことあるでしょ。女の人の場合」

「なにをばかなことを言ってるのよ」

言い終わらぬうちに、房代はエレベーターホールに向かいかけだした。一階にある管理人室に行き、事情を話す。

管理人は鍵束をひっつかむと、青くなって十二階について来た。

「まさか、自殺じゃないですよね。とにかく部屋で死なれちゃ、困るんですよ」

鍵束をがちゃがちゃいわせながら、管理人はノブに手をかける。鍵を差し込んだが、慌てているせいかなかなか開かない。ようやくカチャリと音を立てて外れたが、ドアは五センチくらい開いて、止まった。チェーンがかけてある。うなり声がはっきり聞こえた。

「八号室、コールお願いします」

うめきがぴたりと止まると、はっきりした口調でこんなことを言った。夢を見ているらしい。夢の中で、和子は仕事をしている。小西が、ぎょっとした顔で、あとずさりする。

管理人が先の曲がった金具で、鎖を外す。

玄関に足を踏み入れたとたん、異様な臭気が鼻をついた。

玄関脇の和室の襖が開け放してあって、真っ白な物が目に飛び込んできた。まったく日に焼けていない脛《すね》だ。

足首が不自然に内転し、何か強い力で巻き込まれたように、指が土踏まず側に異様な形で折れ曲がっている。激しい筋緊張が起きているのだ。

房代は、ローヒールを蹴飛ばすように脱ぎ捨て、あがりこむ。

和子の長身がねじれて、和室に転がっていた。

「わっ」と悲鳴を上げて、小西が飛び退く。

裾がまくれあがって、関節炎のためにサポーターをした膝が丸出しになっている。

和子は、体をのけ反らせてうめいた。房代は傍らに膝をついて、脈をみる。ひどく速《と》い。近づいただけで、むっとする熱気が頬に感じられて、異臭がする。口の回りは、吐瀉物《しゃぶつ》で黄色く汚れ、失禁したらしく腰の辺りにも染みができて、体温で半ば乾きかけている。

小西が震えながら、警察と消防署に電話をする。

「強盗ですね……」

受話器を置いて、小西は房代の肩ごしに恐る恐る和子を覗き込んだ。

その凄惨な有様を見たら、確かに傷害事件と間違えてもしかたない。しかし房代には、それが急病であることがわかる。何度か診療所で目にした、あの病気であろうと直感した。

小西は再び電話をかけている。今度は保健センターに報告しているのだ。

「部屋で、だれかに襲われたらしくて、倒れてます。怪我をしてるみたいで、とにかく今夜の勤務は無理です」

「ちょっといい？」

房代は小西から受話器を取り上げ、叫んだ。

「怪我じゃなくてね、病気よ。例の」

「えっ、日本脳炎？」

「日本脳炎かどうか知らないけど、たぶん、その病気だと思うのよ」

電話の向こうで、永井係長がわずかの間、沈黙した。

「とにかく堂元さんは、今夜は来なくていいから、すぐに病院で健康診断を受けてくれ。感染の可能性があるから。それから悪いんだけど」

急に小声になった。

「夜間診療所の他の看護師には、このことを言わないでさ、予防接種の看護師にも黙っててくれるかな。みんな自分も感染するんじゃないかと、動揺するから」

「はい、はい」

返事をしながら、その身勝手さに腹が立った。事務職員は感染の危険にさらされている現場の人間の身など、少しも案じていない。逃げられないための算段だけが先に立つ。

まもなく救急車が来た。房代も一緒に乗り込む。救急隊員は顔見知りだった。いつも和子に、がみがみと文句を言われている男だが、こんなときには職業柄、無駄口はいっさい叩かない。

富士病院の隔離病棟のベッドは、満床になっているので、救急車は隣の市にある総合病院に向かう。

病院につくと、房代は医師に簡単な説明をした。まだウイルス検査の結果は出ていないが、と医師は前置きしてから、和子が典型的な脳炎症状を示していることを伝えた。

房代自身もすぐに検査を受けさせられた。検査室の廊下の長椅子に座って順番を待ちながら、房代はいったい和子はどこから感染したものか、考えていた。

和子のマンションは、市街地にあって、あの病気の多発した窪山地区とは隔たっている。とすれば、考えられるのは診療所ではないか。

患者の呼気や体液からだろうか？

背筋が冷たくなった。先程の係長の「他の看護師に言うな」という言葉を思い出した。しかし人から人へは感染しない、というのが、日本脳炎の常識だ。本当に日本脳炎であったなら……。

検査を終えてしばらくしてから、看護師に呼ばれて、房代は和子の収容された隔離病棟に向かった。若い女が一緒だった。

「お世話になりました」

女は丁寧に頭を下げた。聞けば和子の姪ということだ。

「さっき先生がおっしゃって……まもなく脳の溶解が始まるそうです。昔ならとうに呼吸マヒを起こして亡くなっているのに、今は人工呼吸器があるから……」

房代は、言葉もなく両手を握りしめた。マンションの部屋に踏み込んで和子の様子を一目見たときから半ば覚悟していたことだったが、あらためて聞くと、やはり殴られたような衝撃を感じた。

エレベーターの扉が開いた。廊下の突き当たりの集中治療室に、和子は移されていた。ガラスごしに、体中に管を差し込まれている和子の姿があった。薄い胸が規則正しく上下している。

房代は唾を飲み込んだ。一緒に仕事をしたのは、四年あまりだろうか。愛想はないが、何でもよく知っていて仕事熱心で、いい相棒だった。

引退するのはボケたとき、そう笑い合ったのは、数日前だった。つい昨夜まで、一緒に働いていたのが、今、ポンプで肺に空気を送り込まれて、かろうじて生きている。何もかもが悪夢のようで、現実感がない。

時計を見る。午後九時。倒れているのを発見したのが、午後六時過ぎ、和子が電話に出ないと小西から連絡の入ったのが、午前十時、その十二時間前には、元気に仕事をしていた。あのとき疲れたとは言っていたが、まだ元気だった。

房代は、数日前に読み直した日本脳炎の経過を頭の中でたどる。

潜伏期間は、約一週間。前駆症状は、頭痛、全身倦怠、下痢。ほとんどは、ここで終わる。が、リンパ節で増殖したウィルスが脳に入ったときから、特徴的な症状が出る。四十度近い高熱と、激しい頭痛、嘔吐、腹痛、痙攣、意識障害、筋肉のこわばり、そして昏睡、呼吸マヒに陥るのは、発病後、四日から五日。

四日から五日目、この病気の山は、このくらいにくる。しかし和子の場合、少なくとも昨夜は元気だった。気丈な女のことだから、多少のことでは弱音は吐かないが、それでもあの忙しい中で、立ち働いていたのだ。すると発病から今まで、長く見積っても十八時間。こんなに早く脳溶解までいくことがあるだろうか。いくらなんでも症状の進み方が速すぎはしないだろうか。

他の患者はどうだっただろう。最初に診た患者は、二次収容先の病院で三日後に亡くなっている。次に来た熱中症と誤診された男の患者も、たしか同じ頃だ。早いといえば、どれも早い。そのうえ現代の医療技術では、脳の機能が停止した後も心臓だけは動かせるから、実際には死亡時刻はさらに早くなるはずだ。いずれにしても和子の発病から脳溶解に至る速さは異常だ。

医師がガラスで囲まれた部屋の向こうから出てきた。房代ははじかれたように椅子から立ち上がった。

「あの、症状の進行が速すぎないですか？　彼女昨夜の今頃は元気に働いていたんですよ」

房代が尋ねるのを遮るように、医師は早口で言った。

「体力や環境などで、個人差はありますからね」

それだけ言うと、姪をつれて扉の向こうに消えた。

房代は長椅子に、うずくまるように腰をおろした。蛍光灯の寒々とした光がリノリウムの床を照らしている。椅子のビニールの感触が冷たく腰に伝わる。

ごく身近にいた人間が、こんなふうにあっけなく逝ってしまうことが信じられなかった。三十年前なら、昨日まで元気だった近所のおかみさんが卒中でその夜のうちに亡くなることもあった。若い夫婦が、赤痢で急死した子供の遺体を抱えて、茫然としていたのを見たこともある。しかし時代は変わった。医薬品も医療技術もシステムも、驚くほど進歩した。それで人が幸せになったかどうかということは別にして、めったなことで、人は死ななくなった。

それなのに、いったいこれはどうしたことだろう。

悄然《しょうぜん》として房代は首を振った。

ふと思い出し、廊下の突き当たりにある公衆電話のところに行った。旭診療所の電話番号を押す。鵜川医師は診療所の当番医というだけで、特に親しくしているわけでもないのに、まるでホームドクターに相談するように、電話をしていた。

昨晩、診療所を出ていこうとした鵜川は「看護師さんたちも大変だね。自分の体のことも気遣ってやってね」と言い残していった。今、その何気ない言葉の温かさが胸にしみた。

十回近く呼び出し音が鳴った後、息を弾ませた鵜川が電話に出た。

「あ、夜間診療所の看護師さん、てっきり急患だと思った」

「はあ、それが大変なことが起こって」

房代は、一部始終を話した。鵜川は、無言だった。そして沈鬱な調子で「とうとう犠牲者を出しちゃったね、あそこから」と呻くように言った。それから早口で何か言った。聞き取れない。

問い返すと「針だよ、昨夜、注射針を指に刺した」と言う。房代は、あっと声を上げた。

しかし臨床診断の結果は日本脳炎だ。使用済み注射針、たとえそれがウイルスによって汚染されていたとしても、日本脳炎はそうしたものからはうつらないはずではないか。

鵜川は悲痛な声で続けた。

「あんなことで、感染するはずがないんだよね。でも気になる。二十年の間に、人の体が変わったかもしれない。ウイルスが変わったかもしれない。あるいは何かもっと大きく状況が変わったものがあるかもしれない。とすれば今までの常識は通用しない。いずれにしても、診療に際して細心の注意が必要になるね。しかし実際、患者を前にすると、なかなかそこまで手が回らないものだが」

確かに急患を目の前にして、安全マニュアル通りの行動などとれるものではない。目の回るような数時間が過ぎてみると、何をしたものか指先が傷ついている、などということは房代自身、何度も経験している。

電話を切って二十分ほどしてから、和子の姪が戻ってきた。そして、房代の太い指を握り締め、かすれた声で言った。

「人工呼吸器を外して……いいかって……もう、だめなんです」

房代は、目の前の小柄な女の肩をなでた。

「あんた、他の親戚は?」

「まもなく母が着きます。田舎から出てきて……」

「じゃ、お母さんと会わせてあげてお別れをして、それからだね」

姪は子供のようにうなずいて、もう一度部屋に入り、しばらくして戻って来た。

彼女は房代の隣に腰を下ろすと、自分は東京の武蔵野市でX線技師をしていると語った。

幼い頃から叔母に憧れ、看護師になりたいと言ったが、当の叔母から止められたという。

「なぜ？」

房代は尋ねた。

「辛くて、苦労が多くて、いくら能力があっても、権限は何一つないって」

房代はため息をついた。和子らしい。野心家で有能な看護師が、四十年のうちに味わった辛苦や屈辱感は、どれほどのものだっただろう。

少したってから、房代は夜間診療所に電話をかけた。

電話口には小西が出た。

「なんで職員さんが窓口やってるの？」

役所の正職員が、こんな時間まで残って診療所を手伝うなどということは、かつてなかった。

「しょうがないですよ。事務員も一人じゃ間に合わなくて。動員かけようにも、青柳さんが捕まらないんですよ。だから普段から、所在をはっきりさせとけ、と言ってるのに。で、中村さんはどうしました？」

小西は、いらいらした調子で尋ねた。受話器を通して、待合室の喧噪が聞こえてくる。

房代は、手短に話した。

和子はもうだめらしいと言うと、さすがに小西は絶句した。それからぼそりと言った。

「夜間勤務の看護師探すのって、大変なんですよね」

房代の頭に血が上った。

「そういう問題じゃないだろ」

怒鳴って電話を切る。

それから青柳に報《しら》せようと、彼の愛人が経営しているラブホテルの電話番号を調べる。名称がわからないので、旅館の項を開き、窪山町という住所を探すと、すぐにみつかった。「山紫水明の一軒宿。全室離れ造り」というコピーで、水墨画風のイラストの入った広告が載っている。

電話をかけると、女が出た。夜間診療所の堂元と名のり、青柳を出してくれるように頼んだが、少し間をおいてから、彼はまだ来ていない、という答えが返ってきた。居留守を使われたと思い、房代は「急用ですので、お願いします」と畳みかける。

「ええ、だからいないんですよ」と素っ気ない返事だ。

腹を立てて電話を切った。しかし葬式のことを考えると、どうしても今夜中に連絡をしておかなければならない。独り身の和子のことで、葬式には職場の同僚の手が必要になるからだ。

和子の姪の母親、すなわち和子の姉が到着したのと入れ違いに、房代は一階にかけおり、ちょうど玄関前に止まっていたタクシーに乗り込んだ。

「桃源郷まで行ってちょうだい」

房代は、電話帳で調べたラブホテルの名前を言った。

「へ？」

バックミラーの中で、運転手が怪訝《けげん》な顔をする。

「窪山のラブホテルの桃源郷よ。急いで」

真剣な顔の房代に、運転手はバックミラーの中でうなずき、無言で車を発進させる。大方、亭主の浮気現場に乗り込む主婦だとでも思っているのだろう。沈黙を乗せて、車は国道を西に疾走する。

まばゆい紫色のネオンの下で車を降りた房代は、暖簾《のれん》のような目隠しを片手で払い、建物の中に入っていった。

感知器のついた玄関を入ると、ガラス越しに青柳が居眠りをしているのが見えた。小さな窓口に顔を押しつけ、「青柳さん、ちょっと青柳さん」と呼びかける。

「ひっ」というすっとんきょうな声とともに、青柳の細長い顔に、困惑と照れの入り混じったなんとも複雑な笑いが浮かんだ。

「ま、ま、入ってよ。そこにいないで」と事務室のドアを開けた。内部にはぷんと芳香が漂っている。机の下にある電気蚊取りの匂いだ。壁にはテレビモニターがあって、離れの一軒が映っている。

「どうしてわかったのよ、ここが」

「どうでもいいでしょ、そんなこと」と一喝して、房代はなぜ自分がここに来たのか話す。

聞いているうちに、にやついていた青柳の顔色が青ざめてきた。しばらく啞然としていたが、まもなく「何とか助からないのかよ」と悲痛な声で言った。

「たぶん、明日の晩がお通夜ね」と言いながら房代は、壁にかけたカレンダーをめくる。

「まったく……あの人もとうとう独身で逝っちまうんだな」と、青柳はしんみりとした口調になった。それから、ぎくりとしたように顔を上げた。

「もしかしたら、診療所に来た患者から、うつったってことか？　とすると、俺たちも危ないんじゃないか……」

「日本脳炎では、そういうことはないって言うけどねえ」

鵜川と交わした注射針の話には、あえて触れなかった。あまり不確実なことを言って、事務員を怖がらせるのもどうかと思うし、房代自身、これ以上悪い事態を想像したくはなかった。

「インフルエンザなんか、毎年タイプを変えてるだろう、それからすると日本脳炎がタイプを変えて、うつりやすくなることはないのかな」

青柳は尋ねる。

「どうだかねえ……」

房代は腕組みした。

多かれ少なかれ現場にいる者は、常にこうした危険にさらされてきた。しかしB型肝炎にしてもエイズにしても、予防については職員自身の健康管理と心得に委ねられ、もしもかかったらそれは本人の不注意、ということで片づけられる。

和子の報われぬ死や、今後、自分たちの身に降りかかってくる危険に思いをめぐらせ、房代は暗たんとした気分で、足元の蚊取りマットを見ていた。

自分はいい。しかししばらくの間、孫の顔を見にいくのはやめたほうがよさそうだ。万一、うつしたら大変だからだ。

チャイムが聞こえて、客が入って来た。青柳は素早く立ち上がり、キイを渡し案内する。しばらくして戻って来ると、青柳は思い出したように話し始めた。

「日本脳炎で死んだ中に、東京の人間がいただろ。練馬区の男で。顔写真を見て、あっと思ったんだが、あれはうちの常連だ」

「こんなところに、常連なんているの？」

「ああ、都内のホテルでは人目につくんで、ここまで逃げてくるんだ。なに、高速乗っちまえば、四十分だろ」

「いくら常連だって、顔まで覚えるものなの」

「ああ」

青柳は、しぶい顔をした。

「何かと文句をつけてくる野郎だったんだ。ちょっと前に、離れの玄関先に変なものがいて気味が悪いって、どなり込んできたし」

「変な物？」

「貝だ」

「山に貝？　カタツムリ」

青柳は首を振った。

「爪の先くらいの貝で、昔よく田んぼのそばにいたやつと似ていたけど、ちょっと小さい」

「そんな物を気味悪いっていう客がいるの？」

「それが、玄関のたたき一面にびっしりくっついてるわけよ。いくら殻しょってるったって、ナメクジみたいなものだしな。で、そのうえ、触角が白くて大きくて、うじむしそっくり、しかも触角だけぴくぴく動くときてる。それがさ、たまたま夜中だったんだけど、光るわけよ。青白く。堂元さん、イカ釣り見たことあるかな、あんな感じに」

「やだねえ」

房代は眉をひそめる。

「ま、それはそうとして、ここにやってきた客が日本脳炎にかかったことは確かなんだ。まあ、近くの豚小屋に保健所の係員が頻繁に来てるから、そのうち収まるとは思うけど、なんだかいやだよな。俺も早いところここを畳んでどこかへ逃げたいよ」

「あんたを養ってくれた人はどうなるんだい」

青柳は苦笑しただけだ。この男はこうしてやっかいごとが持ち上がる度に、自分だけ逃げ出してきたのだろう。

話を終えたときには、三時を回っていた。青柳がタクシーを呼んでいる。長い一夜が、まもなく明ける。

「ちょっと、車が出払ってるそうで、待ってほしいってさ」と受話器を置きながら青柳が言った。

「この時間に？」と房代は、時計を見る。

「看護師もタクシーの運ちゃんも、人手不足なんだよ」

しかたなくまた腰を下ろす。

いつまで待ってもタクシーのクラクションの音は聞こえなかった。

「来ないんだよ」

ぼそりと、青柳は言った。

「なんだかんだと理屈をつけて、来ないんだ。ここは危ないと思っているんだよ。タクシーだけじゃない。自動販売機の詰め替えも来ないし、手伝いのおばちゃんは突然辞めるし。来るのは貸しシーツ屋だけだ。あれは東京から来るから、この辺りのことを知らないらしい。客だって、うちの市の人間は寄り付かなくなっちまった。この辺には黴菌《ばいきん》でも漂っていて、感染した住民が人にうつすとでも思っているようだ。みんな口にこそ出さないけどな」

青柳はため息をつきながら、手元のボタンでビデオモニターを切り替えた。

画面に、離れの一つが映る。その向こうの闇の中に、淡くヘッドライトが映った。

「まったく、見てくれよ」と青柳は、その画面の中央を指さした。

谷にゴミを捨てにくるトラックだ。斜面をゆっくり下っていくのが見える。

ホテルの敷地内のライトが、車体を照らした。

「あら」

房代は、首を傾げた。

「思ったより小さい車じゃないの」

産業廃棄物ということだから、大型トラックで捨てにくるかと思ったのだが、意外なことに小型車だ。

「大型は、昼間に堂々と来るわ」

吐き捨てるように、青柳は言う。大型は昼間、小型は真夜中。夜中にこっそり捨てにくるとは、どういうことだろうか。

「何を捨ててるんだろ？」

「何だかな。盾和会のやってることだから、覚醒剤のアンプルか、使った後の注射器か、小指の先かな」

やれやれと、房代は肩をすくめる。

ようやくタクシーが来たのは、それから一時間近く経ってからだった。外は明るくなっていた。

房代は、離れの並ぶ谷側を見て啞然とした。緑濃い谷あいから、コジュケイの鳴き声が聞こえてくる。向かい側の山肌に、点々と黄が交じっているのは、山吹だ。しかし眼下に築かれていたのは、プラスティックや古タイヤ、折れ曲がった鉄屑の山だ。山肌に一本、赤土をむき出しにした道路が通り、その先の緑の下草の上に不燃ゴミの類が、無造作に積み上げられている。谷底を流れていたはずの清流は、ゴミに埋まって見えなかった。

タクシーがもう一度クラクションを鳴らした。房代は体をゆすりながら、駐車場に走っていく。そのときローヒールの靴底に奇妙な感触があった。パリッと踵《かかと》の下で何かが砕けた。足を上げてみると、コンクリートの上に染みができ、黄土色の薄い貝殻が散らばっている。

房代は、目を細めてそれを見る。眼鏡がなくてぼやけているが、そのつぶれた体の上で何かが動いているのがわかった。白い小さな裸虫……。違う。触角だ。さきほど青柳の言っていたやつだ。本体はつぶれているのに、その異様に大きな触角だけは、まだぴくぴくと動いていた。

房代は田舎の出だ。虫や爬虫類の類に、いちいち悲鳴を上げるような感覚はない。しかしこのときは、小さな軟体動物に皮膚が粟立つような生理的嫌悪感を覚えた。

和子の告別式は二日後の正午から、市内の寺で行なわれた。寺は、日本脳炎とおぼしい病気の発生地になっている窪山地区と、境界を接する山の北斜面に建っている。

昭川市は、最近霊園都市などと陰口を叩かれるくらい墓地の開発が盛んだが、その大半は山林である市の西部、窪山周辺に集中している。

葬儀の行なわれた巨大な会館の内部は線香の煙が濃く立ちこめていた。その中に蚊取り線香の匂いも混じっている。やぶに取り巻かれた寺では、やはり生きている者の命に対して神経質にならざるを得ないのだろう。

房代や青柳が手伝うことは何もなかった。和子は、何かがあったとき、とどこおりなく葬儀が済むようにと、互助会ですべての手続きをすませていた。生前に戒名までつけていた。最後まで独りで生き、独りで死ぬつもりだったらしい。房代は、その姿勢に淋しさよりも、むしろ潔さを感じていた。その一方で、せめて死ぬ前の数ヵ月だけでも、人生の小春日和のようなのんびりした日々を過ごさせてやりたかった、という思いが残る。奉仕の一生をすごした者の命を、何一つ報われる間もなく奪い去っていった得体の知れないものに怒りを覚えながら、房代はスーツ姿の和子の遺影を見上げ、両手を合わせ深く頭を垂れた。

焼き場に行く車を見送った後、バスの停留所に向かって歩いていると、小西と会った。真夏を思わせる陽射しの下で、小西はダブルの厚手の喪服のボタンをきちんとかけ、額に玉の汗を浮かべている。房代は生真面目とも杓子定規ともいえる小西の一面を見たような気がした。

房代を認めると、小西はそのくっきりした眉をひょいと上げ、「乗って行きますか？」と、かたわらの軽自動車を指さした。昭川市役所の公用車だ。仕事中に焼香に来てすぐに職場に戻るつもりらしい。

房代は、礼を言って乗り込んだ。

そのとき運転席のドアを開けようとした小西がガラスに目を止めた。何かに見入っている。内側からは、ガラスに貼りついている柔らかそうな薄茶色の物が見えた。小西は、奇妙な顔をすると、それを剥がして捨てた。

「何？」

運転席に座った小西に尋ねると、彼はちょっと首を傾げた。

「オカモノアラガイが、くっついてた」

「オカモノアラガイって？」

「陸生の貝」

あれだ、と房代は思った。青柳のモーテルの庭にいたあの奇妙な貝。

「この前、私も見たわよ」

「うん、汚染を測る物差しとも言われていて、水が汚れると増えてくるんだ」

なるほど、美しい谷地がゴミ捨て場になったために増えたのだ。

「気持ち悪い貝ね。触角がばかに大きくってぴくぴく動いて」

小西は首をひねりながら、エンジンをかけた。

「それがおかしいんだよな。オカモノアラガイの触角はあんなじゃない。でも殻は確かにオカモノアラガイなんだ」

「奇形かしら？　でもそれにしちゃ、数が多いわね。新種かな？」

「オカモノアラガイが、この日盛りの中をこんなに活発に動くっていうのも変だ」

「生きものに詳しいのね、小西君は」

小西は、少し得意げに笑った。

「僕、大学入試では生物を取ったんですよ。小学校のときは昆虫博士なんて言われてましたから」

「じゃあ、かぶと虫なんか育てたことある？」

「もちろん。でもおもしろいのは鳥のほうですね。巣立ちの季節は、よく雛が落っこってるじゃないですか。それを拾ってくるんです。裸のヒナは触っててやらないと、鳴くんですよ。それで一晩中手の中に入れとくでしょう、寝られたもんじゃないですよ」

口の減らない生意気な若者だが、案外、気の優しいところがあるのかもしれない、と思いながら、房代は小西の整った横顔を見た。

「このへんも、バードウォッチングでときどき来るんですがね、カラスとかヒバリが増えてますよね。都市化が進んで環境が悪化している証拠です」

「そりゃ、山の中にゴミを捨ててるんだからそうなるでしょうよ」

小西は、口元をちょっと曲げて見せた。

「不法投棄なんか、しょっちゅうですよ。東京から運んで来て捨てていくくらいですから。ただ、捨て場所が私有地なんで、ま、どうしようもないですよ」

「どうしようもないって、そりゃそうだけど……」

房代は腹立たしいような情けないような気分になった。最近の若者はなぜ平然と、「ま、しょうがないんじゃないすか」とか「そんなもんじゃないですか」という言葉を吐くのだろう。

「何せ、盾和会がやってることで、それが市長の支持基盤を仕切ってるとなれば、持ちつ持たれつってやつですよね」

「盾和会といえば、あそこのチンピラが脳炎で死んだって？」

「うん、因果応報っていうかなんていうか。ダニみたいな稼業やってると、ロクな死に方しないですよね。うちの診療所の廃棄物処理の話を持ってきた若いやつですよ」

「廃棄物処理をやってた男が死んだの？」

「ええ、まあ」

小西の話によれば、元は夜間診療所の医療廃棄物は市営のゴミ処理場で他のゴミと一緒に焼却処分していたのだが、一年前、「桑原衛生サービス」という業者が、その仕事をやらせてくれとやってきたのだという。応対に出た係長が断ると、「昭川市の保健センターというのは、危険な医療廃棄物を他のゴミと一緒に扱っているのか」と凄み、業界紙に書き立ててやる、とわめきちらしたという。どこかおかしいと思っているうちに、市長から直接電話が入り、その業者に任せるようにと言われた。

地元のやくざ、盾和会のサイドビジネスだとわかったのは、そのときだ。気骨のあることで知られた当時の所長は、それでも契約課を通して来ないかぎりだめだ、と突っぱね、翌月に他の部署に異動させられた。

「今じゃ、桑原は昭川市内の病院のほとんどの仕事を取ってるそうです。確かに他の処理業者より安いですからね。使用済みの注射器を覚醒剤用に売ってるんじゃないですか？ま、今回死んだチンピラも、そんなことでどこかで感染……」

「ちょっと待った」

房代は、遮った。

「確か、日本脳炎だから、蚊に刺されない限り、感染しないはずよね」

「ああ、そうか」

小西はうなずく。

房代は、和子が日本脳炎と診断されて亡くなる前日に、注射針を手に刺したことを話した。

「つまりそういうエイズやB型肝炎みたいな感染の仕方をするってことですか？でも

検出されたのは、日本脳炎ウィルスだったはずだけど……」

「でも、もし日本脳炎じゃなかったら？」

「謎の奇病発生ですか？」と、小西は尋ねてから苦笑した。

「笑いごとじゃないと思うけど」

「もしそうなら、保健所が手を引くでしょうね。僕たちも積極的には動けなくなる」

「なんでまた？」

小西は、肩をすくめた。

「行政側は、法律に定められた病気だから対策を講じるんですよ。全国規模で大きな流行が起きた、というのなら別ですが、基づく法律もないのに役所が動けるわけないでしょう」

「じゃあ、どうなっちゃうの。法律にない病気の場合」

「なんにもしませんよ。エイズみたいに大騒ぎにでもなれば別ですけど。だってそうでしょ、病気の研究自体は民間のほうがよっぽど進んでいるんだし、金だってあるし。それに研究成果は、学会発表までそれぞれしっかり隠しておきますからね。うちみたいな末端の自治体は当然のこととして、厚生省だって教えてもらえませんよ」

曲がりくねった坂を下りて、車は窪山町の狭い田畑の間を走る。街道沿いのところどころに台があって、袋入りの野菜が積み重ねてある。無人販売所だ。こうして見ている限り、のどかな光景だ。

と、その先に、見覚えのあるワゴン車が見えた。保健所の車だ。

「ちょっと、いいですか？」

小西はワゴン車に近づくと、車を止めた。

街道から少し入った所に、白衣を着た人影が見える。

二人は車を降りると、そちらに行った。独特の臭気が鼻をつく。養豚場は、すぐ近所だ。

「どうも」

小西は、白衣の人物の一人に、あいさつする。保健所と市の保健センターは仕事上のつながりがあり、職員同士は顔見知りだったりする。

「どんな様子ですか？」

小西は尋ねた。

「ええ、今日は豚に生ワクチンの接種をしに来てるんです。豚は感染環の重要な部分ですから、ここで人工免疫をつけておけば、かなり防げると思います。ただし効果が出るまで時間はかかりますが、人間にやるのと違って、副反応の心配はないし」

「で、疫学調査のほうは、進んでいるんですか」

小西が言うと、白衣の男は顔を曇らせた。

「疫学調査といっても、日本脳炎の場合、食中毒や何かと違って感染経路が決まってしまってますからね。ウイルスさえ特定されれば、後は豚と蚊しかないわけで。患者の家族や接触者への問診や検査は、かなり丁寧にやっていますが、正直な話、あまり意味はないですよね。人から人へ伝染するわけではないから。ただ、ちょっとひっかかるのは、市内の養豚場を一つ残らず検査しても、今のところ、豚の感染がはっきり認められないんですよ。普通、蚊に刺されて豚が感染するのは、六月中旬から七月ですから、確かに早いことは早いが、それにしても実際に人間が感染してるんですから、おかしいですね」

小西は、唾を飲み込んだ。

豚が感染していないのに、人間が感染する。そんなことがあるだろうか。ヒトが日本脳炎に感染するには大量のウイルスが必要だ。蚊に刺された豚がまず感染し、豚の体内で十分増えたウイルスを吸血した蚊が、ヒトを刺すことによって初めてヒトは感染し、その中のごく一部の者だけが発病する。

それではいったい今、流行っている病気は何なのだろうか。

保健所か、あるいは医療機関が、いずれその答えをみつけるだろうが、病気の蔓延《まんえん》は、人が調査結果をもとに確固たる理論を構築するまで待ってはくれない。

患者の隔離、患者の接触者への検査、発生地近辺の消毒、ぼうふらと蚊の駆除、そしてワクチン接種。すべては法律と規則に定められた手順で行なわれている。が、もしも何か今までにない病気なのだとしたら、こうしたことが意味を持つのだろうか。従来の統計に基づいた従来通りの対応で十分なのか。しかし原則として役所は、従来のやり方を踏襲する。行政の末端から中央官庁まで、それは同じだ。

保健所の職員と別れて、二人は車に戻った。

「ね、保健所さんも言ってたでしょ。今までの日本脳炎と違うって」

房代が口を開く。小西は、ハンドルに手をかけたまま、考え込んでいた。

「日本脳炎の顔をした新型ウィルスか、それとも新型の日本脳炎か、でもそんなものあるんですか」

「さあ、わからないけど。いろいろ変な病気が出てくるからね」

「だれかが作るってもんでもないでしょうが」と言いかけ、小西は、「あっ」と小さな声を上げた。

「この十数年、疫病らしい疫病もなかったが……愚か者の頭上にまもなく災いが降りかかる……半年か、一年か、あるいは三年先か。そう遠くない未来だ」

「なあに、それ」と言いかけ、房代は思い出した。昨年の暮れ、富士大学付属病院からやってきた、あの偏屈な医者の奇妙な予言だ。

「縁起でもないことを予言するんだから、あの先生」

「予言?」

小西は、大きく首を振った。

「あのときは予言だと思いましたけどね、予言はこれから起こるであろう事態を言い当てることですよ。でも言ったことを自分で引き起こすこともできるじゃないですか」

「へえ?」

「あの医者、辰巳秋水は、富士病院からやってきた。見慣れない顔だった。そしてワクチンについては、何か特殊な考えを持っているらしい。しかも自分は、直接ワクチンの開発に当たったと言っていた。どうですか? 灰色ですよ。それも限りなく黒に近い」

房代は苦笑した。

「ワクチン作っていたってことと、これとは関係ないんじゃない？　小西さんはびっくりしたかもしれないけど、頑固というか偏屈なお医者さんは世間にはたくさんいるからね」

「僕が言ってるのは、そういうことじゃなくてですね」

小西は少し、むきになって言った。

「ワクチンを作るっていうのは、病原体をいじってるってことですよ。それならそれを作ってばらまくっていうことも、できるはずでしょう。ひょっとするとあの人、戦時中、細菌兵器を作ってたりしてるかもしれませんよ。日本の基礎医学の中枢には、まだけっこう石井731部隊の残党がいたりしますから。しかも偉い教授になってる。あの人も、何かの理由で世をすねて、民間の病院で勝手なことをやってるとしたら、これは怖いですよ」

「731部隊って、あんたずいぶん古いことを知ってるね」

「戦記シミュレーション、好きですから」

「いくら何でも」と言いかけ、辰巳のかさついた白い顔を脳裏に描いたそのとき、房代は辰巳のいる富士病院の対応が少し奇妙だったことを思い出した。

窪山地区からきた女性患者を富士病院に送ったのは、四月半ばのことだ。とすれば、あの時点で日本脳炎ウィルスは発見されていたはずではないか。しかし死亡原因として、「無菌性髄膜炎」などという報告をしてきている。たとえ、まだウイルス検査の結果が出ていなかった、としても、他にも脳炎を起こした患者が運び込まれているはずだ。にも拘わらず、ウイルスが発見されたとして真っ先に保健所に報告を上げたのは、市民生協を母体とする、隣の市の昭留相互病院だ。そこよりも早く患者が送り込まれたはずの富士病院は何をしていたのだろうか？

小西は続けた。

「辰巳は病気の怖さを忘れた現代人や、接種反対を唱える素人の奥さんたちに、警鐘を鳴らすっていうか、そういうつもりだったかもしれないし、もっと単純に、世間そのものに恨みがあるのかもしれない」

「単純に、ちょっとボケて頑固になっただけのような気もするけど。あるのよ、認知症の症状で暴力振るうようになるのが」

「ますます危ないですよ。奇妙な考えに固執して、とんでもないことをやらかす。うちの市長を見ればわかるけど」

それからはっと我にかえったように付け加えた。

「ヤバい話題ですね。何せ富士病院は市長が拝み倒して誘致したんですから。役所じゃあそこの悪口はご法度だ」

6

葬式のあった翌日から気温は下がり始め、夜間診療所はいくぶん落ち着きを取り戻していた。

小西が、廊下に「当診療所では、応急処置しかできません。日本脳炎を疑われる方は、検査のできる病院にお願いします」という注意書きとともに、病院の一覧表を貼りだしたのも功を奏したらしい。

また疫学調査が進むにつれて、発病者のほとんどが窪山、若葉台地区の住民か、あるいはそこに最近行ったことのあるものだということが、判明した。

発生地が特定されていることから、市内の開業医の中には、新種の風土病を疑うものも出てきた。風土病ではないにしても、あれが普通の日本脳炎ではなく、何か新しい病気ではないか、と考える医者はかなりいた。たとえ日本脳炎ウイルスが検出されたとしても、それによって現れる様相があまりに違えば、もはや従来の日本脳炎とはみなせないからだ。

市内の医師たちの間では、「窪山脳炎」という隠語めいた病名が定着し始めた。しかし開業医たちは新しい病気に群がり、それを研究し自分の業績にしようとはしなかった。そうした野心のある者は、昭川市にはあまりいないのだ。この町の医者は、水谷のような若手はむしろ例外で、ほとんどは地元で開業して三十年、四十年というベテランだ。親、子、孫と三代にわたって、あの先生に診てもらっている、という家が昭川にはざらにあり、医者と患者との人間的なつながりは密接だ。町内のもめごとの仲裁や人生相談も受け持ち、地域ではそれなりの力を持っていたりする。

しかし平時の理想的なホームドクターが、こんなときに力を発揮するかというと、そうではない。彼らのほとんどは大学とつながりを持っていなかったし、学会誌に目を通すこともしない。

そうした医師らの主な関心事は後継者探しである。息子、娘が医者にならない、あるいはなれない、また仮になったにしても、大病院に勤めてしまったきり、田舎町の医院を継ごうとはしない、そんな悩みを多かれ少なかれどこの開業医も抱えている。

興味深い臨床例が転がり込んできたというのに、それを自分の研究に結びつけ、あわよくば新種の病気に自分の名前をつけよう、と考える医者はほとんどいないのだ。

そのうえ、市内にある唯一の大病院、富士大学付属病院が特定機能病院として指定されたこともあって、開業医は手に負えないと判断した患者をそちらに送る。そしてすでに高度医療が必要ないと診断された患者を富士病院から自分のところに回してもらう。

こうした地域医療ネットワークは、表面上理想的に機能しているように見えた。しかしその実、医療情報の交換はなく、単なる医者の棲み分けになってしまっていることで、昭川市の医療体制は閉鎖的で脆《もろ》いものになっていた。

それらの状況が、「窪山脳炎」を見たときに多くの開業医を何かおかしいと戸惑わせはしたものの、病気それ自体の究明に向かわせなかったのである。

町医者という一般の人々の最も近くにいる専門家が積極的関心を示さぬ一方で、新聞報道は、「昭川市で発生した日本脳炎」から、「窪山周辺で発生した日本脳炎」に変わった。

あの病気は、市街地から直線距離にして二十キロ近く離れた窪山、若葉台地区で起きていること、という意識が市民を一時的に落ち着かせはした。しかしそれはもう一つの問題をはらんでいた。

日本脳炎は蚊の吸血によって感染する。だから汚染蚊の飛翔範囲である窪山、若葉台以外に今のところは流行が広がっていない。それが行政側の発表だ。

ところが多くの市民が持っている日本脳炎に関する正確な知識は、今やエイズのそれより少ない。正確な知識のないところに、いきなり二桁の死亡例が報道された。なぜいまさら日本脳炎なのだ、という思いはだれでも抱く。しかも発生地は昭川市ではなく、「窪山地区」なのである。もちろん従来の日本脳炎と、今回流行った「日本脳炎」の正確な相違点など、だれも知らない。

一般市民にしてみれば、「窪山」と「若葉台」で「日本脳炎」という恐ろしい病気が流行っている、というのが重要なのである。そこから「窪山、若葉台地区が危ない」という発想に結びつくのは当然だった。

幼稚園バスを待っている母親や団地の公園で赤ん坊を遊ばせている母親の間で、市内にある「危険地域」について話題になり、「子供のいる家では、あそこへは行かないほうがいい」という話になった。

三人寄れば、病気自慢の始まる老人クラブでも、窪山、若葉台を汚染した恐ろしい病気について様々な憶測が飛び交う。

「農家の暮らし」をテーマに計画された、市内の小学校の窪山町への社会科見学は、「こんなときでは、先方に迷惑がかかる」という理由で中止された。本当のところは、そんな危険なところに学童を行かせることはできない、として教職員が反対したのである。子供たちをあずかる者としては、当然の判断で、異論を唱える者はいなかった。

あそこに行くとうつる。うつったら最後、簡単に死ぬ恐ろしい病気だ。これが市民のイメージする窪山地区の「日本脳炎」なのである。

市民の間ではやがて窪山、若葉台の住民は感染者だ、といううわさが広まり、窪山、若葉台地区の住民から「その病気」がうつる、という内容に発展した。

いったん情報が歪曲し始めると、後は水によって土が削られ水路ができるように、さらに不正確さを増し、事実と大きくかけ離れていく。そして今度は、その歪曲した情報を裏付けしようとするように、それなりに筋の通ったいくつかの説が出てくる。

「今頃日本脳炎が流行るのは、おかしいのではないか」という一般的な疑問は、「実は保健所は、患者の人権に配慮し嘘の情報を流している」という説によって回答を得た。

その前提のもとに、「あれは本当は外来伝染病で、若葉台の住民が海外から持ち込んだものだ」と、まことしやかにささやかれるようになる。

実際に、流行が始まったばかりの頃、商社を十年前に定年退職した老人が死んだのだが、話が伝わるうちに彼は現役商社マンだ、ということになり、つい最近南米から戻ってきたばかりだ、という尾ひれがついた。確かにこの話のほうが、コガタアカイエカに刺されることによって日本脳炎に感染する、という情報よりこの際説得力がある。

その商社マンは南米の娼婦からうつされてきた。そして家で妻にうつしたのだが、その南米の熱病は性交渉によってうつるだけではない。患者の血や排泄物に触ったり、手にふれたものを食べたり、一緒に風呂に入ったりするとうつる。その病気にかかると、まずありもしない花の匂いを感じ、吸血鬼のように光を嫌い、腐ったものや昆虫を食べたがり、よだれを垂らして夜中に歩き回るようになる。

こんな話が、行政側の対応に釈然としない市民の不安につけ込むように広まっていく。部分的には当たっているだけに、余計に始末が悪かった。

このとき日本脳炎発生の正式な報告があった日から、四週間が経ち、季節は五月の半ばを過ぎていた。

若葉台カントリークラブ前の広場に、地区の主婦たちが集まっていた。急峻な丘陵地を造成してできた若葉台住宅内には、食料品店は中型のスーパーマーケットが一軒しかない。しかしそこの品揃えは決して豊富ではなく、住民の多くは市街地から来る引き売りに頼っている。八百屋や魚屋、パン屋、そして自然食の店などが、小型のトラックでやってきては、このゴルフ場前の広場で店開きしていた。

しかし定刻を過ぎても、いっこうにトラックの流すテーマ音楽は聞こえてこない。車が店開きする屋根つき駐車場は、ここ二、三日空《から》のままだ。やってくるのは、地区の移動図書館車ばかりである。

半ばあきらめ顔ながらも、主婦たちは財布を片手に集まってくる。

空は晴れ上がり、初夏の太陽が眩しい。じっと立っているだけで汗ばむほどだが、みんな長袖、長ズボン姿だ。そして衣服から出た手足や顔にまで、防虫スプレーを振りかけている。ここの地区の住民は、原因は蚊にある、と信じて疑わない。得体の知れない南米の性病だ、などというのは、他地区の人間だから言えることで、当事者としてはそんな無責任なうわさは腹が立つばかりである。

　高台にあるこの駐車場の四方は森だ。首都圏には少なくなったと言われるシラカシやイヌブナの混合自然林が、このあたりにはまだ残されており、その中にぽっかりと浮島のように若葉台住宅はある。切り開かれた十五年程前、豊かな自然と安い地価に魅《ひ》かれ、都心から多くの人間が移ってきた。斜面にへばりついた小さな町は、回覧板を回すのにも急な階段を上っていかなければならないし、市街地に下りる狭い道路は一本しかなく朝夕は渋滞したが、それでも森の中の清閑な住宅地として人気を集めた。

　しかし今、好ましい自然であった森は、人々を町から隔て、孤立させる分厚い障壁になっている。そしてそこから延びる曲がりくねった一本道を生活物資を乗せてあえぐように上ってくる車が消えてしまったことは、住民たちを不安にした。新緑の季節を過ぎ、日に日に緑を濃くしていく混合樹林は、荒海のように人々の前に広がっている。

　正面に落ち込む谷を隔てて、小さな集落がある。窪山町である。同じように日本脳炎の患者を出し、市街地から孤立していたが、若葉台とこの町を結ぶ絆《きずな》はない。山の斜面に棚のように開けた、ごく狭く日当たりの悪い一帯は、若葉台から見るとわずかに下にある。生活水準もライフスタイルも違い、方言丸出しでしゃべるここの旧住民を、若葉台に住む人々は、視覚的にも心理的にも見下ろしていた。しかしこうして災厄に見舞われ、市街地から見捨てられてみると、案外自分たちのほうが脆いかもしれない、という不安をだれもが漠然と抱いている。

駐車場の背後にある金網の向こうには、グリーンが広がっている。宅地が造成される以前にできたゴルフ場は、昭川市はもちろん近隣の市町村からも客を呼んだが、今はだれもいない。日本脳炎のニュースが流れたばかりの頃はここでプレイする客もいたが、得体の知れない奇病発生のうわさが広がってからは、客足はぱたりととだえた。

ここ二週間ほどの暑さで、雑草が芝生を破るような勢いで芽を吹き、茂り始めている。客はもちろんグリーンを整備する作業員も来なくなったのだ。

ぼうふら発生源の池と、蚊が生息するのに絶好の雑草の山を残したまま、支配人やフロント係なども逃げ出し、ゴルフ場が閉鎖状態になってから一週間がたつ。

しだいに強くなってくる陽射しに顔をしかめながら、主婦たちは緑の海の中に一本、たよりないほど細くついている道に目を凝らす。上がってくるのは、住民の乗用車と路線バスだ。まもなく正午になる。

一人、二人と、諦めて家に戻り始める。

「午後から駅前のスーパーまで行ってくるわ」

中の一人が、気分を引き立てるようにくったくなく笑い、それを合図に主婦たちは一斉に来た道を戻り始める。

八百屋も魚屋もパン屋も、もう来ない。しかしここは、荒海に囲まれた孤島ではない。連絡船が来ないから干上がるというわけではない。車を持っている者は、坂を下り、峠を越して、市街地へ出ればいいのだし、ない者は路線バスにのれば、四十分あまりで繁華街に出る。ただし小さな子供を抱えた主婦たちにしてみれば、それもそれほど簡単なことではなく、品ぞろえの乏しい地区内のスーパーで買物せざるをえない。

住民にとってやりきれないのは、その不便さだけではない。引き売りが来なくなった原因は、若葉台、窪山地区を回っている車だと他地区の住民が知ると、食品が売れなくなる、ということだったのだ。若葉台は今や汚染地域とみなされていた。

引き売りに続いて、酒屋や米屋も何やかやと理由をつけて配達を拒むようになった。若葉台にあるスーパーでは米穀類と酒類は置いていないので、こんどこそ住民は車で市街地まで買い出しにでかけなければならなくなった。

数日のうちにスーパーマーケットの棚も、ほぼ空になった。今まで一日数回の商品の配送があったのが、一回に減ったのだ。ドライバーがここに来るのを嫌がるようになったのが原因だった。

住民たちは、病気の脅威にさらされる一方で、生活は日一日と不便さを増してくる。不便さだけではない。さらに深刻な問題が持ち上がりつつあった。

新聞に日本脳炎の大量発生の記事が載った十日後、市内の食品加工場にパートタイムに出ていた主婦が解雇された。続いてウェイトレスや美容師など、市街地の商店でサービス業に従事していた人々が、いきなり自宅待機や県外のチェーン店への出向を命じられた。

昭川市では、若葉台の人々は都心からやってきた高所得層だと見られているが、住宅ローンを抱えた彼らの懐ぐあいは、実はそれほど豊かではない。主婦のパートタイムとはいっても、教育費やローンの返済などの家計補助の目的で行なわれており、あっさり首にされるわけにはいかない。しかも高学歴で権利意識の高い主婦たちが多いのも若葉台の特徴だ。納得のいかない解雇に対して、それぞれの職場で一斉に抗議行動を起こし、問題は表面化した。

しかし一般住民の関心は低かった。市内の西のはずれに住んでいる新しく入ってきた人々と旧住民の間には、心理的垣根が存在している。汚染地区の人間の手で作られたものは食べたくないし、肌に触れられたくはない、というのが、昭川市の人々の本音だったのだ。

クボヤマ、ワカバダイという地名が、どこか恐ろしげなニュアンスを含んで語られるようになったのはその頃からだ。窪山、若葉台地区には小、中学校が一校ずつあるが、若葉台では、昔から子供たちを越境入学させるケースが多い。いろいろと理由をつけて七キロ離れた朝日が丘団地内の学校に通わせるのだ。窪山の子供たちも通ってくる学区内の学校よりそちらのほうが生徒の品が良く、偏差値が高く進学に有利だ、というのが、本当の理由だった。ところが、ここに来て、朝日が丘団地の親たちが、急に越境入学者を糾弾し始め、若葉台の子供たちを本来の学区に戻すか、それができなければ早急に分離授業に切り替えるようにと、校長に要求し始めたのだ。

当然のことながら、校長は要求をつっぱね、若葉台で流行っている日本脳炎は人から人へ伝染することはない、と説得した。父母たちとしても、自分たちの人権感覚の欠如は自覚していたから、それ以上は何も言えなかった。だが、若葉台を排除する動きは、より見えにくいところに潜り、陰湿化していった。

子供同士の小さないさかいが、ワカバダイという言葉に結びついたとき、いじめに変わる。朝礼のとき、若葉台の子供が貧血を起こして倒れても、他の子供たちは遠巻きにして見ているばかりで、教師がかけつけるまでだれもそばに寄らなかった。給食当番の若葉台の児童が盛り付けたおかずが捨てられる。若葉台から来るバスが止まると、校庭で遊んでいた子供が校門を閉める。そんなことが頻繁に起こり始めた。

さすがに中学生にもなると、ある程度の分別はついてきて、一目でわかるいじめは減っていたが、子供たちの不安と恐怖心は内向し、その心理的きしみはいくつかの悲劇を生んだ。

市立朝日が丘中学校に越境入学していた生徒の一人に、ごく最近、父親が日本脳炎と診断された少女がいた。富士病院に隔離された少女の父親は、この二、三日、病状が悪化し、少女は肉親を失う不安から、ほとんど眠れないまま登校していた。

少女の疲れて鋭敏になった感性は、クラスメートたちの態度の微妙な変化をとらえていた。

話をしながら自分に送ってくる視線、うしろめたさを秘めた愛想笑い。

病気のことや現在の少女の身の上について話題が及ぶのを巧妙に避けて、わざとらしいほど明るく上滑りしていく会話。

体育の授業で柔軟体操のペアを組む段になったとき、少女には最後まで相手がみつからなかった。みかねたように、さほど親しくもない学級委員の少女が強ばった笑みを浮かべて彼女に腕を差し出した。

美術の授業で彫刻刀を忘れた彼女は、貸してくれと言い出せないまま、約九十分、下絵を描くふりをして過ごした。描くふりをする少女を見た者は、何も見なかったふりをした。とにかく学校にいる間、だれ一人少女をいじめた者はいないし、排除することもなかった。むしろ教師も級友も、精一杯気を遣って接したのである。

そしてその日のホームルームが終わり生徒たちがクラブ活動に散っていった後、少女は一人で最上階にある音楽室に入った。授業が終わりしだい病院にかけつけると母親には約束していたが、日に日に悪化し、牛のようなうなり声を上げ白目をむいて痙攣する父親の様子をしっかり見守るほどの気力は、とうに失せていた。

ぼんやりと窓から病院の方向をながめながら、無意識にグランドピアノの蓋を開け、こぶしで鍵盤をガンガンと叩いた。

いったいどのくらい不協和音を響かせていたものか、我に返ったのは音楽専科の教諭の怒鳴り声でだった。許可なくピアノを弾いていたことに対してか、弾くのではなく乱暴に殴っていたことに対してか、とにかく専科の教諭が少女を咎《とが》めたのは当然のことだった。しかしタイミングが悪すぎた。少女はきびすを返して隣の音楽準備室に逃げ込み、後《あと》を追う教諭をかわして、開いた窓にまっすぐ突っ込んでいった。

排除された若葉台の住民の間で、もう一回り小さな差別意識が顕在化しつつあった。病気の原因、端的に言って「汚染源」は、若葉台ではなく窪山だ、という噂が流れ始めた。日本脳炎の発生源は窪山にある養豚場だ、というのである。確かに若葉台在住の商社マンが南米から奇病を持ち帰ったというよりは、そのほうがはるかに妥当で常識的な見方ではある。しかしそこに明らかな悪意と差別意識が働いていたことは間違いない。

そのうわさと悪意と差別意識によって、普段は隣近所に無関心な若葉台の住民の間に連帯感が生まれた。

五月の終わりに、住民集会が開かれた。会場となった地区集会場は、この住宅地ができて以来初めて、住民でいっぱいになった。

市役所の環境課と保健所に、窪山で飼われている豚の処分を要求するという決定は、ほとんど満場一致でなされた。しかし保健所や役所が、そうした住民の要求にそってすぐに動くという可能性は低い。そこでもしもはっきりした回答が得られない場合は、自治会の三役が窪山の養豚農家を訪れ、至急、豚を処分するようにとの申し入れをするということになった。

そしてその四日後の日曜日、会長、副会長、書記の三人が、窪山に向かった。

都内にあるコンピュータ会社の課長である副会長の運転する車は、いったん山を下り市街地に通じる交差点まで行き、そこから窪山に再び戻る。谷を隔てて、隣り合ったこの二つの地区を直接結ぶ道はなかった。

午後の三時過ぎに、彼らは窪山の町会長宅についた。門をくぐったとたん三人とも顔をしかめた。すぐ横手に豚小屋があって、その匂いに慣れていない者にはひどく不快に感じられたのだ。

母屋の玄関の土間で、若葉台の自治会長がすこぶる腰を低くして、決議した内容を窪山の町会長に告げた。しかしそれで生計を立てている養豚農家が首を縦に振るはずはない。

町会長は、いささか身勝手な新住民の申し出に対して、自分たちはすでに保健所と市の指導に従い、豚舎には蚊よけの網戸をとりつけてあること、豚にも生ワクチンを打ってあることなどを説明した。

「しかし現に、今でも患者が出続けているんですよ。そんな気休めでは、対応しきれていないとみていいんじゃないですか」

副会長は、いらついた調子で言った。

「しかしこっちは、これで食ってるわけだからね。そんなむちゃくちゃなこと言われて、はいそうですかってわけにはいかないやな」

町会長に呼ばれたらしく、近所の男が数人やってきた。

「もっときちんとした豚舎で管理して、臭いも漏れないようにして飼っているというなら別ですが、ああいう開放型の小屋で飼われているとなると、我々も安心して住めないんですよ。子供たちもいることですからね」

若葉台の住民はほとんどがホワイトカラーで、風向きによって漂ってくる豚舎の悪臭に閉口することがあっても、養豚業や農家の暮らしについては何も知らない。経営努力もせずに、不公平税制のもとでいい思いをしているやつら、というのが、彼らの畜産も含めた農家全体に対する認識だった。早急に豚を処分しろ、というのもそこから出てきた発想である。

「何を勝手なことぬかしているんだ、こっちは一頭なんぼで食ってるんだ。犬を飼ってるわけじゃねえ、ふざけるな」

背後から人をかきわけ、四十過ぎの作業着姿の男が、副会長の前に出た。

「後から入ってきた連中に好き放題言われる筋合いはねえんだ」

無言でうなずく数人の顔があった。

行政は声が大きいほうに顔を向ける。「あそこの地区の住民はうるさくて嫌だ」といいつつ、市議会に代表を送り込み、陳情、請願を活発に行なう地域に対しサービスは厚くなる。トイレの水洗化も下水道整備もバス路線の拡張も、その「うるさい住民」のいる若葉台でだけ進んだ。そして谷ひとつ隔てた窪山のほうは、道路整備は遅れ、トイレは浄化槽で、バスは日に数本しかなく、移動図書館車も健康診断車も来ない。相変わらず山村の暮らしを強いられているのである。

自分たちを取り囲んだ旧住民の刺を含んだ視線を意識しながら、若葉台から来た男三人は、彼らの長靴にこびりついた豚の糞を顔をしかめて見下ろしていた。しばらくして気をとりなおしたように、自治会長はいうべきことを言った。

「確かに、豚が生計の手段でペットでない、というのはわかります。しかし人間の命がかかっている、ということをわかっていただけないですか。我々だけの問題じゃない。危険ということから言えば、おたくのほうがはるかに危険なわけでしょう」

「何が危険なもんかね」

別の男が、後ろで言った。

「だいたい病気の原因は、豚なんかじゃない。それはおめえたちのところから広まったんじゃねえか」

「ばかなことを」

副会長が、吐き捨てるように言った。

「ばかなって、本当のことだろうが」

別の声がした。いつのまにか、近所の人々が町会長の家の軒先に集まり、若葉台から来た三人は取り囲まれていた。

「こんな騒ぎを起こしたのは、あんたたちだろうが。それを豚を処分しろとは何事だ」

「てめえが外国で女買って、変な病気をうつされてきてだな、それをあっちこっちにばらまいて、知らん顔を決め込むわけか」

「デマですよ」

人垣を見回し、ため息をつきながら、自治会長は短く言った。

「だいたい、うちはじいさんの代から豚を飼っているんだが、こんな妙な病気が流行ったことはない。あんたたちが入ってきてからだ」

「えっ、そうなんだろ。自分たちで、南米だか香港だかで、いいことやってきて、ここに持ち込んだんだろうがよ」

長靴の男が詰め寄ってきた。

「行きましょう」

副会長は、他の男二人にささやいた。

「これ以上は無駄です。こういう教育水準も生活水準も低い地域の住民と……」

「ちょっと待った」

副会長は、そばにいた老人に腕を捕まれた。

書記があとずさりする。人垣が動いてその退路をふさいだ。

「ま、上がってください」

町会長が、丁寧だがすごみのきいた声で、座敷を指差した。

「いえ、我々はこれで」

自治会長が答える。

「まあ、とにかく、わしらとしても言っておきたいことはある」

男たちは、座敷に引きずり込まれた。そのまわりに住民が座る。揃いの茶わんで番茶が配られた。自治会長は一礼して茶わんを受け取ったが、茶しぶがこびりついているのを見て、口をつけずに畳の上に置いた。

窪山の住民側にも、日本脳炎の問題以前に言いたいことは山ほどあった。若葉台の住民が、飼っている犬を朝になると放すため、窪山町の畑に来て収穫間近の青菜の上に糞をする。子供たちが豚小屋の豚を突いていじめる。田に石を投げ込んでいく。野菜の無人販売所の料金箱に金を入れない、もしくは入っている金を持っていく。

そこで生活しているものにとっては深刻で、そうでないものにとっては取るに足りない事件の数々があった。

軽蔑の感情をむき出しにし始めた三人を囲む空気は、ますます険悪なものになっていく。

　さすがに暴力沙汰にはならなかった。しかし、それから四時間あまり三人は軟禁状態になって、村人の重たい絡むような口調で、詰問されることになった。その間、座敷は開け放たれ、出入りする住民とともに蚊が入ってきた。だれかが蚊取り線香をつけたが、集まった人々に遮られ、煙がまんべんなく行き渡るというわけにはいかない。

　深夜になってようやく解放され、疲労困憊して自宅に戻った副会長は、翌日、池袋のオフィスで高熱を出して倒れた。そしてその日のうちに、都内の隔離病棟に入った。

　その二日後の深夜、窪山の養豚農家の主婦は、遠ざかっていく小型バイクの音で目が覚めた。さほど大きな音ではなかったが、その軽やかなエンジン音は何か不穏な気配を含んでいた。しかし音は遠ざかったきり特に何も起こらない。思い過ごしか、と目を閉じて二、三分して、豚舎のほうが騒がしくなった。

　甲高い鳴き声と、豚がコンクリートの壁にぶつかる音がする。慌てて夫を叩き起こし、サンダルをつっ掛けて外に出る。

　物置を隔てて建っている豚舎のトタン屋根を突き破って、炎が噴き出していた。燃え上がるオレンジ色の炎の中から、四十頭を超える豚の断末魔の声が、辺りの空気を切り裂くように聞こえた。

　豚を外に出そうと夫婦は転がるように走り出した。

　しかし豚舎の手前までも行き着けなかった。まばゆい炎と熱気が、行く手を阻み、火は物置に燃え移った。数秒後に、物置の屋根がすさまじい音とともにふっとび、炎が四方に広がった。ガソリンを満タンにした耕耘機や燃料、農薬などが中にあったのだ。噴き出した炎はあっという間に母屋を呑み込んだ。

子供の名を呼びながら夫婦は母屋に駆け込んだ。建てかえたばかりの木造家屋が崩れる寸前、子供たちは逃げ出した。そして青い瓦も艶やかな新築家屋は、奥座敷で寝たきりになっている脳梗塞の祖母の布団に火の粉を降らせながら倒壊した。

第二部 感《かん》染《せん》環《かん》

7

「日本脳炎は、人から人へはうつりません」

永井係長は、そう書かれたポスターを机の上に広げた。今、見本が印刷屋から刷り上がって来たところだ。

「ったく、病気だけで手ェやいてるってのに、今度は窪山、若葉台地区の差別、人権問題だってんだから、こっちはナンボ、手があったって間に合わないやな」

薄くなった白髪頭をかきあげながら、永井は小西にポスターを渡す。

「ちょっと、字体や色、点検しといてくれ」

小西はうなずいてやりかけの仕事を机の端にかたづける。「うつりません」と明言してあるわりには、真っ先に役所は患者を隔離した。伝染病予防法にそうしろとあるからだ。ナンセンスと言ってしまえばそれきりだが、うつらない、と果たして言い切れるのだろうか。差別騒ぎが起こったのは、だれもが漠然とした疑いと恐れを抱いたからだ。

はっきりした疑いと根拠のある恐れなら、「日本脳炎は……うつりません」で、市民は納得するだろうが、得体の知れない怖さやうすうすおかしいという感じを、官製のこのポスターで拭えるとは小西には思えない。

ポスター見本をざっと見て、「いいんじゃないですか」といささか投げやりな調子で係長に返す。予防接種の準備作業が山積みになっていて、よけいな仕事にまで時間をさいてはいられない。

市内の騒ぎは少し収まったが、発病者は増え続けている。周りの町では、窪山方面を道路封鎖しろなどという電話を役所にかけて来る住民もいるし、市議会では連日、保健部長が、与野党双方から質問攻めにあっている。

県の保健予防課のほうも似たような状況で、住民からの問い合わせや議会での対応に追われているらしい。先頃、対策委員会が設置されて県内の大学病院に調査、研究を依頼したとのことだった。

しかしなにぶん、新種のウイルスが出てきたとか、新種の奇病が発生した、というわけではない。問題はその高い発生率であって、病気そのものは、あくまで伝染病予防法に規定された、「日本脳炎」である。エイズのような特別な扱いはされないし、何か発見があった、という報告も、今のところはきこえてこない。

小西が日本脳炎発生報告書に視線を落としたとき、「こんにちは」と背後から声をかけられた。

振り返ると中年の男が立っている。分厚い眼鏡の下で、目尻の下がった目が微笑んだ。

岡島薬品の森沢だ。「お忙しそうで」とにやりとした口元から、金歯がこぼれた。一般の業者は役所に来ても、カウンターのところで止まる。そこから担当を呼び出してもらうか、「どうぞ」と言われて初めて、担当の机のところまでやってくる。しかし森沢は違う。「どうも、失礼」と挨拶するか、あるいはそれも言わずに、ずかずかと入ってくる。だれも咎めないし、咎められない。

事務職ばかりの保健予防課では応対しきれないワクチンに関する外部からの質問に、森沢は極めて明快に答える。必要とあれば、講師を派遣して職員説明会を開いてくれる。ここの職員は仕事に必要な薬学的知識、ときには臨床的な知識のほとんどを彼から与えられていた。それだけではない。今、このときワクチンの購入は、彼だけが頼りだった。

「中学生への緊急接種用ワクチンね、なんとかやってるわ。何せ注文を受けてすぐ作れるってものでもないから、こういうケースは難しいなあ」

森沢は腕組みをして、渋い顔で目をつぶって見せる。どうせもう手配できているのだ、と察しはついていても「いつも悪いなあ、森沢さんには世話になっちまって。でも、一つなんとかお願いしますよ」と、永井が頭を下げる。

「ま、昭川市さんには、いつもお世話になってるしね。こっちもなんとか手を打たなきゃね」と森沢はちょっと頬をかき、「夏だけでなく冬のほうも、一つよろしく」と言った後で、金歯をむき出してわざとらしく笑い、小西の背中をぽんと叩く。

永井は苦笑している、今冬、インフルエンザワクチンの発注が少なかったことをあてこすっているのだ。それから森沢は所長席に挨拶に行った。

「よし、ワクチンの購入、ＯＫだ」

永井がファイルを勢いよく閉じて言った。なんだか森沢の胸先三寸で事が運ぶようで小西はおもしろくない。おもしろくないが、しかたない。

今日は五月の十七日。日本脳炎発生の通知が保健所から下りてきてから、まもなく一ヵ月が経つ。厚生大臣がいくら蚊の寿命が三、四十日と言ったところで、日本脳炎流行のピークは、真夏から初秋にかけてだ。少なくとも八月までには確実に免疫をつけておかなければ、昭川市だけでこの時期に、悪くすれば三桁の死者を出すかもしれない。

接種をしたからといって、免疫はすぐにつくわけではない。最初の接種では、人の体は抗原であるワクチンが入ってきたのを認識して反応するだけだ。その後、一、二週間おいて、二回目の接種をして、初めて体に抗体ができ始め、四週間から六週間をかけてその効果はようやくピークに達する。

ただし今回接種するのは中学三年生なので、小学校時代に受けた接種で作られた基礎免疫が残っている。それが切れないように追加の接種をすればいいので、一回だけでいい。だから一般の成人に比べれば多少のゆとりはある。しかしそれにしても逆算すると、盛夏を迎える六週間前、六月の中ごろまでには接種を済ませていなければならない。

期限はあと一ヵ月しかない。その一ヵ月の間に、すでに決定している結核や風疹や三種混合など、他の病気の予防接種の合間をぬって、日程調整や、ワクチン、医師の手配などをする必要がある。こんな折なので、他の接種は後回し、ということは、法令に縛られた役所の仕事のことで、できないのである。

夜中過ぎまで残業をしてようやくこなしているところに、ほかの仕事が入る。

ぼうふらの駆除や日本脳炎予防のための注意を呼びかけた市民向けパンフレットの作成、それを委託する印刷業者の決定や用紙の選定、ゲラ校正、さらにはパンフレット配布先への挨拶回り、といったたぐいの雑用だ。しかしそれらは、とにかくやれば片づく。しかし徹夜をしたところで解決しない困難な問題が一方でぶらさがっている。和子のかわりの看護師をみつける、ということだ。

「どうしようもねえや」

ため息をついて永井係長が、手元の履歴書を見せた。たったの一枚だ。

「公報に出して、ポスター貼って、つてをたどって、来たのはこれだけだ。どこの病院でも看護師不足ってご時勢に、前任者が感染で死んじまったような所に、来るわけないよな。欠員のまま他のメンバーにやってもらってるけど、みんなもう限界だ。バアサンばかりなんで、毎日出勤させられてクタクタになってる」

「この人でいいんじゃないですか」

小西は、履歴書に貼られた顔写真を指差す。頬のふっくらしたあどけなさを残す顔が少し緊張気味に微笑んでいる。

「資格をよく見てくれよ。准看護師だ」

「この際、いいじゃないですか。年寄りの正看護師雇うくらいなら、准看護師でも若い女の子のほうがいいですよ」

「おまえな」

呆れたように永井はため息をついた。

「准看は医療行為が限定されてるんだ。救急診療所で雇うのは、だから正看護師じゃなきゃならないんだよ」

午後から、小西は所長とともに医師会長宅に向かった。臨時接種を行なうのに医師の協力を得るため、小西は数日前に医師会長宛てにその旨を書いた文書を発送していた。医師会長には、あらかじめ電話で承諾の返事をもらっており、その上で、依頼文書を送ったのだ。そして文書が届いた頃を見計らって、あらためて挨拶に行く。ある部分では、すこぶる事務的な処理をするが、一方でこんな無駄をしないと役所の仕事は回らない。

医師会長宅の玄関を入るなり、小西たちは出てきた医師会長に怒鳴りつけられた。文書の言葉遣いがぶしつけであり、公印が曲がって押してあったという。こういう書類は失礼だと、現職の市議会議長でもある医師会長は突っ返してきた。

小西と所長は青くなって詫びたが、いったいどういうプライドを持っているものか、会長は聞く耳を持たない。所長が平謝りに謝って、すぐに書き直して持ってくると約束した。

さすがに管理職の器量で、所長はそのことについて小西を叱責したりはしなかったが、センターに戻ると同時に、小西は書類を作成し直さなければならなかった。そして決裁を取り直し公印を取る。そのために少し離れたところにある本庁に行く。が、あいにく決裁に必要な部長が席にいない。

緊急の仕事だから、なんとかしてくれと文書課長に頼み込むが、相手にされない。業を煮やして勝手に部長の判を押し、振り返ると先程までいなかった部長本人が後ろに立っていた。くどくどと説教された後、公印を押した書類を持って再び医師会長宅に行き、そこでもさんざん嫌味を並べられてセンターに戻ったときには、夕方の六時を回っていた。

なんという無意味な数時間だったのだろう、と小西はめまいがしそうな気分になった。市内で伝染病が発生しているのだ。それも二十数年ぶりの流行で、しかもとんでもない悪性の病気であるかもしれないのだ。

にもかかわらず、だれも迅速な対処ができない。前例がない。マニュアルがない。昔の原議もない。しかし関係法令だけは、厳然としてある。

病気の発生以来、保健センターの職員はほぼ徹夜に近い残業をしている。それは確かだ。その一方でひどく無意味なことばかりやっている。保健センターだけではない。保健所だって似たりよったりだ。

「ばかやろう」

医師会長の顔を思い出して小西がつぶやくと、永井がこちらを振り向いた。

「どうした？　さっさと帰って遊びたいか。しかし民間に比べりゃ、こんな程度の残業はまだまだ楽だぞ」

「気にしないでください、独り言ですから」

小西が不機嫌に答えると、係長は書類を見せた。保健所が窪山近辺の住民を対象に行なった抗体検査の報告書だ。小西は目を疑った。多少抗体価の高いのは七歳から十四歳までで、これは市で行なった予防接種によって免疫ができているからだ。しかしそれ以外の年代は、ほぼゼロに近い。つまりだれも感染していない、ということだ。

「嘘ですよね、これ。こんなはずない」

小西は唾を呑み込んだ。

日本脳炎の致命率は、現在、約二〇パーセント。ただし感染者のうち発病するものはごくわずかで、重症となるとさらに少なく〇・一パーセント。

つまり病院に担ぎ込まれるほどの重症者の背後には、その数倍の軽症者と千倍の感染者がいるということだ。いままでの患者の数からすれば、窪山地区の住民の全員が感染しているはずではないか。しかし調査によれば、住民のだれも感染を示すだけの抗体価の上昇を示してない。

調査方法を誤ったか、あるいは突然、人々の体内からウイルスが消えたか？　いや違う。

「こりゃあ、ひょっとすると怖いぞ」

永井が腕組みをしてうめくように言った。

住民のだれも感染していないところで、二桁の発病者、それも高熱、痙攣といった重篤な症状を示す重症患者を出しているのだ。意味するところは一つしかない。

感染イコール発病、ウイルスが体内に入ったら必ず発病してしまう、ということだ。

ほんのわずかのウイルスで感染し、感染したら最後発病し、それも重症になる。それをまだ日本脳炎だ、と言い張るならば、感染者千人のうち、脳炎、髄膜炎症状を示すのは一人だけ、という旧来の日本脳炎の常識は、どうなってしまうのだろう。

「県では何かつかんでないんですか？」

小西は尋ねた。

「聞いてないな。委託先の大学病院から新しい報告があったって話もない」

永井は自分の額をこぶしで叩いた。確かに異常な発生数に驚いて県が対策に乗り出してから、まだ日が浅い。大学病院の研究では、結論が出るまで数ヵ月や数年はすぐに経ってしまう。

「保健所の調査でも、よくわからないらしい」

「患者の家族と豚のケツばかり追っかけたって、わからないでしょうね」

小西は、中村看護師の葬式の帰りに房代と交わした話を思い出した。富士病院の辰巳医師が関係しているのではないかというあの話は、しかし、この場で口に出せることではない。憶測の域を出ないから、というだけではない。富士病院の批判は昭川市役所内ではタブーだ。

「それにしても豚の生ワクチンなんて効果あるんですかね？　この前、保健所の職員に、豚からウイルスが検出されてないって、聞きましたけど」

「県の発表では、検出されたとあったよ。つまり、感染環が成立したと見なせるだけの濃度では検出されなかったにしても、いることはいるってわけだろう」

この手のごまかしが統計や検査結果報告書ではまかり通る。小西が何か言いたいのを、永井は察知したらしくなだめるように続けた。

「ま、豚への接種が効果があるかないか、なんてのは結果の問題だ。たまにこうやって、ワクチン業者にも一息つかせてやらんとならないんだ。ワクチンなんて、いきなり作れる物じゃないから、向こうだって毎年、このくらいの量が売れると見込んで作る。ところが年によっては、接種量がいきなり減って、向こうは在庫を抱え込む。こっちの都合で損をさせてしまったら、たまには埋め合わせをしてやるってことも必要なんでしかたない」

こめかみをこぶしで叩きながら、永井は言った。

そのとき内線電話が鳴った。受話器を取ると、一階にある診療所からだった。

「至急、空きベッドを探してください。救急病院がどこも一杯なんで」

青柳が、いつになく緊迫した声で叫んでいる。

「わかりました」

小西は、県の救急管理センターに電話をして調べ、一覧表を手に階下へ下りる。

一階の診療室では、看護師が二人がかりで患者を押さえつけているところだ。恐る恐るのぞくと、注射器を手にした医者の白衣の間から、はだしの足がのぞいている。蠟《ろう》のように白い足の五本の指は、丸められたように、不自然にねじ折れ曲がっていた。小西は、和子のマンションで目にした光景を思い出し、思わずあとずさる。

「また、あの病気ですか」

「そうなんだけど、あれは後遺症だってよ」

一覧表から目を上げ、青柳が答える。

「後遺症って、そんなの、ありですか？」

　思わず小西は、声を上げた。青柳は受話器を取り、救急隊に連絡をする。それから小西に向かい小さな声で言った。

「さっき先生同士でしゃべってたの聞いたんだけどさ、日本脳炎の場合、命をとりとめても神経障害が残ることが多いそうだ。手足が利かなくなったり、痴呆化するんだけど、ああいうふうに筋肉が緊張して身体がねじれる発作を起こしたりすることもあるらしい。僕なんかは高熱出して死んじまうならそれでもいいと思っているけど、寝たきりで死ぬに死ねないのが一番怖いよ」

　再び事務室に上がってきた小西は、書類を隣の部屋にある保管庫に戻しにいった。キャビネットにそれをしまった後、古い書類が保管してある集密書架に近づく。

　書架の脇についているハンドルをゆっくりと回す。レールの上を書架は滑り、人が一人入れるくらいのスペースができた。体を滑りこませ、すばやくファイルの背表紙を見る。昭和三十二年当時からの医師会会員名簿が並んでいる。しかしここに小西の求めるものはない。

　富士大学病院が昭川市に来たのは、つい五年前、今の市長が再選されたときだ。選挙公約の一つに市内に大学病院を誘致するというのがあったのだ。

　医師会関係の出版物を次々に見ているうちに、「富士大学病院八十年史」というのが、出てきた。発行は四年前だ。

　絹張りの表紙を開けると、理事や医師たちの集合写真があった。

小西は、素早く、あの気難し気で爬虫類じみた老人の顔を探した。あった。すぐに見つかった。何かの式典のときに写したものだろう。辰巳医師はタキシードを着て、理事たちとともに最前列に座っていた。

彼は表紙を閉じると、それを抱えてロッカールームに飛び込み、ページを広げた。

多くの社史がそうであるように、それも輝かしい業績について書かれたものだった。そして当時はまだ富士病院の病理学研究室で確固たる地位を保っていた辰巳医師についても、小西が期待していたような怪しげな記述はない。

辰巳秋水は私立のK大学研究所生え抜きの微生物学者であり、医師でもあった。戦後、K大研究所が国立予防衛生研究所に統合された後に、ワクチンの開発と普及に力を尽くした、とある。アジアやアフリカ諸国にも何度となく派遣され、一九七五年にはWHOから表彰されている。

「偉い先生だったのだ」と小西は、すこぶる単純に感心した。しかしその後、辰巳がどういう経緯で、国立の研究所から一私立大学病院に移ったのか、という事はわからない。

後半のページを開けると、関係者の随想が載っていた。この中に辰巳の書いたものもあった。

戦後まもなくロンドンに渡ったこと、そこで出会った人々の落ち着いた暮らしぶり、美しい郊外の風景、フットパスと呼ばれる散歩道とスコーンやブルーベリーのアイスクリームの味。そうした思い出が綴ってあったが、ページの大半はやはりこの手の随想の例に漏れず、自分の功績を披露するたぐいのものである。

その一方で天然痘根絶に関して、自分の業績がさほど高く評価されず、多くは東大系の医師の功績とされていることを辰巳は憤慨する調子で書いている。

富士大学付属病院に辰巳が移って来た理由は、おそらくこんな所にあるのだろう、と小西は想像した。

そして検体を求めて昭和三十年代の衛生状態の悪いアジア、アフリカの国々を歩いた苦労話に続き、唯一プライベートなできごととして不幸な事故について触れていた。

彼は妻と子供二人を病気で亡くしているのである。研究室の特殊ダクトの故障が原因で、辰巳はインフルエンザに感染した。それは彼の家族にうつり、治療の甲斐もなく、数日間の高熱の後につぎつぎと死んでいった。しかし辰巳医師本人だけは、生き残った。

小西は辰巳に同情した後、ぎくりとした。

辰巳は、紛れもない微生物学者であり、その研究対象は病原体だ。それも特殊なダクトが完備された研究施設で扱わなければならず、ちょっとした事故であっという間に人々の命を奪っていくほど危険な病原体を扱っていた。辰巳の立場なら、その気になればそれを持ち出すこともできる。

想像したとおりだ。

恨みはあるだろう、と小西は思う。

私学出身者に対して、粗末な施設しか与えてくれなかった国への恨み、金でもなく名誉でもなく、医者としての良心から、家族を犠牲にしてまでも続けてきたことが、あっさりと忘れられてしまった恨み、あるいは家族を奪われたことに関しての漠然とした世間への恨み。それだけではない。血のにじむような努力によって、ようやく達成された感染症からの解放が、今や当然のこととしてうけとめられ、一般の人々からその手段としてのワクチン自体が悪とされ、糾弾されはじめている。

そう考えればあのインフルエンザ予防接種反対運動に対する怒りというのは、納得がいく。しかし怒りが、反対派主婦の頰を手袋で張る程度で済んでいればまだいい。それが狂気の行動に駆り立てたとしたら……。

辰巳が初めから悪意を持って、何か危険なウィルスを開発し、ばらまいた、ということがありうるかどうかというのはわからない。

しかしこの市にいて、そうした危険な研究にかかわっていた人物が、あのとき予言とも脅しともつかない言葉を吐いたのだ。この病気の流行に何かの形で関係していると見て間違いない、と小西は思った。

小西は辰巳に関するページをコピーし、夜間救急診療所にかけ下りた。

「堂元さん」

忙しそうに体を揺すって立ち働いている白衣の背中に呼びかける。気づかない。何回か呼ぶとやっと振り返り、怪訝な顔で汗を拭き拭きやってきた。

「これ、後で読んで」

「何、これ？」

「この間、僕がいったあれですよ。ただし、僕が持ってきた、なんて絶対言わないでくださいよ」

「なんで？」

「とにかく、僕の名前だけは出さないで下さい」

房代はうなずくと、素早くそれを畳み、ボールペンやら体温計やらで膨らんだ胸ポケットに入れ、すぐに持ち場に戻っていった。

紙切れを渡してから小西は急に後悔した。たまたま自分の推理を裏付けるようなものが出てきて舞い上がってはいたが、それが確固たる証拠ではない。それに房代に何ができるだろう。それより今度の件で、自分が富士病院の医者を疑い、その身辺を探っている、などということを人にしゃべられたら大変だ。


翌日の昼、鵜川は今回の脳炎に関する情報を彼なりに整理していた。しかしその量はあまりにも少ない。

富士病院を除いては、どこの病院も患者が分散しているのでデータが取りにくいという事情もあるし、何か発見があってもまだ発表される段階ではない。地元の医師たちとの交流もほとんどないから、生の情報は入らない。

それにしても明かりを眩しがって椅子から転げ落ちたあの不動産屋の姿がひっかかる。

さらに中村看護師の発病と急死だ。針刺し事故がその直接の原因であるとは、常識的には考えにくい。もっと早い時期にすでに感染していたと考えるのが妥当ではあろうが、それにしても発病から死に至るまでの時間の短かさは異常だ。それを中村和子個人の体力や抵抗力ということに帰するのは、無理があるのではないだろうか。

そこまで考えたとき、階段を上がってくるどすどすという足音が聞こえた。

ドアが開いて「先生、お客さん」と看護師が言った。その肩ごしに、房代の真っ赤な顔がのぞいた。

「外はまるで真夏ですよ、先生」

房代は、ふうふうと肩で息をしていた。

「そうみたいだね」とうなずいて鵜川は、部屋の隅から折り畳み式の椅子を持ってきて、房代にすすめた。

窓の外に目をやると、椿の葉に日光が反射して、植込み全体に白い光が踊っている。つかの間、平年並みの春の気候が戻ってきたと思ったら、数日前から再び狂ったような夏が来た。

流れる汗を拭きながら看護師の入れてくれたお茶を飲み干すと、房代は「実は、あたしたちがこんなことを言っちゃいけないのかもしれないんですけど」と少しばかり躊躇《ちゅうちょ》するように、前置きした。

「いいですよ。ここなら何も遠慮することはないでしょう」

鵜川は、そう言いながら看護師に向こうの部屋に行っているように、目くばせした。

「先生、辰巳秋水って名前のお医者さま、ご存じですか」

房代は尋ねた。鵜川は首を振った。どこかで聞いたことはあるような気がするが、思い出せない。

房代は、インフルエンザ予防接種のとき、辰巳の口から、今回の「日本脳炎」の流行を予言するような言葉を聞いたと話した。そして手にした買物袋から折り畳んだ紙を取り出し、鵜川に渡した。昨日、小西が持ってきたコピーだ。

鵜川は素早く目を通した。

「つまりこの医者が、なにか関係しているのではないか、早い話が、どうも怪しいって、思ったわけだね」

房代は口ごもった。

「まあ、怪しいっていうのも失礼なんですけど、ずいぶん危険な研究をしてたみたいだし、今でもその気になれば、強い日本脳炎ウイルスを作ってばらまいたりできるところにいらっしゃるわけだし、いえ、別に疑うわけじゃないんですけどね」と房代は、いったん言葉を切って額一面にかいた汗を拭う。

「それになんだか富士病院のやっていることも、ちょっとおかしな気がしたんですよ。だってね、先生、うちの夜間診療所に来た患者さんを富士に送ったんですが、その方、亡くなったんですよ。その死因を後で問い合せたら無菌性髄膜炎だって。あれはあたしが見たんですけど、今流行っているあの病気みたいな気がしてしょうがないんですよね。大学病院の先生方がそんなにヤブとは思えませんけど」

鵜川は、しばらく考えていた。

「まず、辰巳さんという医者のことから考えてみると、細菌ならばらまくことができるんだけどウイルスだと難しいと思うんだ」

房代はまばたきした。

「ウイルスは生物だ、という人もいるけど、そうでないという人もいるし。つまり鞘《さや》に包まれた遺伝子みたいなもので、細菌とは基本的に違って、生きている細胞の中でしか生きられないんですよ。だから、ただばらまかれて増えるというわけにはいかないんじゃないかな」

「はあ」と房代は、まだ半信半疑の顔をしていた。

「でも、とにかくばらまくという素朴な方法でなく何かやったにしても、今は個人で研究するという時代ではないですからね。仮に特殊なウイルスが存在するとするなら、そしてもしそれを作り出したとするなら、その先生一人というよりは、彼のいる大学病院なり、研究施設全体が関わってくる」

「するとやはり、富士病院……」

「関与していたとすれば」

房代はうなずいた後、ちょっとため息をついた。

「面倒なことになりそうですね、先生」

「これは今回のことがどうこうということではなく、バイオハザードや広く薬害や環境汚染なども含めてなんだけどね。今の日本の法律では、病気と病院や研究所で行なっている実験や研究の因果関係は、こちらで立証しなければならないんだよね」

「こちらって、その訴えた住民側が、っていうことですか？　だって病院のほうで、うちはちゃんと安全にやっていましたって、証明することができるんでしょう」

鵜川は首を振る。

「だからそこが問題なんだ。訴えを起こした市民や患者の側が、そこの病院なり研究所なりでこういうことをしたから、こんな病気になった、と立証しなければならない」

「そんなこと、素人にできるんですか」

「できるはずがないよ。何せ、病院側が研究データを公開するはずないからね。そのうえ昭川市はもっぱら富士に患者を送っている。市長との癒着もひどい」

房代は口を一文字に結び、腕組みをした。鵜川は短く刈り込んだ後頭部を手のひらで叩きながら続ける。

「それから、今の段階ではすべて憶測で、肝心の患者と富士病院がストレートに結びついてこない。富士病院は確かに市内にあって、そこの医師である辰巳さんという人が、危険な病原体の研究に携わっていたとして、富士病院の位置は市の真北で、西端にある窪山、若葉台地区とは、十五、六キロ離れている。バイオハザードがもし起きたとするなら、なぜ富士病院のある市の北部で患者が発生しないのかということ。そして患者から感染したとしても、富士病院の患者は市内全域から来ることから考えても、窪山や若葉台の住民にだけ広まるというのはおかしい」

「むずかしいわねえ」

房代は、もう一度大きなため息をつく。

「保健所でも調べてるけど、何かとんちんかんだし」

鵜川はうなずいた。

「いずれにしても事実を突き止めるのはむずかしいけど、だれかがやるしかないね。因果関係がはっきりしない限り、事態を収拾する有効な手段はないから」

そう言いかけて鵜川は、原因がわかったときに、同時に救う手段がないということが判明したりしなければいいが、と思った。

それからあらためて、房代の持ってきたコピーを見直した。辰巳という医者の経歴の中にある国立予防衛生研究所という部分が目に留まった。

8

眠い目をこすりながら出勤した小西は、何気なく所長の机の上の新聞を見て、思わず手をのばした。

「コジュケイのヒナ、大量死」という地方版のごく小さな見出しが目に入った。

「おっ、気がついたか？」

所長は言った。

「ええ、仲間とバードウォッチングをやったりすることがあるんで」

小西が答えると、所長は奇妙な顔をした後、新聞に視線を落とし、やれやれと言うように、別の見出しを指さした。ある地域の保健所統合のニュースだった。

すみません、と謝って、小西はその記事に目を通すふりをしながら、コジュケイの記事を素早く読んだ。

市内にある営巣地で、今年かえったコジュケイのヒナがほとんど育たずに死んでいるという。餌か、環境の変化か、病気か、原因は不明ということだ。解剖しても特に内臓系の異常は認められないと書いてある。

小西は、あっと声を上げた。所長が怪訝な顔で見上げる。

「なんだ？」

「あ、いえ……」

コジュケイの営巣地というのが、あの窪山近くの谷だ。患者が多発したあたりではないか。

人が死んで、鳥が死ぬ。そして日本脳炎の感染環の中央にいるはずの豚のほうは、血中ウイルス濃度が上がっていない。

コジュケイ……。

ちぎれた感染環を繋ぐものが、ぽっかり浮上してきた。

しかしコジュケイが本当に日本脳炎など媒介するだろうか。

鶏だって蚊に刺されるのだから、コジュケイが刺されたっておかしくはない。あるいは日本脳炎でない可能性もある。そうだとすれば、鳥が媒介することも考えられる。ウイルスが日本脳炎と特定されれば、それ以上、市役所も保健所も疑わない。マニュアル通り豚ばかり追っていれば、こんな情報は見落としているだろう。

そして医者のほうはといえば、日本脳炎がコジュケイによって媒介されるなどという常識外のことは考えつかないだろう。いや、これが日本脳炎以外のもの、たとえば窪山脳炎と称される新しい病気だと考える医者がいたとしても、彼らが注目するのはあくまで人か、あるいは症状そのものであって、その周辺には目を向けていないに違いない。

「ちょっと、小西」

そのとき永井係長が、手招きした。

「何、ぼけっとしてるんだ、これ」

県の衛生局に提出する書類を指さす。

「これよ、今、市長が出張中なんだ。だから市長印押しちまったらまずいだろ」

くだらねえ、と心の中で舌打ちしながら小西は尋ねる。

「どうしますか？　出張前の日付を押せば、このまま通りますね」

「いや、総務課がこの日付で確認したんで、だめだ」

「すると……」

「書類書き直して、決裁の取り直しをしてくれ」

「ばかばかしい」

つぶやいた後で、小西は慌てる。係長は聞こえなかったふりをして、「ま、急いでやれや」とだけ言った。

小西は、ぶつぶつ言いながら、命じられた書類を作り直すと所長の判をもらい、公用の軽自動車に飛び乗り、市役所本庁に向かった。

本庁で、一通りの仕事を終え駐車場に戻った小西は、そのままセンターとは反対方向に車を走らせていた。

かまうものか、とつぶやいてハンドルを握りしめる。

小西は、市のはずれにある富士大学病院へ向かった。行ってこの病気のことが何かわかるわけでもないだろうし、万一わかったところでどうしたらいいのか見通しはない。医療については素人のヒラ事務員にできることなどない。わかってはいるが、なんとかしなければならない。どうでもいい挨拶や書類の作り直しをやっているうちに、取り返しのつかないことになるかもしれないのだ。

昭川市を背負って立っているつもりはない。公僕の意識などますますない。しかし小西は、県道を北に向かい、危機感に背中を押されるようにやみくもに突っ走っていた。

市の北の端、隣市の大規模団地との境にある高台に、富士病院は建っている。山の斜面を切り開いた広大な敷地に、大学の医学部と付属看護学校、さらに病院、研究室が配置され、芝生とダケカンバの林に囲まれた白い建物は陽光に映え、高原のリゾートホテルのような外観を見せていた。

車を止め、小西は玄関を入って行く。広い待合室の中央にカウンターがあって、これが受付窓口だ。

「やあ」

小西はカウンターの後ろで、カルテの整理をしている若い女に声をかけた。ここの医療事務をしている高野真由美だ。

真由美はちょっと眉を上げて微笑み、入れというように事務室のドアを指差した。

今日はツイている、と小西は思った。救急医療の事務連絡で富士病院には月一回は来ているので、ここの職員とは顔見知りだが、真由美と出会えるのは、二回に一回くらいだ。

事務室には、他にだれもいなかった。今まで真由美を二回デートに誘ったが、二回ともさり気ない調子で断わられている。

真由美はお茶を入れてきて、「今日は日本脳炎のことですか？」と尋ねた。小西はきれいにルージュの引かれた形の良い唇に見惚《みと》れながら、はて、俺は何をしに来たのだっけ、と思った。

そうだ、まさに日本脳炎のことだ。

「どうですか、こっちの病院の先生方は。何か新しい治療法なり、病気の正体なり、発見はしてるんでしょう」

探りを入れてみる。

「私たちには、そんなことわからないわ。でもかなり研究はされているんでしょうね。日本脳炎の患者さんは、ほとんどここで診ているんですもの。ただどこもそうかもしれないけど、研究って、あんまり自由にできるものじゃないでしょう」

真由美は顔を曇らせる。

「そりゃそうですよ。医学だけじゃなくて日本の大学はどこもそう。僕の大学の研究室にも一人、教授の言ったのと違うテーマで論文書いたために、四十過ぎて講師にもなれないやつがいたっけ」

「ええ、ここにも、これは日本脳炎というよりは、症状から見ても何か新しい病気と考えたほうがいいんじゃないかと考えた研修医の人がいたのよ。でも、結局、論文を掲載させてもらえなかったわ……」

「だれですか、それは」

小西は身を乗り出した。もしかするとその研修医とやらが強力な助っ人になるかもしれない。

真由美は慌てて首を振った。

「いいえ、私ったら、こんなことおしゃべりして……」

「教えて下さい、どこの研究室の？」

「だめです、だめ。聞かなかったことにして下さい。個人的な知り合いです。その人の立場を考えて下さい」

哀願するような真剣なまなざしに、小西は肩をすくめた。個人的な知り合いと聞いて、単なる知人、友人と思うほど愚かではない。助っ人を頼めないことよりも、憧れの美女は所詮、役所の男なんか眼中にないのだ、と思い知らされて小西は失望した。

「で、どうですか？　患者は増えてますか？」

気を取り直して小西は尋ねた。

「私、事務員だから詳しいことはわからないけど、やっぱり日本脳炎らしいって、他のところから回されてくる患者さんが多いですね。このところずっと隔離病棟は満床なの。でも予後があんまり良くないんですよね、この病気。どうにか命をとりとめても、けっこうヒサンな後遺症が残っちゃったりして。なるべく退院してもらったり他の病院に移ってもらったりしてるんだけど。この間も『こんなことになるなら、死んだほうが良かった。なぜ救ったんだ』なんて言う患者さんがいて、看護師さんが困っていたわ。なぜ救ったなんて、そんな言い方されたって困りますよね」

同意を求めるように真由美は言う。小西は「まったく」とうなずいた。

「ところで、辰巳先生のことで知りたいんだけど」

「辰巳先生?」

真由美は怪訝な顔をした。

「研究室にいる先生方のことはよく知らないわ」

「今、どうしてるんですか?」

「どうして辰巳先生のことを?」

「去年、来てくれたんですよ。予防接種のピンチヒッターでね」

「あの先生が?」

真由美は首を傾げる。

「いや、まあ……」

「それって、あたし、ちょっとわからないから、事務長に尋ねてください」

そう言いながら内線ボタンを押しかけたのを慌てて止める。仕事をさぼってこんな所に探りを入れに来ていることが事務長の口から職場にバレるとまずい。

「いいんだけど、その辰巳先生は研究室にいるんですね?」

「いいえ、移られたんです」

「どこに？」

真由美はカードを一枚持って来て、メモ用紙に何か書き写し小西に渡した。

富士大学付属桜ヶ丘病院、とあった。桜ヶ丘といえば、富士大学が昭川市に移転する前にあった所だ。今は学部と病棟の一部が残っているだけだ。

しかし移転したときに、研究施設は全部こちらに移されたはずだ。いったい辰巳は何をしに向こうへ移ったのだろう。ここで何かしでかし、表ざたになることを恐れた病院から、そっと追放されたのだろうか。富士病院は彼を追放して、今後、この町で何が起きても頬かむりする気なのか。

「どうも、いろいろありがとう」

小西は立ち上がった。

首を傾げている真由美を残して、事務室を後にする。

玄関で靴を履いていると、後ろから背中を叩かれた。

「なにこんな所で仕事をさぼってるの？」

堂元房代が立っていた。菫《すみれ》色を帯びたピンク色の綿レースのスーツ。耳には大粒の真珠。

「相変わらず派手なかっこうしてるじゃないですか」

挨拶代わりに、憎まれ口を叩く。

「仕事じゃ、白いものしか着られないからね」と房代は屈託なく笑った。

「ところで堂元さんこそ、何してるんですか？」

房代はポケットからスーツと揃いのピンクのハンカチを取り出し、顔の汗を拭った。

「聞き込みよ」

「聞き込みって、じゃ、もしかすると僕と同じ目的で来てたんだ」

「役所もやっと、調べる気になったの？」

「僕が勝手にやってることですよ。こんなのは職務専念の義務違反です」

うん、うん、とうなずきながら、房代は小西を見上げた。

「で、わかった？」

小西は、かぶりを振って、先程の真由美の話を伝えた。

「事務のコの知ってることは、そんな程度よね」

「堂元さんは？」

「さっきここの看護師に聞いたんだけど、今、桜ケ丘病院は老人病院になっているの。特別養護老人ホームというか、そんな感じに。後は、精神科がちょっとあって、日本でも有数の依存症の治療専門病棟があるんだって」

「あの先生が、老人病院に？」

「医者として行くとは限らないでしょう」

小西は、あっと声を上げた。ボケ老人を装い知らぬ存ぜぬで通すには恰好のところだ。完璧な隠遁場所ではないか。

「小西君、土曜日はお休みよね」

房代は尋ねた。

「ええ」

「それじゃあたしとおデートしましょ」

冗談じゃないよ、と言おうとして、房代の意図に気づいた。

「お見舞いですね」

「待ち合わせの時間は何時？」

「ちょっと待ってくださいよ」

「何を待つの」

いざ自分が動き出すということになると、小西は躊躇した。余計なことをして職場に知られたら大変だ。相手は富士病院の医者だ。

「僕たちが、それをやるのはまずくないですか。もし富士病院から何かクレームつけられたら……」

「大丈夫よ、あたしがなんとかするから」

「なんとかするったって、ですね」

後退りしながら、小西は軽自動車のドアを開けた。しかしそれより早く、房代が「どっこいしょ」と掛け声をかけながら、助手席に乗り込んだ。軽い車体がゆさゆさと揺れた。

「僕は、これから青柳さんのアパートに寄って行きますよ」

ちょうど青柳に用事があったことを思い出し、遠回りになるから一人で帰ってくれ、という意図で小西は言った。

「あら、何しに青柳さんのところに？」

「昨日のカルテに不備があったんです」

「それがそんなに急ぎの用事なの？」

「ええ。大至急。保険審査は明日の午前中ですから」

実際は青柳の自宅に押しかけて確認するほどのことではない。小西がかわりに患者に電話をかけて謝ってから、不備の箇所を記入すればすむことだ。しかし小西のほうも腹に据えかねていた。青柳の記載不備は昨日に限ったことではない。しかも今度のは、たるんでいる、としか思えないミスだった。アパートに乗り込み、どうせ本人はいないだろうから、サラ金の取り立てよろしく、『青柳さん。患者さんの保険証ナンバーを書き忘れています。至急連絡願います』とでかでかとはり紙をしてやろう、と思った。

「行ってもいないんじゃないかしらね」

房代は言った。

「わかってますよ。こんなときだからいつ緊急連絡があるかわからないっていうのに、いつも不在じゃ、どうすればいいんですか」

ろくな仕事もしない上に、所在をはっきりしておかないということが、さらに腹立たしい。

「今、受付事務も脳炎騒ぎで忙しいから、いろいろ間違いもするのよ」と房代は庇《かば》うように言ってから、「そこの角を左に曲がって」と指差した。

「窪山方面じゃないですか」

「青柳さん、あの近くのホテルにいるから。ほら、紫色の」

「あのラブホテル？」

小西はすっとんきょうな声を上げた。

「真っ昼間ですよ」

「管理人をやってるのよ」

「それにしてもラブホテルにいるって、いかにもあの人らしいですね」

「そんなこと言うもんじゃないわよ。人にはいろいろ事情があるんだから」

房代は軽くたしなめた。

小西は、車を降りてセンターに電話を入れた。これから青柳の所に行くので戻るのが少し遅れると伝える。

まもなく前方に紫色の建物と「ホテル桃源郷」という看板が見えてきた。

小西は、その三〇〇メートルほど手前に公用車を止め、房代を残して一人でかけ出した。

昭川市のマークを横腹につけた公用車がラブホテルなんかに入っていくのを口うるさい市民が見たら、たちまち市長宛てに通報が入る。公用なのだから、何とでも申し開きはできるが、一緒にいたのが五十過ぎの看護師なんかでは、たとえ冗談で冷やかされるだけだって気分が悪いと、若者らしい高慢さで小西は思った。

車を降りたとたん、激しい悪臭にむせそうになった。右手の谷が、ゴミで埋められている。こんな所にあるラブホテルではいずれつぶれるな、と思いながら、薄暗い玄関を入っていく。

小さな窓口から青柳のほっそりとした顎だけが見えた。そっと鍵を出しかけた手がぴたりと止まった。

プラスティックの小窓ごしに、ぎょっとした青柳の顔が見える。

「とうとう、知れちゃったか」と観念したように青柳は言う。

「そんなことはどうでもいいです」

小西は、手にした手帳のメモを窓口に押しつけ、昨日の記載不備を指摘する。

「忙しいのはわかりますけどね、ミスもいいかげんにして下さいよ」

「すいませんねえ」

「しまう前に一回見なおせば、わかることじゃないですか？」

「いや、どうも」

「一応、仕事なんですからね」

二十あまりも年下の小西に言われても、青柳はへらへらと笑いながら頭をかくばかりだ。

「ま、そこにいるのも何だし、中に入ってよ」とドアを開ける。

「こっちだって、好きで来てるわけじゃないですよ。ちゃんと居所を報せてくれていれば、電話一本で確認できることなんですから」

文句を言いながら中に入り、小西は用事と説教を済ませた。

ラブホテルを出て道路にかけ上がり、軽自動車まで走る。

その途中で足を止めた。一羽の鳥が道路の中央にいる。鳩ほどの大きさだが、丈は高い。首を前後に動かしながら、路面を足速に歩き、少し行くとちょっと首を傾げてとまる。

羽が不揃いのチャボのようなもの。コジュケイだ。成鳥が一羽。この季節なら注意深く道路を渡る親の後を五、六羽の幼鳥がついていくものなのに。

ここの林は、コジュケイの営巣地なのだ。ヒナの大量死が、今朝新聞で報道されたその場所だ。

小西は、道路の法面《のりめん》のコンクリートの継目に足をかけ、首を伸ばしてやぶの中を見た。この中に巣があるらしい。

車に戻ると、房代は真っ赤な顔で、汗を拭いながら外に立っていた。公用車には冷房がついていないのだ。五月の陽光に照り付けられて、車内は蒸し風呂のようだった。

「何をしていたの？　やぶの中を覗いたりして」

エンジンをかけると房代が尋ねた。

「コジュケイの巣が中にあるらしいんですよ」

「あらま、それじゃかわいいのが、見られるわね」

房代は微笑む。

「それが、今年はヒナがずいぶん死んだって、今朝の新聞にあった」

「かわいそうに、なんでまた」

「わかりません」

「調査なんかしないのかしら」

「保護鳥でも何でもないですからね」

コジュケイはキジ科の鳥で、大正の頃、食用に輸入されたものが逃げ出し、持ち前の繁殖力の強さから増えて野生化したものだ。

「鳥が死んで、人が死んでるんですよ」

独り言のように小西はつぶやく。

はっとしたように、房代は小西の顔を見た。

「やっぱり関係あると思いますか」

眉を八の字に寄せて、房代はうなずいた。

保健センターに戻った小西は、事務室に行かず保健師たちの詰めている相談室に入った。

「医学書ありますか?」と尋ねると、中年の保健師が、ロッカーを開けて分厚い本を取り出し手渡す。それからロッカーのほうを顎でしゃくり、「病気について調べたいなら、あそこにも資料があるからね、勝手に見てていいわよ」と言い残し、忙しそうに出ていった。

彼は医学書の「日本脳炎」の項を見直す。

確かに、この病気は日本脳炎らしくない点はあるが、ウイルス検査の結果は日本脳炎だ。しかし分厚い医学書にも、特に目新しい内容は載っていなかった。

次に、「感染症」という専門書を取り出す。ページの大半はエイズに関することに割かれていて、後ろのほうに付け足しのように他の伝染病について触れてある。

日本脳炎のページを開けると、「かつて日本に於いて猛威をふるった日本脳炎も、昭和四十一年の大流行を境に、患者数は激減したが、日本以外のアジア地域では、現在も日本脳炎と思われる急性脳炎により、多くの死者を出し、重篤な後遺症が発生している」とある。

彼は少し前にカウンターを訪れた主婦のことを思い出した。

「もうじき夫の仕事の関係で日本を離れるのですが、それでも子供に日本脳炎の接種を受けさせなくてはいけませんか」と、主婦は尋ねた。応対に出た永井係長は、受けさせたほうがよい、と指導していた。

国外では「日本脳炎」という病気は存在しない、という誤解は広くあるが、むしろ日本以外のアジア地域で、深刻な問題になっている。そのことを小西は、この職場に来て初めて知った。

「あった」

次のページをめくったとたん、小西は小さく叫んでいた。指先で文字を辿りながら、丹念に読み直す。間違いない。

「特に疫学上のブタの重要性は、中国、タイ、シンガポール、インド、ネパール等でも確認されているが、インドではウイルスの広がりから見て、ブタだけのウイルス増殖では説明がつかず、トリの役割が考えられる」

鳥だ。やはり、鳥が媒介していた。人の脳炎とコジュケイの死が、今、結びついた。

しかし「トリの役割が考えられる」の後には、「ただし証明はされていない」という記述があった。

さらにもう一度、はじめから読み返す。

「日本以外のアジア地域では……日本脳炎と思われる急性脳炎で」

彼は「思われる」というところに赤線を引いた。日本脳炎だ、と断定しているわけではない。

しかしトリが媒介するという理由で、昭川市で流行っているのが新種の病気、あるいはだれかが作り出した病気と断定することも、またできない。「トリが関係した日本脳炎」と考えることができる一方、日本以外のアジアの国から入ってきた病気、という可能性もあるのだ。日本脳炎と「思われる」別の急性脳炎かもしれない。それは、日本脳炎に違いはないかもしれないが、恐ろしく発病率と致命率の高いタイプかもしれない。

とすると、辰巳は関係ないのだろうか。ちまたで噂されているように、南米帰りの商社マンではないにしても、外来伝染病の可能性があるわけだ。だが、仮に海外から病気を持ち帰った者がいるとして、どうやってコジュケイの間に広めたのだろう。ヒトが媒介動物になって、トリに日本脳炎を広めるというのは聞いたことがない。やはりどこかで人為的な操作が働いているのか？

いずれにしても鍵を握っているのは、コジュケイだ。

事務室に戻ると、小西は近くの小学校に電話をかけた。用務員の佐々木という男を呼び出してもらう。彼は昭川市役所の職員が中心になって作った市民サークル「昭川自然友の会」の会長だ。

佐々木は電話に出ると独特のかすれたような声で、「新聞記事のことだろう」と小西が何も言わないうちに、言った。

「図星です。コジュケイの大量死」

「どうしたんだろうな」

「佐々木さんは、何だと思います？」

小西は尋ねた。

「十年以上前だけど、東京西部でヒヨドリの大量死があった。サクラの実の豊富なときでね、皮と種を除いて食べる小型の鳥は無事で、丸ごと食べるヒヨドリの、それも幼鳥が軒並み死んだ」

「アルカロイドか、シアン化物ですか」

「とんでもない。ただの食いすぎ。意地汚いやつだよなあ。解剖してみたら、腸いっぱいに種と皮を詰まらせていたそうだ。かわいそうに」

「同じような物だと思いますか？」

「そうなら救われるがね。林の生態系が変わったのが原因だとすると、かなりやっかいだ」

「そうですね……」

佐々木は、ヒナの大量死のニュースを直接伝染病に結びつけて考えてはいない。

近いうちに、一緒に窪山の営巣地に入ろうという約束をして小西は電話を切った。

その週の土曜日、小西は自分の軽自動車を出した。若い女を乗せるなら数百メートル離れた実家に行って父のローレルを借りるところだが、相手が房代なので、泥はねをつけたままの白いミニカで行った。

出かける前に、ボイスレコーダーを確認する。予備の電池も持った。辰巳との対面を想像すると少し緊張した。何かしゃべってくれるだろうか。

仮に、今回の脳炎が作り出されたものではなく、海外から持ち込まれたものだとしても、とにかく最初に患者が運び込まれたのは富士病院だ。辰巳にしても無関係ということは、ありえない。

何か重要なことを聞き出せるかもしれないという期待はあるが、自分のことが富士病院から職場に報告されたりしなければいいが、と心配でもある。勝手に動いたことを咎められるのももちろん嫌だが、何よりスタンドプレイとみなされ、同僚から仲間外れにされるのが一番怖い。

約束した場所に、房代は立っていた。二重になった顎をちょっと引いて手を振っている。抱えているのは淡いピンクのバラだ。これほどふさわしくない取り合せはないな、とつぶやきながら、小西は車を止める。

「すいませんね、小さな車で。きついでしょう」

「大きなお尻じゃ入らないっていいたいんでしょ?」

どっこいしょ、と掛け声をかけながら、房代は体を助手席に押し込んでくる。

「どうでしょうね。何かしゃべると思いますか、あの先生」

小西は片手でバックミラーを直しながら尋ねる。

「難しいねえ」

房代は、唇を引き締めた。

「きのう桜ヶ丘病院に電話をしたのよ。面会時間を聞くついでに、辰巳先生がどんな様子か尋ねてみたんだけどね……」

「失禁、夜間徘徊、認識障害ってところですか？」

「日本脳炎なんだって」

小西は、仰天した。

「なんですかそれ。患者からの感染ですか」

言いかけて、はっと気づいた。

「もしかして嘘の病名……ですね」

「うーん」と房代は腕組みをして、考え込んでいる。

「でも日本脳炎と診断されたなら隔離されてるはずだから、当然、面会は断られますよ」

「それは大丈夫。一応、治癒したということで、今は一般病棟で体力の回復を待っているって話よ」

どうだかわかったものではないと、小西は思った。行くだけ行ってその場で面会を断られることだってありうる。

富士大学付属桜ヶ丘病院は、その後に建った他の学部の校舎に囲まれ、敷地の中央にとり残されたようにあった。真新しい高層建築の谷間にある石作りの建物は、中膨らみの石柱といい、ドアの彫刻といい、格調や風格といったものを感じさせたが、どこか冷え冷えとして馴染めない雰囲気がある。

「体調の悪いときには、来たくないわね」

房代は、玄関の天井近くに彫られた、二本の試験管をクロスさせた富士大学の紋章を見上げた。建物のどこかから水が漏るのか、銅の紋章はしたたるような形に緑青がふいている。

混み合っている外来の玄関を抜け、入院受付に行って辰巳に面会したいと申し出る。受付の事務員が無愛想に、病室の番号と面会時間を教えた。

アルコールや薬物依存症の病棟を通り過ぎ、渡り廊下を通り、辿りついたのが老人病棟だった。辰巳の部屋を尋ねる前に、房代は菓子折りを下げて、ナースステーションに寄り挨拶する。

病室のドアに辰巳の名前をみつけ、小西は素早くバッグに手を突っ込み、ボイスレコーダーのスイッチを入れた。ヘッドの動くかすかな音がした。

ドアを開けたとたんに目に飛び込んできたのは看護師の体に遮られた無人のベッドだ。いや、人は寝ていた。その証拠に、掛け布団の白いカバーは、規則正しく上下している。

しかするめでも寝ているのではないかと思われるほど、そのベッドは、ぺしゃんこにつぶれていた。

小西は、胸苦しいような不安で恐ろしい気分になっていた。情けないとは思うが、重病人などあまり目にしたことのない事務職なのだからしかたない。

房代がさっさとベッドに近づき、傍らの看護師に会釈する。

「ご親戚の方ですか？」

「いえ。先生に病院でお世話になった者です」

房代はにこにこと笑いながら答える。

小西は房代の胴体の後ろに隠れるように、そっとベッドを覗いた。

辰巳は深い寝息を立てていた。かさついた白い顔が、ひどく痩せている。骨に張りついたような血管の透けた皮膚が、何か人間離れした感じで不気味だった。眼窩《がんか》が落ち込み、その瞼はさらに薄く、一枚の半透明のフィルムのようだ。膜の下で、あの爬虫類めいた視線が、自分をじろりと見たような気がして、小西は身がすくんだ。

とても何かを尋ねられる状態ではない。

「命は取りとめたんですが、やはりご高齢ですから、なかなか元通りには……」

看護師が、房代にささやく。

「お年寄りですし、もうだめかと思ったんですが、昭川からここへ転院してから症状が固定してるんですよ」

固定している、とはこういうことをいうのか、と小西は息をつめて辰巳の顔をみつめる。そのときデスマスクのように見えた辰巳の顎が、ぴくりと動いた。それだけのことだったが、小西は悲鳴を上げそうになって、房代の後ろに退いた。

房代は平然と見下ろしている。しかもにこにこしながら、看護師と言葉を交わしている。職業的な慣れとは恐ろしいものだ、と小西は思う。

それにしても、いったい何が起きたのだろう。辰巳はボケたふりをするために、桜ヶ丘病院に潜伏したわけではなかった。症状が固定したと看護師は言ったが、見たところ辰巳は片足を棺桶に突っ込んでいる。まさかウイルスの時限爆弾を仕掛けたところが自爆したってことでもあるまい。

恐る恐る辰巳の顔に目をやる。とたんに薄い瞼の下で、眼球が動いた。房代の丸い肩越しに、びくついて見ている自分を睨んだような気がして、小西は思わず目を固くつぶった。いったん病室を出て、房代は廊下で看護師と何やら立ち話をしていたが、やがて小西のところに戻ってきた。

「周りのことに関心を示さなくなって、一日中、ああやって目を閉じて、眠っているのか起きているのか、わからない状態なんだって。食事ができないんで、鼻からチューブで流動食を入れたりしてるそうよ」

小西は、ぶるっと身震いした。死に損なうというのはみじめなものだ、と思った。

「さて」

小西のミニカに乗り込むと房代が急に快活な調子で言った。

「どっかでおいしい物でも食べて帰りましょ。おごるわよ」

「よく、そういう気になれますね」

小西は鼻の奥まで、病室に漂っていたすえたような匂いが詰まっていて、食欲などまったくない。

「なんだかんだ言っても、おいしい物を食べられるうちが幸せなのよ」

房代はそう言うと、小さなえくぼを作って笑った。


辰巳医師からは手がかりを何一つ得られずに終わった翌日、小西は朝から窪山にあるコジュケイの営巣地に向かった。こちらのほうから何かわかるかもしれない。

しかし、当日、集合場所の駅前に集まったのは佐々木と小西の二人だけだった。他のメンバーにはあっさり断られた。コジュケイのヒナはかわいそうだが、今、日本脳炎の巣になっている窪山地区に行くのは嫌だ、ということだ。

「その窪山地区のことなんですけどね」

小西は佐々木のジープに乗り込むと、コジュケイのヒナの死と日本脳炎が関係あるのではないか、という自分の考えを話した。

佐々木はハンドルを握ったまま、小西を一瞥《いちべつ》した。

「確かに今回の日本脳炎が多発した地区に、コジュケイの営巣地があるのは事実だがね。こんなことは保健予防課にいる君のほうが専門だと思うが、コジュケイとかニワトリとかがかかって大量死したケースは、インフルエンザなどではあるが」

「だから日本脳炎でも起きることがあるんじゃないかと思って」

佐々木は笑って首を振った。

「ありえないな、少なくとも日本では」

彼は、元は中学の理科の教員をしていた。合理的な考え方と科学的な知識を持ち合わせているから、他の者のように今回の病気を、南米から来た得体の知れない奇病だ、などとは言わない。

新聞発表の通りこれは日本脳炎であり、日本脳炎はブタによって媒介され、蚊に刺されることによって人が感染する。発病率は低く、重篤な症状になるのはごく少ない。

佐々木はごく当たり前のところをしっかりとふまえている。しかし頑《かたく》なに常識にしがみつく姿勢では、常識外の事態に対処することはできない。

まもなく車は、窪山の営巣地近くに着いた。フロントガラスの向こうに「ホテル桃源郷」の紫色の看板が見える。

車から降りると、照りつける陽射しは皮膚を焦がすようだ。

佐々木はちょっと顔をしかめて、鼻を覆った。この暑さと風向きのせいで、ホテルの背後に捨てられたゴミがここまでにおってくるのだ。焼却できない不燃ゴミとはいっても、様々なプラスティック容器の中には、生ゴミの類が大量に詰まっていたりする。

蚊を避けるために着込んだ長袖シャツの背がもう汗で濡れてくるのを感じながら、小西はいささかうんざりした気分で青空を見上げる。

見れば佐々木は半袖のサファリ姿だ。

「これ、どうぞ」と小西は、虫除けスプレーを差し出した。しかし佐々木は「僕はいいよ」と断り、長袖のウィンドブレイカーを引っかけた。彼は、合成界面活性剤や薬品類を嫌っていて、一切の洗剤やエアゾールの類を使わないのだ。

まず先に佐々木が道路際のコンクリートの法面をよじ上る。

小西は後に続いてブロックの継目に足をかけようとして気づいた。あの貝が這っている。巨大な触角をぴくぴくと痙攣させて。

朝っぱらから気味の悪いものを見ちまった、と舌打ちしながら、そっとその肥大した触角を爪先で蹴る。とたんに、その白い物が、ぽろりと貝の本体から外れた。あっという間のことだった。とかげの尻尾よりたやすく取れた。しかもとかげの尻尾のように、それは切れた後も動き続けていたのだ。

まるでもう一つの生命体のようだ。皮膚が粟立った。

道路の上はハリエンジュやウツギの生い茂るやぶだ。

振り返ると木々を透かして、下方に「ホテル桃源郷」の紫色の建物が見える。しかし思わず立ちすくんだのは、その向こうの谷の光景だ。生い茂る緑を覆いつくして、白茶けた瓦礫やらビニールやらの分厚い層ができている。埋立地のような荒涼とした風景だ。数羽のカラスが何かついばんでいる。

「ひどいものだな」

佐々木が呻くように言った。

やぶの中を歩いても、コジュケイの姿はない。営巣地といっても、コジュケイは密集して棲んでいるわけではないので、それほど簡単には見つからないのだ。

鳥を驚かさないように、そっと進みながら、足下に注意深く目を凝らす。風がないせいか、ひどく暑い。羽虫が顔にまつわりついてくる。たまりかねたように、佐々木はウィンドブレイカーを脱いだ。

そのとき小西は、小枝やビニール屑などで作られた粗雑な巣をやぶの中に発見した。次に目に飛び込んできたのは、枯草と見紛うような薄茶色の物だ。羽だった。ヒナの死骸があった。佐々木が走り寄る。

「素手で触らないで」

小西は注意し、自分の軍手を取って素早く佐々木に渡す。

佐々木は怪訝な顔をした。

「病死した鳥ですから、細菌類がついているかもしれないですよ」

佐々木はうなずいて軍手をはめると、そのベージュ色の塊をひっくり返す。蟻や甲虫類が、ぞろぞろと腹の下から這い出して来た。だが死後だいぶ経っているらしく、残っているのは羽と骨ばかりだ。この程度は営巣地で普通に見られることだ。野生の鳥類では、その年孵化《ふか》したもののうち、生き残って成長するのは、ごく一部である。しかし今年はその一部さえ、だいぶ数を減らしている。

この時期、コジュケイは幼鳥を連れて歩いているはずだ。しかし、やぶの中に侵入してきた人間を見て、警戒の声を上げる鳥や、逃げ出す鳥はいずれも成鳥ばかりだ。親の後をぞろぞろとついて行くヒナの姿は見えない。

「やっぱり、やられてるな」

やぶを踏みしだきながら、佐々木がうめく。日焼けした腕に、ひっかき傷ができて血が流れている。ハリエンジュの棘でやられたらしい。小西は、いやな気がした。その上を彼の指が、無造作に掻いた。虫刺されだ。ますますいやな気がした。

がさがさという音にふりかえったのはそのときだ。

下草の中に、幼鳥の柔らかそうな羽毛が見える。

様子がおかしい。人の気配に気がついて、それは逃げようとしている。しかし真っすぐ歩けないのだ。動きは速い。他のものよりはるかに速いが、コントロールを失っている。体を傾け、ジグザグに逃げる。

佐々木がすぐに後を追う。成鳥が警戒の声を上げる。

幼鳥はたやすく捕まった。佐々木の手の中で、ほとんど抵抗もしないまま、ぐたりと頭を垂れた。片方の目がつぶれている。弱ったヒナは、攻撃の対象とされる。他の動物だけでなく、縄張りに侵入された同じ鳥によっても。

「引き返すか」

佐々木は、空気穴を開けた黒い紙袋に無造作に鳥を入れると言った。

小西はうなずいた。もうこの場所は十分だ。じめついた暑い空気の中に無数のウイルスが泳いでいるような気がする。一刻も早く、この薄暗い林を出たかった。

車に戻った佐々木は、鳥を袋から出して抱いた。

「だめですよ、危ない」

小西は、どなった。

「やけに神経質だな」

佐々木は、口元だけで微笑んだ。

「病原体を持っているかもしれないから……」

「万一日本脳炎だとしても、接触感染はしないよ。それに抵抗力が落ちていなければ、めったに発病はしない」

落ち着いた口調で言いながら、佐々木は鳥を小西に渡しイグニションキイを差し込んだ。首を垂れた鳥は、小西の手のひらに緑色の水っぽい糞をした。彼はそれを素早くプラスティックの容器に入れた。後で細菌の検査をするためだ。

「で、この鳥、どうします？」

小西は、鳥を袋に戻しながら尋ねた。

「解剖だな。自然科学館に持ち込もう。どうせ助かるまい」

平静な声で、佐々木は答えた。


昼近くに市街地に着いて小西はそのまま佐々木のアパートまで行った。車を降りたときには、鳥はもう息をしていなかった。黒い袋に入れたそれを抱え部屋に入ると、佐々木は手慣れた調子で、死骸をビニール袋に入れかえ、ガムテープでしっかり止めると、冷蔵庫に入れる。

ぎょっとしていると、「今すぐここで解剖するんでなければ、この暑さで腐ると困るだろ」と、説明した。

納得はしたものの、なんとなく気味の悪さを拭えないまま冷蔵庫を見ていると、佐々木は無造作にそこから、ビールを取り出してきて栓を抜いた。

グラスを空けながら、小西は部屋を見回す。安普請の2Kにろくな家財道具はない。にもかかわらず男所帯とは思えないくらい整然と片づいている。

道を誤らなければ、彼も几帳面な理科教員として、まっとうな人生を歩んだだろうに、と小西は、ここに来るたびに思う。

昔、関西の中学で教員をしていた佐々木は、四十の誕生日を過ぎたばかりのころ、何を狂ったか妻子を捨てて、同じ学校の女子事務員と駈け落ちして、ここ昭川に流れて来たのだ。しかし結局女とも別れ、今は一人暮らしだ。

「ところで佐々木さん」

小西は、冷蔵庫のほうを顎でしゃくった。

「あれ、自然科学館ではなく大学の病理学研究室に持ち込んだらどうでしょう?」

佐々木は唇の端だけ引き上げて笑った。

「まだ、日本脳炎を疑っているのか」

笑われたことに、小西は少し腹を立てた。

「この日本脳炎は、従来のものとは違いますよ。第一、日本脳炎かどうかもわからないんだから」

「ウイルス検査で、日本脳炎ウイルスが発見されたのなら、それしか考えられないだろう。それに君は、従来の日本脳炎というのを見たことがあるのかい」

小西は首を振った。いつもこの調子で、理詰めでやられるので、本当のところ佐々木という男は少し苦手だ。それでも少したためらった後にこれまでの経緯を話した。現在、昭川市で流行っている日本脳炎の高い死亡率や罹患率、そして特異な症状とその急な悪化の仕方、さらに豚の血液中のウィルス濃度がまだ十分上がっていなくて、本来なら蚊に刺されたにせよ、まだ日本脳炎に感染する可能性はないことなどを細かく説明した。もしかするとこれはだれかが人為的に作り出したウィルスである可能性がある、と付け加えた後、言い訳がましく「口外無用ですよ。住民の混乱を招くと困るから」と言った。

「混乱するのは、住民じゃなくて対応を迫られた役所のほうだろ」と佐々木はまたもや笑う。

「仮にこの病気が、日本脳炎の亜種だとして、ちょっとタイプが違って強力なものになったとしても、だれかが作った、というのは、荒唐無稽な話だよ。ウィルスっていうのは、しじゅうタイプを変えるんだ。人間が手を加える必要なんかない。勝手に遺伝子の配列を変えてくる。ワクチンの効果も出て、衛生環境も変わった。これでほぼこの病気は制圧したな、と思ったとき、突如奇妙なウィルスがどこからともなく現れる。一番派手に登場したのは、エイズだよ。どこかの国で生物兵器の実験をしたの、先住民がサルとセックスしたの、とデマは飛んでいるが、そんな特別の原因はいらない。ウィルスは変わる時がくれば、変わる。インフルエンザを見ればわかるだろう。予測不可能なくらい毎年タイプを変えてくる。日本脳炎がそうでないといえるか？」

「ま、そうですがね」

これがまっとうな意見なのかもしれない、と小西は思った。大方の医者や保健所の見解もこんな所なのだろう。が、どこかすっきりしない。現場に一番近い所にいる者のカンだ。

飲みすぎたようだ、と佐々木がその場にごろりと横になったのは、夕方近くだった。そして目を閉じると、不意に言った。

「なんだ、小西君、香水つけてるのか？」

「冗談じゃないですよ、なんで僕が」

「甘ったるい匂いがするだろ。エーテルみたいな」

「別に感じませんが」

鼻をひくつかせながら、小西は答える。

「そうか」と言ったきり、佐々木は目を閉じた。

小西は帰ろうとして靴を履きかけ、仰向けになっている佐々木のほうを振り返る。顔が赤い。日焼けか、それともアルコールのせいか。彼はそんなに酒に弱くはなかったはずだと首を傾げた。それが発熱のせいとは、夢にも思わなかった。

9

風向きが変わったとたん、窓から谷のゴミ捨て場の悪臭が入ってくる。女は顔をしかめて窓を閉める。しかし閉め切った部屋にもまた、病人の汗と排泄物のにおいがたちこめている。

女の夫が、ベッドの上で呻いた。目の下に濃く隈を滲ませた女は、慌ててベッドに近寄り夫の背の下に自分の肩を差し入れて起こす。中腰になって足を踏ん張り、立たせ、一歩一歩手洗いまで運ぶ。四十五歳の働き盛りの身体は、二週間の入院生活で少し痩せたが、それでも女が一人で運ぶには重い。その泥のような重さはそのまま生活の重さである。

女はほんの少し前、姑を施設に入れたばかりだった。脳梗塞で倒れて十六年間面倒を見たが、ついに体力、気力の限界に達し、親戚中から非難を浴びながら施設に送った。三千万円の入居費用を払ったら、夫婦には何も残らなかった。そして今、この若葉台の3DKの家にもう一人新たな病人が出た。

夫が高熱を出して隔離病棟に入れられたとき、女は祈ったものだ。命だけは助かるように、と。そして願いが通じたのか命は助かり退院した。しかし思い通りにならない夫の重たい身体は、十六年の看病生活をさらに無期延期するものだった。

退院翌日には、役所にヘルパーの派遣を申し込んだ。ところが、約束していた当日、ヘルパーは来なかった。急病で休暇を取ったということだったが、この地区への派遣を拒んだということは予想がついた。

女は世間を呪った。なぜ自分だけがこんな思いをしなければならないのか、と思った。この家は、丘陵地に建つテラスハウス、といえば聞こえはいいが、賃貸の四軒長屋である。テラスハウスは全部で六棟建っていたが、ここ一週間ほどで、歯が抜けるように空き家ができた。親しくしていた近所の主婦も引っ越していった。しかし金に余裕のない者は他に移れない。

ここに残ったものは、ほとんど家から出ずに過ごしている。蚊を避け、網戸どころかガラス戸まで締め切りクーラーをかけて息をひそめて暮らしている。

女は、越していった主婦の顔を思い浮かべ唇を噛む。なぜ自分だけが、とつぶやく。夫の体重と体温を肩に感じながら、無意識に呪いの言葉を吐いていた。

広まればいいのだ、と。この場所だけでなく、市内全域、いや、全国にこの病気が広まれ、と。自分だけが、こんな思いをするなんてあまりに不公平だ。

ようやく手洗いの前に辿りつき、女は片手で夫を支え片手でドアを開ける。とたんに捻《ひね》った腰に、支えたものの重さが全部かかった。激しい痛みが腰から背中全体に走った。

悲鳴とともに女はその場に崩れた。同時に夫の上半身が女の肩から滑り落ちる。鈍い音が洗面所に響いた。夫のぐにゃりと力を失った首は、勢いよく便器にぶつかり、次に反動で隣の金属の棚に頭がぶつかった。夫は無言のまま頭を傾けていた。

女は腰の痛みに息もつけず、きつく瞼を閉じていた。死んでしまえ、とつぶやいた。それが夫に向けられた言葉か自分に対してのものか、わからなかった。

そのとき低いくぐもった声がはっきりと聞こえた。

「死んだほうがよかった」と。女は痛みに顔をしかめながら、そっと振り返る。額のあたりから血を噴き出させながら、夫がだれに言うともなく、「あのまま死なせてほしかった」と、つぶやいていた。言葉が不自由になっているというのに、この言葉だけはなぜか鮮明に聞こえた。

ようやく息がつけるぐらい痛みが和らいだとき、女は四つん這いになって一人で廊下を戻っていった。六畳の和室に入ると唐紙を閉め切り、その場に身を横たえる。そのまま目を閉じた。

便器の脇には、蛇口の壊れた水道から水がほとばしるように、傷口から血を流し続ける男が半ば気を失ったまま残された。

後遺症の残る家族を抱えた家が、若葉台、窪山地区で増えていた。発病者の半分は死に、残り半分にはマヒや認知症が出ている。そして彼らは、統計上は治癒したことになって、退院という形で徐々に家庭に戻ってきている。病人をかかえた家族は、若葉台、窪山という孤立した地域の、そのまた一軒の家庭の中で孤立して過ごしていた。

五月も終わりに近づくと市内の他地域でも、散発的に日本脳炎患者を出すようになっていた。山を一つ隔てた朝日が丘団地でも、この二、三日内に四件の発生があった。

この頃になると、発病は死か重篤な後遺症を意味することが知れ渡り、診断された家族は大変な混乱をきたすようになった。診断がなされた後、隔離病棟に運ぶという作業も、従来のように事務的には進まない。そのまま永遠の別れになるか、それとも家族の顔も区別がつかなくなって戻ってくるか、あるいは寝たきりになるか、というどちらを向いても救いのない事態だからである。

保健所の疫学調査はこれといった効果を上げていない。何か対策を講じようにも、ここ三十年近く県内では日本脳炎の流行などないのだから、ノウハウの蓄積がない。係員のだれもが初めて直面した事態だ。この平成の時代、彼らの仕事の中心は、食品衛生と外来伝染病の感染経路調査に移っている。いきなり古い伝染病が流行ったところで、何をしていいものやら有効な手段は思いつかず、だれもが戸惑っていた。

いや、すべきことはあり、すべて終えている。ウイルスは検出され、豚と蚊というわかりきった感染経路があるきりだ。そこまではっきりしていながら、しかしこの「日本脳炎」の発生は止まない。

確かに日本脳炎にしてはおかしな症状が報告されている。致命率も高すぎる。だが保健所は、病理に関しては独自の検査機関をもたない。病気それ自体の究明は、各医療機関や大学にまかされている。しかしどこからも目新しい報告は上がってこない。仮に何か発見したにしても、多くの医師は保健所に報告するよりは、学会で発表するほうを選ぶ。

一方、県の保健予防課でも、近隣の県や都に電話をして法定伝染病の発生状況を尋ねている。しかし日本脳炎発生の報告はない。エイズ対策で頭を悩ませている他県の対応は、何をいまさら、と言わんばかりである。

いよいよとなれば、行政体独自の調査機関を置く必要があるが、それをやるのは厚生省だ。しかし伝染病発生地区が、一つの県、しかも一つの市の一地区に限られている現状では、広域行政をつかさどる厚生省は動き出さない。

そして市民の側では、この奇病は、病人の触れたものに触っただけでうつる、というデマが飛ぶ一方で、これは日本脳炎だから蚊に刺されることにさえ気をつければいい、という常識がまだ生きている。行政の内も外も混乱していた。

「ぼうふらの住みかになる水溜まりをなくし、空き地の草刈りをしましょう」

昭川市の環境課と保健センターは、日本脳炎発生当初から住民にこう呼びかけていた。だが、中途半端に都会化してしまったこの市では、なかなか市民の協力は得られない。反対に「蚊がいるので隣の空き地の草刈りをしてほしい」「近くのドラム缶に水がたまっているので至急撤去してくれ」といった類の電話がひっきりなしにかかり、振り回される。

仕事の合間をぬって、その日も小西は本庁に出かけた。連絡文書を取りに行ったり、合議文書を届けたりというのは、一番下っ端の仕事なのだ。

両手に決裁文書の箱を抱えて小西がエレベーターに乗り込もうとすると、大柄な男が肩に勢いよくぶつかった。

「失礼」の言葉もなく、一階のフロアに飛び出していった顔に見覚えがあった。市内の土建会社、白洲建設の若社長だ。数年前、三十そこそこで市議会議員に当選したあと、議会事務局の職員を殴る、秘書課の女子職員を妊娠させる、などという事件を起こしながら、親類筋である役所の助役が握りつぶし、今期も当選を果たした男だ。

議会棟は隣のはずだがと、首をひねり、なるほどと膝を打った。

日本脳炎の根本的な対策として議会に提出されたのは、市内を流れる小さな河川のコンクリート化や、河川敷の整備といった土木工事だったのである。

つい最近まで声高に叫ばれていた「蛍の来る清流を取り戻そう」とか「子供たちに原っぱを残そう」などというキャンペーンはすっかり勢いを失い、蚊やぼうふらの住みかをなくせ、というのが今、昭川市の緊急課題となった。そのための工事費を建設部ではすでに計上しているが、予防接種の予算などとは三桁違う。道端の側溝に蓋をして蚊の発生を抑えるなどという、工事とも言えない些細な事業さえコンクリートの蓋一枚が五千円する。市内全域で行なえば、一億だ。

市の財源は限られており、これらの支出はとうてい賄い切れない。

昭川市はこの伝染病の流行を地震や台風などによる大規模非常災害とみなし、国や県に対し補助金を申請する一方、市債の発行を決定し、さらに市長名で一般金融機関から一時借入を行なうことに決定した。

不況の真っ只中で、公共工事をめぐり数十億の金が回り始める。見方によってはこれほどめでたい話はない。

市内の土建業者が、市役所に日参するようになった。そしてついに白洲建設も若社長自らセールスに現れたらしい。行き先は土木課長ではなく助役のところだろう。

環境課に連絡文書を持っていくと、同じフロアにある建設、契約あたりのセクションが妙に活気づいている。

仕立てのいいスーツの襟に社章を光らせ、片手にアタッシェケースを持った大勢の男たちが、サンダル履きの職員を掻き分けるように靴音を響かせて闊歩している様は壮観でさえある。

なるほどね、と小西は肩をすくめた。

赤ら顔でどことなくスーツが身についていない市内の中小工務店や昔ながらの土建屋の親父たちと違い、大手ゼネコンの営業マンは一目で見分けがつく。

不況下に降ってわいた伝染病特需に、市の内外から業者が群がってきていた。

「たとえばですね、市内を流れる滝山川、この蛇行を直し直線にして、一気に水を流せば、淀みがなくなり、蚊の幼虫の生息するところはなくなりますし、両岸もコンクリート舗装して、雑草が茂らないようにする。もちろん、これは従来の方法です。しかし滝山川は昭川市の顔なわけですよ。安全で衛生的で、なおかつ潤いのある水辺。そのためには、従来のコンクリートで固められただけの川では、少し困りますよね。もっと人に優しい川はないのか、ということになりますと……ここですね」

土木課長席でノート型パソコンを開き、スーツ姿の男が、説明している。

「これは江戸川区さんなんかでやらせてもらった例なのですが、テラス護岸というのがあるわけでして、つまりきっちり川岸を整備した上で、そこにたとえば散歩道を設けましょう、ベンチをつくりましょう、ということで、あるいはこのようにタイル絵を描いたりすることもできるわけです」

パソコンのディスプレイ上の堤防に、昭川市の市花である山百合の絵が描かれる。

男は、黙ってうなずく土木課長に向かい、しばらくの間説明を続けていたが、やがてぱちんとディスプレイを畳み戻ってきた。そしてエレベーターに向かう小西の目の前でパソコンを左手に持ちかえると、いきなり袖をまくり上げ、腕をぼりぼりとひっかき始めた。ぷくりと赤く膨れた皮膚が目に飛び込んでくる。

市庁舎の周りの植込みかどこかで、やぶ蚊に刺されたらしい。多少は神経質になっている市の職員なら、そんなところを半袖で通ったりしないが、都心からやってきたこの営業屋は、上着を脱ぎ腕まくりをしてここに乗り込んできたものらしい。

小西が決裁文書をとりに総務部まで来たときだ。奥の市長室からダブルのスーツを着た老人が一人、その後ろからカバン持ちの中年男が二人出てきた。

「なんすか、あれは？」

思わず職員に尋ねる。

「細貝組の社長だよ」

「社長？」

小西はすっとんきょうな声を上げた。しっ、と相手は人差し指を唇に当てた。

「いわゆるトップセールスってやつ」

最近業績が悪化しているとはいえ、細貝組は一応は一部上場の建設会社である。その社長が、政令指定都市ならいざ知らず、田舎の市役所の市長をじきじき訪ねてくるとは、少し前なら考えられない話だ。

「いまどき公共工事の前倒し発注もやらないだろうし、不況風真っ只中の企業にとっちゃ、日本脳炎様様だろう」

秘書課の職員は、醒めた口調で言った。

この頃になると、市内の開業医の間でも、日本脳炎の話でもちきりになった。しかしそれぞれの開業医が危機感を抱いているにもかかわらず、医者同士の情報交換はスムーズには行なわれていないし、新しい発見があったという話もない。

何よりも医師会があまり積極的に動いていない。

多くの開業医が、医師会長の顔色をうかがって、動くに動けない状態になっているのだ。

昭川市の医師会長というのは、戦時中、軍医を速成養成した時期に満州で医師免許を取得した男だ。医師としての知識と腕は、はなはだいかがわしいのだが、交渉力、政治力は絶大なものがある。

そしてその政治的手腕を持って、十数年前に「地域医療の充実」をうたって市議会議員に初当選をはたした。

富士病院が誘致される際、患者をそこに取られて市内の病院では閑古鳥が鳴くと、市内の病院、医院が戦々恐々としていた。そのとき、市長を自宅に呼びつけ、予防接種の非協力や休日診療拒否などをちらつかせて、対応を迫ったのは彼である。

移転してきた当初は敵方であった富士病院に、その後、接近したのも彼である。患者を回してもらうように理事長に話をつけ、市内の開業医と大学病院の間で、完璧な棲みわけ体制を作ったのである。

そうした経緯もあり、市内の開業医はだれもこの会長に頭が上がらない。

しかし今回の病気の流行は明らかに、この有能な医師というよりは、政治家の汚点になった。

地域医療の充実を公約とした、まさにその足下で伝染病が大発生したのである。それなら事態収拾のために積極的に動けばよさそうなものだが、それもままならない。来春、選挙を控えている身で、しかもそろそろ県議選に打って出ようとしているところではいささか対応が難しいのである。

現在ひそかに医師たちの間でささやかれているように、これが普通の日本脳炎でなく「窪山脳炎」と称されるような新たな病気であったとしたらどうだろう。

あの病気は確かに、風土病の様相を呈し、局地的に発生している。何か、地域限定的な原因があるはずである。もちろん考えられるのは、昭川市の防疫、医療体制の不備だが、直接的には、バイオハザード等の可能性も否定できない。それが富士病院がらみなら最悪だ。

「地域医療の充実」という公約一本でやってきた彼の政治生命は終わる。やぶを突ついて蛇を出す、などという愚を犯してはならない。現在、これが日本脳炎とされているならそれで通し、よけいなことはわからないほうが安全だというのが、彼の判断だった。

今のところこの医師会長は、積極的に動いていない。積極的に動かぬまま、市内の開業医に無言の圧力をかけていた。

そうした医師会長の引力圏外に身を置き、地域の開業医のネットワークからもとり残された形で、鵜川は一人で旭診療所裏の下水処理場を見ていた。広い処理場内は、最近、そのイメージを一新するかのように、芝生が植えられ、小さな雑木林や、人工の小川や池などが配された。小川には透明な処理水が流れ蛍の幼虫を育てて、今年あたりは羽化に成功するかもしれないなどと市の下水道課では言われていたのだが、その矢先、その人工の川の川底はコンクリートで固められ、まっすぐな放水路になった。

市街地にある木道をめぐらせた自然林の公園も、まもなくコンクリートを敷き詰めた遊園地に姿を変えるらしい。伝染病に脅える町で、土建業者だけが活気づいている。日本脳炎予防の根本的対策は、土木工事である、というのは、確かに二十数年前の常識ではあった。二十数年ぶりの復活となれば二十数年前の常識がよみがえる。

しかし原因があるから、結果がある。奇妙な日本脳炎の奇妙な蔓延、そこには、必ず特殊な原因があるはずなのだ。その原因の鍵を握っている何かが必ずある。が、彼が調べた文献の中には、それを説明するようなものは見当たらない。

当面の対症療法以外、鵜川にもできることはない。このところ日本脳炎の予防接種を希望する者が増えた。私接種といって、三千円払えば近所の医院で接種を受けられるのだ。最初は鵜川も行なった。今までの自分の接種反対運動は何だったのだろう、と思いながらも、病気の脅威が目の前にぶらさがっているときに、自分の主義主張にこだわり、拒否するわけにはいかなかった。しかし一週間ほどでワクチン自体が手に入らなくなった。どこの病院でも、接種希望者が増え、供給が間に合わなくなったのだ。そのことを告げると、たいていの患者は一瞬、驚きとも恐怖ともつかない混乱した表情をする。パニックが起こらなければいいが、とそのたびに鵜川は不安な気持ちになった。

保健センターの所長席には、保健師たちが作成した昭川市の地図が張り出されている。東西三十二キロ、南北十二キロの細長い市域。八万六千の人口はその東部に集中し、北側は富士病院のある丘陵地とニュータウン、そして西のほぼ半分は山地で、窪山のような古くからの村と若葉台のような新興住宅地が入り混じって点在する。

その緑で塗られた辺りを中心に赤い円形シールが貼られている。日本脳炎発生を表すそのマークは、ゆっくりと増え広がりつつある。市の職員は、蚊の駆除を行なうため連日、窪山、若葉台にでかけている。同時に除草剤の散布も行ない、窪山、若葉台地区の草叢《くさむら》は黄色に変わり、数ヵ月早く秋が来たように見えた。

絨毯爆撃などと陰口を叩かれるほど薬剤をまいたが、効果は上がっていない。昭川西部地区は広大な森だけに、薬剤散布も限界がある。所長はこのところ建設部にでかけては、小川や水辺、森林などを整備するための土木工事の依頼をしている。

結局のところ一番活躍しているのが、県と市の保健師たちだ。表面上は治癒して退院したことになっているが、患者の多くは障害を負っている。その家に出かけて、病人の面倒をみたり、家族の相談相手になったりする。

そのうえ、行革が叫ばれた頃、市が直営から民間委託に切り替えた福祉ヘルパーが、伝染病発生地区への派遣を拒否したことから、保健師の出番がさらに増えた。

寝たきり老人と後遺症で認知症を発症した主婦を抱えた一家は、一家心中の寸前まで追い詰められていた。そうかと思えば、病気が一見回復したかに見えたが、粗暴化して手がつけられなくなった父親に手を焼く家族もいる。死は、確かに悲劇だが、あくまで個人的なものだ。しかし患者の背負った深刻な後遺症は、一家をまるごと地獄に引きずり込む。

保健師たちの仕事は今、病人を抱えた家族の介護指導から、生活と精神に関わる家族のあらゆる悩みを聞き、相談相手となることに変わりつつある。そしてそれも及ばず、市内では、片割れが認知症になった中年夫婦の無理心中や、尊属殺人事件などが起こり始めている。

人々の目がいくのは病死者数だが、危機はそれ以外のところにもある。しかしそれを認識しているものは、当の家族の外には、行政の福祉担当者と保健師くらいのものだ。

そろそろコジュケイの解剖結果が出たのではないか、と小西が佐々木の勤め先の学校に電話をしたのは、彼と営巣地に行ってから四日目のことだった。しかし佐々木は仕事を休んでいた。

「無断欠勤なんですよ。何の連絡もなくて」

教頭が答えた。

「電話かけても、出ません。昨日、自宅まで行ったときには、留守らしくて鍵がかかっていました。今日あたり、また行ってみるつもりですが」

「無断欠勤？」

いやな予感がする。受話器を置くと、小西は公用車の鍵を取りに所長席の脇のキイボックスに走る。

「どこに行く？」

所長が、書類から目を上げずに尋ねる。

「本庁です」

「どこの本庁かね？」

「え？」

「可愛い事務員のいる病院か？　窪山のモーテルか？」

小西はびくりとして、鍵を落とした。どこかでだれかに見られたのだ。グリーンの車体に昭川市のマークをつけた公用車は、そうでなくてもよく目立つ。

「五十過ぎの看護師と、デートしてたという話があるが」

「それは……」

とっさに言い訳が頭の中でぐるぐる回る。

「下衆《げす》の勘繰りをするつもりはない。しかし口さがない市民が多いということを念頭において行動してくれ」

「そんな」

「窪山で会った保健所の職員に、根掘り葉掘り聞いたそうだが」

「はあ」

「伝染病予防法をちゃんと読んだのかね。法定伝染病の感染経路調査をやるのは、どこの役所だった？」

「はあ……県、保健所です」

「わかっていればいい。自分の仕事をしろ」

すごすごと自席に引き上げてから、ふてくされる。上に弱いのは、だれだって同じだ。

「しかし署長」などと異論を唱えることができるのは、ドラマに出てくる刑事だけだ。

自然友の会のメンバーから電話があったのは、夕方だった。

「いい話じゃないよ」

前置きをされたとき、すでにピンと来るものがあった。

佐々木が入院した、と彼は伝えた。

勤め先の学校の事務員が様子を見にいったところ、部屋で倒れていたと言う。

病名は聞かなくともわかった。中村和子のときと同じだ。

一人暮らしでは、発見が遅れてたちまち命取りになる。しかし佐々木はあれから四日経つが生きていた。個人差もあるが、とにかく生きていてよかった、と思った。

「ちょっと外、行ってきます」と永井係長に小声で断わり、小西は保健センターの階段をかけ下りた。車で十五分ほどで、佐々木のアパートに着いた。一階に住む大家に、自分は親戚の者だが、佐々木の入院先に下着やタオルを届けたい、と言って、部屋の鍵を借りる。

監視のつもりか、戸口に立っている大家の目の前で、タンスを開け下着を揃え、それから気になっているものを取り出した。

冷蔵庫を開ける小西の姿を大家は不思議そうに眺めていたが、何も尋ねなかった。車に下着類とビニール袋に入った鳥の死骸を積み込んだが、さてと途方にくれた。冷蔵庫に入れっぱなしになっていた鳥を出したはいいが、どこに持っていくべきかわからない。この前は佐々木に、どこかの病理学教室に持ち込むように、と頼んだが、小西自身は、具体的にはどこにどうやって持っていったらいいか、またそこで解剖してくれるのかどうかさえわからなかった。言っておけば佐々木がやってくれる、と思っていた。

言うだけ言って、実際に動くとなると自分ほど何もできない男はいない、と小西はいささか情けない気分でうっすらと水滴のついたビニール袋を見下ろす。とりあえず保健センターに戻り、一階の夜間救急診療所の鍵を開け、中にある冷蔵庫に放りこみ、助けをもとめるように房代に電話をして一部始終を告げた。

「はい、はい、それでその鳥をどうにかすればいいのね」

「どうにかって、唐揚げにしろとかいうんじゃないですよ」

「わかってるわよ」

何か心当たりがありそうなニュアンスで電話は切れた。

いったん事務室に戻り、六時過ぎに佐々木の荷物を持って病院に向かう。入院先は、隣の市にある県立総合病院だ。昭川市で委託している富士大学付属病院の隔離病棟は、満床になっているのだ。

佐々木とは面会できなかったが、医者に様子を尋ねると、どうやら峠は越したらしいということがわかった。それでも後遺症が残る可能性が高いという。天涯孤独の身の上の佐々木が大きな障害を背負い、この先どうやって生きていくのだろう、と小西は暗澹《あんたん》とした思いで、医師の話を聞いた。

大変なことが起きている、という危機感は前から持っていた。しかし今、自分の身辺で二人も倒れてみると、得体のしれない災厄の大きな鼻面《はなづら》が、急に自分の方を向いたような気がして、身がすくんだ。

10

鵜川が冷蔵されたコジュケイの死骸を房代から渡されたのは、その日の夕方だった。アイスボックスにそれを詰めて、鵜川はいつか日本脳炎患者を送った昭留相互病院に行き、知り合いの医師にそれを渡した。それはさらに、その医師の出身大学の病理学研究室に送られた。

こうしてリレーされたコジュケイは、その日のうちに処理された。

結果はすぐに出た。日本脳炎だった。取り出された脳の切片のウイルス数は多く、分離培養する必要などなかった。蛍光顕微鏡で覗いただけで、青白い光を発してぎらぎらと輝いているのが見えたくらいだ。明らかな日本脳炎ウイルスではあったが、タイプの特定まではできない。しかし、豚ではなく鳥を媒介として増殖していたことだけは、確かだった。

結果を告げる電話を受けた鵜川は、薄々、疑っていたものが次第に形をなしていくのを感じた。

最初に房代から辰巳の名を出されたときは、まさかと思った。そのまさかが辰巳の出身を聞いたとき、もしやという気持ちに変わった。そして今、常識では考えられないことが起きてみると、この日本脳炎は何かが根本的に変化させられている可能性が出てくる。同時にそういうことのできる組織、あるいは人物の名が浮かび上がってくるのだ。

翌朝、コジュケイが日本脳炎に感染していたというその結果は県の保健予防課に報告された。ファックスを最初に見た庶務担当者は、この春就職したばかりだった。「日本脳炎」という文字を見て感染症対策係に回そうとして、ふと手を止めた。

コジュケイの死体からウイルスが検出された。それ以上の事実はそこには書かれていない。それが人の日本脳炎を媒介する可能性も、そのコジュケイの発見されたのが、日本脳炎の発生している昭川市の窪山地区であることも触れられてはいなかった。

悪いことには、ファックスに書かれた文字は「コジュケイ」ではなかった。「Bambusicola thoracica」という学名でもない。「小綬鶏」と漢字表記されていたのだ。

その庶務担当者が、鶏の一種と誤解したのも無理はない。確かに知らない者は白色レグホンや名古屋コーチン、あるいはチャボの一種と考える。

彼は少し前にニューカッスル病という鶏の病気に関する報告が誤ってここに入ったことを思い出した。そして躊躇することなく、その報告書に「農林畜産課行き」というメモをクリップで止めつけ、連絡箱に入れた。

その日の午後、他の文書と一緒にそれを受けた農林畜産課の庶務係は、その細かな数字の並んだ文書のタイトルを受付簿に記入してから、舌打ちした。

「野鳥関係の文書をうちに回してどうする気だ」

独り言を言いながら、受付簿の文字を二本線で消し、文書には環境保護課という宛て先をつけて連絡箱に放り込む。

数時間後、環境保護課の職員がその文書を見た。文書の形態と発信者の名前を見て、事務的に「県内野生動物の動向に関する調査報告書」というファイルに放りこもうとして、ふと手を止めた。

日本脳炎の文字が見えるし、いささか難解なその内容は医学情報のようにも読めた。エキノコックスなどのような野生動物と人間を結ぶ人獣共通感染症の報告ではないだろうか、と気づいた。

彼はすぐにそれを一部コピーし、本体を再び保健予防課に戻したのである。ただし今度は感染症対策係と細かな宛て先を書いたために、初めてそれは行くべきところに行きついた。

その報告を感染症対策係の担当者が見たのは、夕方五時間際だった。すでに文書の処理は終わっていた。未決箱にその紙切れを入れ、他の仕事にかかった。

なんといっても、県、保健予防課感染症対策係というのは、県で二十三ヵ所ある保健所を統括するところである。昭川保健所の日本脳炎の報告の他に、多くの保健所が、エイズを始めとする様々な種類の外来感染症、食中毒、寄生虫による各種疾患に関する報告を上げてくる。それを逐次処理しているわけではないのである。

そして翌朝の九時、初めて、その文書は県の保健予防課の知るところとなった。新たな事実をつきつけられた県の担当者は、ただちに病理研究を委託している大学病院に連絡を入れた。ただしこのことが即座に何か具体的治療法なり、予防法に結びつくということは期待できない。こうした研究というのは時間がかかることなのである。

その日の昼休みに、小西は鵜川と会った。予防接種のときに鵜川と同じ会場に居合わせたことがなかったこともあり、小西が彼と話をするのは初めてだ。

保健センターの職員や他の医者から、偏向した思想の持ち主で、しかもゲイらしい、といううわさを聞いていたから、房代がこともあろうにそんな医師にコジュケイを渡したのを少しばかり不満に思ってはいた。

一階の医師控え室で挨拶をした鵜川の第一印象は、小柄で気さくなごく普通の青年というところだった。四十五歳という鵜川の歳を知らなかった小西は、そのつるりとした髭の剃り跡の目立たない顔と、少し驚いたように見開かれた黒々と光る目、それにどことなく青臭いしゃべり方から、自分と同年代だと錯覚したのだ。

鵜川は、小西の持ってきた鳥から日本脳炎のウィルスが検出されたこと、小西が予想した通りこの脳炎は、鳥が媒介していたことを手短かに告げた。

「鳥を媒介とする脳炎は、未知のものまで入れるとけっこうあると言われているんですよ。アメリカのセントルイス脳炎なんていうのは、サギが日本脳炎におけるブタと同じ役割をしている」

鵜川は言葉を切ると、少しばかりの沈黙を置いて続けた。

「ただし日本脳炎が、日本で鳥を媒介として流行した、という報告はないんだ」

「でも、現にこうして流行地域で大量死した鳥の死体から、ウイルスが出たわけですよね」

小西は確認するように尋ねた。鵜川は言葉を呑み込むように息を詰めた。

「何か特殊なことが起きているね。場合によっては人為的手段、小西さんや堂元さんが考えているように、富士病院が関与している可能性もある」

「いえ、その……あの……」

小西は、腰を浮かせた。

「僕は、別にそんなこと言ってないですよ。もしかするとそんなことも、っていう……つまり、なんというか、ええと」

とっさに言い訳していた。

自分の発言は、市役所内では不穏当なものだった。そしてそれ以上に、自分がそう言った、と他の人間ではなく鵜川の口から語られたら大変だ。何より鵜川とつるんでいると見做されたら最後、狭い役所の中では何かと面倒なことになる。

「富士病院の辰巳先生のことですが」

「あの、その件については、ええと……」

小西は無意識に周りを見回した。保健センター内でだけは、この話はされたくなかった。医師控え室はパーティションで区切られているだけなので、話は廊下に筒抜けだ。

「あの先生は、昔、国立予防衛生研究所にいたんですね」

意に介することもなく、鵜川は話を続ける。

「知ってます。調べましたから。発展途上国の伝染病予防に貢献したとのことで、WHOから表彰された偉い先生だと書いてありました」

「国立予防衛生研究所というのはね、戦後、石井731部隊の残党を集めて作った所なんですよ」

「成立はどうでも、あれは厚生省直轄の研究所ですから」

「君たちは知らないかもしれないが、戦後の一時期精神障害者を使って、生体実験を行なっていた」

「知りませんよ、そんなこと。僕は……」

「それだけではなく予研の犯罪的行為は数知れない。つまり人間を人間と思わない人権感覚の欠如したエリート集団、それが予研の正体です。そうするとそこの出身者の発想というのが、なんとなく想像がつきませんか」

小西はもぞもぞと身じろぎしながら、鵜川の短いクルーカットから透けて見える青白い肌を見ていた。話には聞いていたがかなりの偏向ぶりだ、と警戒しながら、これは同意も反論もせずにやりすごすしかないと考え、黙りこくった。日本脳炎の流行は食い止めなければならないが、こうした人物とあまり関わり合っていては公務員としての自分の立場が危ない。

つきとめようとしたとき、多くの妨害があるかもしれませんが、覚悟はできていますね」

鵜川は口もとを引き締めると、艶やかな黒い瞳を上げて、小西をみつめた。

「あの……僕はただの市役所の職員ですから」

小西は後ろ手にドアを開けながら、すでに尻を半分廊下に出していた。

昭川市で流行している日本脳炎ウィルスが、鳥によって媒介されている可能性あり、という情報は、その日、県から昭川保健所に伝えられていた。某大学某病理学研究室からの報告では、というただし書きがついていた。つまり他の医療機関、大学から同様の報告はないので未確認、というニュアンスを含んでいた。

昭川保健所は従来の対策に若干の変更を加え、今までやっていた養豚場の消毒に、コジュケイの営巣地消毒を加えた。

ブタ対策をそのまま続けたのは「ブタが全く関係していない」という確証が得られないからだ。

実際の消毒作業は、昭川市で行なうことになった。

昼休みが終わって小西が事務所に戻ったときには、すでに永井係長が保健所からの第一報を受けて、消毒作業員の手配にかかっているところだった。

「おったまげたよなあ、小西。俺も五十何年生きているが、鳥が日本脳炎を媒介するなんて話、聞いたことないよ」

小西は、背筋にひやりとした感触を覚える。鵜川から聞いた話が、現実味を増してよみがえってくる。

「ところで消毒って、まさか駆除ってことではないでしょうね」

小西は尋ねた。確かに鳥の体が、ウイルスの増殖器になることはわかった。感染環を断ち切ることこそ、根本的な対策であることぐらいは理解できる。しかしいくら汚染されているからといってコジュケイに罪はない。

「消毒と言ったら、消毒だ。っていうより、殺虫剤をまくんだよ。いろいろ面倒な法令があってな。ニワトリと違って野鳥はやたらに殺せないんだ。今日中に作業員の手配をして、消毒薬を追加発注して、明日の午後から始める」

「そんな急にできるんですか」

「しょうがなかんべえ」

地元の言葉丸出しで、係長は答えた。

「名簿や伝票書きは後回し。こんなときにゃ、上のほうだって、事後承諾じゃハンコつかねえ、とは言わないだろ」

コジュケイを解剖し、ウイルスを確認した大学の病理学研究室の医師は、そのウイルスと検査結果をさらに別のところに送った。その病理学研究室の主な研究課題はガンで、電子顕微鏡はどうにか一台だけあったが、特殊なウイルス性感染症に十分対応できるだけの設備も人材も乏しかったからだ。

そこでその大学の教授が所長をつとめる民間の研究所に資料は移された。

小宮医用情報研究所というその研究施設は東京北西部と埼玉県境の丘陵地にあり、もともとは神経科学系の研究所だったが、現在は製薬会社がバックになり、主に新薬開発のための動物実験が行なわれていた。

クリームホワイトの外観は周りの森の緑に明るく映え、広々とした室内にはいくつものワークステーションが並び、その前を白衣を着た研究員が行き来している。建物の地階部分では、多くの実験動物が飼育されている。

今、研究員の一人、中西美智子は一匹の雌のチンパンジーの体内にウイルスを送りこもうとしていた。成獣になったチンパンジーは、力と気性の荒さでは猛獣の部類に入る。そのため檻から出されたチンパンジーはベルトで台に固定されていた。

「ごめんなさい。死なせたりしないから」

女性研究員は小さな声でささやいた。いくら動物実験が病気の解明に不可欠といっても、人間そっくりの猿を使うときの気分はいいものではない。それに気分の問題はともかく、一頭、数十万円もするチンパンジーを、研究施設でもやたらには使わないし殺さない。

今回もまずマウスで、という声もあったが、中西美智子はいきなりチンパンジーを使うことを主張した。昭川市ですでに二桁の患者を出していることに、彼女は危機感を抱いていた。

「死なせやしないから」と、中西は再度、ささやいた。

チンパンジーに注射されるウイルスは、ごく微量だ。

長期にわたって観察するつもりだったし、もちろん有効な治療法の発見に主眼が置かれていたから、発病させたところで殺してしまったら元も子もない。

注射を終え、落ち着かせたチンパンジーを中西は抱き上げ、そっと観察用の檻に移す。

しかし実験計画は、その半日後には裏切られた。帰宅間際の中西が見たのは、ひっきりなしに狭い檻を行き来するチンパンジーの姿だった。すぐに体温を計り、血液を採取したが、血液中のウイルスの量はそれほど増えてはいない。

奇妙な感じを覚え、中西は帰るのをやめ二階の研究室に留まった。ワークステーションでデータを検索したが、それらしい情報を引き出せず、再び地下に戻ったのはそれから二時間近く経ってからだ。

入口で蛍光灯のスイッチを入れたとたん、どしんと何かがぶつかる音がした。チンパンジーだった。檻の強化プラスティックに体当たりしたのだ。近づいたときには両手で頭を抱え、体を丸くして全身の毛を逆立てていた。

よく見ようと、手元の明かりを近づける。向こうの隅にぴたりと体を押しつけ、疎《まば》らに毛の生えた少しシミのある手が、まぶたをしっかりと覆っていた。

もしや注射した分量を間違えたのか、と急に不安になって中西は記録を確認する。間違ってはいない。

何度か嘔吐した後、そのチンパンジーの丸まった体は、今度は棒のように強ばり、そり返った。痙攣と弛緩を繰り返し、なすすべもなく見守る中西の前で、それは翌朝、研究員が揃うのを待つようにして呼吸を止めた。一頭数十万円の高価な実験動物を使いながら、詳しい臨床データは結局取れなかった。

午前中のうちに体重五十二キロの体は、病理解剖された。ステンレスの解剖台に横たえられた体の胸部から腹部にかけ、真っすぐに開かれたが、内臓にはこれといった病変は見られない。それからきれいに頭皮を開き、のみと金槌で頭蓋に正確な円を描くように穴を開け、上蓋を丁寧にとりのける。脳の表面がのぞけるはずだった。しかし、できなかった。

上蓋を外したとたん、重さ四百グラムの小さな脳は、水のようにバットの上にこぼれ出てしまったのだ。にもかかわらず、血液は十分なウイルス数の増加を示していない。

中西美智子は、首を傾げながら傍らの大きなビニールパックをとり、解剖台の上のものをそれに突っ込んだ。空気を抜き、厳重に封をした後、ただちに施設内の特殊な炉で焼かれることになっている。

他の研究員たちと話をしながら、中西は大量の血に汚れた緑色のマスクと手袋を外す。ゴム手袋の指先をひっぱって、ちょっと顔をしかめた。指先にいくつもの小さな傷ができていた。病理解剖は、堅い脂肪を切り裂き、骨を削る荒事だ。細かな切り傷は日常茶飯事だった。

着替えて手と顔を洗った後、報告書を上げるために二階に上がり、ワークステーションの前に座る。ところが、集中し始めると教授から雑用を言いつけられる。舌打ちして立ち上がり、清書や翻訳といったどうでもいい仕事を手伝わされ、自分の仕事はほとんど進まずに午後の時間が終わった頃、中西のいらいらした気分は頂点に達していた。

同年代の男性研究員に、「ちょっと手伝ってくれない」と気楽に声をかけられたとたん、「人をなんだと思ってるんですか」と怒鳴っていた。腹が立つ上に、体中だるかった。こんなに疲れているのに、と思うと余計に腹が立った。そして怒鳴った後の興奮が収まると同時に、頭痛が始まった。寒気と吐き気が襲ってきた。洗面所で少し吐いた後、部屋に戻ってきたがワークステーションのディスプレイの黄色っぽい文字が、目に刺さってくるような感じで一分と見ていられない。

瞬きしては涙を拭いていると、さきほど中西に怒鳴られた同僚が「気分が悪いなら帰ったほうがいいよ」と猫なで声で言った。普段なら「大丈夫よ」と強がるところだが、この日は耐えられなかった。そしてバッグを手にすると、資料もそのまま、ワークステーションの画面を閉じることもせずに、逃れるように研究所を後にした。

翌日の夕方、小宮医用情報研究所から県の保健予防課に、重大な報告がもたらされた。チンパンジーを使った動物実験の記録とそこから引き出された結論だった。

今回の日本脳炎は、今までにないタイプではあるが接触感染や空気感染はしない。するのは、血液感染のみである。そしてウィルスの増殖する速度も、一般的な日本脳炎と変わらない。

しかし病原性、すなわち感染することによって発症させる能力が、異常な高さを示す。

それは不顕性感染が多いといわれる従来の日本脳炎の常識をくつがえすものだった。

普通、少量のウィルスでは生体の防衛機構が働き、攻撃は抑制され、ウィルスの量がある限界をこえて、初めて症状が現れる。しかしこの日本脳炎は、それが極めて小さな値、通常の日本脳炎ウィルスの千分の一で、体の防衛機構を破って発病させる。

潜伏期は短く、発病率は高く、症状は重く、致命率は高く、助かったにしても重篤な後遺症を残す。これが昭川市で発生した新型脳炎だ。しかもごく少ないウイルスで発病する、ということは感染率も高いということである。本来なら蚊の消化管を通し、十分に増えたウイルスが体内に入って初めて発病するもので、人の体内で薄まった状態のウイルスでは感染は起こらないはずだった。しかし、これは人の血液、ごくわずかのウイルスしかいないはずの感染者の血液から、新たな感染が起きる。つまり感染した人間の血液を吸った蚊から、別の人間にうつるという可能性があるということだ。直接的あるいは間接的に人から人にうつるのだ。

以上の報告をしたのは、中西美智子ではなかった。一緒に仕事をしていた男性研究員がまとめた資料によるものだ。この報告が出た頃、中西は研究所にいなかった。無断欠勤していた。周りの者は当惑しながらも、研究員の中ではたった一人の女性ということで、中西に何かと雑用を押しつけ、ついに怒らせてしまったことを大いに反省していた。しかし彼女がごく最近、夫と別居を始めたマンションで虫の息になっていることなど、想像だにしなかった。

報告を受けた県の保健予防係長は、急遽厚生省のエイズ結核感染症対策室に連絡をした。

電話に出た課長補佐は、予防係長の報告を一通り聞いた後、落ち着いた口調で尋ねた。

「それでは、そちらで把握している限りでいいんですがね、詳しい発生状況を教えてくれませんか」

地域レベルのことでは、何があっても慌てることのない、この若いキャリアの応対が定年間際の係長は嫌いだった。

「県内総発生件数が、今日、五月二十九日現在、うちで摑んだ数字だけで五十八件。死亡者数、二十二」

彼は担当に作らせた資料を苦虫を嚙みつぶしたような顔で、読み上げる。

さすがに何事にも動じないエリート官僚も絶句した。平成のこの時代に、日本で、しかも東日本で発生するにしては異常に大きな値だったからだ。

「県としてはどのような対策を取ってきましたか？」

気を取り直したように事務的に質問してくる。

係長は各保健所の行なっている処置を端から読み上げる。法律と施行令、施行規則に定められた通り、やるべきことはすべて行なっている。漏れはない。

「発生地分布を教えてほしいのですが」

係長は、発生した五十八件のうち、五十七件までが昭川市民か、あるいは仕事その他で昭川市に何らかの関わりをもっている者。そしてそのうち、四十二人が窪山、若葉台の住民であると答えた。

「わかりました」

相手ははっきりした声で言った。遮るような調子も含まれていた。

係長は息をつめて、次の言葉を待った。しかしそれはすこぶるつれないものだった。

「新型ということは、わかりました。ただし現段階では、基本的な対応は特に従来と変える必要はないと思いますね」

「は……」

「ですから、現段階ではですね」

若手官僚は繰り返した。何度聞いても同じ。蚊の駆除と蚊の発生を抑える環境整備、すなわち国としては特に対策を立てないということだ。

厚生省が直接乗り出すには、発生地域が限定されすぎていた。発生が数県にまたがるか、あるいは首都を直撃でもしないかぎり国の出番はないのだ。

しかも厚生省の担当セクションが、最近まで「結核感染症対策室」だったところに、頭に「エイズ」とつけたことからしても、他により大きな課題を抱えていることがわかる。

彼らはローカルな病気にまで関わり合ってはいられない。そして県、保健予防課長の机上にも、県内の潜在的エイズ感染者が、現在確認されている数の六倍はいる、という推計表が乗せられていた。国と同様、県も、より広域的で深刻と思われる課題に直面しているのだ。

このときに至ってなお、昭川市で発生した日本脳炎は新型感染症というよりは、風土病の一種のように扱われていた。

県の保健予防課では、小宮医用情報研究所から送られてきた報告書を大学病院と県内

報告を受けた昭川市保健所長は、一民間研究所からの、しかも鳥から採取したウイルスを用いた動物実験の結果を鵜呑みにはしなかった。まず他の医療機関や研究所に電話をかけ、これと同様の結果が出ていないか、そして医療の専門家の判断はどうかといった確認をした。行政の仕事に携わるものとしては当然の行動だった。真っ先に昭川市の医療の中核を担う富士大学付属病院に連絡を入れたのも、また当然のことだった。

「可能性としては十分考えられるが、臨床的には確認されるに至っていない」という内科医長の答えが返ってきた。

他の病院については、昭川市の日本脳炎患者は近隣の市の隔離病棟に分散されていて、データをとれるほどまとまっているところはなかった。

未確認情報なので慎重に対処するようにとの注意を添えて、所長はそのファックスをそのまま市の保健センターに流させた。

保健センターに送られてきたファックスを最初に見たのは、たまたまその脇で仕事をしていた保健師の東城である。

一読すると彼女は黙って、事務長の上野に渡した。上野の周りに永井や小西、さらにその場にいた保健師たちが集まってきた。最後に人の輪の後ろから、それを覗き込んだのが所長だ。

驚く者はいなかった。こういう文書を見るのは初めてだが、この病気の特殊性、ある種の新しさ、恐ろしさは行政の末端で実際の業務に携わる者ならだれでも、漠然と感じていたことだからだ。

それでも彼らにとって衝撃的な内容があった。保健所の感染症対策係が付け加えた一文である。

「血液感染の可能性があるため、日本脳炎を疑われる患者を扱うときは、患者の血液のついたもの、患者に使った注射針等の扱いには十分注意すること」

衝撃的ではあるが、不親切極まりない文章だった。数人の保健師が、ふうっと息を吐き出し顔を見合わせた。ことの重大さを彼女たちはすぐに見抜いたが、職業柄、めったなことでは騒がぬ女たちだ。

何をいまさら、と小西は思った。中村和子が倒れて以来、ずっと房代や他の夜間診療所の看護師たちの間でささやかれていたことだった。

「日本脳炎が、人の血液から感染したっけ？」と首をひねったのは、事務長の上野だった。所長が医学辞典を広げる。

「たとえ感染発病していても、人から人にはうつらないって書いてあるな。エイズやB型肝炎が流行っているんで、一応、そういう警告を出しただけじゃないか」

「今までと違うから報告書が回ってきたんでしょうが」

主任保健師の東城が所長が広げた辞典を両手でもぎとり、机の上に叩きつけた。ぎょっとしたように所長はあとずさった。

「どこに目、つけてるんですか。わずかのウイルスで感染して発病するから、人間のウイルスの薄まった血液からでも、うつるってことじゃないですか」

頭ごなしに怒鳴られ、所長はこそこそと自席に戻っていく。それから片手で首筋を叩きながら、永井に手招きした。

「看護師と保健師を対象に早急に予防接種するように、手配してください。実際、ありえないことでもこんな注意書きが回ったら、心理的に動揺するから」

「一人あたま、せいぜい二千円程度のことだし、これで看護師や保健師が逃げ出さなきゃ安いもんだからな」

いささか悲痛な顔で、永井係長は言った。それから小西のところに来て耳打ちした。

「あのさ、岡島薬品の森沢さん、呼ぶようだぞ」

「またですか」

うんざりした調子で、小西は問い返す。業者にいちいち相談を持ちかけるというのは、不愉快だ。永井のように持ちつ持たれつことを運べるほど、小西は練れてはいない。市役所のヒラ事務屋といえども、プライドというものはある。

「ずいぶん前に、小西君が言っていただろうがよ。全市民、緊急一斉接種の可能性が出てきた」

「中学生だけでなく？」

永井はうなずき、親指を立てて突き出した。

「コレが、そのうち言い出すさ。市民や議員から突き上げくうのは、目に見えてるからな」

「予防接種をしたらしたで、プラカード抱えて俺たちを吊し上げるくせに、しなきゃしないで、また騒ぎ出すんですかね、市民というやつは」

小西はちょっと唇を突き出しながら、手元の薄い冊子を開いた。

「ワクチン、明るく健康的な明日のために」という題名で、ワクチン製造会社が発行したものだ。昨年、小西たちがインフルエンザワクチンの購入に先立ってメーカーに視察に行ったとき、もらってきた。窓口になったのは、やはり森沢だった。視察したいということをそれとなく打診すると、すぐに動いてメーカーに話をつけてくれた。

山梨県にあるメーカーの工場まで車を出し、案内してくれた森沢は、各地で起きている予防接種反対運動がいかに根拠のないもので、ワクチンは安全性が高いものか、ということを力説した。そして視察を終わり工場を出たとき、金歯を光らせて微笑すると、

「これさ、今日の土産だから、取っといてよ」と声をひそめて、包みを押しつけてきた。

さすがの永井係長もこれは断わった。

「つまんないもの、餅菓子がわりだから」と、森沢がなおも小西のカバンを勝手に開けて突っ込もうとするのを「いやあ、森沢さんにゃ悪いけど、これればかりはだめ」と永井に手首を捕まれ、しぶしぶ引っ込めた包装紙は、銀座のさる高級時計店の物だった。

別れ際に「ワクチン、明るく健康的な明日のために」という小冊子を渡しながら、森沢は言ったものだ。

「ま、何かあったら、私に電話してよ。こんな本は素人向けのもんだし、医者だって何もわかっちゃいないからね。偉そうな顔してるだけで」

何気なくページをめくると、囲み欄が目に入った。

「待たれる第二世代ワクチンの開発。アジア諸国の日本脳炎防除のために」と題された記事だ。

日本脳炎予防の課題は、このところ日本からアジアの国々に移っている、とある。インドシナ半島一帯の国々では毎年流行が繰り返されるが、ワクチンの価格や供給量の関係から、予防接種が行なえない。そこでWHOは、より安価で大量に生産できる第二世代ワクチン、DNA組み換え技術を用いたワクチンの開発を要望しているという。それを受けて各メーカーは、今、ワクシニアウイルスを用いた生ワクチンを開発中、とある。

確かに、感染ネズミの脳味噌をすりつぶして作っている現在の不活化《ふかつか》ワクチンでは、生産量に限界がある。もしも安価で大量生産が可能なワクチンができたなら、アジアの国々よりも、今、このときに、昭川市にほしいものだ、と小西は思った。そうしたら森沢にいちいち恩着せがましい顔をされずにすむだろう。

そのとき電話が鳴った。

「テレビで見たんですけど、日本脳炎って鳥からうつるんですか?」

受話器を取るなり言われ、面食らった。

「テレビ?」

「臨時ニュースでやったんですよ。今度の日本脳炎は、鳥からうつる新しい病気だって。うち、インコ飼ってるんですけど、平気ですか?」

「それはですね、鳥の血を吸った蚊が、人を刺して、それでうつるということだと思うんですよね。鳥の種類からいくとペットのインコについては大丈夫だと思います」

小西は取りあえずさしつかえないことを言って安心させた。電話を切りかけてから、慌てていったいどこの局のニュースなのか尋ねた。昭川市と近隣市町村を結ぶケーブルテレビのニュースということだ。全国放送ではなかったが、それにしてもあまりに早い取り上げ方に驚いた。

それを皮切りにセンターの電話はひっきりなしに鳴り始めた。ケーブルテレビを見ている市民はごく少数だが、情報は口コミで広がる。

小西はふと気づき、受話器を取り上げ鵜川のいる旭診療所に電話をした。かからない。ふと見上げると壁のプレートは、すべての外線がふさがっていることを示す赤ランプがついていた。不安にかられた市民からの問い合わせが殺到している。法定伝染病発生後の処置については、市ではなく都道府県の業務になるのだが、一般市民はそんな行政区分を知らない。一番身近な役所に電話をかけてくる。

保健師が動員されて、かかってくる電話をさばきはじめた。

「体力を消耗しないように、規則正しい生活をすること、夜更かしや偏食はだめですよ。炎天下では、お子さんに帽子を被らせてね。熱中症が引き金になりますから。健康なら心配することはないのよ。人間の体には、もともと病気に抵抗する力があるんだから」

ベテランの保健師が、歯切れのいい応対をしている。本当だろうか、と小西は首を傾げる。健康体なら通常の形でウイルスが体内に入ったところで、発病はしない。しかし今度のは違うと、あの病理学研究室からの報告にはあった。もちろん応対している保健師だってわかっているのだ。しかし、「かかったらもうだめです。蚊には絶対刺されないよう、外には出ず、また感染者の血液には触れないように気をつけてください」などと、ことさら恐慌を招くような受け答えができるはずはない。

階段をかけ下り、隣のパン屋のピンク電話から鵜川に電話をした。

「どうも、こっちからすぐ電話しようとしたんだけど、お話し中で」

鵜川の言葉の背後から、子供の泣き声や人の足音が入り乱れて聞こえてくる。

「診療中なんで詳しい話はできないんだけど、僕のところにもあそこの研究室からファックスが届いた。それで僕はすぐにマスコミにリークした。匿名でファックスを流したんだよ。たぶん県や地区保健所も迅速には動き出さないだろうと睨んだからね」

「なんですって」

小西は思わず叫んでいた。

「なんでそういう勝手なことするんですか」

「しかしこのままなら、市民は必要な情報から切り離され、カヤの外に置かれることになるんだよ」

「おかげでこっちがどんなことになってるか、わかってるんですか。なんでもかんでも情報公開すりゃいいってもんじゃないですよ」

「過去の歴史の中で、官による情報統制がどんな悲惨な結果を招いてきたか、君は知らないのかい？」

「歴史なんて関係ないですよ、この際。テレビ見てたのは、ほとんど、ただのおばさんなんですからね。混乱して業務に支障をきたすだけじゃないですか」

鵜川が何か言いかけたとたん、十円分の通話時間が終わって電話は切れてしまった。

小西は受話器を置くと憤然として、職場に戻ってきた。

確かに鳥が媒介する日本脳炎が市内で発生したというのは市民が知るべき情報だし、県や保健所の動きは慎重すぎて歯痒《はがゆ》い面もあるだろう。しかし正確な知識を持っていて合理的判断のできる市民なんてものが、この町のどこにいるのだ。うろたえ、混乱した住民たちの対応をするのは、こちらだ。情報公開の原則を盾に、ひとりよがりの正義を振りかざすのもいいが、現場の迷惑も少しは考えてくれ。

ぶつぶつ言いながら椅子にかけようとしたとたん、目の前の電話が鳴った。受話器を取ると甲高い女の声が耳に飛び込んできた。

「鳩が来るんです。団地なんですけど。市役所で捕まえてくれないんですか。大丈夫って……でも日本脳炎になったらどうするんですか。だって鳥からうつるんでしょう。うち、四ヵ月の子供がいるんですよ」

11

翌朝、新聞の地方版に、さらに詳しく今回の日本脳炎の記事が掲載された。保健センターの電話は、始業前から鳴り始めた。内容は昨日と同様だ。

「子供が蚊に刺されたんです、注意してたのに」と泣きながら電話をしてくる若い母親もいた。

「おたく、家はどこですか」

「家ですって？　八日町ですけど……」

「それじゃ大丈夫ですよ。流行ってるのは窪山、若葉台近辺ですから。でも、どうしても心配なら、病院に行って検査してください」

市街地の八日町なら絶対安全、というわけではないことぐらいは知っている。検査を受けたところで、あの病気だと診断されたら、死ぬか脳に障害が残るかあるいは寝たきりになるかだ。ことの深刻さは百も承知だが、この際、必要以上の不安を与えてパニックを引き起こすことは避けなければならない。電話を取った職員は、常識論で応対するしかない。

「家は、横山町。それじゃ大丈夫だと思うんですよね。たぶん」

隣で上野が受話器に向かって、同じことを言っている。しかし向かいの電話を取った保健師の東城の口からは、「若葉台に住んでいるの……そう」という憂鬱な言葉が聞こえてきた。

「とにかくすぐに病院へ行きなさい。怖がることはないのよ、ちゃんと治療すれば。お母さんがそんなことじゃ、どうするの。しっかりして」

嘘だ、と小西は思った。若葉台で具合が悪くなったのなら、十中八、九、あれだ。ちゃんと治療したって、治る見込みなんかない。

そのとき所長席で直通電話を取っていた永井があたふたと自席に戻ってきた。

「ばかやろが」と、委託業者の名簿をめくる。

「今日、窪山に消毒に行くはずだった作業員が集まらねえんだとよ。きのうは来るって言ってた連中が、軒並み具合が悪いんで行かれないんだと。な、行革だか何だか知らねえけんど、民間委託なんかするからこんなことになるんだ」と吐き捨てるように言うと、別のところに電話をする。しかし、市民からの問い合わせで回線がふさがっていてつながらない。

新聞であれだけ取り上げられたのだ。わざわざ病気の巣である、コジュケイの営巣地に入る勇気のある者などいるはずはない。しかも零細な業者のことで、作業員の中には最低賃金さえ保障されず、保険にも入れない者がいる。

永井はなおも電話をかけ回っていたが、やがてあきらめたらしい。階段をかけ下りていったと思ったら、同じ保健予防課の若い男に手伝わせて、倉庫から段ボール箱を運んできた。

中から出てきたのは、作業服や靴、防毒マスクなど消毒作業用具一式だ。昔、役所が様々な作業を民間委託する前、課直属の現業職員が使っていたものだ。

「道具があったって、作業員はいないんですよ」と小西が言いかけると、永井は笑った。

「なあに、簡単だ。俺が教えてやる。昔は作業員といっしょに俺たちだって雀蜂の巣取りに行ったもんだ」

「そんな……」

「そんなもかんなもねえ。災害が起こったときは、市の職員は出てきて復旧作業に当たるって、条例にもあるだろうがよ」

冗談じゃない。条例には地震や堤防決壊のような災害時の規定はあっても、伝染病発生時の対応については何も書いてない。

窪山の林に入ることが嫌だ、というのではない。ただだれが着たかわからない、埃だらけのマスクや作業着を身につけるのが気色悪いだけだ。

永井は課内の若者数人に声をかけ、有無を言わさず作業着とマスクを押しつけた。業者のほうでも、多少は人を集めていることがわかった。そちらと小西たちがいっしょにやればなんとかなるだろう。

こうして永井以下、四人の職員は、ひっきりなしに鳴る電話と、対応に追われて一ォクターブ上がった保健師たちの声で騒然となった事務所を出た。

しかし公用の軽自動車は職員と消毒器材を積み込むともう一杯で、最後に行った小西の乗れるすきまはなかった。それでは、と小西は自分の通勤用小型バイクに乗って後を追うことにした。

国道に出ると、軽四輪はスピードを上げ、たちまち見えなくなった。

小西のバイクは市街地を抜け、ゆるい登り坂にかかる。左右は雑木林に変わり、陽射しは強いが風がさわやかだ。空は目に染みるほど青い。こんなことが起きているとは信じられないほどののどかさに、少しぼうっとなった。

路面に目を凝らしながら、小西は考えていた。

今度の脳炎はコジュケイが媒介しているとして、保健所から消毒の依頼が来た。

しかし市では次の対策を立てている。コジュケイの一斉捕獲と営巣地付近の林の伐採だ。一斉捕獲が一斉駆除に変わらぬ保証はない。人の命が危ない、ということになれば、野生動物を保護しろなどという論理は、吹っ飛んでしまう。林を取り払って、できるのは、コンクリートで固めた斜面に、ブランコやベンチを作った児童公園だ。

いったいそれでいいのだろうか。

窪山の手前の峠を越えようとしたとき、向こうから公用車が戻ってくるのが見えた。小西のバイクの脇で止まると、助手席の窓から永井が身を乗り出し、両手を交差させた。

「中止だ、中止。無線でセンターから連絡が入って、そのまま手をつけるなってよ。何が起きたんだかさっぱりわかんねえ。あの辺一帯立入禁止だ」

「立入禁止？」

「こっちは慌てて作業員の真似までしたっていうのに、『いいから帰ってこい』だと。振り回すのもいいかげんにしてくれ、ってもんだ」

ポカンとしている小西に、永井は百円玉を二枚握らせた。

「ご苦労さんだったな。この先の販売機でジュースでも買って飲め。ゆっくり帰ってくりゃいいから」

そう言い残すと、軽四輪は保健センターに向かい走り去っていった。

小西は、しばらくポカンとしていたが、急に様々な疑問がわいてきた。なぜいきなり中止になったのだろうか。立入禁止とはどういうことだろうか。

時計を見る。ジュースでも飲んで、のんびり帰ってくればいい、と永井係長は言った。

小西は少し迷った後、そのまま窪山に向かった。街道はやがて曲がりくねった一本道に変わり、まばらな集落を抜けてしばらく行ったとき、道路は突然フェンスに遮られた。「通行止め。明朝八時まで」とあって、回り道が示してある。

金網越しに向こうを覗く。ぎょっとして目を凝らした。

カーキ色の幌付きのトラックと同色のジープや作業車。そしてグリーンの制服。

自衛隊だ。

「嘘だろ、嘘だろ」

口の中が、乾いた。

木々の葉を揺らして風が吹き抜けた。木漏れ日が白い路面に斑な影を落としている。どこまでもさわやかで平和な初夏の風景が広がっている。そのただ中に現れた不穏な一団に、小西の心は怖れと不安に塗り潰された。吸い寄せられるように視線を向けていると、「すみません、通行止めです」と隊員の一人が声をかけてきた。

穏やかな口調だったが、「いったい何をするんですか」と問うには、グリーンの制服は圧迫感がありすぎた。

小西はきびすを返し、そのまま一気に保健センターまでバイクを飛ばした。

事務所にかけ上がると、永井の隣にいき、息をはずませながら今しがた見てきた話をした。

「なんだ、あそこまで行ったのか」と永井はちょっと笑った。

「自衛隊でしたよ、あのトラックは。確かに自衛隊です。いったい何が起きてるんですか。本当のところ」

「本当のところも何もねえよ。さっき所長から聞いたところだ。県知事から防衛庁に出動の要請をしたんだと」

「県の予防課が動いた？」

「別に驚くことじゃない。自衛隊ってのも、けっこう便利なものでな。国や県にしてみりゃうちの市でいい加減な駆除をやって、鳥が他地域に追っ払われてウイルスが拡散するのがいちばん困るんだ」

「なるほど」

「三十年くらい前になるかな、東京の夢の島で蠅が大発生したときには、自衛隊の火炎放射器で駆除したものだ」

「山ごと焼きつくすわけですか？」

永井は、飲みかけたお茶を噴き出してむせた。

「やるかよ、そんなこと。一斉捕獲だと」

それにしても何か不穏な印象が拭えない。夢の島の蠅退治と同様のものなのだ、と説明されてもなんとなく納得がいかない。一斉捕獲、とはどうするのだろうか。

考えれば考えるほど、立入禁止の札の向こうで、何か途方もないことが行なわれるような気がしてならない。他地域にウイルスが広がらないように、というのが県の意向か、と思うと何とも腹立たしいが、それ以上に何かされるのではないか、という不安が先に立つ。

「ところでさっき小西君に電話があってな、あの変り者の医者からだ。旭診療所の鵜川」

「あ、はい」

居心地の悪さを覚えて小西は身じろぎした。

「午後一番で、救急当番表を届けてくれだと。まったく医者っていうのは、どいつもこいつも俺たちを御用聞きと間違えてやがる」

憤慨する係長に背を向け、小西は事務所を飛び出した。

「急がないでいいよ。いちいち言うこと聞いてたらつけあがる」という声が追ってきたが、救急当番表などというのは、口実だと小西にはわかっている。何か新しい情報が入ったのだ。また勝手に動かれたら面倒だ。

公用車で十分ほどの旭診療所に行き、息をはずませてドアを開け、入っていくと、白いTシャツに作業ズボン姿の鵜川が分厚いコピーの束を抱えて立っていた。ひどく張り詰めた表情をしている。

「悪いね、呼びつけて」

そう言いながら診療室の隣の殺風景な控え室に案内すると、内側から錠を下ろした。

テーブルの上に、手にした文書の束を下ろす。鵜川はそのうち数枚を小西に渡した。ぎっしりと細かいローマ字が並んでいる。

「何ですか、これ？」

「アメリカにある医療ネットワークから取り寄せたものです。アメリカの生物戦争防衛計画の一部」

「生物戦争？」

小西はぎょっとして、鵜川の顔を見る。

「この前、君と保健センターで会った後、急いで調べたんだ。どこかで日本脳炎ウィルスについて研究をしているところはないか、と。ところがいまの日本では、天然痘同様、日本脳炎というのはほぼ撲滅されて、感染症研究の対象はほかのもの、たとえばエイズなどに移ってしまっている。ところが未だに、この古い伝染病を研究しているところがあった。アメリカの国防総省だ」

「アメリカの……国防総省……」

そんなところと昭川市が、何の関係があるのだろう。

「今から九年ばかり前になるが、アメリカである訴訟が起きた。国防総省の生物戦争防衛計画の内容に危惧を抱いたある財団の総裁が、計画差し止めの提訴をしたんだ。それで国防総省は、今まで秘匿しておいた計画の一部を公開せざるをえなくなった」

「日本じゃ考えられないことですね」

鵜川は、うなずいた。

「これだけの物をレーガンが公開した、いやせざるをえなかった、というのもいかにもアメリカらしいことだけど、体制側の人間が政府の軍事計画差し止めの訴訟を起こすなんていうことは驚きだよ。つまりそれだけ危機感を持っている、まかり間違えば自分のところにまで被害が及ぶ、それだけ危険なことだからだ」

「それで」

小西は無意識に低い声になって、身を乗り出した。

「これが研究されている病原体リストなんだ」

鵜川の短く爪を切った指先が、コピーの二枚目を示す。

数十行にわたって、何かわからない名前が並んでいる。が、鵜川があらかじめマークしてある一部分だけは、小西にも読めた。JAPANESE ENCEPHALITIS だ。

「そう、フラビウイルス科、日本脳炎ウイルス」

鵜川は説明し、文書をめくっていく。

「いいかい、ここからは、今後予定される課題が書いてある。『日本脳炎ウイルスの生産と標準化』とある」

「生産？」

小西は顔を上げる。

「わかるよね。すでにあるウイルスをなぜ、生産するのか。『標準化』の意味はわかるかい？」

「いえ」

「兵器として、効率的に使えてなおかつ、制御可能なウイルスを作るって意味なんだ。小西君、ちょっと考えてみて。ここ昭川で流行した日本脳炎は、今までとは違う。感染率、発病率が異常に高く、いったん発病したら症状は重い。そして媒介動物はコジュケイだ。鳥が媒介するって、どんなことかわかるかい」

小西は唾を飲み込んだ。

「ええ、ブタなら病気の発生が養豚地域に限られますし、疫学的管理も可能です。しかし野生の鳥類では、感染が広域に広がる可能性がある。場合によっては日本全国」

「世界各国だよ」

鵜川が遮った。

「鳥にパスポートはいらない。これがコジュケイだから行動範囲が限られてるけど、カモならどうなる？」

「大陸から大陸、ですか。まさか」

「そのまさか、がありえないことじゃないんだ。渡り鳥に致命率の高い新型ウィルスを塗って飛ばす、というのは、僕はもうやっている国があると思う。報道されていないだけで。湾岸戦争では派手なハイテク戦をやって国際的な非難を浴びた。武器の品評会ならともかくとして、あまり利口なやり方ではないと思わないかい」

「しかし武器として使うとしたら、こんなふうに伝播が遅くては使いものにならないでしょう。ペストとか、もっと派手なものを」

「いや」

鵜川は首を振った。

「ペストでは制御がきかない。敵味方かまわずやられてしまう。民族紛争が主になった今、たとえば山の中にこもってゲリラ戦を続ける少数民族を根絶やしにするには、今のこの日本脳炎くらいがちょうどいい。一部族、一民族のキャンプを攻撃目標に定めて叩くのが理想なんだ。患者から患者へ際限なく広がったら拠点攻撃ができない。そして生物兵器を使う側にとっての最大のメリットは、使用したことがわからない、ということなんだ。核やハイテク兵器と違って威嚇効果はないけれど、極めて実用的だ。ある鳥は渡りをするから、とてつもなく離れた地域にウイルスを運ぶことができる一方、ある鳥は特定の植生を形成しているごく狭い地域を離れない。つまりその地域の森、鳥のコロニーを汚染させれば、そこは人にとって呪われた森になる。するとそこに住みついたり、隠れていることはできなくなるだろう。ベトナム戦争で、米軍は大量の枯葉剤をまいたけど、もっと目立たない手段で人の息の根を止められる」

「もしや、うちの市の森を使ってシミュレーションをやったやつがいるとか……」

小西は言葉を呑み込んだ。「もしや」と「嘘だ」という二つの言葉が、鵜川の語ったことを打ち消そうと頭の中で争っていた。

「シミュレーションかどうかはわからないけれど、とにかくこのBO兵器開発に日本が関わった可能性が高い」

「富士病院の辰巳医師を中心にするグループ……ということですか」

ささやくように小西は尋ねた。

「いや、もっと密接に日本という国家が関わっている」

鵜川は別のコピーを取り出した。

今度は、日本語だ。文書の右上に、「週刊　エコノミージャーナル」とある。バブルの最盛期には、どこの何という金融商品が儲かるか、どこの株が買いか、などという特集記事を毎週掲載していた経済誌だ。

「エコノミージャーナルは、昔は硬派の報道誌だったんだよ。良心的なジャーナリストが、まともな論文を載せていた。だけどバブル時代に部数を伸ばし始めてから、中身がおかしくなった。これは五年前に発行されたものなんだけど、めずらしく良心的な記事だ。きょうの午後、県立図書館からコピーしてきた」

問題の記事は、「アメリカ細菌戦争計画に加担する厚生省、予防衛生研究所」と題されたものだった。

「日本人科学者や日本の大学が、アメリカの生物兵器開発に協力していたっていうことですね」

小西は言った。

「そんな甘いものじゃない。表題の通り、国だ。厚生省直轄の研究所の研究員が、米陸軍の研究所の科学者と共同で論文を発表している。その研究員は、陸軍研究所に一年間、派遣されている。名目は学術協力。となれば協力の中身はバイオ兵器の開発以外に考えられない」

「じゃ、その研究を日本に持ち帰ってやったんですか」

「たぶん」

「そんなはた迷惑な。そんな危険な病原体の研究なんか、アリゾナの砂漠か中米ででもやればいいじゃないですか」

鵜川が「小西君」とたしなめるように何か言いかけたのを遮り、小西は尋ねた。

「しかしなんで東京の村山か目黒の予防衛生研究所内でやらないんですか。そこならここから五十キロは離れているのに」

「厚生省の看板を背負ってできる仕事じゃないだろう。代わりにどこかの大学に委託する。ただしそこにはパイプ役となる人物が必要だ」

「つまりそれが辰巳医師だと……」

鵜川はゆっくりうなずいた。

「もちろん米陸軍の研究所に派遣されていた、という研究員がだれなのかということも、洗ってみる必要があるんだけど」

ウイルスは年老いた一人のマッドサイエンティストや一私大の研究室で作り出されたものではない。

国家が絡んでいる。国家……小西は「あっ」と声を上げた。

どうりで、窪山地区が立入禁止になったはずだ。自衛隊まで繰り出したはずだ。あれはやはり災害救援活動の類じゃない。

小西は、午前中に見た窪山の様子を伝えた。鵜川の視線が忙《せわ》しなく動いた。そして話を聞いた後も、しばらく沈黙していたが、やがて「見に行こう」と言った。あまりにさり気ない言い方で、「そうしましょう」とあやうく答えそうになった。

「先生、立入禁止なんですよ、あの辺り一帯は」

「先生はやめてください」と鵜川はいつになく鋭い調子で言った後、続けた。

「わかるだろう。何かが国家の手で行なわれたんだ。君は聞いたことがないか？　沖縄の米軍基地で起きた毒ガス流出事故を。しかも関係者が否定したというだけならともかく、僕が知っている限り一切報道されなかった。化学兵器と生物兵器の違いこそあれ、ここでも同様の事態が起きている。しかももっと悪いことには、広い基地の中ではなく、住宅地近くの山林だ。あの山林の中に一般人には見せてはならないものがあり、我々民間人には報せてはならない事態が起きているんだ。それも僕らの予想以上の規模で。やることは一斉捕獲なんかじゃないと僕は思う」

「まあ、そうだと思いますけど……」

「谷一帯を立入禁止にして、自衛隊が投入された。たまに災害救助なんてことに出てくるが、基本的には国民の安全や健康のためなどに、彼らは動かない。自衛隊というのは、君にはピンとこないかもしれないけれど、その本質は軍隊なんだよ。国際条約で使用を禁止された兵器のための研究、米軍への軍事協力の事実を隠蔽《いんぺい》するために駆り出された彼らのやり方がどんなものか、僕たち自身の目で見極めなければならない」

「ええ、まあ……」

小西は、顔を上げ、部屋を見渡した。

「自衛隊海外派兵絶対阻止」

「危ないインフルエンザ接種は、もういらない」

「今こそ、きれいな政治を国民の手で」

縁が擦り切れ、黄ばんだポスターが、三方の壁に貼ってある。

僕たちが見張ったところで、どうなるっていうんですか？　国のやることじゃ、どうしようもないじゃないですか。

そんな言葉を呑み込み、小西は言った。

「僕だって、自分の身がかわいいですよ……」

「そうだ。確かにそうなんだよ。でもそうしている間に、ハザードは君の足元まで来て、気がついたときには、すべて呑み込んでいる。今しかないよ。小西君、この騒ぎは、降ってわいた災難なんかじゃないんだ。国家によって引き起こされた犯罪なんだよ」

「だから危険すぎますよ、そんな……何があるかわからないんですから」

小西は、口ごもった。

「少なくとも、爆弾投下のようなことはしないでしょう。彼らとしては証拠となるものを秘密裏に処理したいはずです」

小西は半信半疑で鵜川の言葉を聞いていた。しかし何が原因か、ということはともかく、このまま手をこまねいていたらとりかえしのつかないことになるという感じはあった。

この町から逃げだせばいい、と学生時代なら考えただろう。人口ばかり増えても、繁華街にはディスコ一つない町。企業は誘致したが、バブルが弾けた後はろくに税金が入ってこない。いつまでたっても貧乏市で、道路は穴だらけだ。市内のホールに来るのは落ち目の演歌歌手ばかりで、町の本屋には、雑誌とハウツウ本以外ない文化的不毛の地。

ここの住民だなんてみっともなくて友達には言えない。「埼玉県昭川市」こんな町に何の未練も執着もないはずだ。しかし現実は、ここを動けない。

ここの役所に勤め、この町にアパートを借り、アパートから数百メートル離れたところに実家があり、両親と祖父母と妹がいる。そして先祖代々の墓が市内の寺にある。郷土愛など全くないが、どうしようもなくここに根を下ろしてしまっている。

　災害が起きたとき、復旧の見通しもない町に人々がしがみついている様をニュースで見るたびに、小西は首をひねっていた。さっさと安全な所に移ればいいじゃないか、と思った。別の土地で一からやりなおせばいいじゃないか、命より惜しいものはないのだから、と。しかしそれが自分の身の上に起きてみると、人生はそれほど身軽なものではないとあらためて気づかされる。

　窪山に行くとも行かないとも、生返事をしたまま、小西は旭診療所を出た。

　そのときひょいと思い出したことがあった。窪山に潜入するのに、安全そうな場所がある。窓の小さな鉄筋の建物が、コジュケイの林のごく近くにあった。

　公衆電話から、小西は「ホテル桃源郷」に電話をした。

「はい」という寝ぼけたような声は、青柳のものだった。

「おや、いったいどうしたの、小西さん」

　それには答えず、周りの様子を尋ねる。

「アーミーたちがいるね。うん、うちは立入禁止区域内ですよ。追い出し命令が出て、今、パートのおばちゃんを帰したところ。病気の巣の真ん中にいることはわかっていたし、今さら避難命令も何もないやな」

「青柳さん」

小西は少しためらった後に決心し、尋ねた。

「そこから道路の向こうの林が見えるよね」

「ああ、フロントからは見えないけど二階の客室からならね」

「悪いけど、今夜、貸してほしいんだ」

「女のコ連れ込むなら、別のときにしたらどうですか。小西さんなら、いつも世話になってるから、安くしてあげるよ」

「そんなことじゃないですよ」

怒鳴ると、青柳は低い笑い声を立てた。

「戦争ごっこを見たいの？　気をつけて下さいよ。ただ、道路が封鎖されてて、出るのは出られるけど、入ってはこられないな。谷側から小道が通じてるから、そこから歩いてくればいいや。でも距離があるからホネだね」

「わかりました、どうも」

礼もそこそこに電話を切り、センターに戻り地下にある倉庫に飛び込む。午前中に永井係長が車に積み込んだ消毒薬や噴霧器、長靴、作業着の類が、再び戻されている。小西はロッカーを開けて防毒マスクを二つ取り出し、紙袋に入れた。コジュケイ駆除のための薬剤がまかれた場合に備えたのだ。

その日、いつもより早く出勤した青柳から、桃源郷の鍵を受け取り、小西はセンターを出た。

午前中の輝くばかりの青空は一転して、夕方から篠つく雨に変わっていた。

全身から雨水と汗をしたたらせ、小西は「ホテル桃源郷」に向かい自転車を漕ぐ。登山道と見まごうような坂道は、ところどころやぶにふさがれていて、その都度、自転車を下りて押して登らなければならない。

ウィルスの標準化、と小西は口の中でつぶやいていた。富士病院で兵器としての使用に耐えるウィルスを作り出していた。かかったら最後すぐに発病し、症状は著しく重い。ただし敵味方かまわず倒してしまうほどには、感染力は強くない……。

しかし、息を切らせて歩いているうちにこの市で起きていることがアメリカの生物兵器防衛計画などというものに連なっているというのが、いかにも非現実的なことに思えてきた。

本当のところは、地元住民や野鳥保護団体にクレームをつけられる前に、林を焼き払い、コジュケイだけでなく、棲みついた鳥を全滅させ、とにかく汚染源を絶とうというところなのではないだろうか。それにしても鳥に罪はない。生態系は壊したら最後、二百年たってももとに戻らないのだ。

まもなくゴミ捨て場の悪臭が鼻をつき始めた。登り坂で息が弾んでいるので、こたえる。肺の奥まで腐ってきそうだ。

桃源郷の紫色の看板めざして、谷を回り込んだときだ。林を透かして、鵜川の小柄な姿が見えた。手を振っている。片手に持っているのはカメラだ。

「しかしひどいものだね、このゴミは。日本脳炎どころか、あらゆる感染症がここから起きても不思議はない」

鵜川はうめくように言った。

小西は自転車をやぶに隠し、眼下に広がるゴミの山を見下ろしながら、鵜川と連れ立って桃源郷に向かい歩いていく。

形ばかりの柵を跨《また》ぎ越すと、「ホテル桃源郷」の敷地だ。斜面に建てられた離れの間
鍵をあけ、制御盤の防犯ブザーを解除する。それからフロントの前を通過し、階段で二階の客室に上がった。

さすがに室内にまで、においは入ってこない。あるいは強烈な臭気に嗅覚がマヒしただけかもしれないが。

あたりが暗くなってきたが、外から見られるので、室内灯はつけられない。鵜川は毛足の長い絨毯を踏みしめ、ダブルベッドの脇を通り、そっと窓際に寄る。縦長の窓はごく小さいが、隠れるにはかえって都合がいい。

鵜川は目で合図した。

真正面、ちょうど二階のこの部屋の窓の高さに道路があり、制服姿の自衛隊員の姿が見えた。長袖長ズボン姿だが、顔は丸出しだ。彼らはワクチンを打っているのだろうかと、いらぬ心配をした。

「一斉捕獲というわりには、どこにそんな器材があるんでしょうか」

「そんな生易しいことはしない、ということだよ」

低い声で、鵜川は答える。

小西は、わずかに窓を開ける。騒がしいほどの鳥の声が耳に飛び込んできた。予想していた軍隊調のやりとりなど全くなく、沈黙した人間たちとは対照的に、無数の鳥がねぐらを求めて、鳴きかわしているのが聞こえるばかりだ。

鵜川が窓を閉めた。

「ここから彼らが見えるってことは、彼らからも僕たちが見えるってことなんだ。捕まったら、裁判という国民として最低限の権利も剝奪されて、闇に葬られるかもしれない。相手は立派な軍隊なんだよ。装備においても体質においてもね。そして君は国家権力というものの峻厳な本質を見せつけられることになる」

国家権力、ね、と小西は肩をすくめた。

「鵜川さんは、ゲバ棒をふるった世代なんですか」

鵜川は、眉をひそめただけで答えなかった。

二十分もしないうちに、あたりはすっかり暗くなった。

じっと闇の中で目を凝らしていたが、何も始まらない。鳥たちがすっかり寝静まるのを待っているのだろうか。小西は立っていって冷蔵庫を開け、コーラを取り出した。

一本を鵜川に渡して自分も飲む。生温い。どうやら停電しているらしい。テレビのスイッチを入れたがつかない。

試しに電話をかけてみようとしたが、通じない。

小西と鵜川は、顔を見合わせた。互いの唾を飲み込む音が聞こえた。空調機さえ止まって、室内は静寂に閉ざされている。しかし、正面にいる「軍隊」はそのままだ。一時間以上経っても何も始まる気配はない。

「ゲバ棒ふるって、などという揶揄《やゆ》するような言い方をされるのは心外だな」

ぽつりと、鵜川は言った。

小西は、「どうも失礼しました」と素直に謝った。もちろん本気で失礼とは思っていない。二人しかいない室内で、気まずい雰囲気になるのは面倒なので謝っただけだ。

「あれだけ僕たちはやったけれど、医学界は少しも変わらない。ブスタノールって薬を知ってる？」

「ええ」

夜間診療所に常備してある喘息《ぜんそく》の薬で、小西は何度も発注票を切っている。

「副作用で、肝臓障害が起きるのを知っているかい？」

「ほとんどの薬は、肝臓に悪いんでしょう」

「喘息という病気は、長引くんだけど、その薬を長期間使用するうちに、肝臓に脂肪が溜り、肝硬変に移行するんだ。被害者数は二十万人ともいわれてるんだよ。でも認定された患者は、ほとんどいない。長く飲み続けることによって発病するし、一般の肝臓病と区別しにくいからね。医師がその気になって、告発に踏み切らない限り、患者は顕在化しないんだ。しかしそんなことをしたらどうなるか……僕はね、大学の他の若い医者数人と、僕のいた大学病院内で、すでにたくさんの被害者を出していることを新聞に発表したんだ。放置しておくには、あまりにも重大なことだと思ったからだ。単純な正義感だよ。君たちは笑うだろうな。今の時代『社会正義』なんて言葉は、揶揄の対象にしかならないから。結局僕たちのやったことは、売名行為だと学会から非難を浴びた。うちの大学の教授からは、ブスタノールの副作用は彼の研究テーマであったのに、それを鵜川は自分の学問的業績にしようとした、と叱責された。彼らにとって重要なのは、患者の体ではなく、業績だ。彼らの欲しかったのは、データだ。僕は結局、大学を追い出されたんだ。反逆者としてではなく、目立ちたがりやの無能な男としてね。一昔前なら、被害者の会と結びついて裁判闘争に行くところだが、道化のイメージを貼りつけられて、患者とも切り離された。追い出されるとき、内科医長は言ったものだよ。『今度は、都知事選にでも出たまえ』とね。それからどこの病院に行っても雇ってはもらえなかった。共産党系の病院でさえだ。反体制の旗手ではなく、僕は目立ちたがりやの道化に過ぎないからね」

「どうやって、食ってたんですか、その間」

「日本にはね、臓器移植だの体外授精だのとんでもない技術を持ってる大病院がある一方で、最低限の医療の恩恵も得られない村が、各地にあるんだ。信州の無医村に行ったんだよ、僕は。そこに七年ほどいた」

「いいですね、お医者さんは」

無意識に皮肉とひがみをこめて、小西は言った。行った先の村では、さぞかし先生、先生、とあがめられたことだろう。正義の味方をやっていられるのは、医者や弁護士など、エリートだからこそだ、と思った。自分のような一介の地方公務員がそんな真似をしたら、うまくいって一生アルバイトで食いつなぎ、そうでなければ池袋あたりの地下道にでも住むしかなくなる。

闇の中に鵜川の声だけが続く。

「村を出るきっかけとなったのは、信州以上に切迫した状況が、中東で発生していたからだ。僕はある人の世話で、パレスチナに飛んだ。たくさんの子供たちが死に瀕していた」

「愛は地球を救うそうですからね」

小西はつぶやいた。こっちは、自分の身と自分の市のことだけで手いっぱいだ。実家の親の面倒もやがて見なければならないし、そのうえ、じいさん、ばあさんも健在ときている。とてもではないが、ひとの国の子供のことなど、かまってはいられない。

「いったん帰国して後、今度はあるNGOに所属して、インドシナの難民キャンプで医療活動をするはずだった。ところが出発を前にして旅券の発給を拒否された。理由は、過去の日本赤軍とのつながりだ。僕が、パレスチナに入ったのは事実だし、彼らに協力はしてもらった。しかしそこでしたことは、純粋な医療行為だ。テロに加担したことはない。つまりこれが思想及び良心の自由が保障された国のやり方ってわけだ」

「まあ、飲みませんか」

小西は、生温いコーラをもう一本開けると、鵜川に手渡した。鵜川は一瞬コーラの壜に見入ると、「アメリカ帝国主義に乾杯」と小声で言った。

白けた気分で、小西は甘ったるい液体を喉に流し込んだ。

夜中の一時を回った頃だ。静寂を切り裂いて、けたたましいヘリコプターの音が聞こえた。小西は窓に駆け寄り、ガラスに顔を押しつける。

とたんにボンという鈍い破裂音が聞こえた。

閃光《せんこう》も何もない。

とっさに防毒マスクを引き寄せる。鵜川はカメラを構えている。

「そんなことよりこれ」

小西は、慌てて鵜川にマスクを押しつける。

「駆除用の毒ガス爆弾ですよ」

マスクを顔に当てようとしたときだ。ヘリコプターのローターの音が、乱れた。闇の中でざわめきが起きる。目を凝らす。闇に包まれた路面が見えるきりだ。

数秒後、木々を薙《な》ぎ払う音とともに、やぶの向こうで火の粉が舞い上がった。

続いて爆発音。

窓ガラスがビリビリと震え、あたりはオレンジ色の光に照らしだされた。ガスマスクをつけたいくつもの人影が、路上を走り回っている。

とたんに鵜川の小柄な体が跳ねるように立ち上がり、防毒マスクを顔に当てがうと飛ぶように階段を下りた。

「待って、鵜川先生。だめです。鵜川先生」

どなりながら後を追う。鵜川はすでに玄関を出て、道路と建物の間の植木の陰に身をひそめている。小西はきっちりマスクをつけると、その後ろにしゃがみ込んだ。路面を走る靴音が入り乱れている。

爆弾投下、それに続く営巣地爆破。

いちばん手っ取り早い駆除と消毒の方法だ。伝染病が発生したとき、死肉をあさるハゲタカを毒ガスの爆弾によって一網打尽にする、という映画があった。あれはアメリカ映画だったが、現実に行なわれていない、とだれが言えよう。

いや、駆除だの消毒なんて生易しいものではない。証拠湮滅《いんめつ》だ。

しかし林は燃えていない。ばさばさという羽音が頭上でする。林から逃げ出した鳥がいるのだ。

羽音は不意に止んだ。つぎの瞬間、何かが降ってきて背中にぶつかった。

小西はとっさに、足元に転がった物を拾い上げた。コジュケイではない。大きな黒い鳥。ハシブトガラスだ。ガスにやられた、と思うと、急に頭がくらくらとした。ガスマスクとはいっても、市役所に置いてある消毒用マスクと自衛隊の使うそれでは性能が違う。

「先生、中に入りましょう、早く」と鵜川の腕を掴む。鵜川はうなずいた。ハシブトガラスを片手に玄関に戻る。が、扉が開かない。何度やってもだめだ。自動ロックだったのだ。鍵は中にある。

「冗談じゃない」

小西は、わめいた。力任せにノブを引く。しかし樹脂製のドアはびくともしない。

茫然と立ち尽くす。

鳥と一緒に、俺たちまで駆除されるのか。

体中の力がぬけて、小西はへたへたとコンクリートの上にしゃがみ込んだ。その場に手をついたとたん、手のひらの下で、バリッと何か砕ける感触があった。指先に粘液質の物が触れる。慌ててねばつく指をシャツにこすりつける。

真っ暗なコンクリートの上に、ギラギラと光るいくつもの青白い筋が見えた。気味悪さに飛び上がりそうになった。

無数のオカモノアラガイが這っている。蛍光を放つ分泌液で奇怪な文様を描きながら、闇の中に小さな貝がゆっくりうごめいていた。

声も出ないままふらふらと立ち上がり、玄関の透明樹脂のドアに貼りつき震えた。

「大丈夫だよ。行こう」

鵜川の落ち着いた声が耳元でした。

「だって……」

「大丈夫。さっきから呼吸しているけれど、なんともないだろう」

背伸びするようにして、鵜川は小西の肩を摑みうながした。

さすがは中東のキャンプで砲弾をくぐり抜けてきただけのことはある。少しも取り乱した様子はない。

「早く」

叱りつけるような鋭い調子で、鵜川は言った。小西はまだ震えの止まらない膝で、さきほど自転車を乗り捨ててきたゴミ捨て場の方向に、一目散に走り出した。途中まで来て自分がまだ、さきほど落ちてきたカラスを摑んだままだったのに気づいた。

「あ……」と抱いていた黒いものを見ると、鵜川は「持っていこう。貴重な証拠品だよ」と言う。

顔を上げて谷を見渡すと、ところどころ青白く光っていた。ホタルの発光と似ているがその光ははかなく点滅することはない。その場所をほとんど動くこともなく闇の中にべたりと張りついている。

発光するはずのないオカモノアラガイが発光していた。いったいこの陸生の貝の中で何が起きているのだろう。

やぶを突っ切り自転車の所までたどりついて、小西はかごの中にカラスを放りこんだ。持ち帰って調べれば、ここに来た「軍隊」が、いったいどんな手段でここの媒介動物を駆除しようとしたのか、そして彼らが本当にしようとしたのは何だったのか、その一端が見えてくるはずだ。

小西は自転車を押して早足で歩いた。後ろから鵜川がついてくるが、終始無言だ。

小道が途切れ舗装道路に出ようとしたときだ。

かごの中の黒い物が、ごそり、と動いたような気がした。バウンドした拍子に跳ねたのだろう、と首を傾げながら、そのまま歩く。国道のまばゆい水銀灯に照らされた瞬間、黒い物は今度ははばたいた。

小西と鵜川は、同時に声を上げた。押さえつける間もない。カラスは艶やかな羽を二、三枚舞わせてかごから飛び上がり、闇の中に消えた。

二人ともポカンとしたまま、自転車を止めてやぶに目を凝らしていた。

「ただの麻酔ガスだったんだ」

鵜川は半ば口を開けたまま言った。

翌朝出勤すると、窪山のコジュケイが、ほぼ全羽捕獲されたというニュースが入っていた。なんでも人体には無害なガス弾を使い、一時的に眠らせて一斉に捕獲した、という。営巣地になった林は、明日中に伐採されるそうだ。

わざわざ小西が見にいくほどのこともなく、おそろしくまっとうで完璧な手段を用い、自衛隊は目的を果たしたのだ。確かに軍隊だけある。駆除業者の作業員とは違って「あんなところに行くのはいやだ」とは言い出さなかったらしい。

しかしその一方で、予想外の事故が起きた。ガス弾投下地点に運悪くカラスの群れがいたのだ。驚いて飛び上がったハシブトガラスの大群が、ヘリコプターのローターに飛び込んだ。多用途タービンヘリ、UH1Bひよどりは、そのまま林に突っ込んだ。

あの爆発音と火柱は、そのときのものだったのだ。林を爆破するなどという手荒い真似をしたわけではなかった。

不慮の事故で、二人の犠牲者を出してしまったが、駆除は成功した。これで新型脳炎流行の大きな原因は取りのぞかれたらしい。

　そうしてみるといったい、あの生物兵器説はどうなったのだろう。しかし何があっても、だれかが何をやってたにしても、とにかく事態が終息すればいいと、小西は思った。二度とこんなことを引き起こしてくれさえしなければいいのだ。幸い、自分の身内に犠牲者は出ていない。

　センター内には、ほっとした空気が流れていた。

　ちょうどその日から天気が崩れ、気温が急に下がり始めた。梅雨入りだ。脳炎発生の新たなニュースは聞かれず、問い合わせの電話もほとんどなくなった。対象を中学生にまで広げた予防接種の準備は、着々と整ってきている。このまま二週間も梅雨の低温が続いてくれれば、流行は収まるに違いない。

　昭川市の取り組む問題は、むしろこれ以上治癒の見込みなし、として窪山・若葉台地区の自宅にもどってきつつある後遺症患者のことだった。彼らのうちの数人は市の福祉事務所に駆け込んだが、持ち家も、ある程度の財産もあり、介護できる家族のいる人々を援助する制度は市にはない。財政的にも、マンパワーの点でも、精神的にはさらに、彼らを援護する体制は、昭川市にはなかった。病人を抱えたそうした家々を、保健師ができるかぎりの時間を割いて回る。「戦後処理」と彼女たちは呼んでいる。それにしてもずいぶんあっけない戦争終結だった。

　真の原因はともかくとして、媒介動物を始めとする病気流行のメカニズムさえわかれば、後は投入する人力や予算次第でどうにでもなるものだ。要は行政当局のやる気の問題じゃないかと、小西は思った。今となっては、深夜に見た自衛隊の動きが頼もしいものに思えた。

一方、鵜川の方は、戦いが終わった、とは考えていなかった。結果として事態が収拾したまでのことだ。何が行なわれていたのかわからないまま、脳炎騒ぎは鎮まった。しかしそれで済ませていいものか。

放置しておけば、いつまた同じことが起こるかわからない。市民が信頼している大学病院の一室で、危険な実験が行なわれ、しかも背後では厚生省とアメリカ陸軍が手を携えて悪魔のような兵器の開発をしているのだとしたら、見過ごしにはできない。

当然のことながら、今回の病気の流行によって、命を落とした者の遺族、そして障害を負った者たちに、それなりの補償がされなければならない。しかし損害賠償の請求が認められるには、被害者側で国と富士大学病院の実験施設で行なわれていたこと、その内容と病気の因果関係を立証しなければならないのだ。とうてい無理な話だ。この国のシステムはこんな風に理不尽にできている。ただし救いの道はある。裁判所に対し、実験差し止めの仮処分の申請を起こすことはできるのだ。

いずれにしても世論を喚起しなければならない。

脳炎騒ぎは終結した。直接的な被害を受けなかった多くの昭川市民の心からは、まもなくこの忌まわしい記憶は消えるに違いない。何事もなかったように、彼らは日常の雑事に忙殺されていく。その前に、決着はつけておくべきだ、と鵜川は考えた。

医者たる前に人たれ。そんなことをつぶやきながら、鵜川は白衣を脱ぎ始める。

生物兵器の資料を集め、その翌日にはある男のところにファックスを送った。

相手は現在の国立予防衛生研究所を都内の住宅地へ移転する計画をめぐって争っている市民団体の代表である。鵜川はこの昭川市で起きていることを手短にまとめ、そちらで摑んだ情報を提供してほしいということ、さらに今後連帯して市民運動を繰り広げていきたいということを書き添えた。

返事はその日のうちに電話で来た。ぜひとも手を携えて闘っていきたい、とのことだ。そして昭川市で起きた深刻な事態に、自分も危機感を新たにしている、と言う。多くの犠牲者を出しながら事実を隠蔽した厚生省と富士大学病院のやり方には、背筋の寒くなる思いだ、と相手は語った後、鵜川の送ってくれた資料と文書を会報に載せたい、と申し出た。鵜川は承諾した。

この内容が会報ではなく、新聞に取り上げられたのはさらにその翌日だった。この日に厚生省側と折衝を持った代表が、昭川市で起きたことを質問したのだ。もちろん一言のもとに否定された。しかし鵜川の書き送った内容は、移転問題を扱った翌朝の新聞記事に、そのまま掲載された。

自衛隊による一斉駆除からちょうど五日目のことである。梅雨の寒空が続き、日本脳炎の発生の報告は、四日連続ゼロだった。

発生箇所が限られていたせいもあろう。騒ぎは、市民の記憶から早くも消えようとしていた。ところがこの記事のおかげで、今度は富士大学病院周辺地区の住民から、事の真偽を尋ねる電話、抗議の電話が役所に殺到した。

そして翌日の朝刊には、「新型日本脳炎の流行と国立予防衛生研究所の犯罪」と題した鵜川の手による一文が掲載された。一般記事ではなく、投書欄の囲み記事ではあったが、地元の人間を動揺させるには十分な内容である。

「この四月、昭川市窪山地区で約二十五年ぶりの日本脳炎の流行が起きた。しかし私は一人の医師として、この流行に対し、いくつもの疑問を抱かざるをえない。第一に病気としての個々の症状と経過が従来の日本脳炎と違いすぎること、第二にその流行期が四、ないしは五ヵ月も早く来たということ、第三に媒介動物が異なり、従って感染経路も違うということなどから、日本脳炎と称するには無理がある、と考えるのである。

それではこの著しく重く深刻な様相を見せる脳炎は、果たしてどこから来たのであろうか。そしてこの脳炎の正体は何であろうか。

日本脳炎ウイルス自体は、エイズウイルスやインフルエンザウイルスと異なり、本来は安定的なものである。それがこのような重篤な症状を呈するタイプに変化した過程には、なんらかの人為的操作、おそらくは高度な遺伝子操作が加わったとみて間違いない。

それでは現在、この日本脳炎についての研究を主に行なっている機関はどこであろうか。

以上の疑問を解決すべく調査した結果、昭川市の流行と酷似した報告例を見いだすことはできなかったが、アメリカのある民間医療ネットワークから重大な情報を得ることができた。

結論から言うと、予防と撲滅のためではなく、侵略と殺戮のためにウイルス研究を行なっている機関が存在したのである。

私が入手したのは、九年前に公開されたアメリカ国防総省の生物戦争防衛計画の一部である。この中の研究対象ウイルスとして、日本脳炎ウイルスの名が見いだせるのである。そして今後の研究課題として、戦略兵器としての日本脳炎ウイルスの生産と標準化ということが挙げられていた。

計画書が作成されてから、現在十数年を経過しているところから見て、その内容は計画から実験段階を経て、すでに実用化レベルまで達していると考えられる。

それではそれと太平洋を隔てた日本の一都市とを結びつけるものは何であろうか。

ここで忘れてならないのは、日本の『国立予防衛生研究所』（以下予研と略す）の存在である。予研はその設立当初からアメリカ軍と連携しながら病原体研究を行なってきたという経緯がある。そもそも予研は、第二次世界大戦中、石井部隊等の細菌戦争、人体実験に寄与した東大付属伝染病研究所の業績に着目したGHQが、その負の人的物的遺産を引き継ぎ、発展させるために設立した機関である。そのことは、（1）予研の歴代所長や幹部が、そうした実験に携わった戦犯研究者であること、（2）米軍の細菌戦研究所長が頻繁に予研を訪問し共同研究を進めていたこと、（3）予研当局が米軍から多額の資金援助を受け、なおかつ自衛隊との共同研究を行なってきたこと、等々が物語っている。

特に重要なのは、（3）に関して、一九六二年以降、アメリカ陸軍極東研究開発局から予研に日本脳炎ウィルスの研究費用として七千四百ドルあまりの援助金が支給されていた事実である。予研が行なったアメリカの生物戦争防衛計画の下請け的業務の中に、確かに日本脳炎ウィルスの研究が、含まれていたのである。さらに七〇年代からは、予研の研究者が米陸軍に派遣され、帰国後共同で論文を発表している事実もある。

それだけではない。予研の研究者の多くは、その後、日本各地の民間の研究機関、大学病院等に移り、影響を及ぼしてきた。そしてこの昭川市でも市内に一ヵ所ある大学病院の医師の中に予研の第一線で活躍していた研究者がいるのである。

著名な微生物学者である彼（仮にA医師としておこう）が予研にいたのは、一九五〇年代から六〇年代前半までで、まさにこのとき神奈川県相模原市にある精神遅滞者施設において、悪魔の飽食を彷彿とさせる、病原体を使った人体実験が秘密裏に行なわれていた時期と一致するのである。その後私が確認したところでは、この事実が雑誌に掲載された直後に、A医師は予研を辞職し、現在昭川市にある大学病院に移っているのである。これは何を物語るものだろうか。おそらく予研から移ったのは、A医師本人だけではあるまい。危険な病原体と予研の名のもとにはできない内容の研究も移された、と考えるのが妥当ではあるまいか。

そして起きたのが、普通ならありえない、そしてあってはならない日本脳炎の、きわめて局地的な流行なのである。山々に取り囲まれ、他地区に伝播する可能性の少ない場所を選んでの、より大規模な実験であった、とは私は思いたくない。しかし意図的であったかなかったか、ということは別にして生物災害が起きたことは事実である。そして何かが起こっても、それが『生物災害』であるとはわからないことこそが、『生物災害』の最大の特徴である。今回の脳炎がいかなるものであり、それは何に起因するのか、今後、住民と自治体が手を携え、調査し追及していく必要があろう。そうしないかぎり、第二、第三の窪山が、出現するであろう」

その日のうちに、ある革新政党の女性市議から保健センターの所長宛てに、ことの真偽を尋ねる電話が入った。昨年当選したばかりの、この教員上がりの議員をもっとも苦手とする所長が生返事をしていると、彼女はこの際、富士病院内の査察をすべきではないか、と詰め寄るような調子で語った。

所長はのらりくらりと返事をして、最後には富士大学病院に関する業務は、保健センターではなく、本庁の医療対策課の分掌であると答えてどうにか逃げた。

受話器を戻しながら所長は、「税務署じゃあるまいし、市役所に病院を査察する権限などあるものか。いくら一年生議員だって、もう少し勉強してから、電話してきやがれ」と吐き捨てるように言った。それから改めて鵜川の署名と小さな写真まで入った新聞の投書欄を見ると、「また、あのバカか」と舌打ちし、よほど腹に据えかねたのだろう、その新聞ごとくずかごにつっこんだ。

そして職員に対し、市民の問い合わせには「今のところそうした情報は受けていない」と答えるようにと言いわたした。

騒動をよそに、富士病院の方は気味が悪いほど沈黙を守っている。鵜川ごときが噛みついたところで、市内の医療の中枢としての自信は揺らがないのだろう。

そして早くも二日後、同じ新聞に国立予防衛生研究所の所長からの抗議文が掲載された。

「もとより言論出版の自由を保障されているわが国において、いかなる論調を繰り広げるかは、個人および、個々の組織に属する問題ではありますが、六月三日付けの鵜川氏の欺瞞と撞着に満ちた論理はとうてい見過ごすことができず、予防衛生研究所と研究員の名誉において、ここに筆をとる次第であります。

第一に昭川市において発生した日本脳炎について、我が予研でも現在調査中でありますが、それが、鵜川氏の発言にあるように人為的操作が加わったということは、極めて考えにくいことであり、エイズの例からもわかるとおり、新しい病気は、故意に作り出されるわけではなく、ウイルスの突然変異という形でおこりうる、というのが現在ウイルス学の常識であります。

第二に我が研究所についての、鵜川氏の見解は極めて悪意に満ちており、『予研の歴代所長や幹部が、そうした実験(第二次世界大戦中の細菌戦、人体実験)に携わった戦犯研究者である』という記述については、ごく初期の所長、副所長、部長の中に、そうした人物が加わったというだけのことであり、現在の予研の体制とは全く無関係であります。しかも当研究所が『人体実験に寄与した東大付属伝染病研究所の業績に着目したGHQが、その負の人的物的遺産を引き継ぎ、発展させるために設立した機関』でありうるはずはなく、戦争によって悪化した国民の健康と衛生環境の改善のために、公衆衛生政策の一環として設立された、というのが真実であります。

日本脳炎の研究に対する援助金が、当時全国的に猛威をふるっていたこの疾病から国民を守るために支給されたことは自明でありましょう。

さらに『精神遅滞者施設において、悪魔の飽食を彷彿とさせる、病原体を使った人体実験が秘密裏に行なわれていた』というのは、全く事実無根であり、おそらく何の裏付けもない週刊誌等の記事を鵜川氏が鵜呑みにした結果かと考えられます。

なお鵜川日出臣氏については、氏は旧日本赤軍と密接な繋がりがあり、一九八〇年代にパスポートの発給を拒否された人物であることをここに付記しておきます。

なお、我が国立予防衛生研究所は、国民全体の健康を守るために、疾病の原因究明と治療法の開発のために、日々努力と研鑽を重ねております」

文章を客観的に見る限り、鵜川の旗色はあきらかに悪かった。

そしてそれと前後して、鵜川の方は、米陸軍に派遣されていた予防衛生研究所の研究員の素性をエコノミージャーナル編集部からライターを辿ることによって、突き止めた。抗生物質部で新薬の認可業務に携わっていた、遠藤朋子という女性技官だった。

しかし遠藤技官は、すでにその職にはなかった。すさまじいばかりに優秀な頭脳を持つ、東大出の若い女性技官は、三年前に、新薬の不正検査を行ない逮捕されていた。

そして彼女の身辺をどう洗っても、富士大学との関連はもとより、微生物の研究をしていた形跡も見いだせなかったのである。

鵜川は公衆衛生図書館に問い合わせ、遠藤の論文を検索してもらった結果、彼女のやっていたことは、新しい抗生物質の発見に関わる研究であって、彼の考えたようなこととは無関係であったことを確認した。

鵜川は、手の中の分厚い英文の綴りを見下ろした。アメリカの医療ネットワークにテレックスを送るより先に、東京にある専門図書館に問い合わせるべきだったのだ。いくら切羽詰まっていたとはいえ、雑誌記事を鵜呑みにして裏も取らずに動いたことを後悔したが遅い。

日本脳炎流行に関するすべての騒動は終息し、その翌日には、新聞の地方版からさえ「日本脳炎」の文字は消えた。

篠つく雨の中で、いくつかの工事現場でブルドーザーがうなりを上げ、ミキサー車から吐き出される灰色のコンクリートが、川床や公園の地面に流し込まれる光景だけが、市内のいたるところにあった。

12

房代はいつもより少し早く診療室に入ると、濡れてちりちりに丸まった髪をタオルで拭いた。駐車場から玄関に入るまでの間に、暴風雨にあおられ、全身ずぶ濡れになっていた。風でどこかの看板が飛んだのだろうか、鈍い金属音が二回、三回と聞こえてくる。

表通りに面した窓のブラインドをそっと持ち上げてみると、窓ガラスを割るような勢いで雨が吹きつけていた。玄関の非常灯に照らされて真っ赤に染まった雨滴がガラスに当たって弾け、不定形に崩れて流れ落ちる様をみつめていると、房代は得体の知れない不吉な予感に胸がしめつけられた。

身震いして、ブラインドを下げ両手をこすり合わせる。長袖の白衣を着ているというのに、鳥肌が立つほど寒い。

この日の昼過ぎに、郊外の小河川で堤防が決壊したというニュースが入っていた。さらに別の所では切り通しが崩れて、その先にあるレジャー施設「昭川ハワイアンランド」で客が足止めされているともいう。

「いいお日和ですね」

この日、内科の当番に当たっていた鵜川が入ってくるなり言った。皮肉でも冗談でもない。梅雨の寒空や嵐をさして、昭川地区の医療関係者はこう挨拶するようになっている。こういう天気では蚊が飛び回ることもなく、日本脳炎の発生がないからだ。

「熱が出たんですが」とか「蚊に刺されました」と、怯えながら診療室に入ってくる人々や、一晩に一人、二人はいた奇妙な症状の患者をこのところ全く見ない。

窪山の一斉駆除から三週間が経ち、まもなく六月が終わろうとしている。

いったい辰巳が関わっていたのかいないのか。なぜコジュケイが突然、ブタに取って代わって日本脳炎ウイルスを媒介するようになったのか。

謎を残したまま、病気の正体は「鳥によって媒介される新型日本脳炎」といともあっさりと説明され、なんとはなしに流行も終わった。釈然としない思いを抱いたまま、房代はガラスを打つ雨音を聞いていた。

包丁で指を切ったというOLや、持病の喘息が出たという老人など、その日は数人の患者が来ただけで、医者も看護師も手持ち無沙汰のまま、診療終了時間を迎えようとしていた。そのとき遠くからかすかなサイレンの音が聞こえてきた。房代ともう一人の看護師は、顔を見合わせた。サイレンが近づいてきて、非常灯の点滅する玄関前でぴたりと止んだ。

「救急病院じゃあるまいし、うちに来られたって何もできないのによ」

青柳が、ぶつぶつ言いながら玄関に出ていく。

救急隊員が、飛び込んでくるなり、若い方の看護師に言った。

「すみません。すぐに救急車に乗ってください」

彼女は、きょとんとした顔で尋ねた。

「私が乗るの？」

首を傾げている看護師をその場に残し、救急隊員は診療室に入っていく。医者に何か説明している。聴診器を首からぶらさげたまま、カバンをつかんで鵜川が小走りに出て来る。

「乗って」

鵜川は看護師に、短く言う。ステップに足をかけた若い看護師をとっさに房代は押し退けた。

「いいから、あたしが行くよ。あんた早く帰んな」と代わりに乗り込む。

大方どこかで事故でも起きたのだろう。今夜ペアになっている看護師は、最近になってようやく決まった中村和子のあとがまだ。母子世帯で一人娘は学校に上がったばかりだ。こんな夜に一晩中小さな子供に留守番をさせるわけにはいかない。そのうえ、看護師が集まらないため、永井が准看護師であることを人事課に隠して採用したのである。何か起きてそのことがばれたら大変だ。

最後に車に乗り込んできた救急隊員が、房代の顔を見て「あ……」と口を開けた。

「おばさんが来て悪かったかい？」

「いえ、大丈夫ですか」と言いかけ、ふと房代の白いナースサンダルに目を止めると、「看護師さん、靴履いてきて下さい。急いで」と怒鳴る。

事態が呑み込めないまま、房代は言われた通り更衣室に行って長靴に履きかえる。

「ちょっと待って」

車から身を乗り出して鵜川が叫ぶ。

「蚊取り線香と殺虫剤、持ってきて。できるだけたくさん」

「蚊取り線香？」

玄関にいる青柳と顔を見合わせる。

それから青柳が持ってきた物を見て、鵜川が首をふる。

「電気蚊取りじゃなくて、線香だよ、コンセントのいらない渦巻きのやつない？」

「そんな物、いまどき」

青柳が言いかけたとき、警備員が取って返して、すぐに言われたものを持ってきた。

救急隊員が房代に事情を説明したのは、車が走り出してからだ。

「ハワイアンランドまで行ってもらいます。実は、病人の搬送ができないんです」

ニュースで言っていた崖崩れだ。やはり事故が起きたのだ。しかし今、救急隊員は病人、と言った。怪我人ではなくて。

「車が通れないし、ヘリが出られる状態でもなくて。病人は今、ハワイアンランド内の救護室にいます」

「病人？」

「あれらしい」

沈鬱な声で鵜川が言った。

房代は、息をつめて鵜川の丸く黒い瞳を見た。

「こんな天気で？　鳥は自衛隊に一網打尽にされたんじゃなかったの？」

「感染蚊まで一網打尽にしたわけじゃないからなあ」

鵜川は唇の両端を下げて、頭を抱えた。

「それに先生、窪山とハワイアンランドは離れてますよ」

「うん」

鵜川は少しの間考えこんでいた。

市の西端の窪山と南部のハワイアンランドは、森林地帯を挟み約十キロの距離がある。

「感染した患者が、ハワイアンランドで発病した可能性があるが、あそこの環境自体に問題がある。ハワイアンランドへは、行ったことがありますか？」

鵜川は尋ねた。

二年前に、孫を連れて、と言いかけて、房代は、あっと声を上げる。

「冬でも泳げるハワイアンランド」というのが、キャッチフレーズだった。

一千坪のドーム型の大温室が、ハワイアンランドの施設のすべてと言っていい。四つのプールを配した施設内は、プールをつなぐ人工の小川が流れ、ベンチや小さなステージや売店、レストハウスなどはすべて、「ジャングル」と呼ばれる毒々しいほどの緑色をした熱帯性の草木の中にある。

しかし開業から二十八年経った今、ハワイアンランドの施設は老朽化している。しかも経営状態が悪化していて、補修もままならない。房代が一昨年行ったときには、園内は閑散としていて、温室の割れたプラスティック板をビニールで塞いであった。

そしてそれ以上に、今、房代が恐ろしいと感じたのは、あのとき孫と二人で乗った小型ボートを思い出したからだ。ジャングルの間を流れる小川の下にはレールがあって、ボートはそこを走った。しかしその間中、彼らはジャングルに棲みついたやぶ蚊にあちらこちらを刺されたのだ。

管理の行き届かなくなった大温室は、節足動物たちの理想的なすみかになっていた。

「向こうは停電していますので、これを使ってください」と隊員は、鵜川と房代に懐中電灯を手渡す。

この時になって、鵜川が電気蚊取りではなく、線香をと言った理由がわかった。

五分も行かないうちに、車は止まった。川の流れが身近に聞こえた。身を乗り出してヘッドライトに照らし出された路面を見る。しかし道路はなかった。茶色の水が、ライトの中で、飛沫を上げて流れていた。市を縦断してハワイアンランドに通じる滝山街道は、浸水していた。

消防隊のジープが来て、房代と鵜川はそれに乗り換える。水をかきわけ、ジープはしばらく進み、やがて林の中で止まった。

「ご苦労ですが、ここから歩いて入ってください」

隊員は合羽を手渡した。

「メインロードの切り通しが崩れているし、旧道の方は川が増水していて車で橋を渡れないんで、山越えしてください」

山越えと聞いて、尻込みしそうになる房代を鵜川が急《せ》かす。

そのとき滝のような雨音の中に、エンジン音が聞こえた。雨粒を白く輝かせて、とびきり明るいヘッドライトが近づいてくる。車が止まり合羽を着た人影が二つ、車から降り立った。

レイバンの眼鏡を光らせた大柄な姿が見えた。開業医の水谷と看護師だ。車は水谷自慢のランドクルーザーだった。

「いきなり、先生なんとか行ってくれって、消防署から電話が来てさ」

水谷は雨水のしたたる前髪をかきあげた。

「四駆持ってる医者なんて、この辺りじゃ僕くらいしかいないからな」と、軽口を叩きながら、合羽の襟元をしっかり止める。

一行は消防隊員に先導されて、林の中を歩き始めた。

「足元が悪くてすみません。ここが最短距離なんで」

隊員が言った。たしかに足元はほとんど道などない。ひどいやぶだが、木々にさえぎられて雨風はさほど吹きつけてこない。

鵜川は蚊取り線香を濡らさないように合羽の懐に入れて、最後尾をついてくる。

急な坂を五分ほど登ると小さな尾根に出た。風に煽られて合羽の裾がばたばたと翻った。雨に霞んで、大温室のドームが眼下に白く浮かび上がった。ドームと併設した建物にぼんやりと明かりがともっている。

「自家発電設備が、今のところ動いてるようです」

隊員の一人が言う。

下りは関東ローム層の小道だ。水を吸って滑りやすくなっている土の上を注意深く進む。水谷の連れてきた若い看護師が足を滑らせたのをすばやく隊員が抱きとめ肩を貸す。そのとき、懐中電灯に照らされたやぶの中で羽音が聞こえた。

房代はびくりとして、目を凝らす。

「見ましたか？」

低い声で、鵜川が尋ねた。

「あんまり、はっきりは……」

房代は躊躇して答える。

「コジュケイ……でしたよね。もともとここに棲みついているものかもしれませんし、窪山から逃げてきたのかもしれない」

「一網打尽ではなかったの？」

鵜川は首を振った。

「人間のやることだからね。それにアクシデントがあったでしょう。ヘリコプターが落ちたんですよ。ガスで気絶する前にその衝撃で、かなりの数の鳥が逃げ出したと考えるべきじゃないかな」

「じゃ、その鳥がここに逃げて来たってこと？」

「可能性はありますよね」

言いかけた拍子に、鵜川の体がちょっと浮いて、ずるずると斜面を滑る。とっさに房代はその腕をむんずと摑み、小柄な体を抱きとめた。

「ありがとう」と、房代の顔を見ながら、鵜川は緊張した笑みを口もとに浮かべた。

「いやな気がするなあ。このままじゃすまないって警告のような気がする」

山を下りた一行は、ハワイアンランドの正門のちょうど反対側にある非常口から大温室に入った。

黄色のパイナップル模様のアロハシャツを着た職員が、彼らを待っていた。それが制服なのだろうが、暴風雨で孤立した施設で病人が出た、という事態では、場違いに平和なコスチュームに見える。

職員に案内されて彼らは広い温室を横断し、付属建物にある医務室に向かった。

薄暗い非常灯の光に照らされて、プールの水面がきらきらと光っている。

数組の家族連れが浜を模した遠浅プールの水辺で、飛沫を上げ、プールサイドを子供が走り回る。

憂鬱極まる行楽風景だった。

「落ちると危険ですから、子供さんをここで遊ばせないで」

職員が怒鳴る。

「ちゃんと見てますから大丈夫です。それに建物の中は何もないじゃないですか」

母親らしい女が口をとがらす。

職員はそれ以上、何も言わず首を振る。

「この上、事故でも起きたら我々の責任になりますからね」

疲労感を濃くにじませ、もう一人の初老の職員が、房代にむかってぼやく。

ドームの中央にレストハウスがあった。屋根と柱しかないポリネシア風の建物の下に、椅子やテーブルがある。ここのライトは周囲よりも少し明るい。大人、子供を合わせて、二、三十人の人々がいる。興奮した表情ではしゃぐ子供たちの脇で、親たちはうんざりした様子で、プラスティックの椅子に腰を下ろしている。

椰子の木が、そこここにあって、頭上高く葉を茂らせている。通路の両脇は、熱帯性の植物群が、淡い非常灯の中でさえ毒々しいばかりの緑色をして生い茂っている。その中にごく小さな、しかし神経を苛立たせる羽音が聞こえた。

姿は見えないが、房代は無意識に音のする方を手ではらった。

医務室は、温室に併設した建物の二階だ。建物の内部はごく狭い。一階は更衣室とシャワールーム、二階は事務室と医務室があるだけだ。休憩室はもちろん、ちょっと腰を下ろせるロビーもない。

ハワイアンランド側は施設内に足止めされた家族連れに、更衣室で待機するように指示を出していた。しかし客の約半数は職員の制止を聞かず、建物を出て温室内のレストハウスに移っている。

「プールはあるし、機械類はあるし、こう薄暗いとドームの中は危険なんですよ」

職員は愚痴を言いながら、二階へ案内する。

医務室は、足の踏み場もなかった。執務机とベッドが二つ、ここの設備はこれだけなのだが、今は狭い床に毛布が敷きつめられ、数人の患者が寝かされている。まるで野戦病院だ。

先に入っていった水谷の顔を見たとたん、中年の看護師が、病人をまたぎながら、かけ寄ってきた。

「よかった。本当に助かります」

よほど心細かったらしい。気丈そうな顔に、一瞬、泣きとも笑いともつかない表情が浮かぶ。

患者は現在、男四名、女三名の合計七名。全員大人だという。共通する症状は頭痛と吐き気、それから発熱だ。

床の上に寝かされた人々は、一様に顔を紅潮させている。そのうちの一人を凝視し、鵜川が足を止めた。体をくの字に曲げ、天井の蛍光灯の光を避けるように両手でしっかりと目を覆っていた。

さらにもう一人は、瞼の上にモスグリーンのハンカチを畳んで乗せてある。

「眩しがりますか？」

鵜川は看護師に尋ねた。

「ええ、患者さんによっては暗くしてくれとおっしゃいますが、そんなわけにもいかないもので」

「妙な匂いがするという人はいなかったですか？」

「気がつきませんでした」

確かに症状として特に訴えることではないから、これは気づきにくい。

房代が覗き込むと、一人の女性患者が、そっと脇の下から体温計を引き抜き手渡した。

三九・五度。きらきらと涙で潤った目は、充血している。

看護師は、房代から体温計を受け取る。

「痙攣は、起きてないか？」

かばんから聴診器を取り出しながら、水谷が尋ねる。

「今のところは、まだありません。頸部の強《こわ》ばりを訴えている患者さんが一人」

看護師は、一つしかないベッドの上に横たわっている男を指差す。

「とにかく、ちょっと経緯を説明してほしいんだけど」

鵜川が患者の首の付け根に触れながら尋ねる。

看護師は、早口で説明した。

街道へ出る切り通しが崩れたという連絡が入ったのが、午後の二時。その前にほとんどの客は帰り、もともと客の入りは少なかったので、足止めされたのは、百人ほどだと言う。

道路がいつになって復旧するかわからず、疲労と心理的な不安も重なって、初めは子供の患者が何人か来た。しかし午後の十時を過ぎて、頭痛を訴え大人が一人来た。嘔吐を繰り返し、衰弱していたので病院に電話をかけ、医師の指示のもとに点滴をした。

その後の、二時間ほどの間に、全身倦怠と頭痛、吐き気という似たような患者が続いた。体温を計ると、三九度近い。

停電で空調装置が止まり、待機場所に当てられた更衣室は冷え込んでおり、初めは風邪を疑ったが、どうも流行している日本脳炎のような気がする。病院に問い合わせようとしたが、この時点で電話が通じなくなっていた。それで無線で消防署に連絡を入れたのだという。

「同じ団体バスか何かで乗りつけたのかい、この人たちは」

水谷が尋ねる。

傍らにいたアロハ姿の職員が、首を振る。

「今日は、団体は一組も入っておりません」

「弁当か何か出した？」

「レストハウスの方で軽食を用意しました」

集団発生となれば、一応は食中毒を疑ってみる。

鵜川が、最初の一人を診終わって尋ねた。

「彼らは何時ごろここに入りました？」

「今朝の十時過ぎだと思います。十一時以降は、暴風雨がひどくなってお客さんはほとんど来なくなりましたから」

「最初の患者は、午後十時過ぎに出てますね」

鵜川は指を折って数える。

「感染蚊に温室内で刺されてから、約十時間後に最初の患者が発生か」

言いかけて、急に立ち上がった。

「すぐに、温室内のレストハウスにいる客をこちらの建物に移して下さい。扉をきちんと閉めて出入りは禁止にして下さい」

職員は、「は？」と怪訝な顔をする。

「今回のあれだって、こんな形で集団発生はしていない」

水谷が輸液を用意する手を止めて言った。「あれ」と言い「新型日本脳炎」という言葉を故意に避けている。

「堂元さん、蚊取り線香を渡してやって。待機所に立てて蚊の侵入をふせぐようにね」

かまわず鵜川が指示をする。

「潜伏期間は一週間、発病後も激しい頭痛が来るまでには、一両日かかるはずだ」

水谷が部屋中に響くような声で言った。鵜川は、そちらを振り返り、いつになく強い調子で反論した。

「エイズの潜伏期間は二十年、死亡まで平均七年と言われていますが、現実には感染から発病まで二ヵ月、死亡まで五ヵ月というケースが現れています」

蚊取り線香を持って職員が出ていくのと入り替わりに、若い女が飛び込んできた。

「来てください。だれか急に倒れて。てんかんみたいに」

鵜川が診療かばんを片手にすぐに飛び出し、房代が後に続く。

月夜のように非常灯にぼんやりと照らしだされた大温室のプールサイドを走り、彼らはレストハウスに向かう。

床に、男が転がっている。

弓なりに反った体の上に熱帯性の木々の影が、黒く落ちていた。

「箸を噛ませろ」

一人の男が、どなっている。

「そんな必要はないですから、下がって。静かにして」

鵜川が人垣をかきわけ、男のそばに膝をつく。不自然にねじれた腕を摑み、素早くアルコール綿で拭くと、抗痙攣剤を打った。

「おそれいります。すぐにここを離れてロッカールームに行って下さい」

先程のアロハ姿の職員と、アルバイトらしい青年が叫んでいる。

「あそこ寒いんだもの」

「あんな所で何時間もいられないですよ」

客の中から不満の声が上がった。

鵜川が、立ち上がると人々を見渡した。

「あの、この中で、ここで蚊に刺された人いますか？　いたら今後の経過に注意して下さい」

沈黙が訪れた。

日本脳炎……。

だれもが、最初の患者が現れたときから、頭にあったが、口に出すのをはばかられた病名だった。こんな所で、そんなものに見舞われるなどとは、考えたくもない。

「人から人には移りません。安心してください。ただ、ここは感染蚊の巣です。すぐに建物内に移動してください」

一瞬戸惑うように、人々はその場に立ち尽くしていたが、やがてそろそろと動き始めた。

その人の流れの中を泳ぐように、一組の親子が近づいてきた。母親がほとんど泣きださんばかりの顔で、子供の半ズボンの脛を見せた。小学校の四年生くらいだろうか。ひどい肥満児だ。赤ん坊のようにくびれた膝に、赤く腫れた虫さされの跡があった。

「坊や、日本脳炎の予防注射はやったかな？」

鵜川は尋ねる。

「予防注射はさせてないんです。この子、小さいときから注射が嫌いで……それに、今の注射は、流行を起こさせないための社会の防波堤にするのに子供に打っているって聞いたから」

鵜川は黙って首を左右に振った。

「とにかく今後、頭痛とか、吐き気とかあったら来てください」

「この子、頭が痛くて、疲れたって。ね、そうだよね」

子供は母親の方を見て、うなずく。

「こういう状況では、だれもが多少、気分は悪くなるんで、発熱とかそういういつもと違う感じがあるなら、お母さんはわかりますよね」

「救護室が、あるんでしょう。ちょっとベッドに横にならしてもらえないかしら」

「道路がまもなく復旧するでしょうから、そうしたらすぐに病院に行くことです」

痙攣が治まり、コンクリートの床にぐったり伸びている患者の様子を見ながら、鵜川は素っ気なく答える。

母親は憤然として向こうを向くと、息子の手を引きながら建物の方に歩いていった。まもなく職員二人が用意したタンカに患者を乗せて、医務室に運んでいった。

医務室の前まで来たとき、看護師とさきほどの母親の言い争う声が聞こえた。

「お子さん、お熱はないわけですからね、とにかく重症の方だけで、私たちも手一杯なんですから」

「だって、その人たちはもうだめかもしれないけど、うちの子は早めに手当てすれば、大丈夫かもしれないじゃないですか」

半狂乱になった母親が叫ぶ。

そのとき「だれが日本脳炎だと言った？」と母親に向かって、声をかけた者がいる。水谷だ。

「日本脳炎かもしれない、と言っただけだろう。僕が見たところ、熱帯性の伝染熱のような気がする。どうだ。うつってもよけりゃ、その坊やをここに寝かせてやるよ」

母親は、ぎょっとしたように内部を見渡し、棒立ちになった。そして次の瞬間、子供の手を引っ張り、足音を立てて廊下を走り去っていった。

「おたくが、不用意なことを言うから、ああいう手合いがやってくる。こんなところで、真正直に病名を告げてどうするんだよ」

水谷に怒鳴られ、鵜川は「すみません」と素直に謝っている。

ここにいるのはわずか百人。それだけでもこういう状態になる。これが市単位、県単位なら、どういうことになるだろう、と房代は思った。

レストハウスで男が倒れたのを境に、不安にかられた客がひっきりなしに医務室を訪れるようになった。伝染性の患者がいる、という噂も流れて廊下で職員に取りすがる者もいる。

そして数組の家族が、駐車場に車を置いたまま、職員の止めるのも聞かずに、いっそう激しさを増した暴風雨の中を徒歩で裏山に入っていった。医者や看護師が、そこを通ってやってきたことを聞いたのだ。とにかく一刻も早く、ここを脱出しなくてはという思いにかられたのだろうが、彼らは房代たちと違い、合羽を持ってはいない。そしてスカートから素足を出している者もいた。いくら風雨が強く、温度が低いとはいっても、やぶの中には蚊がまったくいないわけではない。山を下りたところで、道は冠水しているし、車も通らないのにどうするつもりなのだろうか。

さらに無謀な若者数人のグループは、先で崖崩れを起こしているという道を車で飛ばして帰っていった。崩れた箇所まで車で行って、その先は歩くと言う。

これだけのことが起きただけでも、人々は正常な判断力を失う。

水谷が、房代の肩を叩いた。

「君、バッグの中に体温計があるから、下に行って渡して計らせて。三十八度以下なら当面心配ない、と言っておいてくれ」

房代は言われた通り、体温計の束をバッグから取り出す。

そのとき「痛い」という小さな声がした。看護師が自分の指をこすり合わせている。房代は、ぎょっとして目を凝らす。片手に持っているのは、点滴の管だ。針を刺したらしい。中村和子のことを思い出し、不吉な思いに捕らえられた。

「気をつけて」

鵜川が低い声で言う。

「どうも、疲れると、眼がだめになってくるんです」

か細い声で、看護師は答え、軽く瞼を押さえた。

房代は階段を下りて、更衣室に入った。足を踏み入れたとき、温室内のレストハウスに人々が集まっていたわけがわかった。

だだっ広い更衣室は、壁も床もコンクリートの打ちっぱなしの殺風景この上ない所だ。そのことは前に来たので知っている。しかし二年経った今、さらに薄汚れ荒れていた。カルキと、かびと、濡れたビニールカーテンのすえたような匂いが充満した内部は、一歩足を踏み入れただけで、息がつまりそうだ。

倉庫のような部屋に並んだロッカーの列の間には、幅二メートル足らずの通路があって、すのこが敷いてある。人々はその上にシートやバスタオルを敷き、座ったり、横になったりしている。

「下から冷えてくるんですよ。暖房は入ってないみたいだし」

赤ん坊を抱いた母親が言う。

「寒いほうが安全なのよ。蚊が来ないでしょ、ここなら」

房代が説明すると疲れた顔でうなずく。

体の変調を訴える者に、房代は体温計を渡す。自分で検温して確認してもらうことは、不安を払い除けるには、効果があったらしい。人々は次第に落ち着いていった。

先程の肥満児の親子の姿は見えなかった。職員に尋ねると、自分の車の中で待機している、という。彼らの他にも、多くの客が車の中に移っていた。

明け方にかけて、医務室に来る患者は増え続けた。疫病がこのドーム内に蔓延し、空気に乗って広がっているようにさえ見える。人々の疲れた顔に、さらに怯えの表情が、濃く影を落とし始めた。

医務室に入りきれない者は、廊下に敷き詰めたシートの上に寝かされた。二階全体にうめき声と苦しげな嘔吐の音が入り交じり、異様な臭気が立ちこめている。

彼らは本来なら隔離されるべき病人たちなのだ、と知れ渡り、感染を恐れた人々は多少のことでは、医務室を訪れなくなった。

夜半すぎに、高熱で苦しんでいた男がいきなり起き上がった。

「どうしたの、トイレ」

水谷のところの看護師が、横から支える。とたんに男の手がそれを振り払った。白衣に包まれたほっそりとした体が、横ざまにふっとんで、シートの上でうめき声を上げている別の患者の腹の上に叩きつけられた。

熱で目をぎらぎらと光らせ、一メートル八〇はありそうな男は仁王立ちになり、荒い息づかいに肩を上下させている。そして低い声で、壁に向かってつぶやいた。

「俺が能無しだと？　取れもしない地域を押しつけて、契約取ってこいといったのは、どこのだれだ、えっ」

腕を振り上げ、傍らの患者の点滴パックを殴ろうとしたそのとき、水谷が寝ている患者を跨ぎ越し男に組みついた。とたんに男は握りしめた拳を水谷の顔に叩き込んだ。

水谷のレイバンの眼鏡が部屋の隅まで飛んで、鼻血が白衣の胸元を染めた。傍らにいた房代が男を後ろから押さえる。水谷はすぐに体勢を立て直し、流れる鼻血をものともせずに、男の腕をねじり上げた。

鵜川が慌てて注射の用意をしたが、水谷はいきなり男の腹に膝蹴りを入れた。

「先生、先生、やめて下さい」

看護師が悲鳴を上げた。

男はどっと倒れると、そのまま動かなくなった。

「君、なんてことをするんですか」

鵜川は、片手に注射器を持ったまま叫んだ。

水谷は鵜川に向かい、片手で蝿を追うような動作をすると、「救援隊がいつ来るか知らんが、これからこの手の意識障害がぞくぞくと出てくるぞ。もし新型日本脳炎だったらな」と低い声で言い、無造作にアルコール綿で顔の血を拭いた。

はたして明け方近くになってから痙攣がきたり、もうろうとして立ち上がる患者が出始めた。失禁や嘔吐が、頻繁になる。呼吸困難をきたすものも出てきた。

五時過ぎに、煮沸消毒用のプロパンガスが切れ、相前後して水が止まった。

看護師二人と医者が二人、ハワイアンランドの看護師が一人、それに消防隊員が一人、スタッフはこれだけだ。全員が飛び回ってもとうてい手が足りない。ハワイアンランドの職員は、温室やロッカールームの見回りや機械類の管理で忙しい。

ハワイアンランドの看護師の顔が青ざめ、立ち上がったとたんにふらりと揺れて、その場に蹲《うずくま》った。彼女はこの日の朝からずっとここに詰めているのだ。

「あんた、ちょっとだけ、あそこで寝ておいで」

房代は彼女の肩に手をかけ、医務室の隣にある薬品置場を指差す。看護師がよろめくようにその小さな部屋に入っていくのを見届け、自分は階下のロッカールームにかけ下りた。

「すみません、どなたか手を貸してくれませんか。医務室で人手が足りないんですが」

いく組かの家族連れが、視線をそらした。

「あの、ちょっとそこのだんなさん」と房代が、三十代と見えるたくましい男に話しかける。男は、黙って片手を顔の前で左右に振ると、立ち上がりどこかに行った。そばにいた女が、「小さい子がいますから、うつると困るんで」とあとずさりする。「悪いんですが、帰り次第出勤しなきゃならないので」とサラリーマン風の男が、逃げていく。

部屋の隅で、髪を真っ赤に染めた半ズボン姿の若者数人が、ふてくされたようにカードゲームに興じているのが目に入った。房代はつかつかと近寄ると「おにいちゃん」と呼びかけた。無視される。「ちょっと、おにいちゃんたち」と、そのうち一番体格のいい青年の腕を摑んでゆする。

「うっせえな」

三白眼で振り返った青年が、白衣姿の房代を見てぎょっとしたような顔をした。かまわず房代は引っ立てるように青年の腕をひっぱった。

「力ありそうなとこで手伝ってちょうだいよ」

「なんだよ、このおばはん」

若者は舌打ちして手元のカードを床に置いた。無言のまま、億劫《おっくう》そうなそぶりで、わざとゆっくり立ち上がる。

「とにかく一緒に来てちょうだい」

残りの四人も、のそのそと腰を上げた。

「あの」と後ろから声をかけられた。四十代と見える主婦が三人、遠慮がちに言った。

「私たちにも、何かできることがあれば。老人介護のボランティアをやっているので、多少のことは」

「ありがとう、助かるわ」

房代は礼を言って、主婦と若者を引き連れて二階に上がった。

階段を上りきったとたん、若者たちはびくりと足を止めた。人間の汗と病んだ呼気の匂い、呻き声などが充満しているその場の雰囲気に怖じ気づいたようだ。

主婦たちは、すみやかに病人の脇に行き、看護師や医師の指示に従って動き始める。

房代は汚れた洗浄液の入った桶を若者の一人に手渡し、駐車場の手洗いに行って水を入れ替えてくれるように言い、別の者には消毒用器材を一階売店の簡易厨房に運ぶように指示する。若者たちは、薄気味悪そうに病人たちから目をそらしながら、指示された場所に散っていった。

もどってくると、病人の寝ているのを恐る恐る眺めながら壁に背中をつけてすくんだように立っている。

そのうちの一人を房代は呼んで、病人の足元を持たせて、シーツがわりに敷いてある汚れたタオルを取り替える。若者は、しばらく躊躇していたが、やがて決意したように汚れものを摑むと丸めてバケツに突っ込み、洗面所に走っていった。もう一人は、看護師の隣で点滴のスタンドを支えている。

ヘリコプターのローターの音が近づいてきたのは、朝の七時を回った頃だった。相変わらずの雨空だが、白く明るくなった窓を房代たちは救われた思いで眺めた。

やがて県消防本部のヘリコプターは、大温室前の広場に下りた。更衣室で夜を明かした人々が、一斉に温室を横切り機体にかけ寄る。

だれから先に乗るかということで、小競り合いが始まる。とたんに水谷の「どけ、重

「症状者からだ」という怒鳴り声が響いた。一瞬静まった。呼吸不全の兆候を見せ始めた患者が素早く運び出され、ヘリコプターに乗せられる。その後は大した混乱もなく、重症患者から順に運び出され、街道沿いに待機した救急車で病院に運ばれていった。

一般の人々は、雨が小止みになるのを待って職員に先導されながら、前夜、房代たちが越えてきた小道を通って帰って行った。

そのときになって、房代はハワイアンランドの看護師の姿が見えないのに気づいた。客の誘導でもしているのだろうかといぶかり、思い出した。

薬品置場の扉を開け、「ほら、あんた、帰るよ」と言いかけ、息を呑んだ。薬品棚の間のごく狭い空間に置かれたパイプ椅子から、看護師の体は半ばずり落ち、頭と肩を棚に乗せたまま、気を失っていた。

彼女に付き添って、房代たちがヘリコプターでハワイアンランドを出たのは、その日の午前十時過ぎだった。

市内で唯一ヘリポートを持つ富士大学付属病院の屋上で、房代と鵜川は降ろされ、そこから、マイクロバスで保健センターに戻った。房代には職員に昨夜の報告をし日誌を書くという仕事が残っている。

病院からセンターまでは三十分ばかりの道程で、房代は昨夜の疲労から眠気がさして来た。がくりと首を垂れると目覚める。何とも苦しい居眠りが繰り返される。安らかに眠れるはずはない。流行がこれで終わると思ったら、思いもよらないところで病人が大量発生したのだ。

途中、マイクロバスは旭診療所の前で止まった。しかし鵜川は降りようとしなかった。房代と一緒に保健センターまで来た。

センターに着くと所長と永井係長が出迎え、おざなりなねぎらいの言葉をかけ、近所の喫茶店からコーヒーと軽食を出前させた。

所長たちは、鵜川を見るとちょっと怪訝な顔をしたが、相手が医者なので、何も尋ねない。

所長と係長が事務室に上がってしまうと、入れ替わりに小西が房代の時間外手当ての申請書を持って下りてきた。

「あれじゃ収まらなかったんですね」

小西は、鵜川の顔を見るなり言った。あれ、とは自衛隊による駆除作戦のことだ。

「初めから何も解決などしていなかったじゃないか」

鵜川は、つぶやくように言った。

「百人足らずの人間が、あの場に足止めされ、ごく短い時間に十三人が、発熱や頭痛を訴えてきた。そして明け方には、三十人近くの人間が不調を訴えて駆け込んできたんだ」

「集団ヒステリーなんてことは、ないんですか」

小西が遮った。

「もちろん精神的なストレスはあるはずだけれど、それにしても確認しただけでも多すぎる。たまたま昏睡期を迎える前にヘリが飛んだから、僕たちが看取ったケースはなかったけど、今頃は……」

鵜川は口ごもった。房代は言葉もなく、うなずいただけだ。

「だいたいそんなに感染蚊自体の数が多かったとは思えない。ということはもはや感染環にコジュケイを必ずしも必要としないタイプに、ウイルスが変わっているってことかもしれない」

「え？」

意味が呑み込めず、小西は聞き返す。

「つまり普通は、日本脳炎ウイルスは感染ブタの体内で、十分な濃さになるまで増え、これを吸血した蚊が感染蚊になるんだけど、感染した人間から吸血しても、ヒトの場合、血液中のウイルス数は、ブタほどには増えないので、感染蚊は作られない。これはブタをコジュケイに置き換えても同じことが言える。しかし今回の場合、どうもあれだけまとまって出たってことは、ヒトと蚊だけで感染環が出来上がっている可能性があるんだ」

「そんなことがあるんですか？」

「この前の報告にあっただろう。このタイプの日本脳炎は、ごくわずかのウイルスで感染し、発病し、死にいたる、と。しかしこの変化は、タイプという質的変化ではなく、より少ない数で感染蚊を作り、より短い時間でより大きな確率で発病させる、という量的な変化だ」

「あたしら若い頃には、考えられなかったような病気が出てくるわ」

房代は、ため息をついた。

「ちょっと考えてごらん。いかにもおかしい。たとえばウイルスにとっては、ヒトにしてもトリにしても、宿主《しゅくしゅ》は環境なんだよ。そこで繁殖するのはいいとして、あっというまに宿主を殺してしまう、というのは、人間が地球を滅ぼすのと同じで愚かなことだ。そう思うだろう」

「ウイルスなんかに愚かとか賢いとかあるんですか？」

「あるんだ」

鵜川は真面目な調子で答えた。

「つまりこのウイルスの進化の仕方がおかしい。本来なら、ウイルスっていうのは、次第に無害化してきていいはずなんだよ。一説によると、初期の梅毒は感染後、半年で発病し、数年でヒトを死に至らしめた。ところが、今はヒトはその菌を体内に保有したまま、寿命を全うするケースもある。あれはウイルスではなくスピロヘータだけど、無害化し、宿主と共存するのが病原体の一般的な姿なんだよ。ところが今度のこれは、むしろ狂暴化している。つまり自然なウイルスの自然な進化とは逆のコースを辿っている。何か変だと思わないかい？」

「また例の生物兵器説ですか？」

「ずいぶん軽い言い方をするんだね」

鵜川はうらめしそうに小西を見上げた。

小西は、房代の方に視線をそらす。房代は、閉じかけた瞼を必死で開けようとしていた。若い盛りならいざ知らず、五十をとうにすぎての徹夜はこたえたようだ。

「それで結局、ハワイアンランドの管理の悪い温室が、汚染蚊の繁殖場になったってことだったんですね」

「その蚊が、なぜ日本脳炎ウイルスを持っていたんだと思う？」

鵜川はすぐに問い返してきた。

「それは……」

そのときガーッという音がして横を見ると、房代がソファの背に頭を乗せ、いびきをかいていた。小西はにやりとしそうになったが、鵜川の重たい視線にぶつかり、慌てて顔を引き締める。

「大温室で感染蚊が繁殖したとなれば、昨日だけ患者が出るはずはない。君は夕立のとき、雨宿りして蚊に刺されたことはないか？　つまり急激な冷え込みや雨風に追われて、感染蚊が大温室という快適な場所に逃げ込んだのだ。あそこの裏山にはコジュケイがいた。営巣地を追われてきたやつだろう」

「あれで、かえってばらまいたってわけなんだ」

小西は、あの林をとどろかせた爆発音と炎を思い出した。が、次の瞬間、より深刻な事態に考えが及んだ。

「すると他の所でも、今後発生する可能性がありますね」

「本格的な夏が来たら、どこまで広がるか」

「コジュケイが、そんなに遠くまで逃げますか？」

鵜川は首を振り、もうすでに感染環はコジュケイがいなくても成立しつつある、ヒトの血を吸った蚊が別の人間を刺すことによってウイルスが伝播していく、と再度確信をこめて言った。

もしそうなったら、自分にできることなどもはやないのではないか、と小西は無力感に捕らえられた。大げさなだけだ、鵜川は大げさに考えているだけで、事態は今日と変わらず流れていく。小西はそう考えようとしていた。昭川市、八万六千人の市民が、というより、次には自分や家族がやられるという怖さから逃れるように、今回の房代と鵜川の時間外手当てをどの予算費目から引いたらよいものかなどと些末な部分に頭をめぐらせていた。

その日の十一時過ぎには雨はきれいに上がり、昭川市一帯に無慈悲なばかりに強烈な陽射しが照りつけた。気温は午前中から三十度を突破し、濡れた路面からは湯気が上がり景色が揺らいで見えた。さながら町全体が巨大なオーブンにつっこまれたようだ。

市内の中小河川は至るところで氾濫し、数箇所で崖崩れが起きていた。

とくに脳炎騒ぎで慌てて木々を切り倒し、工事途中だった箇所の被害が大きい。

市の中心部から南に五キロほど行ったところに、小森公園というのがある。以前は雑木林の中を曲がりくねった小川が流れていたが、この脳炎騒ぎでやぶを取り払い舗装された並木道を通すことに決定した。ところが、小川を整備し、コンクリート三面張りにしてさらに人工滝を作り上げたところで、この豪雨にあった。コンクリートの溝を落ちた大量の濁流は、一気に滝壺のコンクリート壁を壊し、赤土を剝き出しにした斜面を下り、雛壇形の住宅地を辛うじて避け、その下の道路を多量の土砂で埋めた。

焦げつきそうな暑さと、九〇パーセントを超える湿度の中で、復旧工事が行なわれていた。作業員たちは、陽射しを避けて木々の下に入り裸になって汗を拭い、ペットボトル入りの飲料水をらっぱ飲みして一息つく。その周りに大量の蚊がまつわりついてくる。脱いだシャツで、うるさい蚊を追い払う。彼らは地元の人間ではない。隣の県の建設現場から急遽駆り出されてきた。昭川市のそのまた一地区で流行っている病気のことなど詳しくは知らない。そしてその一地区から、汚染蚊が広がったことなどなおさら知らない。不愉快な思いで自分の首筋をぴしゃりと叩き、手のひらについた血を舌打ちしながら作業ズボンにこすりつける。

三時すぎに年配の作業員が一人倒れた。熱中症のように見えた。そして夕方にかけて、さらに二人が、気分が悪くなったと言って作業から離れた。

その日、久しぶりの晴れ間と梅雨明けを告げる嵐の後始末に追われ、多くの市民が屋外に出た。家の周りを修繕するもの、ひきちぎられた木々の枝でつまった側溝を掃除するもの。ただし暑さとようやくのぞいた晴れ間に誘われて出てきたのは、人だけではなかった。

市街地近くの高台の町では、主婦が風で壊れた物置を片付けていた。蚊に刺された腕を無意識にかきながらも、散らばったガラスを拾い、吹き寄せられたゴミを掃いていた。ここは窪山や若葉台ではない。そして何よりも、あの流行は窪山のコジュケイを一斉捕獲したので、終わった。すべての原因はあの鳥だったのだから。そこまで考えていたかどうかはわからないが、日本脳炎のことは、すでに多くの市民から忘れられていた。

自分が蚊に刺されたことも忘れたころ、主婦は高熱を出して倒れた。家族は暑さで気分が悪くなったものと考え、水を飲ませてエアコンのきいた部屋に寝かせた。たえまなくうわごとを口走り始めた主婦が救急車で隣市の病院に運びこまれたのは、それから四時間後、夜中の三時過ぎのことだった。

その日の昭川市の救急車の出動回数は、一晩に四十五件、通常時の一週間分の出動回数だった。もちろん近隣の消防署の協力を全面的に受けた。

13

六月も最後という日、市民からの問い合わせの電話の鳴り響く中で、昭川市保健センターの職員は、関東地方のいつになく早い梅雨明けを伝えるニュースを沈鬱な思いで聞いた。

月半ばから実施した中学三年生対象の緊急接種がようやく終わり、小西たちも一息ついた直後のことだった。

嵐の夜が明け、翌一日おいて保健所から入ってきた発生報告はわずか二日で、七十件以上にのぼった。

「倍々ゲームじゃないか」

信じがたい数字の並んだファックスを手に、小西は唇を噛んだ。

憂鬱な情報は続いて入った。昭川ハワイアンランドの看護師が死んだ。医務室での二十時間に及ぶ奮闘の末倒れて、それきりだった。患者からの直接感染が疑われるケースだ。

「ざけんじゃねえ、ばかやろが」

隣で市民からの電話を受けていた永井係長が怒鳴った。小西はびくりと首をすくめる。

「一般市民にけんか売っちゃまずいですよ」と言いかけてその手元を見ると、すでに受話器は置かれていた。

「ニュータウンの住民よ。さっき散布した殺虫剤で目や喉が痛いんだと。『あたし妊娠してるんで、お腹の子が心配ですから、ヘリコプターで撒くのはやめてください』だと。ちょっと前に、脳炎が怖いんで蚊をなんとかしろ、と言ってきたばかりじゃねえか。今度は、殺虫剤が心配だと電話が鳴りっぱなしだ。だいたいニュータウンなんて作ったのが間違いだ。テメエら都会から来たって妙に鼻にかけて、隣近所と協力するのは嫌だが、他人に要求だけつきつけるって根性が気にくわねえ」

保健所からニュータウンで患者が発生したことを告げられたのは、昨日だった。山林に囲まれた凹凸の多い場所で、しかも作業員の確保が困難になっていたこともあり、ヘリコプターによる殺虫剤散布の方針は、その日のうちに決まったのだ。

小西とアルバイトの中年女性の二人で軽自動車に乗ってニュータウンに行った。車で町内を回り、散布の間、外に出ないで窓や戸をしっかり閉めることなど、必要な注意をスピーカーで流した後、さらに自治会長にビラとお知らせを書いた紙を渡し、その地区の住民への周知徹底を頼んだ。昭川市役所としては、完璧なやり方だった。

しかし都心から引っ越してきた新住民ばかりのニュータウンの扱いを彼らは心得ていなかった。

昼間、流した注意事項を聞いていなかった者は多い。そこは、家の中に常に主婦か年寄りか、とにかくだれかいる、という地域ではなかったのである。

核家族で、主婦は勤めに出ていて、子供は東京の私立校に通っているため、空になっている家が多かった。

町内の各所に、自治会や市役所のお知らせ板があるが、我が町という意識のない住民は、もとよりそうしたお知らせ板など見ない。

そして自治会長宅に置かれたビラは、それぞれの地区責任者に渡され、そこから全世帯に流れるはずだった。ところがここでは地区責任者を引き受ける者は、革新政党の党員や宗教関係者くらいしかいない。

自治会運営をめぐって彼らはことごとく対立し、ほとんどの住民は、活動を通じて彼らと関わるのを避けようとしていた。

緊急連絡のビラは、政党の宣伝ビラや中傷文書と間違えられ、中身も読まずにくずかごに直行した。

またニュータウンのどこの家も、塀をしっかり巡らせ、門にインターホンが付けてあって、近所の人間も含めた「親しくない者」は、玄関どころか家の敷地にも入れないようになっている。中には、表札も出さず人が住んでいないと思われている家もあるし、煩わしさを嫌い自治会に入らない者、入ったにしても名簿に名前を掲載するのを拒む者もかなりあった。そうした要塞のような家の中に「お知らせ」は入りこめない。

そして殺虫剤散布の日が来た。ニュータウンの中央で数人の客がバスを降りた。殺虫剤が空から降ってくることを知っている者ももちろんいて、彼らは足早に家に急いだ。道路沿いの商店はどこも商品を中にしまい込み、シャッターを閉ざした。しかし、何が行なわれるのか知らずにいる者もいた。都心の小学校から帰ってきた子供たちと、勤務時間が不規則なデザイン事務所に勤める男や買物帰りの主婦、そして娘を訪ねてきた老人。

ヘリコプターのけたたましい音が聞こえたのは、そのときだった。

「ニュータウンの皆さん、こちらは昭川市役所です」

スピーカーから声が降ってきた。あと十分後に散布を始めるので、家の中に入るように、という「お知らせ」の駄目押しだった。

人々は足早に家路を急いだ。一緒にバスを降りた者のうち、ものめずらしそうに空を見上げる子供たちに気づいたのは、七十過ぎの老女一人だった。

「ボクたち」

彼女は呼び掛けた。

「ボクたち、お家近いの？」

子供たちは、顔を背けたまま、胡散臭そうに目だけ老女に向けた。

「これから、お薬撒くから、早くお家に入りなさいって」

「なに、この人？」

中の一人が、言った。

別の一人が黙って仲間の手を引いた。知らない人に話しかけられても、返事をするなと教えられていた。

「ボクたち、早くお家へ帰るのよ」

「頭、おかしいんじゃないの」

「無視、無視」

子供たちは、そのまま児童公園の方にかけて行った。公園脇の森には蚊がいるから、行ってはいけないと彼らは親から言いきかされていたが、ヘリコプターがそちらに向かったのを追うように、彼らは走った。

「こちら昭川市役所です」という放送を繰り返した後、ヘリコプターは高度を下げた。ローターの音が、耳をつんざくように大きくなり、銀色の腹が迫ってきた。子供たちは歓声を上げた。やがて公園の横手の森の上に、霧が立った。その霧はゆっくりと公園の方に流れてきた。

「わ、臭い」

子供の一人が、鼻をつまむ。

「なんだ、臭い」

臭い臭いと騒ぐ中で、一人が、激しく咳き込んだ。咳き込みながら吐いた。他の子供達は、一斉に飛びのいた。子供はそのまま倒れこみ、まもなく手足を痙攣させ始めた。

その日の夕方、永井は所長に呼ばれた。二言、三言言葉を交わした後に、戻ってきた顔が青ざめていた。

「ニュータウンで、子供が死んじまった」

「患者ですか」

係長は首を横に振る。

「殺虫剤をもろに浴びた。もともとの小児喘息だ」

あれだけ事前に注意をうながしたのに、と小西は唇を噛んだ。なぜよりによって、喘息の子供が外にいたのか、全く理解できなかった。

ちょうどそのとき、電話が入った。市街地の南側に、高野養鶏場というところがあるが、そこの鶏を調べてくれ、という。

「失礼ですが、おたくは？」と尋ねても、相手は名乗らない。

「高野さんとこは、親父さんとばあさんが脳炎で倒れてるんですよ。それでここんとこ、鶏が死んでるんです。気味が悪いんで、早く全部、処分するように言って下さい。私たちが言うと、かどが立つから」

どうやら近所の者らしい。

電話を切った後、小西は保健所に連絡をした。

鶏小屋の消毒と、蚊避けのネットの取り付けを保健所から依頼されたのは、翌日のことだ。養鶏場では鶏の死を否定したが、保健所で数羽の鶏の血を採取して調べたところ、約半数が感染していた。

永井と小西は同時に顔を見合わせた。もちろん感染したからといって、必ずしもそれがウイルスを媒介するとは限らない。しかしコジュケイの例を見ても、この日本脳炎の異様な強烈さからして、その鶏小屋が汚染蚊を作り出していることは間違いない。

作業員とともに、養鶏場に小西は出向いた。

高野養鶏場の位置は、市街地のほぼ中心部である。住宅地の真ん中で未だに養鶏場をやっていられるのは、古くからの地主で、広大な土地があるからだ。

緑の少ない市の中心部にあって、大谷石の大門から覗いた屋敷内は、欅や松が茂って鶏の鳴き声とにおいはしても、どこに鶏舎があるのかわからなかった。消毒に行ってみて初めて、総数一万羽というその経営規模を知り小西は驚いた。

病院に入院中という主人に代わって、切り盛りしているのは高野の夫人だった。小西が訪問の理由を告げると、彼女は鶏は病気になどなっていない、ときっぱり否定した。確かに死んだ鶏はいたが、ニューカッスル病だという。

しかし金網で囲み、何層にもなった巨大な鶏舎を見たとき、小西は毛が抜け汚れた白色レグホンの中に、立ち上がれないものがいることを認めた。さらに目を凝らすと、首をぐたりと垂れて転がっているものもいる。

「一万羽も飼ってますと、それは毎日何羽かは、死んでいきますよ」と夫人は語った。

鶏舎の裏に回ってみると、自動給水器のタンクの裏側の土の上に広く水が溜まっている。ぼうふらの発生源だ。

高野養鶏場は、卵の販売の他に食肉用の鶏も扱っていた。加工場は母屋から最も離れた鶏舎の脇にある。

その中も消毒する、と言うと、夫人はいやな顔をした。扉を明けると、白いタイルの床に、真っ赤な雨具を来た男が座って黙々と鶏の首を切っていた。

二、三歩踏み込んだ小西は、あやうく悲鳴を上げそうになった。

真っ赤な雨具と見えたのは、鶏の返り血だ。

男の顔に見覚えがあった。少し前まで、近所の養護学校にいた生徒だ。卒業後の彼の就職先はここだったのだ。

小西はおそるおそるその手元を見る。いったいいくらもらっているのか知らないが、おそらく信じがたい安い給料でやっているのだろう。

ここの鶏はこの前の保健所の調査によれば、半数は感染している。指でも切ったらそれきりだ。

戦慄している小西の目前で、坊主頭の男は全身に血しぶきをあびて、黙々とナイフを振るっている。

急いで役所に戻り、小西は養鶏場で見てきたことを永井に伝えた。

「あそこの鶏は、この際、いったん処分すべきですね」

「理想から言えばな」と永井は書類から目を上げずに答えた。

「だめですか」

「権限がねえやな」

「しかし住民の命がかかってるんですよ」

小西は食い下がる。

「おめえ、ブタと日本脳炎ならともかく、どうやってニワトリとヒトの日本脳炎が関係あるって証明するのよ」

永井は、忙しそうに電卓を叩く。

「見ればわかるじゃないですか」

「見てわかったたって、役所じゃ動けねえよ。一万羽分の鶏の補償をするなら別だけど、いったいどこが金を出す？　農林課が首、縦に振ると思うか？」

小西は黙りこむ。危険であることがわかってはいても、様々な利害がからみ、対策がとれない。一方で、この病気はどこからどうやってきたのか、その一番肝心な部分は、わかってさえいない。

しかし取りあえず一つの大きな対策が、今、実行に移されようとしていた。

免疫のない市民全員を対象とした日本脳炎ワクチンの緊急接種だ。決裁を回す前に、永井が各方面に根回しを終えていた。所長や部長の了解も取り付けた。

人工免疫のない市民、約七万人分の接種準備に、永井は毎日飛び回り、深夜まで書類や帳簿類と格闘している。

ところが思わぬところから、横槍が入った。厚生省から「慎重に行なうように」という通達が来たのだ。「慎重に行なえ」というのは「やるな」ということの婉曲な表現である。

永井に言わせると、十分予想できた反応だった。

昨年暮れ、予防接種による健康被害の救済を求めて争っていた裁判で国側は全面敗訴している。そして今年に入っても、東海、九州、大阪地区の控訴審判決で、国の責任が認定されていた。ここへきて、今まで行なってきた予防接種行政自体が抜本的な見直しを迫られているのだ。そういう時代だ。日本の予防接種は、まさに「慎重に実施する」方向、すなわち「やらない方向」に動いてきているのだ。

「だって今度の裁判で負けたのって、二十年近く昔の予防接種じゃないすか。ワクチンも良くなかったし、行政側は強制的に受けさせて、もしも受けないときは親に罰金を払わせた時代に起きた事故でしょ」

小西は、嚙みつくように言った。永井は首を振る。

「時代の流れだよ。この冬にはな、俺たちにインフルエンザ接種をやれなんていっといて、てめえらは『予防接種制度の見直しに関する委員会』なんてもんを作って、検討を始めてた」

「どっちにしたって、今度の緊急接種は受けたい市民だけ受けるってことにするんですよ。厚生省が見直し対象にしている義務接種とは違いますよね」

「役所がタダでやるってことはよ、義務接種と変わんねえんだよ」

吐き捨てるように永井は言った。

昭川市の抱えている事情が特殊なのだ。しかし、国はその特殊な事情を認めない。

永井もしばらく考えこんでいたが、やがて受話器を取って、厚生省の電話番号を回し始めた。普段はいかにも小役人らしい慎重さで仕事をしている永井が、所長も通さずそんなところに直接電話をするということは、よほどのことだ。

「慎重に対処せよって、ご指示なんですけどね、おたくの方じゃワクチン接種をせずにどうやって感染を食い止めるのか、具体的な方法をご存じでしたら、ちょっと教えていただきたいんですがね……ですから、そうしたことはとうにやっておりますよ。ええ、ええ、保健所の方とも協力して……それでも効果が上がってこないから、こうしてご相談申し上げてるわけで」

ばか丁寧な口調だが、ドスを呑んだような凄味がある。

少しの沈黙があった。相手はだれかに相談しているらしい。

「ほら見ろ。答えられやしねえ」

通話口を押さえて、永井は小西にささやく。まもなく相手が変わり、患者、場合によってはその家族の徹底隔離、消毒、環境整備等々をせよ、と答えが戻ってきた。

この場合の環境整備とは、土木工事も含む。

しかし、いずれも決定打ではない。それは相手もわかっているのだ。隔離したところでほとんど効果はない。汚染蚊はどこからでもわいてくる。消毒、駆除も、だだっ広い緑地を抱えた昭川市の場合、きりがない。土木工事というのは、バブル崩壊で痛手を受けた市内の土建業者の救済策ではあっても、病気それ自体に対しての速効性はない。第一、虫一匹棲めないように緑を剝ぎ、コンクリートで固めろというのは、病原体も棲めない砂漠に住めというのと同じだ。

永井は食い下がり、現在までの昭川市の日本脳炎の患者数を言った。そのうち約三〇パーセント報告数は疑いのある者まで含めると二百名を超えている。そのうち約三〇パーセントは死亡し、残りの大半が重篤な後遺症を抱えることになるだろう。

「二百名っていうのをね、考えて下さいよ。たった八万六千人の市で、二百人ですよ。そして今のところ、致命率で三〇パーセント。二百人のうち三〇パーセント、七十人が死んでごらんなさいよ。こりゃ、ちょっとした内乱が起きたのと同じじゃあないですか。しかもこれからが、日本脳炎の本当の流行期ですからね。雲の上から見下ろされちゃ困るんですよ」

永井のやりとりを所長は、困惑した表情で聞いている。

まもなく永井は何か丁重にあいさつをして、受話器を置いた。

恐る恐る小西は、その顔を覗き込む。

「心配するな、やるよ」と低い声で永井は答えた。

「国も県もよ、考えていることは一つだ。患者も蚊も鶏も豚も、ここに閉じこめたいんだ。俺たちが何人死のうが関係ない。ここだけで流行ってるうちはな」

小西は、唾を飲みこんでうなずいた。

第三部　呪われた島

14

七月に入った最初の週に、小西と永井はかねてからの約束通り、保健センターの会議室で岡島薬品の森沢に会った。

挨拶を終えるなり森沢は、「どうもいきなり、大人七万人分のワクチンが欲しいと言われてもねえ」と首筋を掻きながら苦笑した。

ワクチンの製造工程は複雑で、一年近い仕込みが必要だ。そのうえ在庫はほとんどない。というのも、有効保存年限は、ほとんどが国家検定後一年半だからだ。それを過ぎたものは捨てられるし、誤って出荷したりすれば問題になる。そのため業者は、あらかじめ計画を立てて在庫が出ないように調整して生産しているのだ。流行が始まってから慌ててワクチンを大量に購入しようとしても遅いのである。

しかも今回の流行は、事前のブタの抗体検査の結果からしても予測ができなかったことで、業者にしても全く予想外だ。それを持って来いというのが、そもそも無理なのだが、無理を承知で永井は先週から交渉していた。

この日、森沢が用意してきた答えは、近県の工場にある在庫を全部昭川市に回すというものだった。それでも必要量の四分の一しかまかなえない。あとは検定が終わりしだい順次納入するというが、まさに綱渡りだ。

「ま、昭川市さんにはずっとお世話になってますから、仕方ないですけどね。実はこれは他の地区の学童用のを持ってきているんですよ」

「お陰さまで。なに分、こんなことが起きたもので、ひとつこの夏はなんとかお願いしますよ」

永井係長は、薄くなった頭を下げる。

本当のところ、彼も小西も、この夏の流行が昭川市で留まるなどとは思っていない。たぶん近隣の市町村に広まっていくだろう。そうしたらどこの自治体も争って、ワクチンを発注しはじめる。だからこそ、ここでできるだけ確保してしまわなければならないのだ。契約書を取り結び、納品させてしまえばこちらのものだ。

「で、残りの四分の三は？」

黙って聞いていた小西は、初めて口を開いた。

森沢は、口元を引き締めた。それから何か言いかけてはやめるように、何度か顎を出したり引っ込めたりした。

「あのね、一般の人は、この病気が昭川の風土病か何かのように思っているんだけど、近県の医療関係者は、あの嵐の日以来、ぱっと広がったことで、この夏の流行を予想してるんだよ。予想してるっていうか、深刻に受けとめてるわけだ。そんなわけで、実は昭川市さん以外からもすでに注文がきてるんだ。ただ、こちらはほら、日頃お世話になっているとこを最優先したいと、こう気持ちの問題があるからね」

永井は、口元をへの字に曲げてうなずいている。どこよりも先になどと考えたのは甘かったのだ。

たぶんこの男は、どこに行っても同じことを言って恩に着せて歩いているのだろう、と小西は森沢のてかてかと光った丸い額を見つめていた。

そのときふと、いつか森沢のくれた小冊子にあった記事のことが頭にひらめいた。第二世代ワクチン、そんなものがあった。

「森沢さん」

小西は姿勢を正し、尋ねた。

「すぐに大量生産できるワクチンは、ありますよね。コンポーネントワクチンだとか、ワクシニアウイルスを用いたやつとか、最近は研究されているんでしょう」

森沢は、目をしばたたかせて小西の顔を見る。

「ワクシニアウイルスとは、難しいことをよく勉強しておられますね」

「仕事ですからね」

憤然として小西は答える。森沢の対応は、いつも「役所の職員などに、薬のことがわかってたまるか」と言わんばかりである。

「新しいタイプのワクチンで、大腸菌を使って大量生産できるのとか、あるそうじゃないですか」

森沢は、薄笑いを浮かべた。

「ま、そういう華々しい情報っていうのは、科学雑誌をにぎわせたりしてますけどね、あくまで実験室内の話で、実際にそんなものがあったとしても、今の段階じゃ副反応がひどくて使いものにならないだろうね。今みたいに、接種後は激しい運動と入浴をひかえなさい、なんて注意書きじゃ間にあわないね。二日間入院して、経過観察なんてことになりかねない」

「激しい副反応と引き替えにしてでも接種しておきたいという事態が到来しているんですよ」

「冗談じゃありませんよ。一万件に一件の小さな事故で、裁判ざたになりますからね、この国じゃ。賠償金で会社がつぶれることはないにしても、信用ってものがありますよ。日本は、伝染病で死ぬよりはマシだっていうんで、臨床試験をさせてくれる国とは違いますから」

「他の国は、やらせてくれるんですか？」

小西は、驚いて森沢の顔を正面からみつめた。

「大声で言えることじゃないけどね、今、小西さんの言われたワクシニアウイルスを使った第二世代ワクチンの臨床試験をしたなんて話もありますよ」

「要するに、病気で死ぬ確率と、副反応で死ぬ確率を秤にかけた結果ですか。うちあたりも、今年の夏のことを考えると、打ってもらった方がいいかもしれないですね」

「ばかか、おまえ」

呆れたように、永井が口をはさんだ。

「病気で死ぬのは、この際市民の責任だが、副反応で死んだら行政の責任なんだよ」

「わかってますよ。ただ、死ぬほどの副反応なんて、何万人に一人でしょう」

森沢は、薄笑いを浮かべた。

「まだ、昭川市でやるには無理ですよ」

「そうなんですか？」

「だから使いものにならなかった、と言ってるでしょう。臨床試験の結果は散々で、大変なことになっちまったらしいですわ」

「大変って？　高熱が出て、中枢神経やられて、とか……」

「そんなもんなら、いいんですがね。その病気が、接種者の周りで流行ってしまったりね」

「ああ、知ってます」と小西はうなずいた。

ポリオなど、生ワクチンの場合、稀に接種を受けた者の便から感染することがある。ワクチン接種自体が、半殺しの病原体や弱めた毒を体に入れることだから、ある程度の危険はあるのだ。たまたま間違いがあって、弱毒化がうまくいかなかったり、野生株が混じっていたりすれば、そこから感染が起こる可能性がある。ごく最近では、ＭＭＲワクチンでこの手の感染事故があった。

「それで、契約月日ですがね」

係長が、話に割って入り、森沢と事務的な話をつめ始めた。

事務室に戻ると、所長が何やら頭を抱えていた。遂にこの日の朝、五十人目の死者が昭川市から出た。市は県を通じて厚生省宛てに委員会の設置を依頼した。場合によっては、一般の伝染病予防法ではなく、新種の病気として、独自の法令を作って対処してほしいという希望も上げた。

しかし、答えはすこぶる素っ気ないものだった。

死者の数自体は多いが、発生は未だ埼玉県どころか、ほとんど昭川市内に限られている。しかもたとえ新タイプであるにせよ、病気そのものは、伝染病予防法に規定された日本脳炎と変わりなく、エイズのように新たな法令を作るには当たらない。何より政令等で新たな法的規制を加えるとなると、伝染病である以上隔離の必要が生じ、基本的人権の絡みがあるので実施は難しい、と言う。

ただし学術協力については、すでに実施の方向に向けて検討しているということだ。

「一応、考えてるんじゃないですか」

小西は言った。これで真の原因の解明とワクチン確保の可能性が出てきた、と思った。

「おめえ、学術協力って、何だか知ってんのか」

冷水を浴びせるような調子で永井が尋ねる。

「だからあちこちの大学とか病院が協力して……」

「情報統制だよ、情報統制」

小西はぽかんとした。

「つまり個々の大学病院や研究施設で、てんでんばらばらのことを言われちゃ国民は混乱する、と。そんなことで、情報を一ヵ所に集めて、窓口を一本化して提供するって、それだけのもんだ」

　小西はため息をついて、事務椅子の背もたれに体を投げ出した。

　ふと、時計を見ると、すでに六時間際だ。夜間診療所のレジをチェックするのを忘れていた。小西はのろのろと立ち上がり、金庫を片手に階段を下りていく。

　ドアは開いていた。房代がもう来ている。

「何よ、元気ないじゃないの」

「そうですか」

　気のない返事をして、受付のレジにつり銭を入れる。

「アイスクリームがあるわよ」

　房代が冷蔵庫を開ける。

「いいですよ」

　病原体の巣のような診療室で、アイスクリームを食べる気が知れない。何よりも冷蔵庫は薬品類を入れるためのもので、看護師のおやつを冷やすために置いてあるわけではない。しかし「規律が乱れている」と古参の看護師に注意する度胸は、今の小西にはない。

「はい」と房代が、スプーンを添えてカップを差し出す。

「どうしたっていうのよ」

「うちの市に今年、夏は来るんでしょうかね」

小西は、つぶやくように言った。

「夏は来るけど、来るから大変なんじゃないのよ」

「完璧とはいわないまでも、防ぐ手段も、システムもあるんですよ。計画通りに機能しないだけで。理屈から言えば、被害は最小限に食い止められるはずなんですが、住民はバラバラで勝手なことばかり言ってくるし」

うん、うん、と房代は相づちを打ちながら聞いていた。ひとしきり愚痴を言ってしまうと、小西は房代相手にこぼしていたことが急にみじめに感じられてきた。慌てて事務室に戻ろうとすると、房代が呼び止めた。

「みんなに注射したり、消毒したりするのもいいけどね、肝心なところを忘れてるわよ。どこから菌が漏れたのかっていうこと」

「菌じゃなくてウイルス」

「そうそう、それでそのことを放っておいて、いろいろしたって、あんた、雨漏りを直さないで床を拭いてるようなもんじゃないの」

「雨漏り箇所がわかりゃ、苦労はないですよ。もっとも鵜川先生のように、細菌兵器だの、国立予研だの、富士病院だの、言ってる人もいるけど」

「そんなんじゃなくて、いかにも危ないところがあるだろ」

房代は、出て行きかけた小西をドアのところまで追ってきた。

「ほら、最初の流行は」

「窪山でしょう」

「あのゴミ捨て場」

「でも……」

確かにそうだった。悪臭とゴミに群がっていたカラス。見るからに病気の温床という感じがした。

せっせと市で殺虫剤や除草剤をまいている緑濃い森に比べ、そこは一見して砂漠のような死の世界に映る。しかし、プラスティックゴミや不燃ゴミと言っても、大量の有機物が混入しているのが普通で、ある種の生物にとっては棲みやすい環境だ。とすれば、その生物を宿主にする細菌、ウイルスの類が増えるということになる。

ただし、コジュケイもブタもニワトリも、ゴミ捨て場には近づいていない。唯一いる鳥類のカラスから脳炎のウイルスが検出されたという報告もない。

「私、実はトラックが夜の夜中に、あそこに何かを捨てに行ってるのを見たのよ」

房代は小声で言った。

「もともと不法投棄ですからね」

「小西さん、前に盾和会のチンピラが、日本脳炎に罹ったたって言ってたわよね。今度の日本脳炎は、患者の血液から直接感染するんじゃなかった？」

「つまりあの盾和会の下っぱが、廃棄物から感染したってことですか。でも医療廃棄物は、一般産業廃棄物とは、また別に処理することになっているから」

「だから、その医療廃棄物をこっそり捨てたりしていればそうなるでしょう。もしかしてその医療廃棄物を出した病院に、外国帰りのだれかが、とんでもない病気で入院してたりしたら」

「外来伝染病を隔離入院させるっていったら、市内じゃ富士病院しかないじゃないですか」

「うん……だからそうよ」

房代は二重顎を引いて笑った。

「しかしウイルスは、注射針や血のついたガーゼの中じゃ生きられませんよ。研究施設の実験用ネズミが紛れ込んだか何かなら別だけど、実際にウイルスを持っていたのはコジュケイだから」

「どっちにしても調べてみなくちゃ」と房代はワゴンの上の薬品類を点検し始めた。

「でも、保健所がすぐに立ち入り検査するかな。今は、それどころじゃないから」

房代は作業の手を止め、小西を見上げた。

「やりましょ。私たちで」

「えっ」

「そう」

「僕が、あのゴミの山に入るんですか？」

「何か証拠をみつけて、つきつけないことには、だれもとりあってくれないもの」

「この暑いのに、ゴミ捨て場をあさるんですか？」

「そうよ」

小西はかぶりを振った。とんでもない、と思った。万一、自分が感染したらという以前に、あのにおいとあの風景を思い出しただけで、足を踏み入れるどころか、そばに寄る気にもなれない。

そこに青柳が出勤してきた。房代は青柳を呼び止め、小西に言ったのと同じことを言う。

「え、そりゃ、勘弁してくださいよ。あんな所、入りたくないですがね。こっちは、毎日あのにおいがされて、蠅に悩まされて、いや、もうけっこう」

青柳は片手を顔の前で振りながら、あとずさりする。

「自分の商売をじゃまされてるってのに、どうにかしようって気もないの」

「自分の商売ってより、コレのものでしょう」

小西は鼻先で笑いながら、小指を立てた。青柳は頭をかきながら、「あの商売はもうだめですよ」といささかなげやりな調子で言った。

「今まで少なくたって一日に三回転はしていた部屋が、今はほとんど空きだもんな。飛び込んでくる客は、前のゴミの山が見えなくなる夜だけ。それにあのにおいじゃ、夜だって蓄膿症の客でもなけりゃ来ないわな。電気代、水道代、施設維持費、それから客室係のおばちゃんの給料、客が来なくたって払わなきゃならないものばかり。ゴミのことは、今までさんざん役所にも、警察にも言ってきたんですよ。言ったって相手にされないし、何だか昭川学園都市構想ってのがあるらしいから、風紀上の問題のある所は、つぶれたほうがいいってことかな、なあ、そうだよな、小西さん」

「私は知りませんよ。それは環境課の仕事ですから」と小西は、青柳から視線をそらす。

「ま、あの商売ともオッカサンとも、これまでかな」と青柳はつぶやくともなく言った。オッカサンが、年上の愛人を指すことは小西にもわかる。宿主《しゅくしゅ》が倒れれば、他のやつを探せばいいとは、うらやましいほど気楽な身分だと感心したとき、房代がいきなり怒鳴った。

「ふざけんじゃないよ。何年も食わせてもらって。こんなときくらい、体張って商売立てなおす気にならないのかい」

青柳は、にやにやするばかりだった。


事務室に戻ってきたときには七時近くになっていたが、職員や保健師のほとんどは残っていた。

「小西さん、これ知ってる?」

保健師の東城が、黄色の小瓶を差し出した。蓋を取ると、中はいくらか黄ばんだべとりとした軟膏のようなものだ。指先に少しつけて東城は、小西の鼻先にもってきた。メントールのような微かな刺激臭がある。

「虫刺されの薬だって。一壜四万円」

「四万円?」

小西は驚いて顔を上げた。

「普通の虫刺されの薬じゃなくて、コガタアカイエカに刺されたとき、これを塗れば、日本脳炎ウイルスの侵入を防ぐって」

「そんなばかな」

「そのばかなことがまかり通ってるから困るのよ」と東城は頭を抱える。

「私達の前で得意げに塗って見せて、これでもう蚊に刺されても平気だって言う年寄りもいるくらいよ」

東城が言うには、最初、若葉台地区にセールスウーマンが現れ、外からめったに物売りが来なくなってしまった地区の住民を喜ばせた。藁にもすがる気持ちで、彼らはそれを買ったらしい。壜には、製造所も販売者も記載されていない。が、新型日本脳炎が広まるに従い、その薬も口コミで、市内全域に広まった。値段も当初、一壜二万円だったのが、今では六万というところもある。

「で、儲けたやつはだれだったんですか？」

東城は、指で頬を切る真似をした。

「盾和会」

「いえ、東京からきた暴力団だそうよ」

「じゃ、成分は麻薬か何か」

東城は笑って首を振った。

「界面活性剤よ。一応消毒にはなるけれど、合成洗剤と同じ成分。それもハード系の」

「なんだってそんなものを」

「私たちの幼い頃、大手のメーカーが出したもので、虫刺され、肌荒れ、髭剃後、なんでもござれっていう万能軟膏があったのよ。ところがあまりに毒性が強くて、そのうち消費者団体に告発されて成分を変えたの。これはその変える前のと同じもの」

いったいどこからそんなものを手に入れたのだろうかといぶかっていると、今でも東南アジアでは販売されているのだ、と東城は説明した。

小西は、ちょっと息を吐き出して、その素っ気ない小瓶に見入った。

「原価は？」

「さあ、一壜あたり二、三十円じゃないの」

それから東城は、今朝の新聞の三面記事にあったジギタリス誤食事故について話した。昭川市の市民が、有毒なジギタリスを摘んで食べて死亡したというその事故が、実は日本脳炎に関係していると言う。

「まさかジギタリスがウイルスを媒介してるとか」

軽く首を横に振ると、東城はふうっとため息をついて、傍らの椅子を引き寄せ腰を下ろした。そして支給品の保健師バッグからセブンスターを取り出し、くわえた。小西は、げっ、と声を上げた。

「何やってるんですか、保健師さんが」

「やめていたのよ、長女を生んだあと、この二十年は。でもね、こういろんなことがあると、吸いたくなるじゃないの。四十過ぎた体と神経にはこたえるわよ。若い頃のように気合い一つで乗り切るってわけにもいかないしね。この一ヵ月ほどで、人の裏も表も何もかも見たって感じがするわね」

まずそうに煙を吐き出すと、東城はすぐに煙草をもみ消した。

「防ぎようがないのよね、この病気。そんなこと私たちの立場で言えないから、適当にごまかしてるけど。だって患者の血のついたものを避けることはできても、この時期、絶対蚊に刺されない方法ってある？　空調の効いた室内にこもる以外ないわよね。それで発病したら最後、手の施しようがないじゃない。普通の日本脳炎ならね、体に抵抗力さえあれば発病しなかったのよ。だから昔、お母さんたちは、炎天下では子供に帽子を被らせたし、寝冷えしないように気を配ったりしたのよ。ところが、今のこれはそんなこと関係ないわ。でも私たちは言ってきたわけよ。『栄養のバランスに気をつけて、寝不足や過労にならないように、規則正しい生活をしてください』って、気休めを言い続けるしかないじゃない。そのうちどっからか、話がおかしくなってきたのよ。体に抵抗力さえあれば、蚊に刺されたって怖くない。それなら体質改善すればいい、と。コンフリー、クコ、アロエ、人参の葉っぱ、それから十円玉を足の裏に貼る……」

「なんですか、それは？」

「民間療法よ。『生体の本来持っている防衛機能を高める』とかなんとか言って、ぼろ儲けをたくらむ連中がいるし、それに乗る人が多いのよ。それで高い乾燥コンフリーなんて買っていられないっていう人が、空き地や川原で野生化したコンフリーを摘むわけ。ところがそれが本当にコンフリーなら、別に問題はないんだけど、そっくりのジギタリスだったから、心臓直撃されて一巻の終わり」

「そんな、似てるんですか」

東城は本棚から「まぎらわしい薬草、毒草図鑑」というのを取り出して示した。隣あって載っているコンフリーとジギタリスは、毛の密生した葉の感じが確かによく似ている。ジギタリスの方がやや先端が尖っているものの、薬草のビギナーでは見分けがつかないだろう。

「それから今日、あたしの担当していた妊産婦講座の受講生が流産しちゃったわ。原因はアロエの大量摂取」

アロエもやはり万病に効くと言われる肉厚の薬草だ。

「なんでアロエで流産ですか？」

東城は、ちょっと唇を突き出して首を振った。

「成分はよく知らないけど、あれ、下痢したり生理の出血が激しくなったりするのよ。民間療法の怖さはそこなの。副作用についてちゃんと研究する人はいないし、素人はそんなものはないと信じている。とにかくあんなものすりおろしてコップ一杯も飲んだっていうんだから、めちゃくちゃよ」

「一般市民っていうか、主婦ってのは、やっぱりバカなんですか」

「そういうことではないわね」

家に帰れば主婦である東城は、毅然とした口調で否定した。

「こんなことがなければ、みんなちゃんとした常識を持っていて、正しい判断ができるのよ。考えてごらんなさい。なんだかわからないまま、得体の知れない病気で、家族や知人が倒れていくのよ。そんなものを目のあたりにしていたら、今まで身につけたいろいろな常識が、みんな疑わしいものになってしまう。合理的な考え方ができなくなると思わない？」

　小西はまだ納得しかねたまま、うなずいていた。

　東城は、この日、訪問した家であったことを話した。

　そこの家の四十歳の主婦は、日本脳炎の流行の始まったばかりの頃に倒れ、今は退院し自宅に戻ってきていた。現在体は異常ないが、知能と情緒の障害から、家族は徘徊や暴力といった症状に悩まされている。

　東城が行くと、患者の夫が出てきて、今日は帰ってくれと言った。不思議に思っていると、病人が寝ている部屋から、呻き声が聞こえる。それに何か祈禱《きとう》のような声が、かぶさる。

　不吉な予感があった。東城は黙って夫を押し退けると、病人の寝ている部屋に上がった。

　病人は寝ていなかった。床柱に縛り付けられ、落ち窪んだ瞼を半眼に開き、乾いてひび割れた紫色の唇から、呻き声をもらしていた。縛り付けられて暴れたらしく、腕にはロープでこすれた傷があり、出血していた。

　主婦に相対して、中年の男が一心不乱に経を読んでいる。テーブルに置かれた太陽を象《かたど》ったメダルが目に入った。関西に拠点を置く新興宗教団体のシンボルマークだ。

　ここ一週間ほど、町で頻繁に見かけるようになった。一ヵ月前、窪山地区で見たのが最初だったから、病原体と一緒に市全域に広がったらしい。

東城はすばやく、主婦の首や手足に視線を走らせる。幸い、あざや火傷の跡はない。しかし干涸《ひから》びた皮膚や、どろりと濁った目はもはや生きている者のものではない。

「いつからこうやってるんです」

東城は、夫に尋ねた。

「一昨日の朝」と彼は答えた。

「食物と水は」

「一切、断たないと効果がないので」と声をひそめる。

「とんでもない」

東城は叫んだ。退院したとはいえ、体力は回復していない。

「すぐやめて、水を飲ませて横にさせてください」

夫は首を振った。

「それで、どうなるっていうんだ。大暴れして、あちこち動き回って、都屋中糞まみれにして暮らしているんだ。西洋医学で治れば、こんなことはしない。この人は、医者から見離されたのを厚意で見てくださると言うから、お願いしたんだ」と正座して経を唱えている男を、彼は指差す。

「本気で良くなると思ってるんですか？」と東城は病人のそばに行こうとした。

夫は、やにわに東城の腕をつかんで引き戻した。

「こっちだって、治るなんて思ってはいない。しかしもしや奇跡が起きるのでは、と万に一つの可能性にかけてやってるんじゃないか」

あの太陽マークの宗教の伝道者を家に入れて、病人の祈禱をさせている家が、かなりあるとは聞いていた。潰れたゲームセンター跡に本部ができ、頻繁に集会が行なわれているのも知っていた。病人を抱えた家族が、宗教を支えに結びつき、共に辛い生活を乗り切ろうとするならいい。しかしそれが病人の命や人権に関わるような行為に発展するとしたら、見過ごしてはおけない。

東城は危機感をおぼえて家を飛び出し、近所の交番に行き、事情を説明した。巡査と連れ立って再びその家に行ったとき、祈禱はまだ続いていた。巡査はそこの家の主人としばらく話をしていたが、何か簡単な注意をしただけで戻ってきた。傍目には虐待に見えたにしても、夫婦間のことで、特に刑事事件も起こしていない以上、ただちに警察権の発動というわけにはいかないのである。

「もしかするとそのダンナって、別に奥さんが治らなくてもいいと思ったんじゃないかな。そのまま衰弱死してしまえば、かえっていいと思ってやったのでは」

小西はぽつりと言った。

「ありえないことじゃないわね」

東城の眉間の縦皺がいっそう深くなった。

その一方で純粋に宗教的な愚行が行なわれることになっていた。戦前まで、疫病封じを祈願して行なわれていた舟森神社の祭りを復活しようという声が、年配者の住民の中から上がった。

しかしこの舟森神社のある場所というのが、市の南側のうっそうとした林の真ん中である。生姜祭りの別名がある通り、境内に生姜売りの露店が出るのはいいにしても、夕方、そんな場所に人々が集まったら、わざわざ病気の集団発生を招くようなものだ。市役所と保健所から開催を見合わせるように申し入れをしたが、強制力はなく、結局のところ人々の良識にまかせるしかない。医者や保健師の合理的な説明は、決定的な予防法も治療法もない今、藁にもすがりたい人々の気持ちをとどめることはできない。

蚊の巣のような境内で祭りをやろうとする人々がいる一方で、別の人々は蚊に対してひどく怯えている。従来のように「ブタを飼っている地域で発生し」、「刺された人間の体力が極端に落ちていて」、「蚊が大量のウイルスを抱えているときに発病する」と様々な条件がついているわけではないからだ。媒介動物も不要となり、極端に強力なウイルスを持った蚊に刺されるのは、分の悪いロシアンルーレットと同じようなもので、発病するしないはまったくの運次第だ。

耳元で聞こえる甲高い羽音に、人々は震え上がった。今までなら、単に神経に障り、寝付けなくなる不快な音、で済んだものにだれもが怯え始めた。

市内では電気蚊取りに押されて一時売れなくなった蚊取り線香が急に売れ始め、品薄になった。携帯容器に火のついた線香を入れ、外出するのだ。防虫スプレーは、多くの市民が使い過ぎて皮膚炎を起こし、もはや手足に吹きつけられない状態になっていた。

15

七月も半ばに入ると、市内の人通りはめっきり減った。親たちは車で子供の学校の送り迎えをしている。自主学校閉鎖と称して、子供たちを登校させない方針が決定されたところもある。

他の地区でも子供を登校させない家は増えている。家庭教師がついていたり、塾に通わせている家がほとんどであるが。

一方で食材のケータリングサービスなどの宅配業が盛んになった。戒厳令下のようなひっそりした町を、長袖に軍手で身を固めたドライバーの運転する各種宅配の軽トラックが走り回っている。

人通りもない歩道の真ん中に立っているのが、新興宗教の伝道者たちである。ある者は、この世の終わりが近づきこの病気がやがて世界を滅ぼすと唱え、ある者は先祖供養をしてこなかった者が、病に倒れると説き、またあるものは、人々の業《ごう》をたまたまこの市に生まれてしまった者が背負っている、と説く。そうして街角に立っていた者の中からも、隔離病棟に入れられる者が出てくる。

もう一方で、この脳炎の流行は経済活動にも深刻な打撃を与えていた。駐車場を持たない中小の商店、配達する人手のない店、衣料品、雑貨等、購入するのに急を要しない商品を扱う店の売り上げは、激減した。

駅前商店街では、昼間からシャッターを閉ざした店がぽつり、ぽつりと出始めた。そして町でも一番古い飲食店、「昭川藪そば」の主人がこの日の朝から銀行をかけ回っていた。老舗のプライドで出前をせずにやってきたが、脳炎騒ぎでこの二週間、昼時でさえ客がゼロという日が続き、つい最近行なった店舗の改築に伴う金利負担が重くのしかかっていた。

手形が落ちないという連絡を受けてかけつけたものの、景気のよかった頃とはすっかり態度の変わった銀行から、新たな融資を引き出すことはできなかった。

議会では連日、福祉事務所長や保健医療部長を始め、商工観光課長までが、保守革新の両方から質問され、吊し上げられている。しかし予算も人手もなく、経済対策までは手が回らない。

奮闘する職員の神経を逆撫でするように、昭川市職労組から国内の地震発生地やフィリピンの火山噴火地域への寄付金集めの封筒が回り、ボランティア募集のパンフレットが配られる。

「いっそ、派手な天災に見舞われた方がよっぽど対処が楽だ」とぼやきながら、永井は、強制寄付の封筒に百円を放りこみ、小西たち他の職員は、署名欄に「バカヤロー」と書きなぐる。

一方、ひところ顔を合わせれば新種の日本脳炎の話をしていた昭川市の医者たちは、この頃にはすっかり静かになった。

新種の病気だ、という意見も聞かれなくなり、差別の元凶になったという理由から「窪山脳炎」という言葉自体がタブーになっている。

市内のある個人病院の医師が、その症例を学会で発表しようとしたところ、その演題要約集が、本部事務局にいたある教授に押さえられ、後日その医師が「自らの意志で」取り下げた。押さえた教授は富士大学系ということまではわかるが、詳しい経緯は、その症例を発表しようとした医師が口をつぐんでしまったのでだれにもわからない。また、やはり水谷が同様のことをしようとしたとき、こちらは医師会長によって阻止された。もし発表した場合、あることを明るみにする、と脅された。そのあることというのは、半年ほど前に医師会長がもみ消してやった医療過誤のことだというのだから、これはいくら水谷でも逆らいようがなく、以後彼はすっかりおとなしくなっている。

大学病院内部では、何が行なわれているのか部外者にはわからず、市内の医師は特定機能病院として君臨する大学病院と医師会長に挟まれて身動きが取れずにいる。そして保健所や役所は、さまざまな法律や条例の文面、それに前例というものに縛られて敏速に動けない。

鵜川は、最近では頻繁に東京の公衆衛生図書館に足を運んでいた。

保健所や行政機関の設置した委員会のマニュアル通りの疫学調査からは、何も出てこないと彼には思えた。エイズのように、いくつもの貴重な症例報告がなされながら情報が整理されず、一つの病気として認知されるまで十年もかかっている例があるのだ。常識を超えたところで、何かが起きている。

鵜川は、アメリカの大学から出された膨大な量の報告書や日本の学会誌に目を通した。黒幕はアメリカ陸軍だ、という推測を彼は捨ててはいない。必ずしも、日本脳炎、という名の診断がなされたとは考えられないため、病名検索というてっとり早い方法は使わなかった。

丸二日ほど調べ、成果が上がらなかった後、鵜川はWHOの資料に目を通し始めた。まずは年次報告書を見る。

目次には、各国の死亡統計、東アジア、東南アジアの子供の死亡率、そして主な伝染病の発生報告が載っている。しかし日本脳炎の「Japanese Encephalitis」略して、「J.E.」の文字はない。次に、事業報告のほうを見るが、格別目新しい情報はない。

年報を棚に戻し、やはりWHOのウィークリーレポートを閲覧机に運ぶ。年間五十冊、それを十年前にまで遡るのだから、大変な分量だ。しかし薬害訴訟のときに目を通した資料に比べれば、まだ少ないくらいだと自分を励まし、ページを繰る。

鵜川は歳より若く見える。心の中も大学病院を飛び出した青年時代のままだ。しかし、体は確実に歳を取ってくる。文字が霞み、頭の芯が痛み出すのに堪えながら、鵜川は自分でも呆れるほどの忍耐強さで調べていく。

やがてその内の一冊に、「J.E.」の記述を見つけた。英語で書かれたレポートの要旨は次のようなものである。

「タイ北部の日本脳炎は、このところ毎年、人口十万人に対し、十四人にものぼる高罹患率になっている。インドでは東北ベンガル地方で、患者の爆発的発生があったが、それを導火点として、今までまったく日本脳炎のなかった北部全体に拡大した」

鵜川は、唇を嚙んだ。タイと言えば今では日本脳炎の本場で、そこの人口十万に対し、患者の発生が年間十四人。それをWHOのレポートは「高罹患率」としている。それに対し人口八万六千の昭川市で、昨日までの発生件数はついに二百を超えた。死者は五十名、重篤な後遺症についてはまとまった報告がないため不明。

この異常さを県も厚生省も認識しているに違いないのだ。しかし情報の集積のない新しい事態に、機動的に対処する術を官庁は持っていない。あるいは国はすべてを知っていながら、なんらかの理由であえて有効な手段を取らないのかもしれない。

ウィークリーレポートに大方目を通したが、他に特に注目すべきことはなかった。

それからコンピュータ端末を操作し、ここ十年のウイルス性疾患の集団発生に関する情報を検索した。対象文献の範囲は、学術文献や公式レポートだけでなく、海外の新聞雑誌報道まで含めた。しかし件数が多すぎエラーになった。疾患を中枢神経系のものに絞りこむ。五分近くかかって、四百を超す文献が表示される。さらに同じ時期、同じ場所で発生したものを一括りにしていく。

そして二百件まで絞り込んだところで、明らかに関連のなさそうなものは、はじいていく。いらない、と思ったものの一つに、デング熱流行一覧というのがあった。日本脳炎とは無関係と思われたそれをリストに残したのは、ちょっとした予感とも、偶然とも、気まぐれともつかないものだった。

リストアップした文献を、開いてはつぎつぎに脇へよけていくうちに、鵜川は、そのさほど重要視していなかった薄っぺらな情報誌に、奇妙なひっかかりを感じたのだ。デング熱流行一覧というのは、その中の記事だった。

それはカナダの貿易業者がインドネシアに散らばる無数の島について、注意事項や危険情報を載せて本国に送っているものだった。

どこの州のどこの島では、選挙を控えテロが起きたとか、どこの島では火山活動が盛んになっているので、しばらく滞在は控えたほうがいい、といった内容で、現地の新聞のスクラップである。デング熱流行については、インドネシアンタイムズが定期的に病人の発生数や発生予測を掲載している。

その記事自体は、公用語のバハサ・インドネシアで書かれているため鵜川には読めない。しかし別ページに英語の解説があった。

鵜川の目は、ごく自然にそこに引き付けられた。

「マルク州のアンボンの施設で謎の頭痛病が流行。カトリック系養護施設に収容された一歳から四歳の幼児十二人が死亡。症状は、デング熱とも日本脳炎とも似ているが、その初期において幻のエーテル臭を感じる、吸血鬼のように光を怖がる、などといった奇妙な症状があった。死亡した子供たちは、州政府の役人によって、一週間ほど前に近隣の島からアンボンに連れて来られた。なお一緒に連れて来られた五歳以上の子供は、全くの無症状」

鵜川は、息を呑んだ。症状について見れば、昭川市の流行に酷似している。五歳以上の子供は無症状というのも、よく似ている。ただし昭川市ではこの年代は少し上になる。

では、このアンボンの施設の子供たちについては、いったいどういう理由で、五歳以上はかからないのか。単に体の抵抗力の問題か、それとも昭川市で流行っている日本脳炎とは無関係の幼児疾患なのか。

解説は次のように続く。

「なお、現地には情報網がないので確認はできないが、流行はセラム島全域に広がっている可能性もある。この一帯は、社会的低層の人々の住む不潔極まる未開地で、市場としても観光地としても、魅力的ではない。単なる冒険心から、彼の地に足を踏み入れるのは、愚かしいことである」

伝染病の広まった「不潔極まる未開地」そして「魅力的」でないから足を踏み入れるな、というその内容に、鵜川は眉をひそめた。東南アジアにおける日本人の愚行は様々取り沙汰されるが、多くの白人の中には、成り上がりニッポンとは全く密度の違う、旧宗主国の人間としての意識が厳然としてある。

鵜川は、アンボンの位置を巻末の地図で確認した。赤道を中心にしたインドネシアの島々。インドシナ半島がごく小さく見えるほどのその境界のはっきりしない広がりに、鵜川はあらためて驚く。ジャワ、ボルネオ、スマトラ、いずれの島からも離れている。ある点だ。アンボンそしてセラム島は、イリアンジャヤの西側にぽつりと
もし、ここで起きた流行が新型日本脳炎とすれば、解説にあるとおりの辺境の島と昭川市を結びつけるものは何なのか。渡り鳥か、あるいは輸入海産物か。

記事の日付は、一九八九年四月。五年前だ。五年のタイムラグは何を意味するのか。

そして病気で死んだ子供たちはどこから、なぜアンボンに来たのか。

コラムの信憑性も、これが昭川市と本当に関係があるのかということも、何もかも不確実なまま、鵜川はコンピュータ端末に向かい、地域をインドネシアに絞りこみ、この時期の伝染病発生の情報を検索する。

資料の数は限られていた。どれもあまり関係なさそうだ。

公衆衛生図書館を出た鵜川は、その足で渋谷に向かった。駅から歩いて二十分ほどの古びた雑居ビルの中に、外山クリニックという小さな内科医院がある。アセアン医師連絡会議という若手医師で構成されるNGOの本部がここだ。アジアの医療活動の支援を目的としたこの組織のメンバーは、わずか三十人足らずだ。しかし、日本各地に散らばった医師たちは、互いにパソコンやファックスを使い情報を交換し、忙しい仕事の合間に活動に精を出している。鵜川も若い頃、一時、ここに出入りしていたことがあった。

会議の代表をしているここの院長は診療中だったが、鵜川が現地情報を検索させてくれ、と言うと、受付の事務員は快く本部事務室に案内してくれた。

鵜川は端末の前に座ると、先程公衆衛生図書館で行なったのと同じように、一九八八年から五年間の中枢神経系疾患と見られる感染症の発生情報を引き出した。広大な海域から情報範囲を先程のコラムにあった「アンボン」のあるマルク州に絞り込む。

目指す情報に行きついたのは、一時間も画面にはりついた後だった。

「バンダ諸島のブンギ島で、脳炎と見られる患者発生」

そんな表題が、画面に表示された。

鵜川は、傍らの地図を見る。アンボンの東南約四十キロだ。近い。記事を画面に出さず、すぐにプリントアウトした。

英語の資料は、「アセアン医師連絡会議」のメンバーであるマレーシア人医師からの報告だった。

「毎年日本脳炎の流行を繰り返していたインドネシア東部のマルク州、バンダ諸島にある小島、ブンギで、きわめて毒力の強い脳炎が発生。人口四百人の島内全域で、すでに百人以上の死者を出し、一旦、症状が好転した者も、肢体マヒ、意識障害等の重篤な後遺症が残り、症状は悪化の一途をたどっている。現在患者は島民の半数に達すると見られる。死者は四十歳以上が最も多い。体力のある青年層、若年層の患者はなんとか持ちこたえているが、五歳から十歳くらいの年齢の児童については、奇跡のように災厄を免れている。これは数年前から、民間の医療機関が試験的に行なってきた日本脳炎ワクチンの接種によって、この層については、免疫ができていたからと考えられる。

この情報は、一九八九年一月にブンギ島に巡回に行った医師から得たものである。その後も彼は島内に入ろうとしたが、理由が告げられないまま、州政府の島への立ち入り許可が下りなかった。

なおこの島は、イスラム系住民が八割をしめ、豚の飼育は行なわれていない。なお、島民の話によると、病気の流行に先立って Red jungled fowl が、大量に死んでいる」

鵜川は、軽い戦慄を覚え、その場に立ち尽くした。Red jungled fowl という単語がわからないが、fowl というのだから鳥だ。多くのことが符合し、同時に多くの謎が生まれた。

この報告書の中で、巡回というのは、ボランティア医師による辺境地への医療対策の一つである。赤道一帯に散らばった島々を医師が小型船で回るのである。しかし、なぜブンギがいきなり制限区域になったのか。単なる伝播防止なのか。そしてなぜこの島で強力な脳炎が発生したのか。

先に見たアンボンの施設に収容された子供たちは、おそらくこの島から連れ出されたものだ。州政府は、せめて子供たちだけでも救おうと避難させたというわけか。そこまで好意的に見ていいものか。

「めずらしい人が来ているじゃないか」

声をかけられてふりかえると、白髪の男が広い肩を揺すりながら立っていた。院長の外山だ。

「てっきりパレスチナで消えてしまったものとばかり思っていたが」

鵜川は、院長に丁寧に挨拶し、勝手にパソコンを使ったことを詫びた。

「使用料は高いぞ」と外山は笑って腰掛けた。

鵜川は、自分が今、昭川市の診療所にいること、そこで起きていることを詳細に伝えた。

「深刻だな」

院長はぎしりと椅子をきしませた。

「ニュースでやっているから、知ってはいたがあまり気にかけていなかった。こんな話がある。長野のある温泉地で、エイズの感染率がバンコク並みになっている。しかも検査を受けた者のほとんどが検査結果を聞きに来ていない。深刻な事態だが、首都圏から百五十キロ以上も離れてしまえば、品の悪い冗談の対象にしかならない。これだけ交通網が発達していても、都市以外のところで起きていることには、不思議なほど危機感を持てないものだ」

うなずいて、鵜川は、今出した資料と昭川市で起きている事態の相似を説明した。

「昭川の人口は、どのくらいだっけ」と外山は尋ねる。

「八万六千です」

「しかも、海に囲まれてはいないから、外に広がる可能性がある」

「囲まれていればいいということにはなりません」

気を悪くしながらそう答え、鵜川は尋ねた。

「ところで、ブンギ島についてその後のニューズレターなどはありませんか」

外山は、首を振った。

「それではこの報告のその後は？」

「残念ながらない。あの国は、六五年のクーデター事件以来、独裁体制をしいている。報道の自由など全くないから、我々の得られる現地情報は向こうのメンバーの半径五メートル以内で起きたことだけなんだ」

鵜川は、少しの間考え込んだが、やがて躊躇しながら尋ねた。

「協力をお願いできませんか」

「もちろんＯＫだ。早急に現地に問い合わせてみよう」

「いえ、それだけでなく、一緒に調査していただけるとありがたいんですが。ここのメンバーの医師の方に」

「昭川市の日本脳炎と、向こうで起きたという脳炎らしい病気についての関連を調べるということかね？」

鵜川はうなずく。外山は顔を曇らせた。

「気持ちはあるが、おそらくみんな手いっぱいだろう。うちの本来の目的は、向こうの国々の医療活動の協力と後押しなんだが、今、別の問題が起きてしまっている。こちらからでかけるのでなく、向こうから入ってきているんだ。不法滞在の外国人労働者が病気になったり、工場で怪我をしたり、交通事故にあったりしている。保険もないし、もちろん金もない。その上、言葉の壁がある。メンバーは、そちらの対応に追われている。二年前から一般ボランティアの協力を得てやっているが、通訳をしたり役所や雇い主との交渉にあたったりするのは素人でもできるが、直接診るのは我々しかいない」

一昔前なら、現地にでかけてスラムや村々を巡回するというのが、彼らの活動の中身だったが、今は、国内でそうした活動が必要とされていることに、鵜川は複雑な思いがした。

鵜川はコピーした大量の資料を抱え、その足で保健センターに向かった。日本から遠く離れたインドネシアで起きたことと、現在昭川市で起きていることを結びつけるのはいかにも唐突で、たとえ大学病院に持ち込んだところで、この段階でまじめに取り上げられるとは考えられない。しかしとりあえず、あのコジュケイ駆除の夜に一緒に窪山の谷に潜んだ小西と、ハワイアンランドの修羅場を共にした堂元房代には、このことを伝えておきたかった。

センターについたときには、すでに六時半を回り、一階には夜間診療所のスタッフが揃っていた。

「あれ、きょう鵜川先生の当番だっけ」と房代が怪訝な顔をしたが、訳を話すと事務室にいる小西を内線電話で呼んでくれた。

資料を見せると、小西はちょっとあとずさりするように身じろぎした。ここに持ってきてはまずいのか、と鵜川は一瞬考えたが、そうではないらしい。

「いきなり見せられたって、辞書もないのに無理ですよ」

小西は片手を顔の前で振った。

鵜川は、文章の中の Red jungled fowl の部分を指差した。ヒトの流行に先立って死んだトリの名前だが、どんなものかわかるかと尋ねる。

「レッド・ジャングルド・フォウル……レッド・ジャングルド・フォウル……レッド・ジャングル・ホール……わかった」

小西はしばらく唱えた後に指を鳴らした。

「思い出しました。九州行ったときに鳥類センターで見たことがあります。ジャングルに棲む赤い鳥。セキショクヤケイって東南アジアに住むニワトリみたいなやつ。キジ目、キジ科」

そこまで言って、小西は言葉を切り、鵜川と顔を見合わせた。二人同時に、同じ言葉を言った。

「コジュケイの近縁だ」

さらに小西は、重要なことを思い出した。この鳥はほとんど飛ばない。ましてや日本に渡ってくる可能性など、皆無だ。

「で、これ、ざっと目を通してほしいんだけど」

「読めません、と言ってるでしょう」

小西はぎっしりと英文の詰まったコピーの分厚い束を指差した。鵜川は、呆気に取られたような様子で小西を見た。小西は反発を覚えた。並みの大学を出て、役所勤めをしている男に、いきなりこんなものを押しつけられたって、読めるはずがないではないか、と思った。

「あれ、小西君はお勉強ですか」

そのとき出勤してきたばかりの青柳が、顔を出した。

何が、お勉強だ、と小西は知らん顔を決め込む。

「へえ、世界保健機関の事業報告年報ね。あれ、日本脳炎か」

青柳は後ろから手を伸ばしてきて、コピーの一枚を取った。

鵜川はそちらに顔を向け、挨拶する。

「タイ北部では、毎年、十万人に対して、十四人にものぼる高罹患率になった……。別にうちの市に比べりゃ、高くもなんともないな」

　小西ははっとして、振り返った。

「青柳さん、それ読めるんですか？」

「いや、読めるなんてほどのもんじゃないですよ。あたしゃせいぜいハワイ土産のエロ雑誌を読むくらいで。なになに、インドでは東北ベンガル地方で、患者の爆発的発生があったが、それを導火点として、今までまったく日本脳炎のなかった北部全体に拡大した、か」

「ちょっと、待ってください」

　小西は遮る。

「青柳さん、外国語専攻ですか？」

「英語は外国語の内には入らないでしょ」

　気障《きざ》なこと言いやがって、と小西はつぶやいた。

「ま、この歳まで、いろんなことやって食ってきましたからね。アメリカのエロ本を訳したり、フィリピンの女を斡旋《あっせん》したり、とまあ、ねえ」

　小西は分厚いコピーの束を青柳に押しつけた。

「青柳さん、僕、受付しますから、それ、あっちの部屋で訳してください。日本脳炎関係の所だけでいいですから」

「あ、小西君、別に訳してもらわなくたって、要旨は言うから」と鵜川が声をかける。

「訳したほうが便利でしょう。こんなものすぐ読める人なんかいないですよ」と言うと、

「そうですか」と納得しかねたようにうなずく。

受付窓口に座って、日付印やらスタンプやらのチェックを始めた小西に青柳は声をかけた。

「あ、受付はやってくれないでいいですよ。診療時間まで二十分あるから、ささっと訳してあげますよ」

「はあ」

口をあんぐり開けている小西の前で、青柳は素早くページに目を通す。そして「あれっ」と首を傾げた。

「アンボンって、懐かしいな」

「えっ」と鵜川は、その手元を覗き込んだ。

「あたしは、しばらくいたんですよ」

「何をしていたんですか」

小西が尋ねると、青柳は例によってにやにやと笑っている。

「汚いし、臭いし、年中、マラリアだ、デング熱だ、コレラだ、と、まあ、地獄みたいな島だね。ただし向こうの人間は、つき合ってみるといい連中が多くってね。友だちになったら女房を貸してくれたりして」

「で、そこで何してたんですか」

再び、小西は尋ねる。

「昔、小さな貿易会社にいた頃ね、向こうに飛ばされたんですよ。それでついでに日本人観光客の世話なんかもしてたからね。物盗りがいない清潔なホテルを世話したり、薬屋を教えたり、良心的な売春宿を紹介したり。一時は向こうに家庭を持ってたくらいで。きれいな女が多いんですよ、あっちは。ただね、ヨメさんにしてみてわかったんだけど、かわいい顔して子供が四人もいるわ、その親兄弟までいるわで、そいつらがみんなであたしの稼ぎにたかってくるんですよ。こりゃたまらん、というので、軽いデング熱に罹ったのを幸い、ジャカルタに逃げ出してそれっきりです」

唇を引き結んで、鋭い視線を青柳に浴びせかけていた鵜川は、はっとしたように、身を乗り出した。

「青柳さん、バハサ・インドネシアは話せる？」

「そんな高級なものはほとんどだめだね。ま、向こうの方言でよけりゃなんとかなるけど。いいねえ、懐かしいね。地獄みたいな島が、日本に戻ってくると懐かしくなるから不思議なものだな」

鵜川は、立ち上がりやにわに青柳の両手を握りしめた。

「青柳さん、もしかするとこれから協力してもらうことがあるかもしれないけど、よろしくお願いします」

青柳はあとずさりした。

「そりゃいくらでもしますけど、手、握るのだけは勘弁してくださいよ」

それから青柳は、傍らのメモ用紙に訳文を書き始めた。要所要所を鵜川に確認しながら、驚くほど平易な翻訳文を書き上げてしまったのは、約束どおり二十分後だった。

一読して小西は驚き、日本の西南五千二百キロのこの島で起きたことと足元で起きている流行とを結びつけるのに、もはや躊躇しなかった。しかし上司にそれを見せるのは躊躇した。永井は、ブンギ島と昭川市を結ぶ感染の糸の存在を信じるだろう。しかしそれで何か働きかけることはすまい。良くも悪くも彼は、一市町村の実務屋であって、越権行為と他人の職域に首をつっこむことは、最大のタブーと心得ている。所長の方はなおさらだ。

小西は一晩考えることにしてその書類を抱いたまま、その日の九時過ぎに保健センターを後にした。

蚊避けの軍手をはめて駐車場に出ると、昼間の暑さで焼けたコンクリートから立ち上る熱気で長袖ジャンパーの下の皮膚がたちまち汗ばむ。たとえようもない不快さだが、命には代えられない。

繁華街をつっきり、アパートまでバイクを飛ばす。

道の両脇の店は、一様にシャッターを下ろしていた。もともと昭川市の商店は夜のしまいが早い。そこにもってきてこの騒ぎが起きてからは、居酒屋や牛丼屋、ファーストフードショップまでが、早く閉まるようになっている。それだけではない。シャッターを閉めたそれらの店の中には、すでに倒産したところがかなりある。

戒厳令でもしかれたように、町からはネオンが消え、人通りも途絶えていた。人々はエアコンの効いた室内で息を殺して秋が来るのを待っている。エアコンのない家では、出入口や窓に網戸を張りめぐらせ、便所の中にまで蚊取り線香を持ち込んでいる。この夏、商店が次々倒産する中で収益を飛躍的に伸ばしたのは、土建屋と薬屋とそして網戸の取り付け販売会社である。

二百メートルほど続く商店街を歩いている者はほとんどいない。まるで飲んで真夜中に帰るときのようだ。無愛想に下ろされたシャッターの間に、薄汚れたビニールの花飾りが街灯に照らされて夜風に揺れている。

人など歩いていないというのに横断歩道の信号だけが律儀に赤になる。小西はブレーキをかけるたびに路上に唾を吐いた。腹が減っているせいかひどく苛立つ。

近ごろ、残業のために夕食の出前を取ろうとしても、そば屋も定食屋も届けてはくれない。外に出るのをだれもが嫌がり、ケータリングサービスをやっているところは、メニューを二倍に値上げした。

商店街を抜けるとけたたましい音が耳を打つ。前方の闇に赤い円錐形が浮かび上がる。息の根を止められたような町で、道路の補修工事だけが続けられている。この前の台風で路肩が崩れたところだ。

バイクを左端に寄せて通り過ぎようとして小西が気づいたのは、作業員のほぼ全員が外国人ということだ。ここで急に増えた土木工事の作業員も、今はほとんど外国人に入れ替わった。この町の危険な屋外作業に就こうという日本人は少なくなったのだ。

日本人が逃げ出すほどの危険な作業をしていれば、当然、疫病にもかかる。この前も、夜間診療所に作業中に倒れたといって、スリランカ人が運ばれてきた。英語もフランス語も通じなくて、医者が四苦八苦していた。何かを必死で訴えてくるのだが、どこが痛いということぐらいならわかるが、微妙なニュアンスは掴めない。そして医師の細かな指示も伝わらない。医師は、必ず翌日病院へ行くようにと身振り手振りで伝えたが、理解できたかどうかはわからず、雇主に見せるように、と言って指示を日本語で書いた紙をもたせた。

果たして雇主が医師の指示通り動いたかどうかはわからない。もし重病だと判断したら、そのまま本国に帰すか、追い出すかするだろう。国内でエイズと診断された外国人女性たちがそうされるように。

当然のことながら、彼らに健保はない。雇主はこれまた当然のこととして治療費を払わない。国は、というと不法滞在者の治療費の肩代わりをするわけにはいかない。法的根拠がなくても、事が起これば対応しなければならないのが、行政の最前線だ。皺寄せは市町村に来る。昭川市福祉事務所のこの手の緊急支出はここへ来てうなぎのぼりに増えた。それが新型日本脳炎への対応を迫られる市の財政をさらに圧迫しつつある。

家に戻った小西は、自動販売機で買ったカップ麵で夕飯を済ますと、昭川市のこれまでの流行の経緯と、コジュケイの営巣地の調査結果などをその夜おそくまでかかってまとめ、それに鵜川から渡された資料と青柳の翻訳をつけてワンセットにした。

翌日の朝一番で、厚生省の中央感染症情報センターに電話をかけた。

昭川市の職員だと名のり、自分の得た情報内容を詳細に話した。電話の相手は何回か代わり、最後に話を聞いた男は、くどいほど小西の身分を確認した。

「そういうことになりますとですね、こちらではなくて、地方感染症情報センターっていうのがありますので、そちらの方に報告を上げてもらえますか。うちの方は、そこから送られてくるものについて、一括して処理していきますので」

すこぶるのんびりした口調で、相手は答えた。

「一刻を争うから、そちらに電話したんです。日本脳炎の本当のピークは秋口に来ます。きょうが、七月十五日ですから、あと一ヵ月ちょっとしかありません。そのとき患者数は爆発的に増えます」

相手は、遮るように答えた。

「ご存じの通り、うちは地方情報センターとはオンラインで結ばれていますから、べつにそちらを通してもらっても、格別、処理が遅れるとか、そういうことはないはずですから」

それ以上食い下がってもしかたないので、小西はいったん受話器を置き、県の情報センターに電話をかけなおす。

相手は、とにかく手にいれた文書を送ってくれという。小西はすぐに資料に、青柳の日本語訳をつけてファックスで送った。

これでやるべきことはやった。後は厚生省の迅速な対応を願うばかりだ。世界一有能な官僚と世界一整ったシステムを持つ霞が関が乗り出せば、この国境を越えた新型伝染病の正体は、たちどころにとはいかないまでも、今よりははるかに早く解明されるだろう。

調査団が組織されて現地に飛び、日本とインドネシアの小島をつなぐものが浮かび上がる。そして対策本部が作られ、より広範で大規模な調査が行なわれるだろう。同時に日本各地の医師たちの関心もこの病気に向けられ、新たな治療法の開発にも拍車がかかるに違いない。

保健センターの電話が鳴ったのは、しばらくしてからだ。

アルバイトの女性が受話器を取る。

「所長、お電話が入ってます。地方感染症情報センターからです」という声に、小西はぎょっとした。とっさに裏切られたような気分になった。

「あ、どうもいつもお世話になっています。えっ、知りませんよ。とんでもない。いたずらでしょう。うちの名前を語った……小西？　そういう名の職員はいますが、担当ではありません。市民の中には不安にかられてそういうことをする者もいますから。あ、いやいや、どうも、こちらこそ」

受話器を置いたとたん、所長は口元を引き結んだ。

「小西君、ちょっと説明してほしいことがあるんだが」

冷静な口調の下に、怒りの調子が含まれていた。

「バレたらしかたない。何も悪いことをしたわけではない、腹をくくる」という気になるほど、小西の肝は据わってはいない。「使いものにならない」だの「決断力がない」だのといつも陰でこき下ろしている所長でも、こうして呼びつけられ面前に立たされたとたん、小西の気持ちは万引きをみつかった小学生のように萎えていた。

「いったい何のファックスだったのかね？」

「あの、WHOとかから出された報告で……」

「WHOとかって、なぜ『とか』をつけるんだ？」

「だからその他、いろいろあったんで……」

「いろいろっていうのは何なのかね？　そもそも君がどうやってWHOの報告書だかなんだか知らないが、それを見たんだ」

「僕が見たっていうよりか、見て教えてくれた人がいて、コピーとかももらいましたので」

「又聞きとコピーとか、かね。原本に当たって確認は？」

小西は首を振った。

「だろうな」

所長は小西を見上げていたが、やがて長い息を吐き出した。

「君の軽率さは、なんとかならんか」

答える言葉はなかった。慎重に名を借りた前例主義、動きの悪さこそ、災厄をここまで拡大してきたものではないか。そんな正論を所長に向かって吐けるほどの度胸はない。

「どこのだれが君に、そういった情報を与えたのか、あえて聞くのはよそう。しかしたかだか市役所の職員とはいっても、行政マンとしてのスタンスは忘れないでほしい。いい加減な情報に踊らされて勝手な真似をするのだけはやめてくれ、みっともないことおびただしい」

それだけ言うとあっちに行けというように片手を振った。

まさにそのとき、保健所から昭川市に隣接する二つの市でまとまった数の日本脳炎が発生したとの報告が入ってきた。


そのころ鵜川は、問題の文書をパソコンネットで大学の研究室や大病院に流していた。その中にはコジュケイの検査を頼んだ病理学研究室も含まれていた。ただしどこかで拾い上げられ有効に利用してもらえる可能性は低い。

新型日本脳炎は、すでに五十名の死者を出した。昭川市という一自治体の規模から考えれば、これは大変な数だ。

厚生省は遂に動き出した。

一週間ほど前、大臣自らが国立予防衛生研究所を訪れ、日本脳炎の蚊の感染経路や予防法などについての説明を受けた。しかしその後の談話は「各自が蚊に刺されないよう注意をし、各自治体は蚊の発生を抑えるべく予防対策を取るように」という前回にくらべても一歩も前進していない内容だ。

そしてこの日、全国の自治体に日本脳炎に関する診療ガイドラインが配付された。だがそちらの内容についても特に見るべきものはない。

屋外の蚊の多くいる場所での活動では、なるべく長袖長ズボンを着用し肌を出さず、虫除けスプレー等を使用し云々。蚊に刺された後、発熱や頭痛などの症状が見られたときは、早めに医療機関を受診すべき……。

ガイドラインは、県から市町村、さらには医療機関にも下りていく。

県内にはいくつかの大学病院があるが、調査、研究、治療の実際的な中枢は、患者が一番多く運び込まれた富士病院にある。生の情報はそこに集まり、保健所や県と他医療機関との連携の拠点もまたそこにある。

しかしその富士病院が、初めからうさん臭い。

もちろん富士病院は昭川市で唯一の大学病院であり、近隣市町村の医療の中心であるが、その他の大学や製薬会社の研究室などでも、何かをつきとめた可能性はある。しかし治療法に結びつきそうな基礎研究の成果を発表しようとしたとき、今度は厚生省によってストップをかけられることが考えられる。

というのも名前こそ日本脳炎ではあるが、明らかに新種の奇病といえる病気の治療法やワクチンの製法をめぐり、個々の機関からさまざまな情報が入り乱れて国民の前に提供されたとき、患者だけでなく現場の医師も混乱し、それによって失われなくてもよい患者の命が奪われる可能性があるからだ。

しかしそうした慎重論で対処できるほど、今の昭川市の状況はのどかではない。

いざとなったら自分が動くしかない、というのは、資料を目にしたときから鵜川が考えていたことだった。動くというのは、物理的に動くことだ。

鵜川は通帳を見た。今月振り込まれた給与が、下ろす暇もなく丸々残っている。

次にカレンダーを見た。ここと同様、市民生協が母体になっている病院が、県内に二つある。旭診療所の実質的な経営者である革新系の市議に電話をかけ、わけを話して休暇を願い出ると、相手は快く承諾した。そして一週間ほど、別の病院から鵜川の代わりに医師を派遣するように手配してくれると言う。

旭診療所に来て六年、初めての長期休暇である。

一旦、受話器を起き、それから房代に教えてもらった青柳の電話番号を押した。これからしようとすることに、青柳が必ずしもふさわしい人間とは思えない。しかしこの際、彼の語学力と土地勘がなんとしても必要だった。

「はい……桃源郷」

寝ぼけたような声が出た。青柳本人だ。鵜川が名乗ると、「あれま、なんですか先生が、いったい」と相手はすっとんきょうな声を上げた。

「昨日も申し上げた通り、実は協力をしていただきたいことがあるんですが」

「はあ」

「インドネシア、行ってもらえませんか？　僕と一緒に」

「いいんですか？　こんなときに南の島で骨休めしてて」

冷やかすような答えが、間髪を容れずに返ってきた。

「骨休めでないことは、あなたが一番わかっているでしょう」

憤慨するでもなく、鵜川は言った。

「だけど先生、こっちだって仕事はあるし、金はないし……」

金はこちらで払うと伝えると、「まあ、鵜川先生はお医者さんだから、確かに懐はあったかいでしょうがね」と、一旦言葉を切った後、「いくらただとは言っても、あそこはね先生、四十を過ぎていくところじゃないですよ」と、いささか投げやりな口調で青柳は断った。

「今、この町を救えるのは僕たちしかいないんですよ」

「はいはい」

「今、僕たちは大きな鍵を握っているんです。しかしまだ他の医療機関や研究施設を動かせるほどの客観的で確実な事実を摑んでいない」

「あー、はいはいはい」

「ここにいてできるのは、これが限界なんです。現地に飛ばなければ得られない情報があるはずです」

「はあ、はいはいはいはい」

「ここはぜひ、現地の地理に詳しく言葉も話せる青柳さんに、なんとか協力してほしいんです。医療に携わる者として、そしてあなたもここの町の住民として傍観しているときではないとは思いませんか」

「つまりとんでもない病気の流行った島に乗り込もうって話でしょう」

青柳の口調は、急にしっかりしたものに変わった。

「悪いけど、勘弁して下さい。あたしゃ先生と違って、金も地位も、何にもないんです」

「僕のどこにそんなものがあるんだい？」

「医者っていうのはね、土台がわれわれと違うでしょうが」

「同じ人間じゃないですか」

一呼吸置いて、突き放すような笑いが返ってきた。

「先生は、小さい頃、茶わん持って道端で飯を食べたこと、ありますか？　あたしはね、座って食事した記憶がないんですよ。家にはしじゅう、いろんな客がきてましたからね。おふくろに追い出されるわけです。外に出てろ、とね。ほら、ガキがいると商売にならないというのがあるじゃないですか。雨が降れば、軒先で待ってるわけですよ。おやじ？　血は争えないというのか、おやじもいい加減な男でしてね。結婚して女房、子供を泣かせない分だけ、あたしの方がましですが。つまらないので、十のとき家出しましてね。それから家を出たり、帰ったり。なぜか可愛がられるんですよ、行く先々で、女に。だからグレたりはしませんでしたよ。ええ、大学にも入れてもらいました。途中でやめちまいましたがね。本気で惚れ合った女もいましたよ、二十歳の頃は。事情があって一緒になれず、死のうって旅に出たんですが、金がなくなってきたら、なんだか急にみじめになって、死ぬ気力も失せちまった。少し経ってから、その女と顔合わせたが、向こうは知らん顔だったね。それでも市役所に就職したんですよ。ここです、昭川の。おやじの兄貴が助役をやってて、あたしをつっこんでくれたんです。二年と六ヵ月でクビになりましたね。理由？　使い込みなんかしませんよ。組合運動に駆り出されたんですよ。一番若かったからね。やだ、とはいえないでしょう。そのとき、一緒にクビになった仲間は復職したけど、あたしは、なんだか抵抗するのも、かったるくってね。別にクビになったって、生きていけるわけだから。それからいい加減な仕事で食いつなぎ、女に養ってもらって……。それでこの年まで生きてきたんです。浮き草みたいなもんですよ。わかりますか？　先生」

「え……ええ」

なんと返事をしたらいいものやら、鵜川は口ごもった。

「世の中にはこういう男もいるんですよ。あたしはね、先生、金や地位など俺にはいらんと正義の味方やって、豪邸ぶっ建てる開業医どもをせせら笑いながら、ぼろ診療所で世間を睥睨《へいげい》できるほど、ご立派じゃないんですよ」

鵜川は顔から血が引いていくような気がした。

「まともな仕事もなけりゃ、家族もなし、あるのは体一つ。病気で倒れたときが最後で、あとは体よく女におっぽり出されて終わり」

「で、どうなるんです？」

鵜川はさまざまな思いを押し殺し、尋ねた。

「どうなるって？」

「だからその女性におっぽり出された後はどうなるんだって、尋ねているんですよ」

「またどこかの町に流れていって、いい加減な仕事して、いずれのたれ死んで、福祉事務所のワーカーに骨拾われて無縁墓地行き、そんなとこじゃないですか」

鵜川は少し間を置いた後、「そうですね」とはっきりした口調で肯定した。パレスチナのキャンプの光景が脳裏によみがえってくる。栄養失調に水頭症を併発して死んでいった子供の、真っ黒に蠅にたかられた顔が、瞼に浮かぶ。いくつもの死体を焼いた熱気とにおいが、皮膚と鼻孔の奥深くから、拭い去れぬ記憶となって現れる。

鵜川は目を閉じ、その光景を振り払うように首を振った。

「青柳さん、自分でもわかっているんじゃありませんか。だったらのたれ死ぬまでの間に、何か一つでもやりませんか。あるいは死に様と死に場所が、少しばかり違ってくるかもしれません」

今度は電話の向こうで青柳が沈黙した。

「自分のことを浮き草だというなら、少しの間、僕についてくれませんか。たったの一週間です」

「……………」

「それでは五日だけ」

「先生」

青柳は低い声で尋ねた。

「旅行代金は全額負担していただけるんでしたっけ？」

「それはもちろん」

「それじゃ、ファーストクラスにしてもらおうかな」

「え……」

とたんに受話器から笑い声がいっぱいに響いてきた。

「エコノミーでいいですよ」

行ってくれるんですね、ありがとう、と鵜川が言おうとしたのを遮るように、青柳は続けた。

「ただしね、先生。向こう行ったら、あたしの言うことをきいてくださいよ。郷に入れば、郷に従えってね。日本のインテリの常識は通用しないところですから」

その翌日、青柳の提出した休暇届けは、「なんならこの先ずっとバカンスしてますか」という小西の憎まれ口とともに受理された。青柳は、行き先も鵜川と行くということも、何一つ小西に告げず、「ちょっと南の島まで行ってきたいんで」と例によってにやにやと笑っただけだったのだ。

とにもかくにも、それから二日後、青柳と鵜川は成田からジャカルタに向かって旅立った。

16

昼前に成田を発った鵜川たちは七時間ほどでジャカルタに着き、蒸し暑い国内線のロビーで約四時間ほど待ち、午後八時過ぎ、アンボンに向かった。そこからさらに七時間のムーンライトフライトだった。

瞼を射るような日の出が一瞬見えた後、飛行機は大きく揺れながら、鉛色の雲の中に高度を落としていった。鵜川が不安を感じていると、青柳が大きく伸びをしながら、感慨深げに言った。

「ここはいつも雨ですよ。日本の夕立なんてもんじゃない、屋根に穴があくようなのが降ってきて、どこもかしこも水びたしで、人間の脳味噌までふやけちまう」

タラップに出た瞬間、鵜川はその言葉に納得した。

叩きつけるような雨に、あたり一帯は飛沫でかすみ、傘を広げる余裕さえない。

ずぶぬれになって空港建物に入り、荷物を受け取って外に出ようとしたが、今度はあらかじめ頼んでおいた迎えの車が、いくら待っても来ない。

「ここはこんなもんですよ」と青柳は笑いながら、雨の中を通りに飛び出し、軽トラックを止めた。運転手と何やら交渉していたが、しばらくして鵜川にむかって手招きした。

トラックの荷台に乗せられて、彼らはホテルのあるマナドの町に向かう。ホロを上げるとコンクリートブロックとトタンで作られた町が、降り注ぐ雨を透かして灰色に煙って見える。気の滅入るような殺伐とした眺めだ。

「昔は、オランダ風のけっこうしゃれた町だったらしいですけどね、第二次世界大戦のとき、日本軍がめちゃくちゃにしてしまったそうで。その上に、ほら、日本で言えばバラックみたいな家を建てたもんで、こんなことになったらしいですね」

三十分ほど揺られてから、車は二階建ての殺風景な建物の前に止まった。青柳が先に降りて運転手に金を払う。

バナナの葉でふいた屋根が張り出した下に、椅子とテーブルがある。カフェテラスがあるところから、この建物がホテルだとかろうじてわかる。

中に入ると、中国系とおぼしい男が、ゲーム機のガラスを拭いていたが、二人の姿を見るとカウンターの中に入って応対した。パスポートとカードを何度も確認した後、男は鍵を摑み、ついて来いというように合図し、正面のがたつく階段を先にたって上っていった。

案内された部屋は、壁や天井に無数のしみがあり、窓には錆びた鉄格子がはまっていた。部屋に足を踏み入れたとたん、五、六匹の蠅が顔にたかってきたのを鵜川は無造作に払う。いくつかの途上国を回ってきた鵜川にとっては、さほど気になることではなかった。

ホテルに荷物を置き、青柳を急かして「島から来た子供たちが収容された」とコラムに書いてあったカトリック系養護施設に行く。

場所は、青柳があらかじめ確認していた。ここは現地人への布教をめぐり、オランダ系のプロテスタントと、イエズス会士の持ち込んだローマカトリックのせめぎあったところだ。もっともせめぎあいは、もっぱら布教者同士のことで、ここの人々は両方を適当に受け入れ、祖先から受け継いだアニミズムの内に同化させてしまったが。

現在は、カトリック系の教会はごくわずかだ。施設はホテルから車で三十分ほどの丘の中腹にあった。

コンクリートブロックを積み上げた粗末な建物の中から現れたシスターは、銀縁眼鏡の小柄な西洋人だった。鵜川は手にした資料を見せ、近隣の島からやってきた子供たちのことを尋ねた。シスターは鼻に皺を寄せ少し哀しげに目を伏せると、ついて来るように言った。ナツメグの木の植わった丘を雨に叩かれながら上っていくと、いくつもの十字架が見えた。墓だ。

病気で亡くなった子供たちはここに眠っている、と言う。

シスターの話によれば、事の経緯は次のようなものだった。

五年前の一月に、近くの島の一つから子供たちがやってきた。その島の名を、と鵜川は尋ねたが、シスターはカイ諸島の小島だというだけで、島の名まではわからないと言う。ただしカイ諸島、というのが真実なら、ブンギではない。ブンギはバンダ諸島の島だからである。

三十四人の子供たちは、故郷の島が噴火したために避難してきた、と州の役人は説明した。救助に向かった小型船に子供たちだけを取りあえず乗せて、いったんネイラ島に避難し、その後ここに連れて来られたという。親たちが無事避難できたのかどうかは不明ということだ。

悲劇は彼らがやってきてから、二日後に起きた。熱を出していた二歳の子供が死に、それから一日の間に小さな子供たちが次々に死んでいった。

「もともとここには、似たような病気はありませんでしたか」と鵜川は尋ねた。

「よくわかりません」

シスターは落ち窪んだ灰色の目で、鵜川をみつめ、哀しげに首を振った。

「ここには、あらゆる病気があります。ほとんどの子供がなんらかの病気にかかりますし、かかったら最後、重くなってすぐに死んでしまうのです。先進国の子供たちに比べると、栄養状態も体力も劣っているのです」

「それでは生き残った子供たちには、会えませんか？」

「ここにはもういません」

シスターは、鵜川に背を向けると、傍らの木に咲いていた白い花を手折り、十字架の前に置いた。

「もういない、と言うと？」

「故郷に帰りました。彼らがやってきた一ヵ月後に、噴火が鎮まったそうです」

「帰った……」

鵜川と青柳は顔を見合わせた。

「彼らの故郷の島について、子供たちから何か聞きましたか？」

鵜川はせっつくように尋ねた。

「よくわからなかったのです。私たちには、子供たちが何を言っているのか、正確に把握することはできませんでした」

「わからない？」

鵜川が首を傾げた。

「先生、ここの国はね、島ごとに民族、言語、文化、宗教、みんな違うんですよ」

青柳がかわりに答えた。

州政府の役人は、多くを説明しなかったらしいし、子供たちは言葉が通じない。そしてここで半数が病死し、残りの子供たちは、一ヵ月後に再び連れ去られている。鵜川は何かひっかかりを感じた。

施設内を見ていきませんか、というシスターの申し出を辞退し、鵜川と青柳はそこをあとにした。

ホテルに帰る車の中で、鵜川は、青柳に明日バンダ諸島に飛べないかと尋ねた。

「金次第だね」

青柳は答えて、ちらりと時計を見る。そしてホテルに着くと、部屋に鵜川一人を置いたまま、どこかにでかけてしまった。夕方に一旦戻り、明朝、飛行機が出る、とだけ伝えると、どこへ行くとも伝えず、再びふらりと部屋を出ていった。

さきほど、カウンター前で、ここの従業員に「オンナ、いりますか?」とかたことの日本語でしつこく話しかけられたことから、鵜川は青柳の行き先を察し、腹立たしい思いにかられながら生温いビールを一人で空けた。

夜半から冷房は切れ、窓を開けると蚊が入ってきた。風はまったくない。便所の悪臭の漏れてくるシャワールームで汗を流したが、五分と経たないうちにじわりと汗ばんでくる。

青柳が持ってきたシッカロールを勝手に借用し、体中にはたく。

湿ったベッドに裸でひっくり返って目を閉じると、昭川市で起きていることが思い出され、焦燥感から胸やけがしてきた。

前日の午前十一時に日本を発ってからほとんど寝ていないにもかかわらず、目が冴えて寝つけない。

翌朝、アンボンから乗ったセスナ機は、群青色に輝くバンダ海の上を滑るように飛び、昼すぎに緑色に輝く島の一つに降りた。

昨日とは打って変わった晴天だ。空港にはロールスロイスのリムジンが来ていた。

この日の明け方に宿に戻った青柳は、ようやく寝ついた鵜川をたたき起こしバンダ諸島に行くなら、ぜひ会って挨拶しておいたほうがよい人物がいる、と伝えた。

エミル・サリムという実業家である。スカルノ政権崩壊期に犠牲者百万とも言われる反共大粛清に加担した人物とも伝えられる。もともとバンダの一つ、ルン島の出だが、ジャカルタで事業を興し、戻ってきたときには、莫大な富を築いていた。それで島の大半の土地を手にし、島内に巨大な邸宅を建てた。鵜川たちの降り立った滑走路も、実はサリムの私物である。

報道統制が厳しいこの国で、何か情報が欲しければ、地域の有力者に接近するしかない、と青柳は言った。

高床式の家々が点在する村の中に敷かれた一直線の道をリムジンは疾走する。

向かい合わせに座った青柳は、Tシャツ姿の鵜川に上着を着るように言った。サリムはここではただの実業家ではなく、王である、と言う。

「あ、そう」と言ったきり、鵜川は木綿のブレザーを荷物の中から出そうともしなかった。

まもなく車は町に入る。狭い道の両脇にブロックの建物がひしめいている。

汚水の流れる道ばたに赤ん坊を寝かせて、物売りをしているのは、十になるかならないかの子供だ。アジアではごく普通に見られる光景だが、鵜川は一瞬見えた赤ん坊の顔に息を呑んだ。チアノーゼで紫色をしていた。

クラクションを鳴らしながら、人々の間をリムジンは速度を落とさずに走っていく。

やがて車は、巨大な木製の門をくぐり、そこから先は極彩色の花々が咲き乱れ、そこここに碧の人工ラグーンの掘られた大庭園が広がっていた。

一際大きなラグーンに浮かぶように、サリムの邸宅とゲストハウスがあった。

磨き上げられた大理石の階段を上り、ラグーンの上をカヌーで渡っていったところに広いテラスを回した植民地様式の離れがある。

立ち襟のシャツに艶のあるドレススラックス姿の長身の男が立っていた。後ろに撫で付けた髪とこけた頬が、精悍《せいかん》さといくらかいびつな感じの知性を漂わせている。

「ようこそ、私がエミル・サリムです」と男は、日焼けしたなめらかな手を差し出した。バンダの王、という言葉に、宝石だらけの肥満した男を想像していた鵜川は少し驚いてその手を握った。

「高名な医学博士が日本から来られるとのことで、楽しみにしていました」とサリムは完璧なクイーンズイングリッシュで話しながら中に案内する。

更紗や貝殻で飾られた室内には、ほどよく遮られた外光と水辺を渡る風が入ってきた。エミル・ガレの花瓶と、ロセッティとおぼしい油絵がさり気なく飾ってある。

鵜川は居心地の悪さに、籐椅子の上で身じろぎした。

「ミシマはお好きですか？　ドクター・ウカワ」

挨拶代わりにそう切り出され、鵜川は返答に詰まった。流暢とは言い難い前置詞ばかり目立つ英語で、もぞもぞと答えながら、さてブンギ島の件については、どのように切り出そうか、と頭をめぐらせていると、サリムと視線が合った。

　値踏みするような、冷ややかな色が瞳の奥にある。一部の白人に感じる不愉快さを鵜川は目の前のインドネシア人に対して感じた。

「失礼ですが、ウカワさん、あなたは私が会った日本人の医者たちとは違いますね」

　その言葉に階級的な意味合いを感じ取って、鵜川はむしろ誇らしい気がした。が、すぐにあることに気づいた。

「以前に、日本の医者たちと出会ったことがあるのですか」

　鵜川は問い返した。サリムは押し黙った。形の良い唇が閉じられ、一瞬、表情が無くなった。そしてすぐにサリムはすこぶる上品な口調で答えた。

「ジャカルタにいたとき、具合を悪くしたことがあります」

　鵜川は「ジャカルタに日本の医者が」と言いかけ、それから「医者たちがいて、あなたが会ったのですね」と念を押す。

　するとサリムは「ええ、医者が」と単数形で答えた。

　サリムは、二人を離れの中央にある、ビクトリア朝の家具に囲まれた部屋に案内した。壁際に飾ってある陶器の壺に目をやって、青柳が「ほう」と感嘆の声をもらした。

　自己紹介が終わると、鵜川はさっそく用件に入った。

「実は、ブンギ島のことについてお聞きしたくて、こちらに来たわけですが」

「ブンギ？」

サリムは、鵜川から視線をそらせ、よく光る漆黒の目をうっすらと細めた。そして
「不潔で文化のない島だった」と吐き捨てるように言った。だった、と過去形を使ったのを鵜川は聞き逃さなかった。

実は、そこに行きたいのだが、と切り出すと、サリムは黙って首を振った。

「危険だ」

鵜川は唾を飲み込んだ。サリムは、続けた。

「あそこには怒れる山がある。数十年に一度は火を噴き、何もかも焼き尽くす」

「すると子供たちが、アンボンに避難したというのは……」

サリムはうなずいた。

「たまたま間に合ったのは、小さなボート一つで、子供だけは助けられた。四百人あまりの島民は、ほぼ全滅した」

「海へは、逃げられなかったのですか」

青柳が、バハサ・インドネシアで尋ねた。

「漁民の持っているのは、小さなカヌーだけだ。あの辺りは、遠い昔、激しい地殻変動があった場所で、流れが速く、しかも鮫がいる」

サリムは、英語で答えた。

噴火の跡をぜひ見たいのだが、と鵜川は食い下がった。サリムは首を振る。日本人は火山の怖さを知らないのか、と尋ねる。噴火は一時的には落ち着くこともあるが、数年の間は油断できない。とくにこの辺りの島は、信じがたいほど深い海底から火山が持ち

上がり、その頭頂部が辛うじて水に出ているようなものなのだ、一旦噴火すれば、辺りの水は煮えたぎる。

「二十年ほど前には、バンダ諸島の人口二千の島がやられました。たまたま隣のネイラ島と近かったので島民はカヌーで避難できましたがね。ただし家畜は死に、高地は火山灰で覆われ、家は焼けました」

「ひどい話ですね」

鵜川が低い声で言うと、サリムは笑って首を振った。

「必要なことです。この辺りは雨が多いし、耕地の傾斜が大きいのです。しかも島民は肥料も使わず、掠奪的に作物を収穫する。そしてあっという間に地味は痩せる。食べていかれなくなると、船に乗ってあちらこちらの町に出る。すると町は痩せ、ようやく育ち始めた技術、文化の芽はあっという間に、食い潰される。ありがたいことに火山灰は、滋養に富んでいるのです。十年も経てば、痩せた土地は元通りになり再び耕作できるようになる。しかもそれまでの沈滞した村や、汚れの堆積した醜い都市を、焼き尽くしてくれる」

「そうですか」

冷めた声で、鵜川は言った。

「鵜川先生よ」

隣で青柳が、日本語で耳打ちした。

「ネシアのインテリっていうのはね、こんなところに住んでいると、金は有り余っていても、文化に飢えてるんですよ。ブンギのことを聞きたければ、少しそれっぽい話をして機嫌をとってくださいよ」

そう言われても、鵜川は何を話していいかわからない。しかたなく壁の絵を誉めると、サリムの表情は急に穏やかになり、ひとしきりラファエル前派におけるシェークスピアの影響について話した。

その後、サリムの第三夫人だというごく若いジャワ人の女を加えて歓談は続き、その間にも、鵜川は執拗にブンギのことを尋ねた。サリムはその都度、さり気なく話題をそらしていたが、やがて目をちょっと細めると、鵜川を横目でながめ尋ねた。

「ずいぶん、興味がおありのようですが、ブンギの何をご覧になりたいんですか」

「風俗……インドネシアの海洋民族に興味を持っています」

とっさの機転だった。

「そんなことですか」

サリムは微笑んだ。

「明朝、船を出しましょう」

鵜川は内心飛び上がりそうになったが、サリムはすぐに言葉を続けた。

「ブンギと同じ民族で構成された島があるので、そちらに案内しましょう。丸木舟も漁の方法も、全く同じです」

失望感も顕わに、その顔を見上げていると、サリムは「申し訳ないのですが、私はおつきあいできません。明日は州知事の開催する式典でアンボンに招かれているので」と言った。青柳はそのとたん目くばせした。鵜川はお願いします、と言って、丁寧に礼をした。

　その夜は、鵜川はだだっ広い天蓋付きベッドの上で、前日よりさらに寝苦しい夜を過ごした。

「どうしたんですか？　悶々として」

　隣のベッドで青柳が尋ねた。

「来る途中に見た町の様子を思い出したんだよ」と鵜川は起き上がる。

「貧困のただ中に浮かぶ、桃源郷にいるっていうのが、後ろめたいですか？」

　鵜川はうなずいた。

「ここでそんなことといちいち気にしてたらやっていけません。まあ、真冬の鍋物みたいなものですよ」

「真冬の鍋物？」

「そう。外は北風がビュービュー吹いてて、耳がちぎれるほど寒い。ところがドアを一つ閉めれば、中は暖かい座敷だ。真っ白に曇ったガラス窓を眺めながら鍋をつつくから極楽気分なんですよ。外がぽかぽかしてたら、せっかくの鍋の味も半減しますよ」

　ひどいたとえだ、と思いながら、鵜川はスタンドを点けて、地図を広げる。青柳がアンボンで手に入れたバンダ諸島の地図だ。この辺りの正式な地図はないそうで、これは日本の旅行社の駐在員が、自分で作ったイラストマップだ。主な九つの島の他に、小島がいくつか書き込まれていたが、島名はない。

青柳に尋ねると、統治する者と住む者がそれぞれ違った名前をつけ、しかも民族によって発音が違うので、どれが本当の名前なのかわからない、と言う。ブンギはこのあたりだろうか、と鵜川はその南端にある、ほぼ円形をした島に見入った。

翌朝、海に面した庭園の端にある船着場に、大型ボートが待っていた。鵜川たちはサリムに見送られ、出発した。

湾を出たとたん、青緑色の海の色は、艶やかな群青に変わり、さらに濃い藍になった。昨日サリムが言った通り、急激に深くなっているのだ。

そのとき船縁に腰を下ろしていた青柳が、のそりと中腰で立ち上がり運転していた男に何か囁いた。男は、日本人にいきなりバハサ・インドネシアで話しかけられ、驚いたようだ。それから困惑した表情で手を振った。青柳は、ポケットから金を摑み出した。男は首を横に振りながら、その金を見ている。何かしばらく交渉してから、青柳はさらに金を上積みする。男はしぶしぶうなずき、いきなり進路を直角に曲げた。青柳は、鵜川を振り返って何か言ったが、モーターの音にかき消されて聞こえない。

「ブンギに行きますよ」

青柳が、大声で叫んだ。

五分もしたころ、ボートは真っ黒な島の前でスピードを緩めた。黒いという印象は、その海上に屹立した島全体が、焼け焦げていたからだ。まるで巨大なナパーム弾が炸裂した跡のようで、鵜川は思わず怖じ気をふるった。

そのとき青柳が、運転手に向かい怒鳴った。運転手は何か言い訳する。二人はエンジンを止めてしばらく言い争っていたが、しばらくして、船は急に方向を変えたと思うと猛スピードで進み始めた。

　船首が波にぶつかっては、ガンガンと金属音を立てて海面に叩きつけられる。衝撃で尻が痛み、鵜川は両手で船べりをつかみ、体を浮かせた。波の飛沫とともにイカが飛び込んできて、船底に黒く墨を吐く。

「野郎、違う島につれて来たんですよ、グヌン・アピっていう最近噴火のあったところだ。わからないと思ってやがる」

　青柳が憤慨する。今、言い争っていたのは、そのことで、相手は「ブンギに連れて行ったと旦那様に知られたら島にいられなくなる」とか、「燃料がない」とか言い訳していたが、無理やりブンギに行くように命じた、と言う。

　うねりがいっそう高くなり、船はスピードを落とした。男は何か言った。横手を見ると、ごく小さな緑したたる島影が見えた。噴火の跡などどこにもない。うねりは波に変わり、島の岸壁を白く洗っているのが見える。船は慎重に島を回り込む。浜が現れた。濃緑色の木々の間に家が点在している。

　男が再び何かさけんだ。

「港が破壊されているんで、船を浜に着けると言ってます。水の中を歩いて行くようにってことです」

　青柳が通訳する。

　やがてエンジンが切れて、正面にベージュ色の砂浜が広がった。その向こうに集落が

たずまいだ。

見えた。サリムの邸宅のある島やアンボンにあったような、コンクリートブロックとトタンの灰色の家々ではない。バナナの葉か何かで屋根をふいた、いかにも南国らしいたたずまいだ。

しかしどこか様子がおかしい。島全体が異様なくらい静かだ。正午の太陽は目の裏を射るように眩しく照りつけているが、島を覆う気配はどこか黒々と陰を帯びている。

青柳がズボンを脱ぎ捨て、財布一つを握りしめて海に入った。鵜川も荷物一揃いを船に置いたまま、財布とカメラを手にその後に続く。水深は小柄な鵜川の首くらいあったが、島に向かうにしたがって急速に浅くなっていた。

浜に上がったときだった。先に歩いていた青柳がちょっと足を止め、顎をしゃくった。

その方向を見ると、砂に半分埋まって白っぽいものが見えた。初めは動物かと思った。骨だった。人の骨がそんなところで、波に洗われているということは考えにくかった。しかし、骨に貼りついて海藻のようにゆらゆらと揺らめいているのは、明らかに人の衣服、すっかり色も抜けたTシャツの切れ端だった。

鵜川は、家々の方向にゆっくり斜面を上っていく。

「気をつけて下さいよ。このあたりはジャカルタよりニューギニアに近いんだから食人の習慣がありますよ」と青柳が声をかける。

ひどい偏見だ、と鵜川は首を振った。

ここは漁業で生計を立てていた村らしい。しかしカヌーは、陽と風にさらされ真っ白に砂を被っている。その脇に骨が散らばっている。カヌーを立てかけた高床式の住居の柱にもたれるように、もう一体。そっと階段を上り、崩れかけた住居内部を覗くと、さらに三つ、折り重なるように、骨がある。

小さな集落の中の砂を敷き詰めた小道にも、白骨が何体か無造作にあり、食器や調度品もそのまま、傾いた家々の中にも骨が寝ている。

鵜川は、カメラを握っていることをそのときになってようやく思い出し、立て続けにシャッターを切った。

パレスチナにいたときは死体など見慣れていたが、それにしてもこれだけ大量の白骨を見たのは初めてだった。

骨自体はどうということはない。それに昭川市の姿を重ね合わせたとき、さすがに戦慄した。ただし現代の日本では、こんな風に無造作に死が人目に曝《さら》されることはなく、病院の霊安室に行儀よく並べられる。

五年間、風雨と強い陽に曝された後には、当時の状況を示すものは、何も残っていなかった。

床上で分厚く埃をかぶっているものが目に入った。金属的なその色が、ここにふさわしくなかったからかもしれない。触れるとぐにゃりと表面が凹んだ。アルミ加工したパックだ。こんにゃくのような手触りに覚えがある。鵜川は拾い上げ、握りしめた。

保冷剤だ。ここに何か、冷蔵品を運び込んだ者がいる。ジュースかもしれない。離れた島にある町から買ってきた食品かもしれない。しかし、他の要冷蔵品の可能性があるのだ。

薬品、輸血用血液パック、生ワクチン……。

背後で青柳が神経質な動作で、まつわりつく虫を叩いた。蚊だ。

「鵜川先生、もういいかげんに行きませんか」

「もう少し」と言いかけ、骨をひっくり返して見ているのを青柳に腕を捕まれ、引きずられるように浜に戻る。

「荷物はボートの上なんですから、野郎が逃げ出したら、あたしらここで干涸びることになりますよ」

「まさか」

「こっちの人間のことはあたしが一番よく知ってるんです」

大声で言いながら青柳は走り出す。ボートは元の所にあった。青柳は財布を握りしめて、大股で海に入って行く。

濡れた体でボートに乗り込むと、鵜川はさきほど拾った保冷剤のパックを海水で洗った。分厚く貼りついた汚れを落とすと、アルミの銀色の生地が現れた。印刷された文字がうっすら残っている。

「本品は食べられません。再び冷凍し、繰り返し使えます」

日本語だ。そしてその文字の下に、さらに小さく何か書いてある。しかし眼鏡が手元にないので読めない。鵜川はそれを目から離した。ほとんど消えかけた文字はそれでも読めなかった。青柳をつついて、読めるかと尋ねたが、やはり首を左右に振った。

サリムの島に着くまで、鵜川はうねりと衝突して上下する船の上で、この島と昭川市を結びつけるものを考えていた。

とにかくあのアセアン医師連絡会議の日本支部で見たニューズレターにあったことは事実だった。そしてブンギで生き残った子供たちは、アンボンに連れて行かれたのだ。どこか別の島から来たと偽って、わざわざこちらの言葉の通じない西洋人のシスターのいる施設に入れられた。州政府も、そしてここの有力者であるサリムも、ここで起きたことを隠している。

ただの疫病の発生なら、隠す必要などない。何かがブンギで行なわれたのだ。

生物兵器開発計画、その言葉が再び鵜川の頭を過《よぎ》った。

海外債務を抱えた国、膨大な政府間援助、しかも同じバンダ諸島の中でも、波荒く深い海に隔てられた孤島。

これほど実験場として最適なところがあろうか。

この国の政府にしても、バンダ諸島の王と自称するサリムにしても、言語も民族も異なるこの島を、多額の報酬と引き替えに他国に差し出すくらいのことをしても不思議はないのではないか。

サリムの邸宅に着いたとき、ここの主人はまだアンボンから戻っていなかった。出迎えた執事に、彼らは客間に通された。

サリムの屋敷は、単なる個人の住居というわけではない。高級ホテルのないバンダ諸島のことで、知事や政府の要人などを迎えたときは会議やパーティー、宿泊などに使われている。そのため客間とは言っても、ホテルのロビーのようにだだっ広い。

建物を取り囲んだ人工ラグーンの澄んだ緑の向こうに、ブーゲンビリアやプルメリアの咲き乱れる庭園、反対側にはインクを流したような群青のバンダ海が見渡せる。

壁ぎわにあるビクトリア朝の家具を、青柳は値踏みするように眺めていた。

鵜川は、一人で中央にある体の埋まるようなソファに座っていたが、まもなく戻るというサリムはいつまでたっても現れる様子がない。あと一時間ほど待って戻らなければ、アンボンに戻ろうかと考えていた。

一方、青柳は景徳鎮の壺やら、調度品の一つ一つを弄《いじ》っては、感嘆の声をもらしている。絵皿の一枚を取り上げたとき、青柳は目を瞬《しばた》かせた。

有田か、九谷か、とにかく日本の焼き物である。骨董の類の多い室内で、それだけが奇妙に新しい。鶴に富士という通俗的な柄だが、焼きに高級感がある。日本土産であろうが、空港などで売っている安物ではない。

鵜川は青柳の手元に目を凝らした。青柳は、顔を上げると鵜川の方を見て、にやりとした。そしてよく見えるように絵皿を鵜川の方に向ける。

鵜川はその蒼みを感じさせるほどに白い生地と、繊細な鶴の羽模様を見つめた。青柳は、直径四十センチはあろうかというその皿を、もっとよく見ろ、とでも言うように、鵜川に押しつけてきた。受け取るとずしりとした重みが両手に伝わった。

そしてもう一度、その円形の全体を見たとき、鵜川は危うく皿を落としそうになった。絵柄の端、鶴の足元のあたりに、ごく目立たない小さなマークがあった。

円錐と試験管を表すU型の交差、富士大学のエンブレムだ。

青柳がうなずく。

慌てて分厚い皿を裏返す。金色の日本語文字があった。

「1986　富士大学」

何かの折りに、友好親善の目的で贈られたものだ。ブンギ—昭川市間、五千六百キロの距離が、するすると一本の糸で結ばれていく。

「その辺り、見てみよう。何かみつかるかもしれない」

鵜川は青柳をうながし、丁寧に部屋を見回り始めた。

執事がメイドをともなって部屋に入ってきたのは、そのときだ。布のキャップを被せたティーポットとともに、驚くほどの量のサンドウィッチとスコーン、小さなシュークリームなどが盛り合わされた皿が運ばれた。

緊張感でしこったようになっている鵜川の胃は、その大量の澱粉質を見ただけでせり上がってきそうだった。

サリムがまもなく戻るので、これを食べてしばらく待っているように、と執事は言う。

青柳は、シュークリームの一つを指で摘んで口に放りこみ、「お上品にハイ・ティーさせられるより、あたしゃ生ビールでも出してもらった方がいいね」と苦笑した。

鵜川は部屋を出て行こうとする執事を呼び止め、さしつかえない範囲で、邸宅内を見せてもらえないだろうか、と申し出る。執事は快く承諾した。

白大理石を敷きつめた廊下を抜け、ラグーンの上にかけられた木造の回廊を渡り、執事は、いくつかの会議室やボールルームを見せた。そして無数の調度品や由緒ある彫刻や絵画などの説明をした。サリムが金にあかせて集めた一大コレクションである。

三十分ほどして再び元の棟に戻ってきて、客間の隣にある執務室に入ったとき、鵜川の心臓は高鳴った。

「世界でも、ここと故宮博物院の二ヵ所にしかない物です」と執事が景徳鎮の巨大な壺の説明をしていた。

しかし鵜川と青柳は、別の物、その上の壁に貼られた写真を凝視していた。

中央に机と椅子があるきり、サリムの執務室は思いの外質素で実用的だ。唯一の美術品がその景徳鎮で、壁には絵のかわりに十枚近い写真が貼ってある。

各国からの視察団や要人が、ここを訪れた時の写真である。サリムと握手している写真がほとんどで、日本の閣僚の顔もいくつか交じっていた。そして景徳鎮の上にあるのは、白衣を着た人々の集合写真だったのだ。

日本人とおぼしい一人の老人が、サリムと握手していて、他のメンバーはそれを取り囲むようにして立っている。両端に、インドネシア人らしいスーツ姿の東洋人が写っている。

「この白衣の人々はだれですか」と、鵜川は尋ねた。できるだけ落ち着いた口調で言ったつもりだが、声がうわずっていた。

「日本の大学から、ここの人々を疫病から守るために来てくれた医師たちです」

慇懃《いんぎん》な口調で執事は答える。

「こちらはインドネシアの方ですか？」と鵜川は端にいるスーツ姿の男を指差す。

「ジャカルタのスンパティ社の社員です」

サリムは、ジャカルタに建設、機械、さらにコンピュータソフト会社を持っている。スンパティ社というのは、その中の一つだろう。その会社の人間が、日本の医師団、おそらく富士大学病院の医者たちと一緒に写真に収まっている。ただしサリムの経営している会社は、普通なら医療と関係のある分野ではない。

きな臭い目論《もくろ》みを鵜川は感じた。

「申し訳ないのですが、さしつかえなければ、写真を撮っていいですか」

鵜川はできるだけ平静な声で言った。

「ここで？　美しい景色の見える部屋がありますが」と相手は怪訝な顔をした。

「いえ、この景徳鎮と一緒に」と壺のそばに中腰になり青柳にカメラを手渡した。

角度を少し変えただけで、鵜川の背後にある写真が入る。ポーズを変える鵜川を写すふりをしながら、青柳は後ろの写真に焦点を合わせ、連続してシャッターを切った。それから鵜川は、実は急ぎの用事があり、これ以上待てないので帰ると執事に言った。

急いで出ても飛行機はない、空港で待つからいい、と鵜川が答えるとうなずき、慇懃な顔に初めて笑みを浮かべて「日本人はせっかちだ」と低い声で言った。

リムジンで送られて空港に着くと、セスナ機が止まっていた。パイロットはどこにいるのかと見わたすと、それらしい制服の男が一人、食堂でぶっかけ飯のようなものを食べている。

青柳が近づいていき、あれはいつ動くのか、とセスナを指して尋ねる。

「客が集まったとき」とパイロットは答えた。

「いつごろ？」

「だから客が集まったときだ」と再び同じ答えをする。傍らのベンチには、五、六人の白人がいる。オーストラリア人らしい。

涼しいサリムの館から出てきたせいか、空港の淀んだ暑さはひどくこたえる。腐臭と排泄物のにおいが入り混じって流れてきて、拭いても拭いても汗が噴き出す。これがこの島なのだ、と鵜川は思った。そしてつい三、四十年前の日本もこうだった、ということを多くの日本人が忘れてしまった。

この島に来た各国の要人が、島民の生活する町をリムジンで一気に通り抜け、サリムの屋敷を訪問するときからさまざまな間違いが起きてくる。

青柳は、パイロットの隣にどっかりと腰を下ろすと運賃の交渉を始めた。辺りを圧倒するような甲高いバハサ・インドネシアが飛び交う。夜間診療所の窓口に座っているときとは、打って変わった青柳の押しの強さを鵜川は啞然として眺めるばかりだった。

まもなく青柳は立ち上がり、ベンチのオージーたちに声をかける。白人たちは、一様に首を振った。いくら待ってもいいが理不尽な金は払わない、ということらしい。

それから数分後セスナは、日本人二人だけを乗せて、アンボンに向けて離陸した。

カバーの擦り切れたシートに座りベルトを締めると、青柳は前の座席のパイロットの方を顎でしゃくり、すっかり札の減った財布を鵜川に見せた。

その夜はアンボンで一泊した後、翌日ジャカルタに着いた。

空港からタクシーで官庁やオフィスの集中している町の中心部に乗り付けた。ビル壁面を覆うガラスをサングラスのようなブルーグレーに輝かせ、地上二十階建てのオフィスビルは建っていた。技術立国をめざすインドネシアの意欲とプライドを見せつけるような建物だ。スンパティ社を始めとするサリムの企業グループの本社がここに集まっていた。

タクシーを下りた鵜川は、玄関の階段をかけ上ろうとして、青柳に腕を摑んで引き戻された。

ビルの入口の両脇をショットガンを手にしたガードマンが固めている。

「大丈夫です、ビルに入ったくらいでは、とがめられませんよ」

鵜川が言うと、青柳は、へっ、と笑った。

「先生、それならそれでスーツくらい着てきて下さいよ。その作業ズボンにTシャツで、最先端ビジネスの牙城に入ろうっていうのが非常識じゃないですか。怖いのはガードマンじゃないですよ。そしたらこっちの流儀で取り調べられて、こっちの刑罰食らうんです。警察を呼ばれますよ。やばいことを嗅ぎ回っている外人だとみなされたら、こっちの刑罰食らうんです。それから大使館に助けを求めたって遅いんですから」

「しかし」

「五年、十年、こっちの塀のなかで暮らしますか」

鵜川は、うらめしい思いでビルを見上げ看板に目をこらす。幸い英語だ。
スンパティ社は、コンピュータソフト会社だというのがわかった。

17

昭川市中央部は、都市農業の拠点である。生産緑地法の申請を全国でも最初に行ない、安い税金と引きかえに、向こう三十年間、農業を行なうことを決意した農家が集中している。

しかし小規模ながら手入れの行き届いていた畑は、今は放置されていた。狭い農地を痩せさせないために、彼らは輪作を行なってきた。かぼちゃ、トマト、いんげん、葱、なす、などの作物を、毎年、周到な計画の下に、植え付ける。一年ごとにその場所を移すために、実ると同時に手早く収穫し、そのあとはすみやかに片付けて次の苗を植える。

手をかけることによって、多品種、高品質の野菜が、昭川市周辺の市町村に送り出され、人々の食卓を賑わしていた。ところが、この夏は違う。

収穫する者も、収穫を終えた根を引き抜く者もいない。トマトは真っ赤に熟れ、やがて崩れて種になる。きゅうりはへちまのように大きく黄色くなっていく。

蚊だらけの畑に行くことなど、ロシアンルーレットと同じだ。腰に蚊取り線香をぶらさげたところで、蚊の数が圧倒的に多いのだから効果は期待できない。

それでも十年前なら、危険をおかして畑に出る価値もあった。放てきされた畑が増えれば、市場に出回る量が減って、作物の値段が急騰するからだ。しかし今は全く関係ない。

新鮮、安全をうたった低農薬、有機栽培の昭川の生産物の量は、青果市場全体では微々たるものだ。昭川農協の赤いテープのまかれた朝穫り野菜は、遠方から来たものにとって代わられた。高知のオクラや北海道の葱はもとより、ニュージーランドのかぼちゃや、中国の枝豆、アメリカのブロッコリーなどが、安定した価格で供給されている。地元の野菜を優先的に置いてくれた生協や零細スーパーの棚と信用を昭川市の農家は確実に失いつつあった。

そして七月も下旬になると、日本脳炎はゆっくりしたペースで周辺の市に広がっていった。

隣の市では、保守系の議員が昭川市に抜ける街道を封鎖すべきではないか、と発言し、また反対側の川を挟んで接してる隣市の方は、昭川市が河川沿いに作った欅公園の木々の伐採を申し入れてきた。

近隣の市での患者発生数が十名を超えた七月二十四日、県の保健予防課では十四回目の対策会議が開かれ、もはや自治体レベルの対応は難しいという結論に達した。

厚生省エイズ結核感染症対策室は、その日は空《から》になっていた。

午前零時を回る残業が普通のこのセクションでは来年度予算編成の時期を迎え、その繁忙ぶりは想像を絶するものだった。

オフィスにはごく下っぱの留守番を置いただけで、残りのメンバーは陳情や問い合わせなどの電話のかからない会議室に逃れていた。そこで山のような書類と数字を相手に格闘していたのである。

計算器を叩く音、書類をめくる音以外、無駄口を叩く者など誰一人いないその部屋に、内線電話が入ったのは、午後もごく早い時間だった。

事務室に残してある女子職員が、埼玉県の保健予防課職員の来訪を告げた。

「アポは入っているのか？」

他の者の仕事を妨げないように、国の係長は声をひそめて尋ねる。

「電話連絡を入れて、オーケー取ってるって言ってます。係長、受けられたんじゃないですか？」

慌ててビジネス手帳を探すが、書類の山に埋もれてなかなか出てこない。ようやく掘り出し、ページを開くと、確かに彼自身の字でメモしてある。

「取り込んでいたので、失念していた。それで向こうの顔触れはどんなところだ？」

尋ねながら時計に目をやる。現在一時半、何とか三十分程度で切り上げたいところだ。

「保健予防課の課長補佐、予防係長、それから担当一人です」

「課長はついて来てないな」と係長は確認した。

「ええ」

「それでは、うちは課長補佐を出す必要はない。私と担当が出ればすむだろう」と、手帳を閉じる。

二時からエイズ関係の担当者会議が入っている。急いで担当二人を呼び、応接室に向かう。

県の役人三人は一斉にソファから立ち上がり、頭を下げた。こちらを、と手渡されたのはせんべいの詰め合せだ。需用費で賄われる単価契約の品でろくなものではない。

型通りの挨拶をかわした後、すぐに本題に入った。

県の担当者は、新型日本脳炎の現在の発生状況や県で行なっている対策などについて、一通り説明していく。ただし病気そのものについて、特に一部の医療機関から寄せられた今までにない特徴については、語られなかった。

一つには、これはあくまで事務レベルの打ち合わせであって、医療関係のものではないからであり、もう一つは、この病気が今までにない特徴を持っているにしても、日本脳炎である以上、法定伝染病としての行政対応は隅々まで定められており、新しい感染症としての対処は、この段階では期待できないからだ。現に病原体を直接叩く有効な方法は、未だにみつからず、発病した患者への有効な治療法もない。国が対策に乗り出したところで、自治体とさほど違うことができるわけではない。

一通り状況説明が終わったとき、国の係長は、「失礼」と立ち上がった。

「申し訳ありません、会議が入ってまして」と丁重に謝り、席を外した。ヒラの担当二人が残った。

「いきなり三桁に乗せるとは、予想できませんでしたね。ここ七年、関東以北での日本脳炎の発生は、一、二件に留まっていたのですが」

若い担当者は今さらのように言った。

「何か原因は考えられませんかね」

係長の出ていったドアを憮然としてみつめたまま、県の課長補佐は尋ねるともなく言う。

「わかりませんね。ご存じの通り、こちらでは全国二千施設の定点医療機関から患者情報を寄せてもらっているんですが、今のところ、こうしたケースは他からは上がってきてないんですよね。過去の患者情報のデータを解析しても、そちらのケースとの関連は出てきません。今の段階では、なんとも言えません」

憶測でものを言ったために起こる混乱を徹底して避ける、という賢明さを上級官庁の役人は持っている。

「いずれにしても、さっそく各方面に働きかけて、まずは広報活動から着手しなければならないでしょう」

「広報というと、具体的には？」

「いや、その内容については、もう少し時間をいただいて、検討してみないとなんとも言えないんですが。何よりもこれ以上の流行を食い止めるのが急務ですから、できるかぎり効果の上がる方法を考えなければならないでしょうね。それからもう一つは、すでにやっている学術協力に関してですが、もう一段進める必要がありますね。審議会ないしは専門委員会の設置といったことも検討しなければならないでしょう」

「専門委員会というと」

「まあ、前例はないんですが……」

　そこまで言って国の担当は唇を引き結び、何か考えていたが、やがてすこぶる慎重な様子で、言葉を選びながら答えた。

「私は事務官ですから、技術的な話はできないのですが、一つは疫学、もう一つは病理学の方面から、より広範で密度の高い調査を行なう必要があるでしょう。従来の抽出型の方法ではカバーしきれないと思いますから。その上で、学識、技術、材料等々を集めて総合的に対処をする方法を考えなければならないでしょうね。地方衛生研究所と病院、医院、施設など、予防医学と治療医学が、密接に連携しながら原因なり、具体的対策なりを探っていくわけですが、そのあたりは各方面と協議しなければなりませんが……」

　そこまで言うと、隣に座っていた、まだ二十代と見える担当者がうなずいた。

「なんとしても広範な流行だけは食い止めなければなりませんからね。幸い今のところ発生地域が限定されていますが、なにしろ都心から五十キロ弱しか離れていないですから」

　県の予防係長は、顔を上げ、腰を浮かせた。何か言おうとしたが、とっさに言葉が出ない。

　幸いとはどういうことだ？　地方都市で何が起ころうとかまわない。それはそれぞれの自治体で解決する問題だ。ただし首都に影響が及ぶとなれば別だ、とそういうのが、おたくらの本音か？　口を半開きにして、テーブルを挟んで相手を睨みつける県の役人を、若い担当者は怪訝な顔で見ていた。

隣に座った課長補佐が、その背広の裾を摑んで、おちつけというように引っ張る。

係長は、唇を嚙んで座り直す。

実際のところ、この病気がなぜ流行し、どこから来たのか、という原因論よりは、今発生しているこの病気をどうやって食い止め、市内、最低でも県内に封じ込めるか、という方法論が先行する。少なくとも都心への流入だけは避けたい、それが中央の本音であるように彼には思えた。

一見、国側の誠意を疑うような打ち合わせだったが、その内容は、正確に上に報告された。そして、その翌日から厚生省は疫学調査と病理調査の二つの緊急対策委員会の発足に向けて動き出した。

予算事務の合間をぬって、担当者はまず、各大学、研究室、病院の医師の名簿を集めた。疫学調査と病理調査それぞれについて、委員七名、専門部会委員十三名ずつ計四十名がこの中から選出される。

彼は名簿の中から候補者を選び出し、別室で予算編成作業にかかっている上司のところに持っていった。係長相当職のノンキャリアの上司は、電卓を向こうへ押しやると、担当の書いた一覧表を赤ペンでチェックしていく。

「このK大のO先生とT病院のI先生ね」と、その名前をペンの先で叩く。

「同じ専門部会には入れられないんだ」

「なんで？」

この二人は、感染症についての若手のエキスパートである。

「二年前、教授のポスト争いですったもんだやった仲だから、余計なもめごとが起こる」

「するとK先生も、同じ事情ですが、別のところへ入れますか。それとも外しましょうか」

係長相当は、額に縦皺を寄せた。

「外すというわけにもいかないだろうし……それからここ」と次のページを指差す。

「M先生を入れておいて、U先生を落としたとなると後々、問題があるぞ。なんとかならんか」

「しかしU先生を入れるとなると、O先生の一派が……」

「なるべく関連のない部会に入れて、どうにかならんかな？　ところでいつも世話になっているN先生はどうした」

「あの先生は、免疫学の方ですから」

「しかし今回外すのは問題がある」

「そうすると本当に日本脳炎ウイルスを専門に研究している先生方の枠がなくなりますが」

「それもそうだが、かねあいの問題だからな……」

議論は果てしなく続いた。そして二日後、門外漢ばかりだが、人事的にはまずまず無難な顔触れが揃った。

18

憔悴してはいるが興奮した表情の鵜川が夜間診療所に現れたのは、七月二十四日の夜だった。よく日焼けした青柳が休暇を取ったことを詫びながら、交代勤務してくれた事務員や看護師に土産物の菓子を配っている間に、鵜川は写真を持って三階の事務室にやって来た。

残業している小西に挨拶すると、一枚の写真を見せた。写真を写した写真だ。不鮮明ながらも白衣を着た医師とおぼしい数人と長身のアジア人が写っている。

「あれ」と、小西は首を傾げた。やや不鮮明ではあるが、白衣の人物のうち、中央にいる一人はすぐにわかった。

「なんですか、これ。富士病院の辰巳先生じゃないですか」

鵜川は、やはりというようにうなずくと、封筒を逆さまにした。数枚の写真がばらばらと落ちた。拾い上げた小西の手が止まった。

「クーデターの虐殺跡ですか？」

「いや……」

覗きこんだ永井係長が、小さく眉間に皺を寄せた。

写真には、ブンギの高床式住居の内部や道端に転がるおびただしい数の白骨死体が写っていた。

鵜川はこの写真を撮った経緯や、彼が南の島で見てきたことについて話した。ブンギで発生し、島民をほぼ全滅させた病気と、今、ここで流行っている新型日本脳炎が、おそらく同じものであること。そしてブンギにほど近い島に住む、地域のボス、サリムの屋敷で見た富士大学病院から贈られた、１９８６と刻印してある記念品と写真。ブンギの一件を隠そうとする、サリムと州政府。

小西は、声もなく聞いていた。仕事をしているふりをしながら、永井もこちらの話に耳を傾けている。

「つまり富士病院のチームは、生物兵器開発のための生体実験をブンギでやったということですか……」

「日本の大学病院の人権感覚からして、驚くようなことではない。同じ日本人として僕は、なんと言ったらいいか」

沈痛な声で言いながら、鵜川は写真をしまった。

「確かにブンギでその病気が流行った年と、富士病院の医療チームが、バンダ諸島の大物の邸宅を訪問した年が接近している、というのはわかりますが、必ずしも富士病院の医者が、ブンギの一件に関わっている、という証拠はないですね」

小西は尋ねた。

「ブンギに上陸したとき、民家の一つから発見しました」

鵜川は、バッグからごそごそと何かを取り出した。銀色のパックに包まれた保冷剤だ。ひどく汚れ、古びている。銀色の地にごく淡く残っている字を鵜川は指差す。

小西には見慣れた名前と住所が読み取れた。この地区にある岡島薬品の代理店のものだ。保冷剤はその代理店が、医薬品を届ける時に使っている。

つまり富士病院の医療チームが、岡島薬品から買った薬か、あるいは輸血用血液か、そんな要冷蔵の何かを持ってブンギに上陸したということか。

「今度のことも、富士病院がかんでいて、あそこの実験施設から病原体が広がったということですか」

思わず保冷剤を握りしめ小西が言うと、永井が顔を上げ目配せしてきた。やばい話題だ、乗るな、という意味だ。しまった、と小西は思わず自分の口を押さえた。先程から、富士病院、富士病院と連発していた。

「それにしても遠い南の島で何やるのも勝手だけど、地元で撒き散らすのだけは、許せない。実験施設も、そのインドネシアの小島に作るべきだ」

小西は呻くように言った。

非難をこめた鋭い視線で鵜川は小西を見て尋ねた。

「君のそういう発想は、どこから出てくるのですか」

小西は立ち上がり、わざとらしく言った。

「そうだ、夜間診療所に用事があった」

鵜川を引き立てるようにして、事務室を出る。人のいない非常階段を下りながら、小西は尋ねた。

「ようやく、ここで流行っている日本脳炎の正体解明に一歩近付いたってことですね」

鵜川はうなずいた。

「今、僕たちは、得体の知れない病気に手探りで対処しているんだ。もしもこのウィルスが、どのようにして作り出され、どのような性質を持っていて、どのような感染経路で広がったのかわかれば、もっと有効な対処ができる。もしも生物兵器であるなら、おそらくそうだろうが、必ず制御の手段がある。味方の兵のためのワクチンも同時に開発するのが普通だからだ」

「ただし情報はすべて、あそこの中ってことですね」

あそこ、と小西はタブーである固有名詞を避ける。

中で何が行なわれているのか知るには、富士大学病院の実験室の塀はあまりに高く厚い。しかしどうやって出たものかはわからないが、ウィルスにとっては、ここの危険防止基準P2の施設の壁は、脆いものだったらしい。

「で、これ鵜川先生は、どうするんですか」

鵜川は黙っていた。

「警察ですか、それとも保健所ですか」

市役所の保健予防課の手には負えない、そういう意味合いを込めて、小西は言った。

「他国で行なった生体実験については、日本の警察は何もできない」

「ブンギの生体実験や、兵器製造についてはともかくとして、ずさんな管理でウィルスを外に出したってことの責任は問えるんじゃないですか。損害賠償が認められるかどうかは別にして、裁判になればこの実験の内容資料も公開されるし」

鵜川は目を閉じてかぶりを振った。

「小西君、薬害裁判でも同じことだったが、こういうのは訴えた側で、バイオハザードが実際に起きたということを立証しなければならないんだ。当然のことながら守りにまわった側は、徹底してシラを切る。もちろん情報公開などするはずがない」

「証明できるじゃないですか。ブンギで集めた証拠と、先生がこの間、持ってきたアセアン医師連絡会議のニューズレターやそれからアメリカ陸軍の生物兵器開発計画に関する文書、これだけ揃ってもだめなんですか」

鵜川は沈痛な表情のまま、口元にだけ笑みを浮かべた。

「裁判上採用される証拠というのは、こういうものではないんだ。これでは憶測の域を出ない。実験内容データか、それに準じるものでないと……」

「マスコミには？」

「リークしてあるが、相手が大病院だし、やけに慎重なんだ。この前の予研を相手にしての勇み足が尾を引いているよ」と鵜川は肩を落とした。

小西が一階に下りていくと、窓口から青柳が首を出し呼び止めた。手招きして土産物の菓子を押しつける。

「青柳さん、鵜川先生とインドネシアに行くのなら、そう言ってくれればいいじゃないですか」

小西はお礼の代わりに、文句を言う。

「それなら出張扱いにしてくれるの？」

にやつきながら、青柳は小西を見上げた。

「できるわけないでしょう」

「で、どうなの。役所はちゃんと富士病院を捜査するの？」と青柳の後ろから、房代が顔を出した。

「役所に捜査権なんてものがあると思いますか？」

「ちょっと、入って」と房代は、有無を言わさず小西を診療所内に引っ張り込む。

患者は少ない。最近、内科系の患者はあまり夜間診療所に来なくなった。特に急な発熱などのような場合、新型日本脳炎を疑って、最初から重症患者を対象にした救急病院に行く。そのために近隣の市町村の病院は、増え続ける患者に対処しきれず、肝心の重症患者に手が回らない、という新たな問題を抱えていた。

「鵜川先生と青柳さんが、あれだけ証拠を集めてちゃんと見てきたのに、何もできないの？」

小西は先ほど鵜川から聞いたことをそのまま伝えた。

「実験内容のデータを見られれば、いいのよね」と房代はちょっと顎を引いて、確認した。

「忍び込むって、いうんですか、産業スパイみたいに。言っておきますが、警戒は厳重ですよ。生物化学兵器で、アメリカ国防総省やらインドネシア政府やらがからんでいるとすれば、とうてい手に負えません」

房代は、首を振った。

「忍び込まなくたって、向こうから出てきてる人もいるわよ」

「え」

「だからブンギの実験の親玉が」

「だって、あの先生は完全な植物人間でしょう。ひょっとして、もう死んでるかも」

「何言ってるの。回復してるかもしれないでしょ。あら、患者さんが来た」

房代は首をのばして玄関をうかがうと、大きな尻を左右に振りながら小走りに持ち場に戻る。

小西が出ていこうとすると、声が追ってきた。

「今週の日曜日、つきあいなさいよ」

もちろん辰巳に接触してみることに異存はないが、「つきあいなさい」という命令形に小西は口を尖らせ、その場を離れた。

小西がアパートに戻ると同時に、電話が鳴った。房代だ。桜ケ丘病院に連絡を取ったと言う。当直の看護師の話によると、辰巳はまだ生きていた。しかし容体が悪化し、面会はできないらしい。

「やっぱりね」と、小西は一カ月ほど前に見たあの干からびた魚のような辰巳の姿を思い出した。

貴重な生き証人だったんですけどね、と言いかけて気づいた。貴重な生き証人だから、向こうにとって生きて何かをしゃべられては困る。

「ちょっと堂元さん、この前見舞いに行ったときは、一応、治ったけどこれ以上良くも悪くもならないって、確かそうあっちの看護師が言ってたそうですよね」

「ええ、症状が固定しているって」

「それがなんで今、面会謝絶になるほど悪化したんですか」

「そうなのよ」

房代は少し間を置いて続けた。

「寝たきりの年寄りっていうのはね、いろいろな病気を併発していくものなの。あっちを治せばこっちが悪くなるって具合で、結局いろいろなところがみんなだめになって死んでいくのよ。ただ、あの先生の場合、それだけでもないような気がするね。現場の看護師さんは、何も知らずに、この前私たちを面会させてくれたけど、後でだれかに叱られたのかもしれないわ」

「だれかって？」

「だから、今回の実験に関わっている人……」

「そもそも辰巳って、あの医者、なんで日本脳炎なんかになったんだろう。なったんじゃなくて、させられたってことはないですか。ウイルスを注射されて」

そうなったきり、房代は返事をしない。

「生物兵器開発だかなんだかわからないけど、とにかくあの先生、そうとうやばいことしていたわけでしょう。ところがですよ、去年のあの予防接種に出てきて、ああいうとんでもないことをしゃべって、とんでもないことしてるわけですよ。ボケがきたっていうか、自制心がなくなったというか。一旦、重大な秘密を握った人物がボケだしたら、どうするか……消す。そうでしょう。でもおかしいな、それなら本当に消しますよね」

「素人さんが考えるほど簡単じゃないのよ、薬にしても病原体にしても、きっちり死なせるだけの分量を飲ませたり注射するっていうのは。薬なら経験ってものがあるからまだしも、ウイルスじゃ、今までたぶんだれもやったことないでしょうからねえ」

「そりゃそうですが、辰巳秋水が生き返ったところで、自分とこに入院してるんだから、また殺せるじゃないですか」

「そう簡単にできますか、テレビドラマじゃあるまいし。実際に手をかけた人は、それこそ怖くて怖くて、毎日びくびくしてるでしょう」

「でも危ない事態になったら、もう一度やるかもしれませんよ」

そこまで言って、小西は叫んだ。

「大変だ。症状悪化の面会謝絶って、消されかけてるってことじゃないですか」

房代の返事はない。鼻息だけが、受話器から聞こえてくる。

「どうします、一刻を争いますよ」

「だめでもともと……一応、行ってみようか」

驚くほど間延びした声で、房代は言った。

翌日、小西は終業のチャイムと同時に保健センターを出た。伯父が倒れたので見舞いに行く、と偽って、この日の残業は断った。

まず旭診療所に行き、鵜川に事情を話し、ブンギの写真を借りる。それから車を飛ばして東京の桜ケ丘まで行った。早めに着いたのでしばらく近くの喫茶店で時間をつぶし、午後の九時を回ったところで、病院の玄関に入った。

ナースサンダルの踵をぱたぱたさせて、房代が玄関にやってくる。なんと白衣を着ている。

「なにニセ看護師やってるんですか」

「正看護師にむかって、ニセ看護師とは何事よ」

房代は足速にリノリウムの廊下を歩いていく。その後を小西が足音を忍ばせてついていく。

「平気なんですか、もう面会時間なんか終わってるじゃないですか」

「そんなもの、だれも守っちゃいないわよ」と言いながら、房代は階段の踊り場を顎で示す。暗がりでパジャマ姿の女とジーンズをはいた若者が抱き合っている。

「けしからん」と小西は舌打ちした。

「ひがまない、ひがまない。みんな会社終わってから、お見舞いに来るんだから」

カップルの脇を通って地下へ下りる。

「辰巳先生の部屋は、一階じゃありませんでしたか」

「ナースステーションの前を避けて、地下から行くのよ。エレベーターで昇れば先生の個室の真ん前に出られるから大丈夫」

地下に人影はない。磨かれたように白いリノリウムの廊下を二人は歩いていく。

「何ですかここは？」

「剖検室」というプレートを指差し、小西は尋ねる。

「解剖するところ、ほら、隣が霊安室」

ひっ、と小西は小さな声を上げた。急に消毒液のにおいが鼻につき始めた。

突き当たりまで行ってエレベーターに乗り込む。やけに奥行きがある。

「移動ベッドが入るようになっているからなのよ」と房代が説明する。

「つまり、死体をここに下ろすんですね」

「別に死体とは限らないけど」

ドアが開いて、正面に名札のない個室があった。辰巳の部屋だ。面会謝絶の札もない。このフロアはずっと個室が並んでいる。重症患者専用というよりは、高い差額ベッド代を取るための部屋だろう。ドアの作りも重厚で床にカーペットが敷いてある。

「まさか監視カメラなんかつけてないでしょうね」

ドアに手をかけ、小西は尋ねた。

「あるわけないでしょ。モニター睨んでいる暇なんか看護師にはないんだから」

素早くドアを開け、体を滑り込ませる。房代はスタンドを点け、眠っている辰巳の肩にそっと手をかけた。

「先生、先生、お見舞いに来ましたよ」

透き通るように青白い瞼を辰巳は持ち上げた。それからかすかに顔をしかめた。重体なんかではない。それにボケてもいない、ととっさに小西は判断した。小西の母親と折り合いの悪い祖父が、ときおり嫁を困らせるためにボケたふりをするので、演技のボケはすぐに見分けがつく。

うっすらと小西を見た目は、「何しに来た。わしはお前なんか知らん」とでも言いたげな不信感に満ちた表情がはっきり見えた。

「辰巳先生、辰巳先生、おかげんはどうですか？　ご飯は食べられます？」

房代がささやく。

辰巳はゆっくりと目を閉じた。臨終の時はこんな風だろう、と思われるような、ゆったりとした、ごく自然な目の閉じ方だ。

とたんに小西の中で、怒りが沸き起こった。辰巳が富士病院によって抹殺されつつある、などというのはとんだ見込み違いだ。この前見たときより、辰巳は明らかに健康そうになっている。これは大物政治家が刑事起訴されそうになると入院するのと同じではないか。

昭川市をめちゃくちゃにした張本人を安らかにベッドの上で死なせてなるものか。しかもこれが病室か、と小西は淡い明かりに浮かび上がった室内を見た。清潔なカーペット、ソファと机、洗面所と幅広の引き戸のついたトイレ。この前来たときには、気づかなかったが、ホテル並みの設備だ。

自分のやったことの責任はとってもらわなければならない。昭川市の八万六千の市民、それに周辺都市の人々に対して責任を果たした後、ボケるのも死ぬのも勝手だが、まだ早い。

「辰巳先生。答えて下さい」

小西は、辰巳の肩に手をかけて揺すった。もはやこの前のように怖じ気づいてはいない。

「辰巳先生、ボケたふりしても、無駄です」

「ちょっと、あんた」

房代が丸太のような腕で、小西をベッドサイドから引きはがす。

それから幼子に語りかけるように、さして意味のない愛想を言ううちに、辰巳はまたうっすらと目を開けた。しかし、その顔に相変わらず表情はなかった。

小西は房代の体の横を擦り抜け、再び辰巳の枕元に行き、辰巳の肩を摑む。

「先生、わかってるんでしょう。昭川市ではね、あなたが作り出したウイルスで、もう五十人も死んでるんですよ。治療薬がないんです。あのウィルスはどんな物なんですか。データください。僕たちが乗り込んだってだめだけど、先生ならどうにかなるでしょう。みんな病気の正体がわからないために、ピント外れの疫学調査をしたり、対策がみつからずきりきり舞いしているんですから」

辰巳は再び目を閉じ、顔の筋肉を弛緩させたまま、ゆっくりした呼吸をしている。

「先生、目を開けて見て下さいよ」

小西は、借りてきたブンギ島の写真を取り出し、辰巳の鼻面に押しつけた。

「ブンギ島の臨床試験のことを突き止めましたよ」

とたんに爬虫類を思わせる薄い瞼の下で、眼球が、動いた。

「ちょっと、小西さん」

房代が慌てて、制した。

「先生、死のうったって、そうはさせませんよ。いい加減にしゃべったらどうですか?」

辰巳の顔はぴくりとも動かない。しかし先程のように弛緩してはいない。固く閉じた瞼と唇。あきらかに小西の言葉に反応している。

「この写真は、ブンギの物ですよ。先生は向こうの島の金持ちと握手している。実験場を提供してくれたのは、こいつでしょう。実験跡も写っています。白骨の山ですよ。それでインドネシアの島一つを滅ぼして、今度は日本に上陸させたんですか、先生。昭川市の住民を、同じ日本人を使って、実験をしてるんですか。それともばら撒いたんですか、予防接種をしてないと、こういう目に遭うぞというために、人殺し用に開発した病原体を。先生が生物兵器開発に携わっていたって証拠はあるんですよ」

そこまで言ったときだ。辰巳の眼球が再び動いた。辰巳の呼吸が荒くなり、こめかみの血管が浮いてきた。

「ばかもの」

擦れた金属的な声が、響いた。永らく口を開かなかったせいだろう。くぐもってはいたが、体中からほとばしり出るような怒りのこもった声で、辰巳は叫んだ。

やった、と小西は思わず心の中で喝采した。案の定、辰巳は言葉など失ってはいないし、ぼけてもいない。

「おまえが無事に育ってきたのは、ワクチンのおかげだ。ブンギでは確かに犠牲は出た。しかし決して無駄にはなっておらん。理想的なワクチンはできた。アジアの国では、あの島でたまたま死んだ者たちの何万倍もの者が、ワクチンを待っているのだ」

「待って下さい、ブンギとワクチンがどういう関係なんですか」

辰巳は、目をかっと開き、小西を睨みつけた。

「すべての生物は、あるとき種の単位で突然変わっていく。ウイルスは、それの原因になるものだ。すなわちすべての生物進化の根源になりうるほど可変性に富んだものなのだ。人のやったことなど取るに足りん」

「どういう意味ですか？」

「何が生物兵器だ。聞きかじりの知識を振り回しおって、素人が、わしに説教たれるつもりか」

小西の頭にも血が上った。

「おたくの垂れ流した病原体のせいで、人が死んでるんですよ」

「大声出すんじゃないの、外に聞こえたらどうするの」と房代が、小西の背中をこぶしで叩く。

「うちの市をこんな風にするつもりですか、先生」

小西は、白骨の散らばるブンギの高床式住居の室内の写真を、辰巳の赤く血管の透けて見える目の前につきつけた。辰巳は、かすかなうなり声を上げた。とたんに小西は房代の太い指で腕を摑まれた。

「ちょっとあっち行ってて」

「僕は聞き出しますよ」

息をはずませ、小西は辰巳に視線を向けたまま答えた。

「刑事ドラマやってるんじゃないんだから」

房代は尻で小西をぐいっと押しやり、辰巳の枕元に行き上掛けを直す。

「駐車場で待っててちょうだい。わざわざカド立てることないんだから」

口を尖らせて、小西は後退する。

「ブンギのことは貴重な経験であり、教訓だった」

辰巳はぼそりと言った。呆れるほど平静な声だ。

「問題は、なぜ日本で広まったかだ。従来の日本脳炎ウイルスは越冬するが、あれは日本の冬を越せないはずだった」

「無責任なこと言わないでくださいよ」

小西が言いかけると、房代は黙ってろ、というように目くばせした。

「あのウイルスは越冬できないはずだ」

辰巳はつぶやいた。房代は満面に笑みを浮かべ、辰巳の上にちょっと屈んだ。

「先生、ブルーベリーのアイスクリームがあるんですけど、召し上がります？」

辰巳の不機嫌な顔の奥に、一瞬、笑みが浮かぶのを小西は見た。意地汚いやつだと内心呆れる。房代は、手にしたバッグから、保冷袋を取り出し開けた。ドライアイスの白い煙が立った。カップ入りアイスクリームにスプーンを添えて差し出すと、辰巳はむさぼるように食べ始めた。

「ロンドンは、いい町でした、先生？」

房代は尋ねる。小西はぽかんとして、辰巳と房代の顔をかわるがわる見る。

「汚いところだ。イギリスで本当にいいのは、町じゃない。ヒースの荒地を知ってるか？」

「絵はがきで見ただけなんですよ」

辰巳の態度の変化に、小西は驚いていた。房代は、再び小西に目くばせした。後は任せて帰れ、という意味らしい。

小西は細目にドアを開け、だれもいないことを確かめ一気に廊下を走り抜けて外に飛び出した。

「あんた、何ポンドある」

ブルーベリーで紫色に染まった唇をタオルで拭いてやると、辰巳医師は嗄《しわが》れた声で房代に尋ねた。

「何ポンドって？」

「体重だよ、体重」

「はあ、七十六、七キロかしら……若い頃は、二十年くらいずっと四十五キロで動かなかったんですけどね。少し痩せた方がいいでしょうか」

「そうだ。心臓にも足の関節にも悪い。しかしわしの好みはこういう手首にくびれのある女だが」

そう言いながら、房代の腕をかさついた手のひらでつるりと撫でた。

「あらまあ」

房代は笑いながらカップとスプーンを袋にしまう。

「家内が、そういうふっくりとした手をしていた。そしてそのふっくりした手のまま、死んでしまったよ。寝込んで三日目だったからな。痩せる暇もなかった」

「お気の毒に」

房代はちょっと手を止め、うなずいた。

「今、流行っているあれだがね」

辰巳は突然、話題を変えた。

「ありゃ確かに、ブンギ島で流行らせたやつと同じウイルスによるものだ」

「えっ、ああ、はいはい」

あまりにあっさり核心に触れたので、房代はとまどった。

「返事は一つで良い。さきほどのあんたについてきた軽佻浮薄な若者が言ったとおり、我々はあそこで住民を対象として臨床試験を行ない、いくつかの検体を持ち帰った」

「何の試験を」

呟き込むように、房代は尋ねた。

「黙って聞いておればよい。人の話の腰を折るのは、中年女の悪い癖だ。その検体、住民の喉の粘膜や血液などだが、それからウイルスを増殖させ、特殊な細胞膜カプセルにつめて冷凍保存していた。ところが、一昨年の二月にその一つが消えた」

房代はごくりと喉を鳴らした。

「盗まれたんですか」

辰巳は首を振った。

「わからん。わからんが、たぶん違うだろう。昨今、研究室周辺の警備はかなり厳重になっているし、データならともかく、あんなウィルスそのものを盗んでいったところで、金にはならん」

「それじゃなぜ？」

「誤って廃棄してしまったのだろう。ちょうどその頃、保存庫と棚の整理をやった。いまどきどこの研究室も設備とシステムは精密にできているが、人間の精度までは上がってはおらん。こんなことはときおり起こる。起きてしまったものはしかたない。なんとか収拾せねばならない。そうだろう」

房代は黙ってうなずく。

「病原体が、外に出た可能性がある。とすればしかるべき機関に届け出るべきだ、とわしは教授会で主張した。緊急の監視態勢を敷いて、それらしい病気が発生したときに、素早く調査し、対応できる態勢を敷いておくべきだ、と。しかしばかどもの反対にあって実現しなかった」

「なんでまた？」

「第一に、その検体から新型日本脳炎が発生する可能性が極めて低い。もし誤って廃棄されたのなら、専門の廃棄業者に引き取られ、炉で焼却処分される。そうでなくても、こんなことは常識だからあんたも知っていると思うが、ウィルスは生細胞の中でしか生きられない。だからそのままどこかに転がしておいても、増えることはまずない。また仮にウイルスが何らかの偶然で動物の体内に取り込まれたにしても、日本脳炎ウイルスの場合は、摂氏十度を割る日本の冬を越えられない。つまりどう考えても、ハザードは起きるはずはない。医学部長は、そう言いおった。しかし起きるはずのないことが起きるのだ。起きるはずがない、という傲慢極まる確信のために、過去にわしは人生でもっとも大切なものを失った」

実験室のフィルター故障が原因で亡くした妻子のことだ。房代は言葉もない。

「彼らの反対した第二の理由は、ブンギで行なった実験とその結果は、あまり外聞のよいことではないということだ」

「何をなさったんですか」と房代が尋ねると、辰巳は不機嫌に「だから実験だ」と答え、言葉を継いだ。

「そして第三は、これが最大の理由だが、うちから危険なウイルスが流出したなどということは、世間に知られてはならなかったのだ。ところが悪いことに限って、ほんの小さな可能性でも実現するものだ。いや驚いた、患者が運ばれてきたときは。ブンギの島民たちと同じだったよ。両手で目をふさいで、体を震えさせてな。中年の女性だった。普通の日本脳炎なら、とうてい発病などしないような体力のある盛りの中年女性が死んでいった。彼らは相談して、無菌性髄膜炎の死亡診断書を書いた。発病するのは例外中の例外だ。ブンギの島民と違い、日本人は栄養状態がいい。それにウイルスが無いのに気づいてから二年が経っている。出るのならとうにほうぼうで出ているはずだ。それがここにきてようやく一人、患者が出るということは、感染したところで通常はほとんど発病しないということだ。つまり、これは例外中の例外だと、うちの医者たちは、判断したわけだ。だれもここまで深刻な事態になるとは予想してなかった。

しかしこのとき、わしには最悪の結果が見えた。悪魔の啓示のようにな。根拠などない。長年、こんな研究をしていれば、わかるときにはわかるのだ。ありえないことは起きる。いや、ありえないことというのはないのだ。昔、実験室で使っていたフィルターは、ウィルス透過率百万分の一のものを二枚重ねて使っていた。しかし実際には、その百万の二乗分の一の災害が、妻と子供に降りかかった。

日本脳炎で運び込まれてきた女性患者は、単なる例外などではない。これは単なるきっかけと考えるべきだ。わしは研究所の医者どもに言った。実験資料を公開し、対策を立てろ。最悪の事態に備え、他の大学にも協力を呼び掛けるべきだと。声を嗄《か》らして叫んでも、だれ一人答えるものはいなかった。まるで老犬が一頭、風に向かって吠えているようなものだ。悪いことには事態はさらに面倒なことになっていた。

今ある研究棟を建て替え、日本でも有数の実験施設を作るという計画が進んでいたのだ。物理的生物災害封じ込め基準というのを知っているかね？」

いえ、房代は首を振った。そろそろ時間が気になっていた。小西が心配しているに違いない。

「現在のうちの実験室は、Ｐ２Ｃレベルといって、やや危険なウィルスを扱う施設なのだが、今度できるのは、Ｐ３Ｃレベルのより厳重な基準を満たしたものだ。より厳重というのは、つまりより危険な病原体を扱うということを前提にしている、というのがわかるかな。設計の段階は終わり、来年の春あたり着工される予定だ。だが、もしもバイオハザードが起きたなんてことになって、住民に裁判でも起こされた場合どうなるか。工事差止めの仮処分が下されるのは間違いない。もし事実を認めたときには、患者や家族に対し、莫大な損害賠償を支払わされることになる。研究棟の建設だけでなく、病院の存続さえあやうくなってくる。院長が危惧したのはそのことだけだ」

「で、先生だけが、本当のことを言って町を救おうって呼びかけたわけなんですね」

辰巳は、少し困ったような顔をした。

「呼びかけるなどということはしておらん。だれもが口をぬぐって事態を放置するというなら、即刻、この事実を世間に公表すると言った。単純にモラルの問題ではない。他の研究者や理事たちが倫理感に欠けていた、ととられると少し違う。もちろん愚かさはある。病原体以外のことを知らない者が多すぎる。だが、わしはもう業績を上げた。それと引きかえに家族を無くした。世間にも人生にも何の未練もない。しかし他の者はまだまだ得たいものと、守るべきものが多すぎる」

「名誉と地位と金……ですかねえ」

房代はため息をついた。

「それだけではない。多くのしがらみの中で生きている。忠ならんと欲すれば、孝ならずというところだ。しかしそのうちに患者が増え始めて、この日本脳炎が、どこか奇妙だということに、他の医療機関も気づいた」

「それで先生はお一人で、このことを正直に公表しようって、がんばったんですね」

「がんばったという言われ方は、むずがゆい。犬、猫でないかぎり、自分の尻は自分で拭くものではないか」

「病院側から何かされたんですか、そのとき」

房代は身を乗り出した。

「健康診断にひっかかってな」

「はあ」

拍子抜けした。

「研究者は、二ヵ月おきに健康診断を受けさせられるのだが、それにひっかかってその日のうちに隔離されてしまった。意識障害があって、血液から日本脳炎ウイルスが発見されたということになっていた」

そこまで言って辰巳はうっすらと笑った。

「わかっとると思うが、法定伝染病の患者は、強制隔離される。感染力の強弱に関わりなく、憲法に保障された移動の自由をきわめて合法的に奪われる。どうだね、医者というのは、時と場合によっては恐るべき権力を与えられているとは思わんか。エボラ出血熱などの厳密隔離用の施設が、うちの病院にあってな、よりによってそこの特別隔離室に収容された。これは死ぬまで閉じこめられるのだ、と覚悟したよ。ひょっとすると点滴に劇薬を入れられ一巻の終わりかもしれない、とも思った。あるいは数ヵ月か数年、閉じこめられるか。ところが二週間で、そこを出た。ベッドにくくりつけて車に乗せられ、ここに来た。診断？　おおかた日本脳炎の後遺症により、著しい知的能力の低下が起きた、ってくらいのものだろう。確かにここに来たときには、自分がどこで何をしているのかもわからなくなっていた。隔離室に二週間いたというのも、後から暦で逆算してわかったことだ。ボケたんだ。あんたにはわかるだろうが、人間、ボケるのは簡単だよ。何もしないで、人と話すこともなく、白い壁をみつめて、うとうと眠っては目覚めるという状態が続いていれば、若い者だってボケるか発狂する。完全な感覚遮断状態だ。記憶も思考も、何やらぼんやりとおぼつかなくなっていた。それでもなんとかしてここに来るまでの経緯を思い出してみようとした。そうするうちに、自分のおかれている立場がわかってきたのだ。精神異常を装い、刑罰を免れようとする犯罪者がいるが、医者であればだれでもそれがいかに愚かしいことか知っている。おとなしく刑務所に入った方が、身のためだ。少なくとも法によって裁かれたものは、法によって保護される。刑は期限が定められている。が、入院に期限はない。医者の診断一つで何年でも、死ぬまで閉じこめておくことも可能だ」

「先生……」

房代は悲痛な声で呼びかけた。

「この騒動が終わったら、すぐに救い出してさしあげますよ。病院は刑務所じゃないんです。もう昔と違うんですから、精神衛生法も変わって、やたらに強制入院はさせられなくなったって言うし」

辰巳は、ひょいと眉を上げた。

「誤解せんでほしいが、今のは一般論で、わしがこの状態に不満かというと、そうでもない。だれも手荒な真似はしないし、食物も寝るところも机もある。この約十畳一間の自由以上に何も望むものはない」

「自由って先生……」

「あんたが来てくれて、いい退屈しのぎになった。手首にくびれのできる女が、わしは好みだ。ただし話し相手になるなら、もう少し教養がほしいが」

「悪うございましたね」

「今のところまわりにいるのは看護師だけで、医者さえ顔を出さん。もっともこうなる以前から、研究室の医者どもや助手が、わしを避けるようになっていたがな」

昨年の冬のインフルエンザ接種のときの辰巳の様子を思い出して、房代はなんとなく納得できた。長い間、先生、先生とたてまつられてきた人間に特有の独善性と、年のせいで激高しやすくなった不安定な性格。辰巳が、まわりの人間からもてあまされたことは事実だろう。

「数年前から、だれも信じてはいない。いや、これは善悪といった道義的価値判断によるものではない。信用するに足るほど、人間は合理的で知性的な生きものではない、ということだ。多少、頭が良ければ、合目的的行動を取れるが、それは合理的行動とは違う。なまじ思考力などないほうが、人は真に理に適った動きをする。だからあんたを信用しよう」

「もうちょっとわかりやすい言い方してくれないと、あたしにはわかりませんよ」

むっとして、房代は答える。

辰巳は体を半分起こした。ぎしぎしと、錆びた金属の音が聞こえてきそうな滞《とどこお》った動きだ。

「いいか、これからわしの言うことを聞け。言ったとおりのことをしっかり記憶するのだ」

白目と黒目の境がぼんやりと霞んだ濡れた目が、房代を捕らえた。

「待ってくださいよ、先生、何を？」

「質問しろとは、言っておらん。聞いて、覚え、言ったとおりに行動すればいいのだ。それだけだ」

辰巳は語り始めた。

小西は病院の駐車場で、房代が出てくるのを待っていた。五分経ち、十分経つうちに、だんだん不安になってきた。もしやだれかに見つかって警察にでも通報されたのではないだろうか。もしもそんなことになったら、房代は相棒がいたことをしゃべるだろう。泥棒をする気も、入院患者に危害を加える意図もなかったことが判明しても、ただではすまない。所長は何というだろう。同期の間で噂になり、それは狭い役所の隅々にまで尾鰭がついて知れ渡り……胃がせり上がって来るような気がして、額から冷たい汗が噴き出してきた。

今すぐ逃げ出してしまおうか、とハンドルを握りしめたところに、房代が戻ってきた。

「無事だったんだ」と思わず胸を撫で下ろしながら助手席のドアを開ける。

「で、どうでした、あの先生は吐きましたか？」

「ええ、まあ」と言葉を濁した後、房代はすぐに本題に入った。

「富士病院の老人科の医局図書室にね、『大東亜共栄圏構想における南方の伝染病と公衆衛生』って本があるの。戦前に発行されたすごく古い本なんだけど、それの中に実験の記録があるって」

「なんですか、それ」

「例の南洋でやった、人体実験の記録よ」

「南洋ってのはどこの国のことですか。戦前の本とブンギの実験が、どういう関係があるんですか」

「なんだかわからないんだけど、その本を持ち出して見ろっていうことなの」

小西は駐車場から出るのに首をひねり、後ろを見ながら尋ねた。

「なんで自分で借りてこないんですか」

「辰巳先生、あそこに入れないのよ」

「なんで入れないんですか。富士大学病院の医者じゃないですか、あの人は」

「ところが、入れなくなったのよ」

一呼吸置いて、房代は辰巳がここに来るに至った経緯を話した。

車の通りも途絶えた深夜の国道を昭川市に向かって飛ばしながら、小西は一部始終を聞き終えた。

「しかしいったいどうやって、堂元さん、信用させたんですか？」

小西は尋ねた。

「まあ、それは気持ちが通じるって、そういうことだから」と房代は笑った。

「もしかして、あの紫色のアイスクリームですか？」

「富士病院の看護師に聞いたのよ。あの先生はすごく小食なのに、ブルーベリーのお菓子だけには、目がなかったって。東京のお菓子屋さんで作っているところがあって、出張する医者がいると買ってきてもらって、冷凍庫に入れていたそうよ」

「よくそんな菓子で信用させたものですね」

「甘いものってね、あんたたちにはまだピンと来ないかもしれないけど、淋しい心がまぎれるものなのよ。あの先生はお酒を飲まないからよけいにね」

房代はしみじみとした口調で言った。

「それに年寄りってのは、一番いい時代の思い出にまつわるものに、とっても執着するの。あの先生は、若い頃イギリスに勉強に行ったことがあったそうでね。奥さんと知り合ったのもそのとき。イギリスの話をするときだけは、機嫌がよかったたって聞いたのよ。ブルーベリーのお菓子はね、イギリスのなんとかっていう大学の寮でよく食べたものなんだって」

「へえ」と小西は感心した。

「独居老人に多宝塔売り付けるのと、同じテクニックですね。で、問題のその戦前の本を医局から借りてくればいいんですよね。でも、外部の者に貸すもんなんですか」

「普通は貸さないわね。相手が医者で、しかも紹介状でもあれば別だけど」

「と、言うことは、だれかが医局に入って、本をさらってこなくてはならない、ってことですか」

「そうねえ」

「だれが」

「小西さん、やってくれない？」

「冗談じゃないですよ」

思わず叫んでいた。

「だって、おばさんが医局の図書室に出入りして、本をかきまわしてたら変だと思われるでしょうが。でも小西さんなら、白衣を着て入れば大丈夫。あそこは研修医がぞろぞろいるから」

「できるわけないでしょう。こっちは救急医療事務の関係で、富士病院では面が割れてるんだから」

「あんたの顔を知ってるのは、事務長の他は、せいぜい受付のおねえちゃんくらいでしょうが。夜ならアルバイトの事務員しかいないし、当直医が外から来た医者ばかりになる日があるのよ」

「いやですよ、どうしてそんな泥棒みたいな真似ができるんですか。もし捕まって『ごめんなさい』で済めばいいけど、悪くしたら役所クビになるんですからね」

「じゃ、どうするの？」

「鵜川先生がいるじゃないですか。同じ医者なんだし、借りてもらえば……でも、鵜川先生じゃ断られるかな」

「たぶんね」

「神田の古本屋じゃ、手に入らないんですか」

手に入るはずがないことぐらいわかっていながら、小西は言った。

「とにかく忍び込んで、だれにも気付かれないように取ってこいって、辰巳先生が言うのよ。鍵は守衛に言えば貸してくれるんですって。図書室の出入りについては、医者に対しては、うるさいことは言わないから、大丈夫だそうよ」

「わかりましたよ」

小西は答えた。それから早口で付け加えた。

「ただしやばい雰囲気だったら、そのまま引き上げますからね」

決行は、三日後の日曜日の夜だった。

房代がどこからか持ってきた白衣を着て病院内に入り、守衛に鍵を借りるのは、思いのほか、たやすいことだった。

十一時を過ぎているというのに、大学病院内は昼と変わりない賑やかさだ。白い廊下を医師や看護師、そして学生やら補助看護師やらが、足早に通り過ぎていく。一般病院の静まりかえった夜しか知らない小西は、ぞろぞろと歩いている白衣の集団を見て、初めは何が起きたのかと驚いていた。それからはっと我に返り、房代に言われた通り、奥にある階段を昇っていく。図書室は、三階と四階の階段の中途の部屋だ。小西は渡された鍵を握り締める。

だれかに会ってもうろたえるな、と房代は言った。研修医の中には、ずっと病院に泊まり込んで自分の研究をしている者もいるので、夜中に医局の本を見に来ても不審には思われないという。幸いだれにも会わない。緊張しながら鍵を回す。

部屋に踏み入れる片足に、白衣がからみつく。手探りでスイッチを探して点灯した。広いが天井の低い奇妙な部屋だ。窓をつぶすような形で、背丈の高い本棚がある。めざす大東亜共栄圏のなんとやらいう本はすぐに見つかった。書名の金箔がすっかり剝げ落ち、茶色に変色した表紙の上に、文字が窪んでいるだけだった。

現代史の研究者ならともかく、医学を専攻するものなら決して手に取らない本。そして整理するときにも、タブーか何かのように、だれも捨てようとは言い出さない類の本だ。いったいこんなものが、ブンギの生物兵器の実験と何の関係があるのだろう、と小西は首をひねった。

大型の英和辞典程の大きさの本を書架から引き抜く。埃にまみれて、ざらついた手触りだ。何度か修理された跡のあるぼろぼろの箱から、そっと取り出す。扉を開きかけ、その奇妙な質感にちょっと首を傾げた。何とも言えない違和感がある。

茶色に変質した紙に旧漢字、旧仮名遣いが並ぶ目次の後ろのページから、中身はまとめて切り取られていた。その空間に発泡スチロールの枠に入った何かが収まっている。

一瞬首を傾げたが、すぐに何かとんでもなく重大な証拠を摑んだのだ、とわかった。足が浮いたような気がした。人にみつかったら、と思うと、体中の血が沸騰しそうだ。慌てふためいてそれを小脇に抱え、電気を消して廊下に出た。そのとたん、ビーと鋭い音が中でした。

青ざめて再び中に入る。音は鳴り止んだ。再び出ようとすると、再び何かが鳴りだす。理由はすぐわかった。本にセンサーがついているのだ。高い医学書を持ち出したきり返さない不埒な者がいるのだろう。しかるべき貸し出し手続きをとらないと、警告音がなる仕組みになっている。

はっと我に返った。持ち出さなければならないのは、この本ではない。つまり中に隠されていた発泡スチロールに収まっているものだ。急いで箱から本を抜き、中身を取り出し白衣のポケットに入れ、本は書架に戻す。そのまま飛び出したが、はたして今度は何も鳴らなかった。

走り出したくなる衝動を抑え、激しく打つ心臓の音を聞きながら、落ち着いた足取りで一階に下りる。

外来の待合室を通り抜けようとしたときだ。

玄関が騒がしくなった。救急車だ。ガラス越しに回転灯の赤い光が見えた。

「先生、こちらです」

いきなり若い看護師に腕を摑まれた。

「あの、僕、研修医ですから」

間の抜けた言い訳など、緊迫した表情の看護師に通じるはずはない。必死で抵抗する小西は、ほとんど力ずくで診療室に引っ張りこまれた。

白目をむいて体をのけ反らせた男が、運び込まれてきた。

看護師が妙な機械を引っ張り出していた。箱から管が一本伸びている。その管を小西に慣れた手つきで渡す。

「冗談じゃない。僕はやったことがない……」

患者の顔は土色に変わり、喉をかきむしって暴れるのを看護師が押さえつけている。

小西はがたがたと震えていた。

そのときだ。後ろから丸々と太った腕が伸びてきて、そのホースの先を小西からひったくった。小西は逃げなくてはと思いながら、足が動かず辛うじて座り込みそうになるのを堪えた。白衣の襟に、金バッジをつけた中年の看護師が、落ち着いた動作でホースの先を患者の口につっこんでいく。人の喉にこんなに管が入るのか、と思う程深くつっこむと、スイッチを入れるように傍らの看護師に指示する。

掃除機のような音がした。吸引器らしい。

「ぼさっとしてないでちょうだい」

金バッジの看護師は、鬼軍曹さながらの恐ろしい顔で睨みつけた。

小西は震えが止まらないまま、その場を脱兎のごとく逃げだした。そのとき部屋に白衣の男が入って来たのとすれ違った。本物の医者だ。後も見ずに玄関に駆け出す。

救急車はまだいた。タンカを押して戻ってきた隊員の顔に見覚えがあった。救急対策会議で、顔を合わせているからだ。

「あれ、小西さん？　お医者さんごっこですか」

隊員は不思議そうな顔をした。

「頼む。救急車に乗せて。理由は後で話すから」

隊員は黙って、救急車の後部ドアを開けた。

薄暗い内部に身をひそめたのと、玄関先に警備員の紺の制服が現れたのは同時だった。

それからの五分ほどは気が遠くなるほど長かった。やがて救急隊員が乗り込んで来て、車は発車した。

「看護師寮にでも忍び込んだんですか」

隊員は、にやりとした。

「ええ、まあ」

小西は房代を恨みながら白衣を脱ぐ。心臓はまだ、狂ったように打っている。

「次は交通事故現場だけど、一緒に行って手伝うかい？」

隊員はいたずらっぽく言う。

小西は、かぶりを振ってまた震え始めた。

19

翌日の午前中に、鵜川から連絡が入った。

小西が富士大学病院の医局から盗み出したものは、一巻のマイクロフィルムだった。それを昨夜のうちに鵜川のところに持ち込んでおいたのだ。

「これが本当に辰巳さんの指定した物なの？」

開口一番、鵜川は尋ねた。

「何か違うものなんですか？」

鵜川はそれをプロジェクターにかけてハードコピーを取ったのだが、内容は膨大な量のワクチンの製法に関するデータだけだと言う。

「とにかく僕は言われた通りの方法で、言われたとおりの本から引き抜いてきました」

むきになって小西は答えた。

「肝心のウイルスの兵器化については全く触れてないんだ。遺伝子解析に関する記述があるが、ワクチン製法に関することだし。専門的内容なので、後で大学の研究室に持ち込むけど、取りあえず骨子となる部分だけファックスで送ろう」

電話を切るとすぐに、所長席脇のファクシミリからローマ字と数式を延々と列《つら》ねた文書が吐き出されてきた。

「なんだい、これは？」

所長がひょい、と摘み上げる。

「すいません、私物です。バカな友達がいて役所のファックスに流してくるもので」と小西は飛んでいく。

「バカにしては、ずいぶん難しそうなものじゃないか」

「はあ……」

ワクチン開発が、辰巳の専門であり表の顔であることはわかっている。しかしそれにしても、昨夜危険をおかして取ってきたものが、生物兵器開発とその実験場とされたブンギのこと、つまり「ウイルスの標準化」に関連する極秘文書ではなかったとは。

いっぱい食わされたのか、と眉間に皺を寄せてローマ字の羅列に見入る。

遺伝子解析とワクチン製法……。

不意に思い出した。ずいぶん前、岡島薬品の森沢に、バイオワクチンについて尋ねたことがあった。そのとき森沢は妙なことを言った。

伝染病で死ぬよりはマシなので、という理由でバイオワクチンの臨床試験をさせてくれた国があった、と。それでその結果は、と尋ねると森沢は言葉を濁した。その口調に何か否定的なニュアンスがこもってはいなかったか。

もしや、と思った。鵜川は何か根本的な誤解をしているかもしれない。小西は、事務室を飛び出した。走って五分のところに市立図書館がある。裏口から入った小西は、その電算室に飛び込んだ。

小西と同期入庁の司書が一人、コンソールの前で、データの入力をしていた。

「ばたばた走り回らないでよ。ほこりが立つから」

画面から目を離さず、女性司書は叫んだ。

「あの、ちょっと」

司書は化粧気のない無愛想な顔を上げた。

「なんだ、センターの小西君かあ」

「悪いけど、新聞検索、一件たのまれてくれないかな」

司書は、片手でキーボードを叩いて、検索画面に切り替えた。

「何新聞？」

「とりあえず、朝日新聞。発行年は１９８４から１９９４の間。キーワードはワクチン、ジャンルは医療、地域は海外、これで掛け合わせてみてくれる」

画面にいくつかの見出しが並んだが、関係がなさそうだ。別の全国紙も同様に見たが、何もない。

「小西さん、これオンラインなんだから、アクセスするの高いのよ」

司書は仏頂面で、画面をスクロールさせる。

「同じ役所なんだから、いいじゃん」

「予算は別々でしょうが」

めぼしい記事はなく、小西は思いつくまま、次に経済紙の名前を言った。再び、画面にいくつかの見出しが並ぶ。件数は、一般紙と違って少ない。

「夢の第二世代ワクチン、実用化もうすぐ」

こんな文字が、いきなり目に飛び込んできた。

「これだ」

小西は画面を叩いた。

「振動与えないで」と司書の声が飛ぶ。

「ハードコピー、取る？」

「もちろん」

記事のコピーが、印刷機から滑り出してきた。日付は六年前、ブンギの流行があった前年だ。科学記事の体裁を取っているが、半ば製薬会社の広告のような内容だった。しかし、問題の部分が最後にあった。

富士大学の研究室で、日本脳炎ワクチンの大量生産技術が開発された。従来の不活化ワクチンとは全く異質のもので、遺伝子操作によって作られるバイオワクチンである。動物実験の段階は終わり、まもなく臨床検査に入る。

「富士……」

試験を行なう場所は、従来から日本脳炎の流行に悩まされているインドネシアであるとしてあるだけで、具体的な地名はない。しかしほとんど間違いなく、ブンギだ。

自国民を被験者に使ってのワクチンの臨床試験については、現地の厚相が「こちらの事情は深刻。手をこまねいているのが、一番危険だ」とコメントしている。

さらに日本の厚生省の見解というのも載っている。新医薬品課の課長は「臨床試験による利益を日本が独占するとしたら許されないが、その国に還元されるなら、さほど問題にはならないであろう」と語っている。

正論である。事故さえ起こらなかったならば。

なお、ワクチンの開発については、富士大学微生物研究室で行なうが、製造については、日本のコンピュータソフト会社と、現地政府の合弁会社が行なうとし、全体の論調はこの事実を明るいニュースとして肯定的に取り上げていた。

コンソール脇の受話器を取り、鵜川に電話をする。看護師が出て、往診中だと答えた。しかたなく記事のハードコピーをひっつかみ、礼もそこそこに保健センターにかけ戻った。

事務室に入ったとたん、「どこ行ってた」と永井の声が飛んできた。

「薬品類の納品があったのに、検査員がいなくてどうする?」

「すいません」

ぺこりと頭を下げ、慌てて反対側のドアから飛び出す。

「俺がやっといた。終わったよ」と永井が後ろから声をかけたが、かまわず走る。森沢の後ろ姿が見えた。息せききって階段の手前で捕まえると、森沢は「どうしたんです」と人を食った笑いを浮かべた。

「あの……」

小西は手にした先程の記事を差し出した。森沢は怪訝な顔でポケットから眼鏡を取り出し、それに見入る。

「前に、森沢さん言ってなかったですか? どこかの国で、バイオワクチンの臨床試験をやったって」

小西は息をはずませた。

「はあ」

森沢は記事から目を上げ、小西を一瞥した。

「それで失敗したようなこと、言ってたでしょう」

「さあて、いつのことだったっけ」

「いつだか忘れたけど、僕、覚えてますよ、それ、これのことですよね」と小西は記事を指差した。

「インドネシアのブンギ島でしょう。かねてからの日本脳炎の発生地で、島民四百人に対し、第二世代ワクチンを一律接種して効果を確かめた。違いますか」

「なんで、あたしに言うんです」

「知ってるなら、教えてくださいよ。ワクチンのことなら、表から裏まで、情報は全部摑んでいるんでしょう」

「あたしはＣＩＡじゃありませんよ」

肩をすくめて階段を下り始める。

「待って下さいよ。ここに書いてあることは、つまりワクチンの弱毒化が不十分だったために、その第二世代ワクチンから脳炎の流行が始まってしまったってことなんでしょう」

森沢は振り返り、にやりと余裕のある顔で笑った。

「第二世代ワクチンというのはね、小西さん。ウイルスの毒性を弱めた弱毒化ワクチンとは根本的に違うの。ウイルスの表面の蛋白質で、抗原を作るものがあるんだけど、それをワクシニアウイルスというベクターに組み込んだものですよ」

「それじゃ、日本脳炎ウイルスとワクシニアウイルスをくっつけたもの、天然では存在しない合体ウイルスを作り出したってわけですね。それがとんだモンスターで、手に負えないやつだったってことなんだ」

「ま、シロウトさんは、SF的な発想をされるから。言っとくけどね、この手の経済紙はけっこうガセネタが多いから。ほら製薬会社の資金調達や株価操作の都合もあるでしょう」

言いながら、くるりと背を向けた森沢に小西は追いすがる。

「もう一つ聞きたいんだけど、ワクチンの開発については、富士大学微生物研究室がやって、製造については、日本のコンピュータソフト会社と、現地政府の合弁会社が行なうって、どういうこと?」

森沢は足を止め、軽く舌打ちする。

「あのね、あたしは薬屋のプロパーなの。たしかに薬についちゃ、医者に説明できるくらいの知識はあるけどね、そんな開発の事情まで知らないよ」

「なんでコンピュータ屋が、ワクチン作るんですか」

そのまま階段を下りていく森沢を小西は追う。

「資金協力だけなら、水産加工会社でも商社でも、どこでもいいんですよ」

「製薬会社じゃないんですか。もしかして、おたく、岡島薬品さんじゃないかと思って」

「めっそうもない」

森沢はかぶりを振った。

「製薬会社は、表に出ませんよ」

「なぜ？」

小西は森沢の行く手を遮った。

「うまくいけばいいけど、そうでなければ……」

「なるほどね。しかしこの試験結果については、あとは何も記事がないんですよ」

「いい結果が出たなら、五段抜きくらいの記事を出してますよ」

「こちらの新聞には何も記事は出ませんでしたが、僕たちは現地からのニューズレターを手に入れました。アセアン医療協議会とか何とかいうところに入った……」

「ああ、アセアン医師連絡会議、あれも特殊な医者の集まりだね」と森沢は笑った。

「とにかくそのニューズレターによれば、そのインドネシアの島で日本脳炎らしい病気が流行したということです」

「ほう」

森沢はひょい、と眉を上げてうなずいた。

「実際に現地に行って確かめた人がいるんですよ」

「そりゃまた」

階段を下りきって森沢は、すたすたと駐車場に通じる裏口に歩いていく。

「全滅してたそうです、島民が。白骨が、散らばっていて」

「なるほど」

とぼけた反応に腹が立って、後ろから森沢の腕を摑む。

「なに、興奮してるんですか」

森沢は小西を見上げる。

小西は一瞬言葉を呑み込み「とにかく、ここでこのまま待ってて下さい。すぐ戻りますから」と言い残し事務室にとって返し、さきほど鵜川から届いたハードコピーを摑んで再び階段をかけ下りる。

「これ……」と森沢の目の前に突き出す。

森沢は黙って受け取り、明るい窓辺に行く。少し丸くなりかけた森沢の背中ごしに小西は覗きこむ。

「つまりこういう実験をしていて、それが失敗して病気が島内に広がったってわけですよね」

森沢は真顔で振り返った。

「小西さん、ここに書いてあることを理解できる？」

「いえ」

「それじゃ、解説するけどね、第二世代ワクチンと、さかんに先程から言ってるけど、どんなものか知ってる？」

「だからバイオワクチンとか、合成ワクチンとかのことで、今までの弱毒化ワクチンや不活化ワクチンとは違うやつ、新しい製法で作ったもののことでしょう」

森沢は、顎を引いて口元を引き締めた。いつも役所の職員に説明するときの、どことなく尊大で、人を食ったような目付きで、小西を眺める。

「いわゆる第二世代ワクチンと合成ワクチンは別物でね、合成ワクチンっていうのは、ウイルスの蛋白質の一部を人工的に合成したもの。これが体に入ると、体の中で抗体ができて感染を防ぐわけ。第二世代ワクチンっていうのは、こんな正式名称はないんだけど、つまりね、一口で言えば、遺伝子組み換えワクチンのことなんですよ。ウイルスの蛋白質を作る遺伝子をワクシニアウイルスっていうベクターに組み込んだものなんです」

「さっき聞きましたよ」

森沢はちょっと眉を上げると、先程小西が見せたローマ字の羅列を指差した。

「これなんだかわかりますか」

AGAAGTTATGTGTGTGAACTT……これがA4判の紙の全面に打ってある。

「遺伝子でしょう。えーと、グアニン、シトシン、チミン……」

「よく知ってますね。そう、日本脳炎ウイルスのヌクレオチド連鎖」

知っててあたりまえだ。小西は口を尖らせる。

「で、何のためにこんなことをするか、というと、遺伝子組み換えワクチンを作るためには、まず、日本脳炎ウイルスなら日本脳炎ウイルスの遺伝子RNAの構造を明らかにしなくちゃならないんだね、それがこれだよ」

「はあ」

「わたしらの体の感染を防ぐのに関係してるのは、実はウイルス表面の糖蛋白なんだけど、つまりこの塩基配列を解析して、いったいどの部分がその糖蛋白を決定しているのか、調べるわけだ。そうしてその部分に相当するcDNAを適当な発現系を用いて作る、ま、簡単な話、そのDNAのクローンを作って、それをワクシニアウイルスに組み込んでしまう。そうしてこのワクシニアウイルスを体の中に入れると、これで組み込まれた遺伝子がコードする抗原が出てくる。そうすると、ほら、普通のワクチンを接種した場合と同じだよ。体の中で、鋳型みたいになって抗原ができる、と。それでこの抗原に対して抗体ができる。ここまでわかる？」

「一応、この仕事してますからね」

一部分わからないが、それを言うのはしゃくだ。

「ま、役所の人がわかる必要はないんだけど。うまくいけば、これで早く、大量に、安いワクチンができたはずなんですがね、そうは問屋がおろさなかった。辰巳先生、というか、富士大学のグループは、ちょいと失敗をしてしまった。強力な脳炎を起こすモザイク状ウイルスを人工的に作ってしまったんだね。おそらく日本脳炎ウイルスの遺伝子解析のところで失敗して、とんでもない部分を組み込んだか、それでなければワクシニアウイルスの株の選択を誤って、向神経性の強毒な実験株を使っちまったか、そんなとこでしょ。まあ、これが第一の失敗。それから、普通ワクシニアウイルスは、体内に入ったところで、誘導された免疫で消滅するはずが、しないで持続感染を起こしている。これが第二の失敗。それからこのワクチンは、ネズミを使った段階では、感染して、抗体ができたんだけど、その後、本来やるべきチンパンジーを使った実験をはぶいてるんだ。なに、チンパンジーでちゃんと実験しろ、なんてわけ知り顔でいう人がいるけど、チンパンジーが一匹いくらするか知らない素人ですわ。大学の研究室レベルじゃそんなぜいたくはなかなかできないのが、実状でね。しかしまあ、これは明らかな失敗。結果はあのブンギの事故だね」

「何もかも知ってたんじゃないですか、森沢さん」

森沢が言い終える前に、小西は叫んでいた。

「何もかもは、知らないね。ただし今後、商品化される見込みはあるか、商品化された場合、どれくらい市場を確保できて、どの程度の利益が見込めるか、そんな程度のことは、薬屋は最低押さえておかなきゃならないんじゃないの」

とにもかくにもニューズレター、鵜川たちがブンギで見てきたこと、辰巳医師が隠していた資料、そうした様々なことがきれいにつながり、生物兵器という悪意に満ちたキイワードだけが、不適切なものとしてすっぽりと抜けた。

富士大学病院で行なわれていたこと、そしてたぶん辰巳医師を始め、富士大学微生物研究室の研究員が関わっていたことは、すこぶるまっとうな研究だった。一部の革新系の人々が何を言おうと、アジア諸国では、より大量により安価により安定して供給されるワクチンが待望されているのだ。成功さえすれば、多大な貢献のできる研究だった。とうに日本脳炎の流行などなくなってしまった国の研究者が、他国のためにワクチンの開発を進めていくのだから、高邁《こうまい》な理想にもとづく医療援助であったはずだ。

しかし動機は別として、結果的には取り返しのつかない悲劇が起きた。かれらの作り出したワクチンは、遺伝子のいたずらか、あるいは研究者の小さな手違いによって、自然には存在しないウイルスを作り出し、恐るべき感染症を流行させたのである。

小西は、手元の資料に視線を落とし、呻くように言った。

「これはものすごい資料だってことだ。まるで爆弾を抱えたみたいな気がしますよ」

「なんで？」

森沢は尋ねる。

「だって、森沢さんが今しゃべっちゃったこともそうだけど、トップシークレットでしょう」

「業界じゃだれだって知ってますよ。別に価値ある情報でもないから、大騒ぎしないだけで」

「そんな……公になったら、確実に国際問題に発展しますよ」

とたんに森沢は唇を横に引き伸ばし、へっと笑った。

「国際問題？　なるわけないでしょう。インドネシア政府だって承知してやってることなんだし、しかもジャカルタ近辺じゃなくて、辺境のなんとか族の島ですよ。それに失敗はすでに克服されましたよ。バイオワクチンは完成して今年から生産体制に入ったと聞いてるしね」

「それはそうかもしれないけど、マスコミが知ったら、大変ですよ」

「何が大変なもんかね。所詮、よその国のことだよ。アフガニスタンを見なさいよ、日本人が一人でも死ねば大騒ぎするけど、現地人が何人死のうとアメリカの部隊で死人が出ようと、関係ないでしょ。庶民感覚ってのはそういうもんだよ。ま、天下のA新聞あたりが喜んで取り上げるだろうけど、せいぜい家庭面の記事だね。二昔前ならともかく、今は進歩的文化人ってのは流行らないから、生協運動なんかやってる主婦がゴシップがわりに騒ぐだけだろうね」

「日本人が、死んでるじゃないですか、うちの市ですよ。今流行ってるやつが、これと同じでしょう」

小西が遮るように言うと、森沢は肩をすくめた。

「インドネシアで失敗した富士病院チームが、今度は同じ日本人の昭川市民を使って実験をしたって、そう言いたいの？」

「そこまでは言わないですけどね、ウイルスが漏れたってことが考えられるでしょう」

「確かにこんな話を聞けば、素人さんはその五年も前にインドネシアの島で流行した病気と、今流行っている日本脳炎と結びつけたくなるだろうけどね」

「だから現地からのニューズレターや他の資料も読んだんですよ。そうしたら症状なんか、そっくりそのまんまですよ。それにこの町の富士大学病院が関わっているんだから、同じものに決まってるじゃないですか」

小西はむきになって叫んだ。

森沢は、ふっと息を吐いてローマ字の並んだワクチンの資料を小西に返した。

「脳炎症状、髄膜刺激症状、もろもろの『症状』と言われるものはね、小西さん、原因が日本脳炎でもセントルイス脳炎でも、髄膜炎でも同じようなものなんですよ」

苦笑しながらそういった後、森沢は真顔に戻って、焦点をぴたりと小西の目に定めた。

「ただし可能性はあるね。可能性という点では、私も考えたよ。この病気が流行り始めたときにね。ただ、証拠はどこにもない。悪いけど、小西さんが今、見せてくれた資料の中からも、そういう事実は読み取れないよ。これこれこういう製法で、こういうワクチンを作ったと、それをいつ、どういう方法で、インドネシアのこれこれの島で臨床試験に入ると、そういうことが、書いてあるだけだからね。それと昭川市で起きていることがどう関係してるのか、なんてことは何も書いてない」

「しかし……」

言いかけて言葉を止めた。確かにそうだ。ブンギの事実は摑んだ。しかし、なぜそれがこの日本で広まったのかは、わからない。ブンギで事故を起こしたのがどんなウイルスか、それがここで起きている新型ウイルスと関係があるのか、いまのところわからない。富士病院のずさんな施設管理のせいで、ワクチン開発の副産物である新型ウイルスをこの町にばらまかれたとしても、立証するとなると、この資料からだけでは無理だ。

20

その日の夕方、小西は鵜川の診療所を訪れた。表は診療時間が終わって鍵がかかっているが、裏口はいつも開いている。

障害者の手による手芸品などを、ところ狭しと展示販売している待合室を抜け、二階に上がっていくと、房代が先に来て鵜川と何やら深刻な顔で話をしているところだった。

小西が、図書館でみつけた新聞記事から新事実につき当たったように、鵜川の方も、マイクロフィルムの中から新たな資料を見つけ出していた。何も写っていないように見えたフィルムの後半のラスト近くに、極めて簡潔に書かれたブンギ島民全滅の記録があった。

辰巳を中心としたチームは、従来のホルマリンによって不活化したワクチンを統制群として、対象年齢の児童の半数に接種し、残りの半数に新型ワクチンを接種した。最初の患者は、まずその新型ワクチンの被接種者の家族から出た。被接種者本人ではなくその家族であったということは、被接種者からの感染があったということで、この段階で、新型ワクチンの開発は失敗であったということが証明された。おそらくこの患者は抵抗力のない老人であろうと、辰巳が考えていたことが、資料から読みとれる。

それからぼつぼつと患者は増える。やがて島内の半数の人々が発病したとき、辰巳たち富士大学病院チームと、州政府は一つの重大な決定をする。

病気の封じ込めだ。幸いブンギは、鮫のいる荒海で周囲から隔てられた孤島だった。人道的理由から子供たちを連れ出し、その後は港を破壊して大型船の出入りができないようにした。

隔離、封じ込めは、伝染病発生時のもっとも基本的な対処方法だ。現に市外で発生が報告されたとたん、道路封鎖をしろという声が隣市で上がったくらいだ。

「ひどいな。ひどいものだ」

うなるように鵜川は言った。房代が眉を寄せてうなずく。

「人間として許されることだろうか。ねえ、小西君。これが資本の論理なんだよ。今までも援助に名を借りた日本企業の経済侵略が、途上国の人々の生活を踏みにじり、健康をむしばんできた。しかしここでは、効力も副作用も不確かなワクチンを何も知らない島民の体に入れたんだ。確かに生物兵器の開発ではなかった。しかしそれに匹敵する犯罪だと思わないかい」

「まあ、善かれと思ってやったことなのかもしれませんが、慎重さが足りなかったというか、ひどい事故ですよね」

「事故だって？」

鵜川は膝の上の自分の両手をじっとみつめている。きつく握りしめたこぶしが、小刻みに震えている。

「事故なんかじゃないんだ、小西君。予想できた事態なんだよ。功を焦る研究者と、一刻も早く他社に先がけて新薬を開発したい企業が、国内でできない危険な検査を他の国に行ってやったんだ。おそらく現地の役人の懐に現金をねじこんで。僕は一人の日本人としてアジアの同胞に対して恥ずかしいよ」

小西は先程の森沢の言い方にも抵抗を感じたが、鵜川の倫理感にはさらに辟易した。だが、さて自分はどのようなポリシーを持っているのか、と考えるとそんなものは全くないことに気づき、何ともいえない居心地の悪さを覚えた。

「小西君、このまま闇に葬られていいことだろうか。この後もこういうことが、つぎつぎに起きてくるだろう。そして生き残った患者たちが、後遺症を抱えたまま、事実の隠蔽をはかる者の手によって、人権を剝奪された状態で監禁されるということもありうる」

「先生」

小西は遮った。鵜川はなおも言葉を続けようとした。

「先生、いい加減にしてくださいよ。昭川市が今、大変なんですよ。インドネシアがどうとかじゃないでしょう。僕たちは日本人なんです。そして昭川市の人間なんですよ。足元で人が死んでいくときに、たかがインドネシアの小島がどうだっていうんですか。僕はそんなことを聞くために、危険な思いをしてこれを持ち出してきたわけじゃありませんよ」

鵜川は、驚いたように目を大きく開いて、小西を見た。それからぽつりと言った。

「悲しいなあ。辛いなあ。君たちのような若い人がそんな考え方しかできないなんて」

「どうせそんな考え方です」

「まあまあ、こんなときに喧嘩してないで」と房代が、苦笑しながら中に入る。

「別に喧嘩じゃないですけど」と小西が言いかけたのを遮るように、房代は急に真顔になって、鵜川のほうを向いた。

「でも先生、富士大学病院の責任をどうこうとか言いだすのは、今はやめてくださいよ。どうやってこれ以上病気が広がるのを防ぐかとか、どんな治療をしたらいいかとか、そういうことにこのマイクロフィルムは使いましょう。だって辰巳先生はまだ桜ケ丘の富士大学病院にいるんだから。このことで、何か病院側に変なことされたら、大変ですもの。身寄りもないから、退院しようにもできないし」

「彼は、本当に危ない状態ですね。どこか別のところに移さなければならないだろう」

「引き取る家族がいないしね……」

房代が眉を寄せた。鵜川が呻くように言った。

「家族のいない僕あたりが、落ち着き先がみつかるまで、面倒見てもいいけど」

「アカの他人のじいさんの面倒見るより、嫁さんもらうほうが先じゃないんですか」

口をすべらせてしまった後に、小西は少し後悔した。

「それにしても、最大の謎は、未だに残っていますね」

鵜川は気を悪くした様子もなく、ビロードのように短く刈った頭をつるりと撫でた。

「なぜ、昭川市に広まったのだろう。本来最初に富士病院の関係者か、その近所で発生しそうなものなのに、なぜ、最初の発生地は窪山と若葉台だったのだろう」

「保存しておいたウィルスが、冷蔵庫からなくなったんですって」

房代が答えた。

「盗難ですか、それともだれか持ち出したのでしょうか？」

「棚の整理をしたときからなくなったので、たぶん誤って捨てられたんじゃないかって、辰巳先生はおっしゃってたけど」

鵜川は、はっとしたように視線だけ上に向け、房代を凝視した。

「だから窪山……ゴミ捨て場ですね。しかしどうやって捨てられたウィルスから、病気の流行が起きたんでしょう。感染動物を放したというなら別ですが。研究室内で保存されていたウイルスが廃棄されたとしても、宿主《しゅくしゅ》のいない状態で勝手に増殖して流行をもたらすということはありえないはずなんですが」

「辰巳先生もわからないって首傾げていたわね。なにしろそれがなくなってから、最初の患者さんが出るまで二年もかかっているし、どうやって冬を越したのだろうって」

「それも含めて、窪山のゴミ捨て場にカギがあるってことですね」

鵜川は、椅子をきしませて立ち上がった。

「やっぱりやるんですか？」

小西はおそるおそる鵜川を見上げた。

「あさっての土曜日」

カレンダーをめくりながら、房代が宣言した。

小西はうろたえた。

「大丈夫でしょ」と房代の大きな体が迫ってきた。

「行けばいいんでしょ、行けばば。僕は病院に忍びこんで、どろぼうのまねまでしたんだから、いまさら四の五の言いませんよ」

小西はふてくされたように、高々と足を組んだ。

「それでは」

鵜川が房代と小西に向かって、穏やかな口調で言った。

「ブーツに長袖、長ズボンをはいて、皮膚の出るところには、かならず防虫スプレーをかけるようにしてください」

新型日本脳炎のニュースは、テレビや新聞で頻繁に流れるようになった。ごくゆっくりとではあるが、脳炎は確実に市の枠を越え、七月の終わりには、県境を越えて練馬で二件、板橋でやはり二件の発生が、医療機関から地区保健所を通じて、都の衛生局に報告された。

流行の最盛期に向かい、災厄はすり足で都心部に近づいていく。

「今回の新型日本脳炎の発生原因は、不明。しかしこれだけ広がったのは、ここ十年あまり、予防接種の健康被害だけがクローズアップされ、まだ完全に撲滅されていない感染症の予防接種までが危険視されることによって予防接種不要論がひとり歩きし、接種者が激減したこと、さらに接種を自粛する自治体が増えたことも、原因の一つと考えられる」

国立予防衛生研究所の所長のこのような談話が、テレビや新聞に取り上げられ、予防接種による健康被害訴訟で負け続けていた国側を元気づけた。

さらに河川工事や緑地管理の見直し、国公立病院の隔離病棟の建て替え工事などの計画が相次いで発表され、これもまた建設業者を勢いづかせている。

その一方でワクチン不足は深刻になっていた。

「そりゃあ、ないものはしょうがないでしょうが」

この時期に赤ん坊に接種するポリオワクチンの納品にやってきた森沢は、眉を八の字にして、永井から逃げるように両手を振った。

「だからさ、なんとかなんないかって、言ってるわけ。本当にない、なんて言うのは、うそなんだろや、森沢さんよ」

冷蔵庫にワクチンを収める作業の手をとめ、小西は二人のやりとりに耳をすます。薬品保管室の出口まで逃げたものの、永井に立ちはだかられたまま、森沢は耳をかいたり、腕時計を見たりしている。

「実は、メーカーの倉庫ん中には、ワクチンがバルクでごろごろしてんだろう」

「そりゃありますよ。ポリオや風疹、それから作れ作れと言ってたわりには、昭川市さんが今年ぜんぜん買ってくれなかったインフルエンザなんかもね」

永井は苦りきった表情をして腕組みした。森沢は続けた。

「いきなり接種中止の決定をだされたMMRワクチンもあるな。日本脳炎以外なら、いくらだって持ってきますけど」

「そりゃわかってるから、だからそこんとこ、なんとかって、こう薄くなった頭下げて頼んでるわけだよ」

片手で分厚い鉄扉を押さえたまま、永井は本当に頭を下げた。

「ちょっと、またなにをされます、永井さん。あたしだって永井さんとは長いつきあいだし、なんとかしてあげたいのはやまやまなんですがね、メーカーが作ってくれないんだから、どうしようもないんで……。今持ってる生産設備をフル稼働させてはいるんだけど、やっぱりあっちこっちから引き合いがくるしね。かといって製造設備を拡充して増産体制に入ったとしても、この先ちゃんと買ってもらえるかというと、こりゃ難しいからね。その点、作れば終わりって土木工事は楽だと思うよ。どうせ流行が止んだら、喉元過ぎればなんとやらで、また副反応がどうので接種をひかえましょう、なんて話になるんじゃないの。せっかく高い金を注ぎ込んで拡充した設備を、来年にはまた半分以上遊ばせて、倉庫の中は在庫でいっぱいじゃ、メーカーだって怖くて作れないよ」

口ぶりからして、今度は恩に着せているわけではなく、本当に不足しているらしい。とりあえず、四分の一だけでも他のところにさきがけて確保してしまったことに、小西は少しほっとした。後はなんとかして、永井が運ばせるだろう。

緊急接種の初日まであと二週間ある。一回目の接種で、体は刺激に対して一応反応するが、免疫ができるのは、それからさらに一週間後に行なわれる二回目の接種を行なった後、約一週間を経てからだ。

あと一ヵ月ほどで、少なくとも昭川市の住民については、免疫ができる。日本脳炎のたった一つの有効な予防法である予防接種が、ほぼ全員について行なわれることになっている。

もっとも医師会内部では、こうした接種は市が直接行なうのではなく、各医院で希望者に対して個別に行なうべきだという意見も出た。これを機に経営の立て直しをはかりたいと考えた開業医も一部にいたのだ。しかしさすがにこの案は、却下された。

金曜日の夜から、天気が崩れた。房代と約束した朝、のろのろと小西が起きてみると、強い南風と横殴りの雨が、アパートの窓を叩いていた。台風が接近している。雨の音に交じって玄関のチャイムが鳴った。二度、三度、はっとして飛び起きた。

そろりとドアをあけると、強い南風とともに大粒の雨が飛び込んできて、その中に合羽を着た房代が、足を踏ん張るように立っていた。

「こんな日に、行くんですか」

半ば寝ぼけた状態で、小西は瞬いた。

「蚊が飛ばなくて、ちょうどいいでしょうよ。早く着替えて車出して」

強風にパーマ髪を逆立てて、房代が怒鳴る。

小西は奥の部屋にかけこみ、パジャマを脱ぎ捨てジーンズとワークシャツを身につける。その上にバイク用の雨具の上下を着て、車に乗り込んだ。気温が高く、雨具の中はひどくむれる。

途中で、旭診療所に寄った。房代が降りて中に入っていく。しかし戻ってきたのは、房代一人だった。

「鵜川先生は？」

「急患よ。たった今電話がかかって。一人住まいのおばあちゃんがひどい喘息の発作起こして、これから往診だって」

素早く助手席に乗り込み、シートベルトを締めながら房代が答えた。

「ちぇっ、調子いいでやんの」

小西は思わずつぶやいて、乱暴に車を発進させた。

「しょうがないじゃないのさ。本日休診の札をぶら下げたって、来るものは来るんだから」と房代が苦笑した。

窪山への道は曲がりくねり、ときおり叩きつけるような雨で、前が見えなくなる。現地の手前まで来たときだ。急カーブを曲がったとたん、前から小型トラックが現れた。急ブレーキをかけたが間に合わない。

隣で、房代が派手な悲鳴を上げた。あわや正面衝突か、と思ったときに、トラックは小西のミニカのミラーをこすっただけで止まった。

舌打ちして飛び出す。

「ばかやろう、車線を見ているのか」と怒鳴ろうとした小西の勢いは、相手の顔を見たとたんに萎えた。

ドライバーは一目でわかる盾和会のチンピラだ。

しかし助手席に目をやって、房代と小西は同時に、あっと声を上げた。こちらは顔見知りだ。桑原衛生サービスの回収作業員だった。

小西と房代は顔を見合わせた。そのとたん、相手の車は、水しぶきを上げて急発進し、走り去った。

「何だ？」

小西は、車のはね飛ばした泥の飛沫を頭からかぶったまま、小さくなっていく車を見送る。

「桑原の車がここに来ていたってことは、回収した注射針なんかをここに捨ててるのか」

つまり医療廃棄物を捨てていたということではないか。

「冗談じゃないぜ。廃棄物処理法違反だ」

「それどころじゃないわよ」

房代がどなった。

「あいつが、犯人だよ」

「犯人っていうか、つまりその……」

興奮しすぎて、小西は口ごもった。

「ウィルスを、廃棄物としてここに運んで来た張本人だ」

状況証拠は揃った。

「でも、桑原は自前の処理場を持ってるんでしょう。どうしてわざわざここに持ってきて捨てていくのかしら？」

「焼却炉を使わずに燃料代を浮かせてるんですよ。あっちこっちの仕事を取って、自前の焼却炉じゃ処理しきれない分は、生のまま捨ててたんです。どうせヤー公のやってることですから」

「早く」

房代は小西の腕をひっ掴むと、車に押し込んだ。

「早く、今の車が捨てたばかりの物を拾うのよ」

小西のミニカは、辺り一面煙るばかりに路面を叩く雨の中を、「ホテル桃源郷」の脇道に入り、未舗装道路を下って谷間のゴミ捨て場についた。

車を降りると腐臭が鼻を直撃した。ビニール、プラスティック、コンクリートのかけら、発泡スチロール、あらゆる物が積み重なり、白っぽく荒涼とした風景が広がっている。ゴミの合間から、元は谷を緑に覆っていたシイやホオノキの梢が飛び出しているのが、痛々しい。

臭いの元は、ビニールに包まれたまま捨てられたハムや、プラスティック容器に付着した飯粒や、紙おむつに大量に吸収された排泄物の類だ。不燃ゴミの中には、こうした有機物が大量に含まれている。

むっとする暑さと悪臭に、くらくらとめまいがした。

房代はビニール袋を片手に果敢にゴミの山の中に飛び出していく。黄色のポンチョが南風にあおられて、ばたばたと音を立てる。

「このへんだよ。あるとしたら」

道路際で、房代が手をふる。ずぶりとゴミの山の中に足を踏み入れる。

「ほら、トラックの車輪の跡がついてる」

白っぽいゴミの中に、小型トラックの狭い轍《わだち》が二本あった。その二本線のところに、殻を潰されたオカモノアラガイが、ぐにゃりと伸びたまま蠕動《ぜんどう》運動に似た動きをしていた。

轍の先に、探すまでもなくそれはあった。確かに捨てられたばかりの物だ。

白い泥のようなもの、それから真っ黒ないくつかの塊だ。

しかし目を凝らしたとたん、小西は失望の声を上げた。灰だ。あのトラックの落としていったもの、それはすでに炉に入れて焼却された注射針や使用済みガーゼや脱脂綿の類だったのだ。

桑原衛生サービスは、焼却処理をしてから捨てていた。房代は苦々しげに唇を嚙んでから、気をとり直したように小さなシャベルで灰を掬い取り、ビニール袋に残らず収めた。

「ほかにもあるかもしれないから、ちゃんと捜すのよ」

ポンチョの裾をひるがえし、房代がどなる。

「わかった」

大声で返事をして、小西は目に入ってくる雨と汗を片手で拭いながら、爪先で足元のゴミをひっくり返す。

ゴミのいたるところに、オカモノアラガイがついている。薄茶色の殻は、くだけたプラスティックと区別がつかない。普通の草の葉についているものなのに、なんでゴミの上で繁殖しやがるんだ、と小西は舌打ちして気づいた。不気味に肥大した触角が無い。頭頂部にあるのは、ごく普通の糸のように細い触角だけだ。他のも見る。しかし、あの白いウジ虫のような物を頭に二つつけた貝は、もういない。それに全体に動きが鈍い。いや、鈍いのではない。これが普通だ。昼間からあんな活発に動き回るオカモノアラガイがいるはずはなかった。

するとあれは何だったのだろう。

小西は動き回る小さな貝を爪先で蹴った。

はっとした。大量発生、触角の肥大、発光……。それはこの軟体動物の病気の状態ではないだろうか。オカモノアラガイの世界にも、疫病が蔓延して、今、流行期を過ぎたのだ。

ヒトに先立ってトリがかかり、その前にオカモノアラガイがかかった……。ゴミとして捨てられたウイルスとコジュケイを結ぶ物として、この茶色の殻を背負った軟体動物が浮上する。

小西は雨に濡れた殻を摑み、ゴミから引き剝がす。

「おまえか、おまえが運び屋なのか？」

粘液を沁《し》みださせた柔らかな腹が波打ちながら、殻からだらりと垂れてすぐに縮みこんだ。小西はポケットからポリエチレンの袋を出し、それを放りこむ。

「あんた、足元」

不意に房代に、声をかけられた。顔と髪から水をしたたらせながら、房代は何かを指差している。

房代は屈みこんで、ガラスの破片を拾い上げる。

「気をつけて、危ない」

小西は声をかける。

聞こえないらしく、それを小西の鼻先に持ってきて、房代は尋ねた。

「なんだと思う？　これ。窓ガラスはこんなふうに丸くないし、コップのかけらにしては厚い」

「シャーレか、薬ビンの類、とにかく病院で使うもの？」

「たぶん」

拾った物をつぎつぎに用意した袋に入れていくうちに、房代は「あっ」と声を上げた。片手で拾い上げたのは白いビニールの切れ端だった。太い指が、赤いマジックで薄く書かれた文字を示した。

「第三内科」とある。

「なんですか、それ」

「冷蔵容器のカバーよ。薬の持ち運びをするときの。第三内科っていうのがあるのは、この市では、富士病院だけ」

「どうやら、確実になってきましたね」

小西は雨水の垂れてくる前髪をかきあげた。ブンギから持ち帰ったウイルスは富士大学付属病院からゴミとして出され、ここに運ばれた。桑原衛生サービスは、物によっては焼却しているが、生のまま廃棄しているものもあるのだ。

ゴミの入った袋、オカモノアラガイの入った袋、それぞれを輪ゴムで留める。

そのとき向こうの崖の上に人影が見えた。ホテルの建物を背に、さかんに手を振っている。青柳だ。

小西は軽く会釈をする。

「寄ってってよ」

雨と風の音にかき消されながら、切れ切れの言葉が聞こえる。

答えるように房代が手を上げる。それから小西の方を向いてにこりとすると、先に立って歩いていった。

車をホテルの玄関前に乗りつけると、青柳が出迎え、空き部屋でシャワーを浴びてくるように言った。

小西はいつか鵜川と張り込んだ二階に上がり、すりガラスでベッドルームと隔てられた風呂場でシャワーを浴びた。汚れはともかく、臭いはちょっとやそっとでは落ちなかった。

週明けの朝一番で、房代は昨日ゴミ捨て場で拾った物を市役所の環境課に持っていった。

その結果を小西が電話で知らされたのは、午後も遅くなってからだ。いつになく元気のない声で、房代は「だめだったよ」と言った。

「環境課に行ったら、清掃課の仕事だって言われて、清掃課に行ったら、それは一般廃棄物じゃなくて、医療廃棄物だから保健所に行ってくれって。保健所へ行ったら、管轄は県の清掃管理課だって言われて、ところが県庁まで行って言われたのが、病院で出たゴミでも、全部が全部、医療廃棄物ではなくて、一般ゴミとして処理される物もあるっていうわけ。それから医療廃棄物の中でも、一般廃棄物と産業廃棄物に分かれていて、医療廃棄物の中でも、一般廃棄物は市町村が管理しているんだって。だから昭川市の清掃課の管轄だって」

「待ってください、なんだって？」

同じ役所の仕事とはいえ何やらややこしくて、頭の中にもつれた毛糸玉を突っ込まれたようだ。

「私だってわからないわよ。何せ五十何年経った古い頭だもの。ぺらぺら説明されたって、若い子と違って入らないじゃないの。とにかく市役所へ行けって、振り出しに戻ったの。腹が立つから『まあ、とにかく理屈はいいから見てよ』って、持っていったゴミを見せたら、これだけでは判断できない、と言うわけ。だから、確かにあの場所の近くで医療廃棄物処理業者のトラックとすれ違ったんだ、と言ったんだけど、それでは証拠も何もないから、と言われて。それに県ではちゃんと、マニフェストシステムってものをやっていて、どこの病院が何をどこに出したかっていうのを把握してるから、不法投棄があればすぐにわかる、なんて言うけどさ、書類の上のことだもの、信用できないじゃないのねえ」

「うん……」

「それじゃその、マニフェストってもので、あの富士病院が、いつ何を出したか見せてくれるのかって尋ねたら、それは公開していません、とこういうわけさ」

「で、どうしたんですか？」

「とにかく廃棄物法違反っていうものがあるから」

「産業廃棄物処理法違反でしょう」

「何だか知らないけど、変な物を捨ててると思ったら警察の防犯課に行きなさい、っていうわけ。それで行くだけ行って話をしたけど」

期待などできない、という様子で、房代は言い淀んだ。事実、窪山の不法投棄はずいぶん前から問題になっているが、ゴミ捨て場が私有地であることや、処理場としての要件を表面上満たしていることから、取り締まりの対象にはなっていない。そして今回も、病院のゴミとは言っても、感染の可能性のない一般ゴミということなら取り締まりようがない。

小西は腹が立つと同時に、どうせそんなものだろう、という気もした。この昭川市から始まって、近い将来首都圏を覆いつくそうとしている災厄の原因は、今、かなりのところまでは解き明かされようとしている。しかし、その内容にだれも耳を傾けないし、たとえ聞いてもらえたにしても、信用はされない。

四時過ぎになって仕事が一段落したのを見計らって、小西はバイクで房代の家に向かった。

枝が伸び放題のあじさいやまんさくを掻き分け、おもとやらさつきやら、所狭しと置いてある鉢を跨ぎ越して、玄関のチャイムを押すと、額の禿げ上がった六十がらみの男が、二階の物干しから顔を出した。小西が仰向いて名乗ると、「家内は寝てますけど」と無愛想に言う。

「病気ですか?」

「いや」亭主は首をふった。

そのとき勝手口から房代が姿を現した。花柄のホームドレスの前がくしゃくしゃになって、少しぼうっとした顔をしている。

「なんだかくたびれちゃってね。診療所は忙しいし、役所をかけ回ったんで、くたくたよ」と目をこする。

説明するのももどかしく、拾ったゴミを渡してくれるように言うと、房代は物置からゴミ袋を四つばかり持ってきた。

袋の中で、何かが動いている。目を凝らすとオカモノアラガイだ。ゴミについてきたのだ。昨日小西が持ちかえったオカモノアラガイは、彼のアパートのガラスビンの中に、キャベツの葉とともに入っている。近いうちにどうにかしよう、と思いながらそのままになっている。小西は、ゴミ袋の中でうごめいている物を摘み出し別のビニール袋に入れた。

灰の入っているものだけ除いて、残り三つを荷台にくくりつけ、小西は、本庁から少し離れた所にある清掃管理事務所に向かった。

事務所に着くと、ちょうど清掃事務所長が席にいた。

「おっ、マコッちゃん、どうだい、元気かい」

作業服姿の所長は小西の名前を呼ぶと、手招きした。彼は、小西の実家の近所に住んでいるので顔見知りだ。いわゆる隣組というやつで、小西も幼い頃、子供会で世話になった。こうした人間関係が、隅々までめぐらされているのが、昭川市役所だ。

小西は手早くわけを話し、手にした袋を開ける。所長は、ふんふん、とうなずいてすぐに担当を呼んだ。

担当は、若い男だった。机の上に置かれたゴミを見て、ちょっと眉をひそめる。

「ああ、覚えてますよ。確かそちらの診療所の看護師さんが持ってこられた。ただし、この前も説明したんだけど、たしかに富士病院のものらしいビニールの切れ端はあるけどね、それが即、医療廃棄物にあたるかどうかっていうのは、わからないんですよね。病院から出るゴミを全部医療廃棄物扱いにしていたら、大変な量になるでしょう。しかし回収業者がどんな処理をしているか、一応、立ち入り検査をするように言っておきます。たしか桑原衛生サービスですよね」

「ええ、盾和会のね」

「まあ、本当のところはそうだけど……」

相手は、苦笑した。

「うちで指導したところで、言うことなんかきかないんですよ。だいたい警察に摘発されたって、罰金三十万ですむんだから、痛くも痒くもないだろうし」

「やりどく、ですか」と小西が言うと、相手はうなずいた。

だが、今回はやりどくではすませられない。不法投棄が摘発されれば、富士病院の施設管理のずさんさ、危険な実験、等々が明るみに出てくるかもしれない。

結果が出しだい教えてくれるように頼んで、小西は清掃事業所を後にした。

その足で旭診療所に向かう。鵜川は診療中だった。「この前は一緒に行かれなくてごめん」と受付窓口に顔を出した鵜川に、小西は房代のところから持ってきたオカモノアラガイを渡し、手早く自分の推理を話した。

すなわちゴミと一緒に捨てられたウイルスが、オカモノアラガイの体内に入り、そのオカモノアラガイを食ったコジュケイの消化管からウイルスはコジュケイの血液中に入る。そのコジュケイを吸血した蚊が、ヒトを刺すことによってヒトが感染する。

「つまりこの貝からウィルスが分離されるかどうか調べてほしいってことだね」と、鵜川は確認した。小西はうなずいた。もっともオカモノアラガイのような巻貝の仲間をコジュケイが食べるのか、というと疑問ではある。あの貝殻ごと飲み下せるはずがないし、殻から抜いて食うという器用な芸当をする、という話も聞いたことがない。

それでもオカモノアラガイからウイルスが検出されれば、感染環はほぼ完全に解明される。

保健センターに戻ると同時に、房代から電話がかかった。窪山から拾ってきたゴミのうち、灰はまだ残っているのだが、どうしようか、ということだ。

「まあ、確かに焼いたって証拠ですからね、取っておいたってしょうがないんじゃないですか」

「そう言ってもねえ」

房代は口ごもった。

「焼いてあるんだから、このままゴミとして出したっていいんだろうけど、なんだか抵抗があるじゃないの。庭に埋めるのは、もっと気味が悪いしねえ。焼けばウイルスは死ぬって、頭ではわかっているけど、どうも……」

「まあ、大丈夫でしょうけどね」と小西も生返事をした。

一時間ほどして再び房代から電話があり、灰はそのまま密封して検査所に送った、と知らされた。鵜川に教えられたその民間検査所は、保健所などでなかなか本腰を入れてくれない環境調査などを引き受け、自主アセスメントや公害訴訟などで実績を上げているところだと言う。

電話を切ると、隣で永井が頭を抱えていた。

「降格辞令でももらったんですか？」

小西は、ひょい、とその顔を覗き込んだ。

「ふざけてんじゃねえや、お調子ものが」と永井は、小西の頭をこぶしで叩いた。

どうせ緊急接種要員の看護師たちが待遇改善を要求して、むしろ旗を押し立ててきたか、医師会がまた無理難題をふっかけてきたのか、そんなところだろうと思った。

「ろくでもねえ……」

ぼそりと永井はつぶやいた。

「どうしたんです？」

「この間のハワイアンランドの客の追跡調査だが、新たな患者が出た」

「何人？」

「確認できただけで、九人」

「その程度なら、当然出るでしょうね」

「その内六人までが、学童。一昨年と去年と今年の接種済みってことだ」

「え」

小西は、とっさに意味がわからなかった。

「効かないんですか、ワクチンが」

「ああ」

小西は、手にしていたファイルを思わず机の上に投げ出した。

「潜伏期間が四日から六日と、未接種者に比べれば長い。症状は若干軽いか、という程度。死亡者をすでに一人出している」

「なんで、また」

「株が違うんだよ。新型脳炎との交差性がないんだ」

呻くように永井は言った。

「だって、ずっと同じペキン株じゃないですか。一昨年の分からだけ効かないなんてことがあるんですか」

「微妙に違うだろうが。同じペキン株と表示してあっても、それぞれ違う。そのへんの詳しい情報なんか、俺たちには一切知らされないけどな」

一社独占を避けるために、役所はときどきメーカーを替えている。どこのメーカーでも品質は常に一定で、成分も変わらない、というのが建前だが、実際はメーカーによりそれぞれ特徴やばらつきがある。

「じゃ、今度の緊急接種で納入が決まったのは、確か……」

「H大微生物研究所のやつだ。つまり去年、一昨年と同じだ」

「他のところのは？」

「いったいどこのが効くのか、わからない。それにどこのが効くとわかったところで、一メーカーのものを早急に大量に、うちの市に集めることはできない。所長から県の保健所と厚生省に問い合わせをしてもらったが、『効果無しと言うことは、まだ確認されていないし、多くの事例では効果が認められている』だとよ」

「冗談はやめて下さいよ。現場じゃいったいどれだけ手間と金使って実施すると思っているんですか」

小西は叫んだ。

「もっと冗談じゃないのはな、小西、実はワクチンの交差性がどうこうじゃなくってな、ウイルスの方がタイプを変えた可能性もあるってことなんだ。もしそうだとすれば、今まで打ったのもみんなパーになる」

小西はしばらくの間、絶句した。

「まさかインフルエンザじゃあるまいし……」

「そうだよ。あるまいし、あるまいしってなもんだ」

永井は薄くなった白髪頭を拳で叩いた。

小西は唇をかんだ。臓器移植だの、生殖革命だのと華々しい話題に事欠かない現代医学が、伝染病一つにも迅速に対応できないのは、なぜなのだ。

「ワクチンが効かないこと以上に怖いのはな、小西、本当に怖いのは……」

永井は沈鬱な声で言った。

「この病気は、かかっちまったら、人生終わり、みたいなところがある。治療法は未だにみつからないし、蚊は耐性をつけて殺虫剤が効かなくなっている。有効な手段は、予防接種だけなんだ。しかしそれもだめだってことになったときの市民の反応がどうかだ」

「考えたくないですね」

地震などの大規模災害、市街戦、疫病蔓延、そんなとき自分が何を考え、どう行動するのかなどということは、以前の小西には想像もつかなかった。

財産全部を現金に換えてとりあえず安全なところに避難するというのは、だれでも考えつくことだが、ほとんどの人間は実行に移さないことが、今度のことでわかっていた。いつ決行すべきか、実際にはその瞬間など、当事者にはわからないのだ。

人々は決して病気などのために、昭川市を捨てない。脳炎発生から二カ月が過ぎてみれば、サラリーマンは普段通りに通勤し、農業従事者は畑に出て、主婦は必要最小限の買物をするようになった。人間の緊張感や注意力などというものはいつまでも続かないし、それ以上に生活上の必要がある。自分だけはだいじょうぶ、そんなにひどいことにはならないだろう、と楽観視して普段の生活に戻ろうとする。しかしその裏側で、どうせ人間、いつかは死ぬのだ、という無力感が、毒を含んだ淡い煙のようにゆっくりと町に広がり、人の心に浸透し、内面からむしばんでいく。

そして現に、昭川市とその周辺では犯罪発生数は減っているが、傷害や暴行、性犯罪は、ここ二週間ほどで激増した。

警察では、公園や河川敷の夜の一人歩きはしないように、と呼び掛けたポスター五千枚を市役所や出張所、公民館や商店などに貼り出したが、あまり効果は上がっていなかった。

第四部　最終出口《ファイナル・イグジット》

21

八月最初の月曜日、六人の中年男女が公団めじろ台住宅の集会室前に集まった。午後の九時を過ぎていたが、いっこうに暑さが和らがない。建物のコンクリート壁から夜の大気に、熱が放射され続けている。

めじろ台住宅自治会の防犯委員長は、片手で額の汗をぬぐいながら物置の扉を開け、中から腕章と懐中電灯を取り出してメンバーに渡す。

市役所にほど近い繁華街の外れにあるこの公団住宅には、市内でもある程度収入のある、中流層の人々が集まっており、今まで比較的治安状態がよかったのだが、ここに来ていくつかの問題が噴出してきた。

青少年の非行と自殺である。初めは他地区からバイクで乗り付け、団地の自動販売機前でたむろしていた市内の中学生が、次第に住宅棟の中に入り込んでくるようになった。

さらに七月初めに、若葉台住宅の主婦がここに住む友人を訪ねてきた帰り、棟の最上階の廊下から飛び降りたのを皮切りに、八月二日のこの日までに、計七件の飛び降り自殺ないしは、自殺未遂が続いた。

警察も公団も大して頼りにならぬことがわかり、自治会の防犯対策委員の住宅内パトロールが急遽決定された。

この夜集まったのは、防犯対策委員四人と青少年育成会長、それに巡査一人である。

一行はまず、団地中央にある高層住宅に向かった。

エレベーターに最初に乗り込んだ女性委員が顔をしかめた。四角いカーゴの中に、小便の臭いが充満していた。扉近くに立っていた育成会長が、停止階ボタンを押そうとして指を止めた。すべてのボタンの表面は、黒く焼け焦げ、でこぼこになっている。だれかが煙草の火を押しつけたらしい。

「この二カ月でずいぶん変わりましたな」

委員長は、ため息をついた。

最上階でエレベーターを降り廊下の端まで行き、屋上に出るための工事用ハッチを点検する。

ハッチは廊下から壁伝いに梯子《はしご》で上がり、上に撥ね上げるようになっている鉄の蓋で、普段は人が上がらないように鍵がかけてある。しかし梯子に取りついた副委員長である税理士が軽く押すと、直径六十センチほどのハッチはあっけなく開いた。鍵が引きちぎられ、丸い鉄板は歪んでいた。

税理士は、廊下で見上げている他のメンバーにサインを送ってから、ぽっかり開いた天井の穴から上半身を乗り出した。すぐに巡査が追い、さらに他の防犯委員が続く。梯子に手をかけた女性の防犯委員を育成会の会長が止めた。

「下で待ってて下さい。何があるかわからないから」

中年の主婦二人は、大丈夫よ、と言いかけてやめた。開いたハッチから見える夜空は限りなく暗く、不吉な色合いを帯びて見えた。

税理士は両手をコンクリート面にかけて、外に這い出た。

生暖かい風が吹いていた。駅前の繁華街の明かりが眼下に見える。春ぐらいまでは、その一帯がぽっかりと明るかったのに、今はまばらだ。風に混じって悪臭が鼻をつく。

そのとき給水塔の近くで、何かが動いた。目を凝らす。黒い人影が立ち上がった。

柔道四段の男盛りの税理士は、鳩の糞の分厚くこびりついたコンクリート面を蹴ってそちらに駆け出した。

人影は屋上の端まで逃げる。いくぶんふらついた、頼りなげな足取りだというのが、闇を透かしてわかる。

後ろから「追わないで」という巡査の叫び声がした。

この屋上に手摺りはない。工事や給水タンクの清掃のとき以外、人が入れないようになっているからだ。

追い詰めて下に向かって飛ばれてからでは遅い。しかし税理士は、少年とおぼしき黒い影を見たとたん逆上していた。つい最近、娘がこの棟の下にあるコンビニエンスストアの脇で、どこかの不良中学生に危うく乱暴されかかったばかりだった。一ヵ月前には、駐車場に置いておいた新車のローレルを何者かに傷だらけにされた。

「あのガキ」

税理士は、細いジーンズの足でふらふらと逃げるその人影を、屋上の端まで追い詰めた。

黒い影は体を曲げて下をのぞきこむようなかっこうをした。そしてその場にしゃがみ込み、次の瞬間、ふっと姿が見えなくなった。

後に続いた防犯対策委員の男たちが、叫び声を上げた。直後に鉄板を叩く音が、鈍く響いた。何の事はない。最上階の廊下につながっている非常階段に飛んだのだ。鉄板を踏んで下りていく足音が聞こえてくる。

税理士は自分も飛ぼうとして、躊躇した。先程見た人影ほど、彼は身が軽くない。

「やめなさい。追うほどのこともないから」

巡査が止めた。

四人の男たちは懐中電灯で足元を照らしながら、給水塔のところに戻った。異臭が鼻をつき、ゴミが風に舞っている。パンの包み紙、ジュースの空缶、ウイスキーのビン、そして吐瀉物……落ちていた小瓶を巡査が拾い上げてうなった。シンナーのにおいが漂っている。

育成会の会長は、その瓶を巡査から受け取り、鼻のところに持っていってから、屋上端の高さ四十センチあまりのコンクリートの縁に視線を移した。このところすっかり、この公団めじろ台住宅を有名にしてしまった飛び降り自殺者のうちの数人は、シンナーによる酩酊状態のまま気持ち良く飛んだのかもしれない。

「いたのは、さっきの一人だけですね」

育成会の会長は、シンナーの瓶を握りしめた。

「抜き打ちのパトロールじゃないからね。この団地の子供が交じっていれば、情報が伝わりますよ」

醒めた声で税理士が言った。

「うちの団地の子供だって？」

育成会長は目をむく。

「ここの子供たちは良い子ばかりですよ。悪いのは隣の八幡町から集まってくるので」

「しかしこんな時期ですから、うちでも」

防犯委員長がぼそりと言いかけてやめ、「取りあえず、早急にハッチの修繕と頑丈な鍵の取り付けを公団側に要求しておきましょう」と、早々に梯子にとりつき、廊下に下りた。

「どうでした？」

下の廊下で待っていた主婦二人が尋ねる。

男たちは「いや、汚い、汚い」と答えただけで、階段に向かう。

落書だらけのコンクリートの階段を下り始めたときだ。電灯を叩き割られた踊り場の薄暗がりに人影が見えた。全員がぎくりとして、足を止める。髪の長い少女だ。壁の巨大なペニスの落書に肩を押しつけて、うつむいている。

「どうしたの、こんなところで？　ここの団地の子？」

主婦の一人が、かけ寄った。男たちは離れて様子を見守る。怯えさせるのは禁物だ。

少女は、顔を上げた。

「あ、いえ。ちょっと」

防犯委員の腕章にちらりと目を走らせる。とたんにぺこりと頭を下げた。「どうもご苦労様でございます」という言葉が発せられた。

主婦は驚いて、少女の顔をまじまじと見る。長い髪に半ば隠れた顔は、よく見れば大人だ。この棟の主婦らしい。化粧気のない顔と小柄な体のせいで、十五、六歳の少女がうなだれている図に見え、委員たちはてっきり自殺志願者だと勘違いしたのだ。

気まずい思いで頭を下げて、全員その場から逃げるように階段を下りる。
二、三階下りたところで、すえたような甘ったるい異臭がした。
踊り場の防火扉の向こうに、夏の砂浜で使うようなマットが敷き詰められている。バスタオルが丸まって落ちている一隅には、ついさっきまで人がいたようなぬくもりが残っていた。育成会長の眉間のしわが深くなった。バスタオルをひっ掴み拾い上げる。その下から、使用済みのコンドームがばらばらと落ちた。

「まッ」

女性の防犯委員二人が、顔を見合わせる。汚れた下着が、隅に押しつけてある。その脇に何かきらきらと光る物が見えた。

とたんに女の一人の顔色が変わった。さっと手を伸ばしてそれを拾い上げ、素早くポケットに突っ込むと、「いけない、おばあちゃんをお風呂にいれるの忘れてた。ごめんなさい、お先に」と早口で言い、そのまま階段をかけ下りていった。

女が拾ったのは、バレッタだった。中学二年生の娘に、つい二、三日前買ってやったばかりのものだ。あの子は、そんな子じゃない、と女は自分に言い聞かせた。危ないから、しばらくの間塾は休みなさい、と止めたのに、振り切って出かけていくような子だった。出かけた先が、隣の棟の非常階段などであるはずはない。こんなバレッタは大量生産品だ。帰ってみたら、これと同じものが娘の手入れの行き届いた長い髪に、留まっているに違いない。そう祈りながら中年の母親は階段を走り下りていた。

十時過ぎにパトロールは終わった。防犯委員たちは巡査と別れ、今後の対策を練るために集会室に入った。

だだっ広い和室には、すでに机が並べられ、自治会役員を含めた住民二十名ほどが待っていた。

まず防犯対策委員長がパトロールの報告をし、その後、この二週間だけで五件もの飛び降り自殺が起きているので、何か手を打たねばならないだろうという話をした。

「がまんならないのは、自殺者がここの住民とは何の関係もない、外部の者だってことです。なんで別の地区から、わざわざここに死にに来るんでしょうか」

副委員長の税理士が口をはさんだ。

「まったく、他にも高層住宅があるのに」

数人の住民がうなずく。

だ

「飛び降り名所のイメージが、自殺志願者を呼ぶんでしょう」

「何でそんなに死ぬのが流行るんでしょうかね。自殺のマニュアル本が流行るくらいだから、そんな世の中だと言ってしまえばそれっきりですが」

そのとき防犯委員の一人が苦り切った表情で言った。

「世間一般じゃそうかもしれませんが、この町じゃ別の事情ですよ」

確かに自殺者の第一号は、新型日本脳炎の後遺症に悩む主婦だった。しかしその後は、特に脳炎とは関係ない。いや関係ないか否かさえ、わからない自殺があいついだ。理由がないのだ。これといった理由もなく、青年が、少女が、ときには小学生が、十数階の非常階段の手摺りから飛ぶ。あえて理由を求めるとすれば、それは静かすぎる町と、かすかな虫の羽音と、怯えた人々が増幅する不安な雰囲気、それにこの暑さだ。人の神経は、時と場合によっては意外なほど脆い。

「放置はできませんよ、これ以上は」

税理士が湯飲み茶わんをテーブルに叩きつけるように置いた。

「ここを飛び降り自殺の名所になどしてはならない」

この団地は所得制限がある。それは、所得の上限を切った隣接地区の県営団地とは反対に、一定以上の所得がないと入れない、という制限だ。駅から近く、部屋数が多く家賃も高い。ホワイトカラーの住む、瀟洒で落ち着いた高層住宅という、公団めじろ台住宅のイメージが今、少年非行と飛び降り自殺によって貶《おとし》められている。

「今後、自殺者が出た場合、損害賠償請求をしていきましょう」

税理士は提案した。

住民たちは、顔を見合わせた。

「死人にどうやって、金を出させるんですか？」

「いや、本人じゃなくて家族にです。飛び降りるのはほとんど未成年ですから、保護者に請求できる」

「それで減りますかね、いくらなんでも非常識だ、という話になりませんか」

そのとき「それ以外のやるべきことをすべてやった上なんだから、他に方法がありませんよ」と会計係が、帳簿をテーブルの上に広げた。

外階段の飛び降り防止柵、それさえ乗り越えられたために取り付けた金網、それから飛び散った血や内臓で汚れた地面を掃除する清掃員への特別手当。特に二十六階の高層棟屋上から落ちたときなどは、死体がコンクリート面にぶつかって潰れ、スコップではがし取らなければならなかったのだ。

そうした費用は、公団側が持つことにはなっているが、ほとんどが自治会費から立て替えられ、今や会費残高がほとんどゼロになっている。

「あまり品の良いやり方ではないが、この次やったら見せしめとして訴訟を起こすべきです。この件については前もって弁護士に相談し……」

税理士が言いかけたちょうどそのとき、建物を揺らすような鈍い音が響いた。

彼は言葉を止めた。だれも何も言わなかった。ごくり、と唾を飲み込む音だけがした。

しかしその場にいた者の耳の奥には、不吉な響きが何度もこだましていた。

やがて沈黙を破るようにスリッパの足音が近づいてきた。この棟にあるショッピングモールの酒屋の親父が、ドアを開けて首を出した。

「あの……また、落ちたみたいですよ」

自治会長がのそりと腰を上げた。

「確認してから……一一〇番、だな」

少し前まで、住宅には管理人がいて、確認業務も警察に連絡することもやってくれた。しかし先週末、逃げ出してしまった。一日おきに三回も飛び降り現場の確認に走らされたのだから、当然のことだ。

会長に続き役員たちが懐中電灯片手に、ぞろぞろと後に続く。

「またこっちか」

委員の一人が舌打ちをした。集会室のある裏側からショッピングモールのある南側に回り込んだとたん、不自然に折れ曲がった素足が見えた。しかし靴を脱いでから落ちてきたわけではないらしい。委員たちの足元にサンダルが飛んでいた。

外階段は、二週間前に金網で周囲をすっぽり囲む工事をした。しかし、この前の自殺者は、こともあろうにその金網をペンチで切って落ちてきた。そして今度はその穴から飛んだのだ。

「女の子だ」

育成会長が、ため息とともに低い声で言った。

一階にあるコンビニエンスストアの明かりに、長い髪が浮かび上がっている。

会長が二、三歩近づいたその瞬間、即死したと思われた体から、うめきとも吐息ともつかぬものが漏れて、その場にいたものは凍りついた。

防犯委員の女が、悲鳴のような声を上げた。

「この人、子供じゃない。パトロールのとき、階段にいた人よ」

踊り場で見た主婦らしき女の、化粧気のない青ざめた顔を思い出し、メンバーは沈黙した。

防犯委員の一人が、電話を借りるために正面のコンビニエンスストアに飛び込んだ。

レジにいるのは、四十過ぎのオーナー一人だ。

何か言う前に「どうぞ」と傍らの電話を顎で指す。オーナーは唇を噛んで外を見ている。その視線の方向を追って、彼は悲鳴を上げた。

真っ赤な滴《したた》りがいく筋も店のガラス壁面の向こう側を伝い下りている。滴りの周りには、まるでエアブラシではいたような赤いしぶきが広がっていた。

「下にね……石畳に、頭っからぶつかるから、ああいう具合にはねるんだよ」

オーナーは泣きだしそうな声でそう言い、レジの奥にある水道にホースの口を差し込む。

「二週間で五回だよ、ほんとに」

そう言いながら、ホースの端を店の入り口に向かって放りなげる。

「どうも、難儀なことで」と言って、防犯委員は警察への通報を終えると慌てて店を出た。そして自分の部屋が七階にあることを少しありがたく思った。一階で何度もこんなものを見せられたら、とうにここから逃げ出しているだろう。

それだけでなく、団地では自殺者を収容するパトカーと同じくらいの回数、消防車、それも梯子車が出動していた。このところ廊下やエレベーター内の火事が頻発しているのだ。放火である。そして事件にならない事件は数えきれないくらい発生する。鳩や猫が、腹にモデルガンのプラスティック弾を打ち込まれて死に、エレベーターの押しボタンが潰され、給水タンクに洗剤が放り込まれる。

静かな憂鬱と冷たい狂気が、蒸し暑い夏の大気の中で次第に濃度を増していく。


一方、公団めじろ台住宅の隣にある県営八幡町団地では、頻発する放火や性犯罪にたまりかね、住民が自警団を作った。それぞれ家に引きこもりエアコンの効いた室内で息を殺し、近所で何が起きても知らん顔、消毒や草むしりにも一切出てこない、というニュータウンの住民に比べ、団地住民たちのコミュニティを守ろうという心意気は頼もしい。

県営住宅の男たちは自治会長の呼び掛けに応じて集まり、腰に蚊取り線香をぶらさげ、懐中電灯を片手に、毎夜の夜回りを始めた。

人気のない駐車場で、奇妙な器具を路面に押しあて、何かしている大柄な人影を発見したのは、まもなく夜回りも終了しようという深夜零時過ぎのことだった。

トビ職や塗装工など、度胸と腕力には自信のある男たちで構成された県営住宅の自警団の面々は、息を詰めてその男を凝視した。ちょうど二、三日前に、小学生の女の子が男にいたずらされた場所だった。そして住民のバイクが何台も放火されたのも、この駐車場だ。

　それにしても男が手にしているものが、よくわからない。紐でくくった鉄の重りのようなものだ。もしや武器か、と思ったが、そんなことで逃げ出すような男たちではない。恐れよりも怒りが先に立っていた。

　遠巻きにした彼らは、じりじりと輪を狭めていった。

「なにしてんだ、ここで？」

　一人が呼びかけると、怪しげな者は、びくりと顔を上げた。そして大声でわめいた。言葉はわからない。

「なんだ、こいつ？」

　懐中電灯の光が、男に集まる。光を正面から受けてうつむいた顔は、褐色をしていた。漆黒の縮れ髪がキラキラと光る。日本人ではない。

「おい、こんなところでなにしている」

　自警団のメンバーは気色ばんだ。グレーの作業衣姿の男は、とっさに体を屈めた。逃げるようにも、殴りかかってくるようにも見えた。

　とたんにトビ職の男が飛びかかって取り押さえた。一瞬後、相手は額のひいでた精悍な顔を上げ、バネのような筋肉をぶるっと震わせ、小柄なトビ職を振り落とした。

　自警団の男たちの頭に血が上った。一斉に飛びかかり、その不審な外国人を路上に引き倒す。それだけでは収まらなかった。だれかが、倒れた男を足蹴にした。別の者が男の幅広い胸ぐらを掴んで起こし殴った。堰《せき》を切ったようにいくつもの拳が、男の胸や腹に注がれた。

せいぜい五分か、そのくらいのことだっただろう。

サイレンが聞こえた。ヘッドライトに照らされ、男たちは我に返って男から離れた。パトカーが一台、止まっていた。作業服姿の日本人が、真っ青な顔で何か怒鳴っている。そのときになって工務店に勤めている男が、男のそばに落ちているものに気づき、呻き声を洩らしたが遅かった。

大型の聴診器のように見えるそれは、水道の漏水調査に使う器具だった。彼らが袋叩きにした男は、今では引き受け手のなくなった、蚊の発生地域の深夜作業に駆り出された外国人労働者だった。

体をねじまげて転がった褐色の皮膚の男は、すでに虫の息になっている。

不安と圧迫感に苛《さいな》まれた町で、住民たちの行き場のない苛立ちが増幅されていく。

22

八月四日、一斉接種初日のちょうど十二日前になって、森沢は第一回分のワクチンの一部を納品にやってきた。

小西は、納品されたワクチンを消毒室の冷蔵庫に入れるために一階に下りた。冷蔵車で運ばれたワクチンは、発泡スチロールのパッケージに入れられている。それを森沢と一緒に車から下ろし、カートで消毒室まで運ぶ。

納品伝票に目を通し、本数と単価、金額を確認する。この日に納品されたのは約八千人分。一ビン一〇CC入りで、四百本ある。しめて八百万円。純粋にワクチン代だけで、一人あたり千円かかる。

小西はパッケージを開け、中身を数える。必要量の八分の一にも満たない本数だが、通常扱っている量に比べると、とてつもなく多い。

「大丈夫ですよ、ごまかしてないから」

口の中でぶつぶつ言いながら丹念に数えている小西に、森沢は苦笑しながら声をかける。それには答えずに、小西は数え続ける。確かに四百本あることを確認した後、納品書に受領印を押そうとして、小西は手を止めた。

「どうしたの？」

「森沢さん」

小西は、ちょっと顔を傾け、森沢のてかてかと光った額を凝視した。

「このワクチン、効かないって話じゃないですか」

「ほう、そりゃまた」

驚くでもなく、憤慨するでもなく、森沢は言った。

「去年、一昨年にH大のワクチンを打った市民から患者が出てるのを知ってるでしょう」

「何でも百パーセント大丈夫ってのは、ないからねえ」

そんなことはいいから早く判を押せ、とでもいうように森沢は小西が手にしている伝票を顎でしゃくる。小西はしぶしぶ自分の三文判を押す。文字が逆様だ。無意味とわかっていても、抵抗したかった。

「でも過去三年以前に接種した児童の中からは、患者が出てないんです。今のところ」

「そうらしいね」

「伝票調べたら、M微生物研究所で作ったワクチンでしたけど」

「でもね、今年はH大の製品で契約が済んじゃって、こうやって納品してしまったからね。契約変更っていったら、市役所さんにとっちゃ、おおごとじゃないの？」

「そりゃそうですけど」

小西は、所長と契約管財課長と財政課担当者の顔と予算書を同時に思い浮かべた。

「それにM微研は、今年から株を変えているんだよ。H大と同じものだよ」

「それじゃ昨年のあまりとかは、ないんですか」

「ありますよ。M微研の福岡工場に。まもなく焼却処分されますがね」

「焼却」

思わず叫んだ。

「有効保存年限の一年半を過ぎましたからね」

「そんな……」

「M微研で、その気になれば新たに作れますよね」

「小西さんが代金払うの？」

森沢は、小西の手から納品伝票をひょいと抜き取ると、「それじゃ」と片手を上げ、足早に裏口から出ていった。

小西は、弾かれたように三階にかけ上がった。

「係長、係長」

沈鬱な顔で書類に見入っている永井の肩を摑んで揺する。

「森沢さんから聞いた話なんですが、M微研のワクチンがあるんですよ。まだ捨てられないで」

「そんなことは、わかっている」

後ろで、ぼそりと答えた者がいる。所長だ。

小西は驚いて振り返る。

「この六月で一年半の保存年限が切れたそうだ。遅すぎたな」

所長は、唇を引き締めた。

「昨年接種した児童から患者が出た時点で、俺が問い合わせたんだ」

永井がため息まじりに言った。

「でも、ワクチンって保存年限が過ぎたからって、すぐに腐るわけじゃないですよね。使えないですかね。H大のもので効きが悪いということがわかっているんだから」

「おめえ、自分で何を言ってるのか、わかってんのか？」

「だってこのまま、効くか効かないかわからないものを打つより、品質がそう劣化してなければ、それをやった方が……」

所長は、口をへの字に曲げたまま、小西を見上げた。

「私が、出張所に飛ばされるくらいで済むならやりたいがね。しかしこの間もテレビのニュースでやってただろう。看護師が、間違えて去年のワクチンを使ってしまったっていうのを。全国ネットで放映されて大問題になったはずだ」

「しかしこんな事態なら……」

「あれは看護師のうっかりミスだが、我々がわかってて打ったとしたらどうなる？　しかもM微生物研究所の方だって、保存年限切れのワクチンなんか売ると思うか」

「無理なんだよ、小西」

永井が、小西の腕を掴んで座らせた。

「一年前のワクチンを打ってしまっても、実際には大事に至ってない。が、もし一件だって、事故が出たらどうする。しかも接種の段階で感染している市民がいるかもしれないんだ。それが少し経って発病した場合、接種が誘発したものでないと、だれが証明する？　受けた方は、すべてワクチンのせいにする。去年のを打ったなどというのが、公になってみろ。騒ぎ出す団体が必ず出る。保健センターだけの問題じゃない。行政そのものの不信につながっていく。極端な話、役所のやることは、効果的でなくてもいい。しかし万が一でも間違いがあってはならないんだ」

「みすみす効かないとわかっているものを注射するんですか？」

「もういい」

所長が、鋭い声で遮った。

「とにかくできることを間違いなくやってくれ。法律の範囲内でな。いずれワクチンも、もっと有効なものに切り替えられていくだろう」

それだけ言うと、こめかみを片手でもみながら向こうに行ってしまった。

そのときになって小西は永井が見ていた書類に気づいた。ここ数日の患者発生報告書だ。すでに予防接種をして、免疫がついているはずの学童の患者がゆっくりではあるが確実に増えている。そしてもう一通の書類は、県を経由して下りてきた厚生省見解であった。

「従来の日本脳炎の場合と異なり、今回のタイプは接種によって完璧な免疫はできない」と明言してある。「しかしなお接種者は、未接種者に比較して、強い抵抗力を持つため、今後とも接種がのぞましい」と続く。

「のぞましい」とあり「しろ」とは書いてないところが、なんとも巧妙である。そして「未接種者に比較して強い抵抗力」とは、どういうことだ、と小西は首を傾げる。人が一回刺されれば発病するところを、接種していれば、二回刺されても大丈夫、三度目に発病ということなのか。それとも未接種者の八〇パーセントが死に至り、接種さえしていれば、七〇パーセントが、重い後遺症を残して生き残るということなのか？

いずれにせよ、十二日後に接種されるのは、その「未接種者に比べれば効く」程度のワクチンなのだ。

「納品は、どのくらいすんだ？」

「八千」

ふてくされたように、机に肘をついたまま、小西は答える。係長は、ボールペンを耳に挟んで、カレンダーをめくる。

「会場や人員の調整など、いろいろ忙しくなるからな。これからァ岡島薬品に電話をして、納品を急ぐようにちょっとハッパかけといてくれ」

初日は八月十六日。窪山方面とハワイアンランド近辺の住民が対象だ。ここが一番の危険地域だからだ。それから市内にある四つのニュータウンも同日だ。こちらの住民は東京都内からの転入者が多く、権利意識だけは、他の地区とは比較にならないほど高い。今回は議員を通して、接種を真っ先にやってくれるように、所長に圧力をかけてきた。いずれの地区も、学校や公民館など二十二会場が用意され、合計、約二万人の接種者が予定されている。予防接種としては異例の規模である。

動員される医師は、百十三人。各病院のつてを頼り、東京や神奈川、遠くは高崎あたりの病院や、大学病院の研修医まで駆り出される。一方、看護師は、市で抱えているパートタイマーだけでは間に合わず、市内の病院や近隣の市町村から免許を持つ者をつのった。会場ごとにチーフ看護師を決め、さらに各会場に行く前のワクチンの確認や消毒の点検を行なう統括責任者としては、保健センターでも一番古手の堂元房代が抜擢された。

しかし、肝心のワクチンが、どの程度効くのか、確証はない。しないよりはいい、という程度の効果では、注ぎ込む労力と予算が無駄だ。

昼休みに、鵜川から電話が来た。小西が持ち込んだオカモノアラガイのことだった。

「出ましたか、ウイルスが」

受話器に噛みつくような勢いで小西は尋ねた。

「シロなんだ」

「えッ……」

オカモノアラガイからはウイルスが検出されなかった。あのオカモノアラガイの奇妙さは、人間の病気とは関係がなかったということか。

小西の考えた感染環はぷつりと切れた。それから鵜川は、例のマイクロフィルムのハードコピーをいくつかの大学病院の研究室に持ち込んだことを告げた。

「何かが、そこでわかるとしたら、いつ頃ですか？」

電話の向こうで鵜川は答えを探しているように沈黙した。

あのマイクロフィルムの中に記述された、バイオワクチン製法に関しての遺伝子解析から、ブンギで事故を起こした新型ウイルスの正体がある程度、特定されるかもしれない。

しかしそれは今、現実に昭川市で起きている事態を直接解決し収拾することには結びつかない。確かにブンギでの流行は終わった。しかしそれをもたらした者の手によって終息したわけではない。島から人が消えて終わったのだ。ウイルスは生細胞の中でしか生きられないからだ。宿主を食いつくし、ウイルスも消えた。つまりウイルスの正体は臨床的資料から推測されるに留まるのだ。

あの事例は、これからこの昭川の人々がどうすればいいのか、どうすれば生き残れるのかということを直接教えてはくれない。

さらにはその正体がつきとめられたとしても、体内に入ったウイルスを直接殺す手段は現在の医学ではない。そうしてみると「いつごろ」という問いへの答えが、決して近い未来でないことがわかる。

小西は、周りに人がいないのを確認すると、声をひそめて、実は今度接種するワクチンは、この新型脳炎には効かないらしい、と伝えた。

「既製のワクチンが百パーセント効くわけではないっていうのは、予想できたことだよね」

沈鬱な声が返ってきた。

「辰巳先生の残した資料がこれだけあるんだから、どこかで効くワクチンを早く作ってくれないものですかね」

「たぶん、富士病院でやっているだろう」

鵜川はぽつりと言った。

「だって、富士はこのことを握り潰す気でしょう。だから辰巳先生を拉致して老人病棟に放りこんでいるんじゃないですか」

「いや、確実に作り始めているよ。ワクチンだけの問題じゃない。原因はもちろんわかっているはずだが、より詳細なメカニズムを解明し、治療法を発見するために研究を進めているだろう」

「あそこはそんなに良心的な病院ですか？」

受話器を通して重たい吐息が聞こえてきた。

「世の中、善玉と悪玉を簡単に分けられたら、たぶん非常に楽だと思う。僕も今までそういう発想のもとに生きてきたけど、現実の場面に出会うと、いつもそれがはっきりしなくなって戸惑う。特に個人レベルの話となると。とにかく富士病院の立場としては、新型ウィルスが研究室から漏れたということは、絶対に公にしてはならない。しかしその医師たちにしてみればどうだろうか。バイオハザードの事実を隠していても、その病気の病理学的疫学的研究をすることはできる。万一、富士病院側に不都合なデータが出たにしても、その部分だけ省けばいいのだから。新たな病気を作り出したい、と思う医者はいないだろうが、発見したいとはだれでも思うんだ。功名心、というのか、忌わしいものだけど、これがなければ何も進歩はしない。それ以上に、患者を見れば治したい、有効な治療法を発見したい、効果のあるワクチンを作りたい、そう考えるのは医者の本能のようなものなんだ。それは富士病院の医者だって同じだよ」

「こんなこと言ってる場合じゃないってことはわかってるけど、富士病院に救われたくはないですね。手柄顔されるのは、とんでもないっていうか……」

「たぶん富士病院だけでなくて、すでにこの近辺のいくつかの大学でこの病気について研究が進められていると思うんだ。ただしそう簡単には治療法は発見されないだろう。予防についても、ワクチンの開発というのは時間がかかる」

小西は無意識にこぶしを握りしめて、忙しなくテーブルを叩いていた。

「どうしてそんなに時間がかかるんですかね。厚生省が音頭とって、なんとか委員会で、あちこちの医大の情報と頭脳を集めているはずじゃないですか。それぞれが手のうちをさらけ出して協力し合えば、二、三ヵ月でなんとかなるもんじゃないですか」

「決して彼らの肩を持つわけじゃないんだけど……」

鵜川は口ごもった。

「これは日本脳炎と名前はついているけど、その様相からして新種の病気と考えていい。前にこの町の開業医の水谷さんたちが呼んでいたように『窪山脳炎』とでもいうべきものなのだ。こういう事実上新しい病気の場合、まず研究はマウスなどの哺乳動物に、その病気を起こさせることから始まる。治療法の発見もワクチン開発も、まずそのモデル動物の実験によって有効なことが証明されなければならないんだよ。いきなり患者を使ってやるわけにはいかない」

「切羽詰まったときには、しょうがないじゃないですか。病気の人間を使ったって」

小西が反論すると、鵜川はちょっと押し黙った。鵜川が目にしてきた多くの薬害も、そしてこの新型日本脳炎も、こうした論理のすれ違いから生まれてきたからだ。

「とにかくそうして、まず動物実験を行ない、それが成功したと判断されると、それを別の研究機関で追試する。それからいよいよ人に試され、さらに追試だ」

「めんどうくさい話ですね」

「しかたないんだよ。扱うのは人の生命だ。功を焦った研究者が患者の命と人権を踏みにじってきた歴史も片方にあるからね」

「わかりませんよ、僕には。そういう理屈は」

「富士病院はもちろん、県の委託病院、それに国の研究機関も総力を上げて取り組み始めているだろう。しかしそれでも、実用化には最低二年はかかる」

「二年……」

「最低で」と鵜川は繰り返した。

いつかはワクチンができる。しかしそのときには、全国に手がつけられないくらい病気が広がっている、ということか。めでたくも厚生省内に対策室が作られ、日本中の河川や空き地がコンクリートで固められ、除草剤と殺虫剤によって完全に死んだ土の上で人々は暮らしているだろう。

受話器を置いたとたん、「男の長電話ったって、ずいぶんじゃねえかよ」と永井の声がした。先程から後ろにいたらしい。話の内容を聞かれたかとひやりとしたが、永井はそれ以上何も言わず、口に爪楊枝を挟んだまま、小西が置いたばかりの受話器をひょいと取った。

「あー、俺だ。今夜も遅くなる。こんなときだ、しょうがねえ。日付が変わらないうちに帰れりゃ御《おん》の字だんべ」

自宅にかけているのだ。この三ヵ月、永井も小西も公務員らしい時刻に家に帰ったことはない。時間外手当てとして計上した課の予算はとうに使いきり、今はまったくのサービス残業だ。

「ときに、ワクチンの納品はどこまで済んだ？」

電話を切って、永井が尋ねた。

「八千人分」

係長は、数字と日付をノートに書きつける。

「あとはいつ頃、どのくらい入る予定だ？」

「特に聞いてません」

机に肘をついたまま、小西は答える。

「あほう」

永井は、指で小西の頭を弾いた。

「そういうことは、ちゃんと確認してだな、頻繁に電話入れてケツ叩かんと、うちが後回しにされるんだ」

「わかりましたよ」

小西は受話器を取り、岡島薬品の電話番号を押した。しかし、森沢はまだ社に戻ってはいない。ポケットベルで呼び出してくれと頼んで電話を切った。

しかし待てどくらせど森沢からの電話はない。午後になって何度か会社に電話をしたが、外回りだと言われ、居留守を使っているのか、本当にいないのか、夕方の六時を過ぎてもとうとう捕まらなかった。

その夜、日付が変わる直前に、小西は家に帰りついた。

ドアを開け、部屋の明かりをつけようとして手をとめた。机の上のコーヒーの瓶が、窓の外の街灯の淡い光を背景に、黒く浮かび上がっている。

中身はいつか房代とゴミ捨て場に行って拾ってきたオカモノアラガイだ。

キャベツを食べ、糞をし、大きくなるわけでもなければ弱りもせず、生き続けている。別にペットにするつもりはないが、家の周りに捨てるのも何か無責任な気もするし、殺すのは気色悪く、なんとなく飼っていた。

小西が闇の中でそれに目を凝らしたのは、いつか鵜川とホテルから眺めた光景を思い出したからだ。窪山のあのゴミ捨て場で、その貝の這った跡、ねばねばした液は、青白く発光していた。しかし今、いくらビンをひねってみてもそんなものはない。

部屋の蛍光灯を付けた。ガラスにべたりと貼り付き波打つベージュの腹を小西はぼんやり眺めていた。

暗いところに置いても発光しない。大きな触角もない。夜は活発にキャベツの葉を食っているが、昼は葉陰で縮んでいる……。

はっとした。このガラスビンの中にいるのも、鵜川に渡したのも、異常のない健康なオカモノアラガイだ。ウイルスが検出されるとしたら、あの昼間から活発に動き回り、触角の肥大した病気のオカモノアラガイであったはずだ。あのオカモノアラガイからなら、ウイルスはみつかったかもしれない。しかし、すでにゴミ捨て場からは、その姿は消えていた。

小西は、棚の生物学辞典を取り出して開いた。

「学名 Succinnea lauta 柄眼目　オカモノアラガイ科」

何か病気の媒介をするのではないか、と見ると確かにそれは、中間宿主になるということが書かれていた。ただし日本脳炎ウイルスではない。吸虫類のレウコクロディウムの宿主になる、とある。最後に食用として適さない、との記述を見て、小西は「だれがこんなもの食うか」と舌打ちした。

これ以上のことはわからない。いくら動物好きだといっても、小西は今までオカモノアラガイに興味を持ったことはないからだ。

だれかこの軟体動物について知っている者はいないか、と学生時代のサークルの名簿を引っ張り出す。生物学専攻で、確か巻貝の運動機能というテーマで卒論を書いた学生で、三浦という男がいた。未だに巻貝をやっているかどうか知らないが、そのまま大学に残っているはずだ。

電話をかけると、相手はちょうど家にいた。

卒業以来五年ぶりに連絡を取ったので、三浦は少しおどろいた様子だった。

「君の専攻は、確か巻貝だったよね」と、挨拶もそこそこに小西は切り出した。

「僕は、別に巻貝の専門家じゃないよ。神経組織の研究の実験動物としてタニシを選んだだけの話で」

彼は笑いながら答えた。

「オカモノアラガイには、詳しい？」

かまわず小西は尋ねる。

「なんでまた？」

小西は窪山のゴミ捨て場のことと市内で流行っている日本脳炎について話し、病原体とオカモノアラガイが結びつくのかどうか知りたい、と言った。

「調べてみないとわからないけど、少なくとも僕は聞いたことがないな」

三浦はそう答え、パソコンのデータベースを使って調べておく、と約束した。

電話の音に叩き起こされたのは、夜中の二時半過ぎのことだ。三浦からだった。

「今、おもしろいことがわかったから、すぐにメールを送るよ。アドレス教えてくれ」

歯切れのいい声が、寝ぼけた頭にがんがんと反響した。研究者の生活時間というのは、サラリーマンとは若干ずれているらしい。

「ちょっと待って、パソコン持ってないんだ。ファミコンならあるけど」

小西は、片手で目をこする。

「ファックスは？」

「持ってるわけないだろう。市役所の職員だぜ、こっちは」

三浦は舌打ちし、後でプリントアウトして郵送すると言う。

「今、言ってくれないか。電話でいいよ」と、手元にあるメモ用紙を引き寄せる。

三浦は早口で説明を始めた。

「まずオカモノアラガイなんだけど、元は、東北から北にいた種類だ。しかし最近は東京近辺で増えて、カタツムリを駆逐しつつある。森林性のカタツムリと違って、この貝はセルロースを分解するんで、ゴミを餌にして増えていけるからね。コンクリート三面張りにした河川や、処分場では強い。他の陸生の貝を駆逐して生きていくわけだ。それで肝心なことなんだけど、体の中でウイルスを越冬させる場合がある。ただしこれは日本脳炎ウイルスではないが、そういう記録がないというだけで、可能性は十分ある」

「やっぱり」

冬には死に絶えるはずの脳炎ウイルスが、ここで生きていた。それで春になったとき、ウイルスは宿主の貝に働きかけて支配する。

「つまり、オカモノアラガイの体にそのウイルスが棲んでいるんだ。それで春になったとき、ウイルスは宿主の貝に働きかけて支配する。君が見たその奇妙なオカモノアラガイというのは、ウイルスによって支配された姿ってわけだ。通常、オカモノアラガイは日陰を好む夜行性の貝なんだけど、昼日中から活発に動き回っていただろう？」

「その通り」

「触角が異常に肥大して、取れやすくなっていたって言ってたよね。ウイルスが触角に集まり、形態を変化させたんだ。さらに体内の微生物のバランスが崩れ、ある種のバクテリアが増えて、発光したりする。夜行性から昼行性へ、そして触角の肥大、こういう形態と行動の変化は、実は鳥に食われやすくするためなんだよ。鳥が虫と間違えて、オカモノアラガイの触角をつつく。するとそれは取れて、鳥の消化管に入る。消化管の壁から体内に取り込まれたウイルスは、鳥の血液中でどんどん増殖する。抵抗力のないヒナ鳥はその段階で死に、生き残ったものは、今度は蚊に吸血される。ウイルスは蚊の消化管内で、さらに濃縮され、次にヒトが刺されて感染する、感染環はこうして成立してしまったと考えられる」

小西は、まさに自分の推理が当たっていたことを確認すると同時に、異様な貝の群れを思い出し思わず肌寒さを感じた。

つまりあのゴミ捨て場は、新型日本脳炎ウイルスの増殖工場になっていたということだ。

翌朝、職場についた小西は、出勤簿に判を押すより先に、清掃事業所に電話をかけた。始業の二十分も前だったが、職員はすでに出勤していた。

小西がこの前運び込んだゴミの話をすると、相手は昨日すでに、桑原衛生サービスへの立ち入り検査を終えたと答えた。

「で、どうでした」

役所らしからぬその迅速さに小西は驚いて尋ねた。

「いや、問題ないですよ。何も」

中年の職員はのんびりした口調で答えた。

「問題ないって……」

「ま、確かに営業に関しては、多少脅迫めいた手段を取ってるけど、処理については、基準値を十分に満たしているんで」

「その基準というのは？」

「細かい規定があるんですよ。桑原は市内に小規模ながらも処理工場を持ってるんで、集められた脱脂綿や注射針の類は容器ごと自前の炉で焼却処理してます。加熱時間も十分です」

「それじゃ、あの窪山の谷に捨てられているのは何なんですか」

小西は、思わず声を荒らげた。

「あれは一般ゴミ。確かに病院から出されているが、医療廃棄物とは別立てです」

「いや、確かに医療廃棄物をあそこに捨てているんです。本当に基準どおり焼却してるかどうかだって怪しいもんです。検査の時だけ時間をかけてるかもしれないですよ。現に我々は、あの谷のそばで、桑原の医療廃棄物専用車とすれ違うどころか、危なく衝突しそうになったんですよ」

「マコッちゃんよ」

電話は清掃事業所の所長に替わった。

「桑原衛生サービスは、ヤクザのしのぎにしては、ちゃんとしてるんだ。盾和会の親分さんと言ったら、このへんじゃけっこうな名士で通ってるからね。箸にも棒にもかからない少年院帰りの連中に、ちゃんと仕事させてるって点では、認めてやってもいいんじゃないの」

小西は受話器を握り締めたまま、机の下の段ボール箱を蹴飛ばした。ここの町の住人は盾和会の親分に対して好意的な者が多い。だから向こうもつけ上がる。一度などは、民生委員に推薦されて、大騒ぎになったことがあるくらいだ。

「わかりました、わかりましたよ。お騒がせしました」

親分だか何だか知らないが、ヤー公に変わりないじゃないか。

受話器を叩きつけるように置いて、小西はつぶやいた。

厚生省が約一ヵ月前に、いくつかの研究所や製薬会社に今回の脳炎に対応するワクチンを開発、製造するように要請していたというニュースが飛び込んできたのは、朝の十時過ぎのことだった。

このところ集団接種だけでなく、予防接種自体についても極端なほど慎重だった国が、こうした要請をしたということは、とうに事態の深刻さを認めていたということだ。

しかも昭川市に対しては、今までのワクチン接種を「のぞましい」と言いながら、今までのワクチンが効かないことをちゃんと認めている。

「所詮、こんなもんだ」

永井が吐き捨てるように言った。

新型日本脳炎の流行範囲は、今の段階でもまだそれほど広がっていない。しかし埼玉県の一地域で発生したこの病気は、ゆっくりと南下し、このまま行くと首都を直撃する可能性が出てきている。

ワクチン開発の要請も、この首都を巻き込む流行を見越して出されたものだろう。つまり眼目は首都防衛にある。

所長が県を経由して受けた情報によれば、厚生省内部では、現在この「新型日本脳炎」の対策は「伝染病予防法」に依るべきか、それとも「後天性免疫不全症候群の予防に関する法律」のような新たな法律を作るべきかで、議論されていると言う。さらには新たな委員会の設置をめぐっての各セクション間の活発なやりとりもあったらしい。

「どうでもいいじゃねえか。そんなことより、最前線に弾と兵隊と兵糧を送ってきやがれ」

永井係長はたまりかねたように立ち上がり、部屋を出ていった。

弾とは有効なワクチン、兵隊とは疫学の専門家や医者、看護師や保健師だけでなく消毒要員やヘルパーなどをふくめた労働力、兵糧とは医療のみならず福祉対策までカバーする潤沢な予算である。そうしたものの絶対量が、小さな自治体ではとうに底をついていた。

ただしワクチンの確保に厚生省自体が乗り出したことは、評価できる。ワクチンを始めとする医薬品の開発については、製薬会社など民間研究所の水準はかなり高いが、今までその実態については厚生省もほとんど把握していないのが現実だったからだ。

この調子だと、森沢がまた何か新しい情報を摑んでいるかもしれないと、小西は岡島薬品に電話をしてみるが、相変わらずいない。

数時間後に、本庁から連絡が入った。市内四ヵ所で蚊が大発生したという。

小西は絶句した。市と県は、これまで協力して大規模で丹念な蚊の駆除を行なってきたはずだ。山林部分ではヘリコプターまで導入して殺虫剤や除草剤をまいた。一時は枯葉剤の使用さえ検討されたくらいだ。

にもかかわらず、今回の発生地は、二、三日前に駆除作業を行なったばかりの場所だ。しかも場所は繁華街や住宅地に近接した、道路や児童公園だ。

いったいあれだけ撒いた薬品は、どこへいったのだろうか、と小西は首をひねりながら、地図上のその四ヵ所をチェックした。

ちょうど所長と永井は、本庁で開かれている近隣市町村や県との合同対策会議に出席していて、ここにいない。

小西はことの次第を確かめるために、環境課の職員とともに軽自動車で発生現場にかけつけた。長袖の作業衣に軍手をつけ、顔を防虫ネットで覆って外に出てみると、果たしてグリーンベルトの周りに、ふわふわと飛び回る節足動物の姿が見えた。陽はやや傾いていたが、日光にあぶられたアスファルトから熱気が上がってきて、頭が朦朧《もうろう》とする。とめどもなく汗が流れ目に入ってきて、小西は何度も瞬きしながら、その小虫に目を凝らす。

車が途切れると、耳障りな羽音が聞こえた。小西は傍らの環境課の職員に尋ねた。

「蚊っていったって、いろいろ種類があるでしょう」

「コガタアカイエカです。薄い色をしていて、斑点がないでしょう」

職員は、驚くほど抑揚のない言い方で、日本脳炎の媒介蚊の名を言った。

作業員が車に積んだ消毒液タンクからホースを引いてきて、ノズルをグリーンベルトの植込みに向けた。霧状の薬が噴き出し、小さな虹を描いた。蚊は少しふらついたが、落ちるものはいない。大半はどことともなく逃げ去っていた。

「近頃こんなもんですよ」

黒い防虫ネットを通し、くぐもった声で環境課の職員は言った。

ヘリコプターまで繰り出しての県市合同の駆除作戦の中で、蚊の天敵を含む、多くの生物は死んでいった。しかし皮肉なことに、蚊だけが予想もしない早さで耐性を身につけていく。

ワクチンの接種だけが、唯一の予防手段、唯一の対策になりつつあることを小西は痛感した。

23

迷惑顔の森沢が保健センターに現れたのは、夕方のことである。

「どうも、ポケベルの具合が悪くてね」と言いながら、小西の机の上に段ボール箱をどさりと置く。今日はワクチンではなく、夜間救急診療所の薬品の納品に来たのだ。

「森沢さん、ワクチンのことなんだけど」

小西は目の前のじゃまな段ボール箱をどかす。

「ああ、次の納品と数量？　こんな状況だからわかんないね。ま、うちも、努力してるから」

森沢は懐から納品書を取り出し小西に手渡す。

「そうじゃなくて、この脳炎に効くような新しいワクチン、どっかで作り始めてるんじゃないですか？」

森沢はちょっと耳を掻いた。

「そりゃあ、新型日本脳炎用のワクチンは、みんなけっこう熱心に研究してるんじゃないですか」

「富士でも？」

「もちろん地元ですからね。騒がれ始めた頃、業者にネズミの大量注文が入ったらしい」

「ネズミだって？」

日本脳炎の感染ネズミを作り、その脳から乳剤を抽出しワクチンを作る。たとえそれが新型脳炎に対応するものであっても、従来の不活化ワクチンであることにかわりない。確かに今流行っている日本脳炎に対し抗体を作ることはできるだろうが、できるのは来年か、再来年の夏だ。それでは遅すぎる。

「バイオワクチンじゃないんですか？」

森沢は眉をひょいと上げた。

「何の副反応が出るかわからないでしょう。わからないまま人間に打っちまうなんてのは、発展途上国の話だよ。日本は人の命の値段に関しては、間違いなく先進国の部類に入るからね。副反応の健康被害訴訟なんて起こされたら大変でしょう。ブンギのようなわけにはいきませんわ。研究所にしてみりゃ、効くワクチンができればいいわけで、バイテク使って慌てて作ることは考えないよ。どうせこの流行は、来年も続くだろうし」

「どうせって、こんなことが二年も三年も続いたらたまりませんよ」

「ま、確かに」

森沢はすたすたと事務所を出ていく。後頭部の地肌が縞模様に透けたその後ろ姿を見送っていると、ふと思い出した。

森沢は、前に奇妙なことを言った。バイオワクチンはすでにあるようなことをにおわせてはいなかっただろうか。ブンギの一件について尋ねたときだ。ブンギの臨床試験について、あれは合意のもとにやったことなので何の問題も起きない、と明言した後に、日本脳炎のバイオワクチンは完成し、今年から生産態勢に入った、と言った。つまりできている、ということではないか。

夢の第二世代ワクチンは、実はすでに夢ではなくなっているということか。

小西は手もとのワクチンリストを素早く広げる。日本脳炎について載っているのは四社。しかしその内容を見ると、どれも「本剤は、日本脳炎ウイルスに感染したマウスの脳乳剤をプロタミン・アルコール法並びに超遠心法により精製し、ホルマリンで不活化したものである」と明言してある。

遺伝子組み換えだのワクシニアウイルスだの、という言葉は、どこにもない。日本脳炎だけではない。結核もポリオもはしかも、どれも従来の弱毒化ワクチンか不活化ワクチンだ。しかしどこかにある。あるが、公表されていない。

小西は弾かれたように立ち上がり、森沢を追う。階段を二段飛ばしに下りていくと、合同対策会議から戻ってきた永井にぶつかりそうになった。

「おう、なんだ?」

「あとで」と短く答え、かけ下りる。

一階の廊下で追いついた森沢の腕を小西は、ひっつかんだ。消毒室の中に引きずっていって、分厚いドアを閉める。

「なんのまねですかね？」と森沢は苦笑した。

「日本脳炎の第二世代ワクチン、あるところにはあるんじゃないですか」

息を弾ませて、小西は尋ねた。

「はあ、まあ……」

「ブンギの実験も、おたくの会社が関わってるんでしょう」

森沢はかぶりを振る。

「とんでもない。関わっちゃいません。あれはあくまで、富士大学が単独でやったことで。だれが何と言おうと関わっちゃいません。もっともあのプロジェクトに金を出さなかった薬屋を探す方が難しいでしょう。何が起きようと、我々は関係ありませんがね。ただし会社っていうのは、市役所さんと違って、投資した金は回収しますからね」

「待って下さい」

小西の頭は、まだ少し混乱している。

「資金を回収したってことは、できてるってわけですね」

「ありますよ」

やはり、と小西は唾を飲み込んだ。

「ただし日本じゃありません。そんなもの日本で大量に作ってどうしますか。市場がないでしょう。関西や九州の養豚地域ったって、需要は限られてますよ。あっちで作って、あっちで売るんですよ」

「あっちって？」

「インドネシアのジャカルタ」

「もしやスンパティ社」

小西は鵜川がサリムとの関係で突き止めたという、インドネシアの財閥系コンピュータ会社の名前を言った。

「そんなとこだったかな」

「そこで作っているやつは、効くんですか」

「そうねえ」

森沢は顎を撫でた。

「こっちで確かめたわけじゃないからね。でも、新型脳炎そのものの抗原遺伝子を組み込んで作ってあるってことからすると、タイプさえ一致すれば、効果はあるんじゃないの」

「それで日本で資金協力しているコンピュータソフト会社というのは？」

「J・ブレイン社」

「そこがスンパティ社の代理店になってるかもしれないですね」

「資金協力ってだけの話で、代理店になってるとは聞いてないよ」

「でも、そのワクチンを買うとしたら、まずそこに問い合わせて詳しいことを聞くのが先でしょう」

ばかばかしいとでも言うように、森沢は眉をひょいと上げた。

「どうやってインドネシアのワクチンを買うの？　石油や木材じゃないんだからさ、いくら安いったって、厚生省が認可しませんよ」

それだけ言い残すと、森沢は消毒室のドアを開けて出ていった。

小西は公衆電話から品川区にあるJ・ブレイン社に電話をした。

「何かの間違いではないですか、うちはコンピュータソフト会社ですが」

代表電話から回された広報室では、そう答えた。しかるべき筋から聞いた話だ、と小西は言う。電話は別のセクションに回された。テレフォンカードの度数がめまぐるしく減っていく。小西はいらつきながら相手の出るのを待つ。

次に回されたセクションでも答えは同じだ。ワクチン製造については、社員のほとんどは知らないらしい。

何度か同じやりとりをした後、最後に企画室に取り次がれて、ようやく話が通じた。しかしここでわかったのは、スンパティ社の電話番号だけだ。スンパティ社に日本支社はなく、ジャカルタにある本社の電話番号だった。

そこに電話をかけ英語で問い合わせする自信はなく、小西は森沢に聞いた話をまとめ、鵜川にファックスを送った。

その後の鵜川の行動は迅速だった。その日のうちにスンパティ社に電話をした。問い合わせてみるとスンパティ社では今年から、バイオワクチンの試験的製造態勢に入っていたことがわかった。三つのタイプの日本脳炎のウイルスについて、それぞれワクチンの在庫がある、と相手は言う。その三つのタイプについて尋ねたが、詳しいことはわからない。新型脳炎でブンギ島で流行ったものだ、と鵜川は説明した。しかし相手は新型脳炎などというものは聞いたことがない、と言う。ブンギの事を持ち出してみても、そんな島は知らない、と答える。

鵜川はそれぞれのタイプのワクチンについての詳しい説明書をテレックスで送ってくれるように、アセアン医師連絡会議の番号を伝え、電話を切った。

数カ月前なら、こんなワクチンの接種は鵜川自身が先頭に立ち「人体実験だ」と反対したであろう。それを今、切望し実現しようとしているのが、鵜川は我ながら奇妙な気がした。

変わり身などではない。状況が悪すぎるのだ。のんびりしているわけにはいかない。のんびりネズミを飼って、その脳をすり潰し、ホルマリンを加えて悠長にワクチンを作っている場合ではない。日本脳炎の本格的流行期は初秋で、目前だ。しかしこんな状況でも、富士病院が作ろうとしているのは、できるまで一年もかかる不活化ワクチンだ。

人の命が安価なところでは、ためらいもなく新薬を試し、命の値段が高額な国ではたとえ疫病が足元に迫ってきていても、ある程度以上の危険を伴う方法は取らない。怒りというよりは薄寒さを鵜川は覚えた。

アセアン医師連絡会議に送られてきたスンパティ社のファクシミリが、鵜川のところに転送されてきたのは、翌日のことだ。三つのウイルスタイプについて、それぞれ詳しい説明があった。一つはごく普通の日本脳炎、もう一つは日本脳炎ではなく鷺によって媒介される東南アジア特有の脳炎である。残りの一つが、今、昭川市で猛威を奮いながら、次第に範囲を拡大している新型脳炎のものと一致した。

在庫はちょうど四万人分だ。免疫のない市民七万人に接種するには足りないが、従来の不活化ワクチンと違い、早急な増産が可能だ。

一人分二千円、という値段は、向こうの物価や為替水準から考えても、明らかに吹っかけてきたことがわかった。しかし富士大学がブンギでやったことを考えたら、高いとはいえないだろう。そして何よりも、それが国内で手に入らない以上、ある程度の金を払うのはしかたない。問題は、そのワクチンを使うことを昭川市が決定するか、あるいは決定する以前に検討の対象とするか、そして厚生省が認可するか、といったことである。

とりあえずスンパティ社から入ったテレックスの内容を鵜川は十部コピーした。そして保健センターの小西と大学病院や医師会等に送った。

その一方で、再びスンパティ社に電話をかけて現在の昭川市の窮状を訴えた。そちらの製品を購入したいのだが、そのために、至急、厚生省の認可手続きを取ってくれるように、と言った。

しかし電話に出たマネージャーと名乗る男は、鵜川自身が現在どういった立場にある人間かといったことを尋ね、一民間人であることを正直に答えると、「あなたからの電話の内容を営業部に伝えておく」とだけ答え、あっさり電話を切ってしまった。

鵜川はすぐにアセアン医師連絡会議を通して、電話と同じ内容のテレックスを送った。しかしこちらも無視されたらしく、何の返事も来ない。

その後、市の保健センターや医師会の会員から、鵜川宛てに若干の問い合わせがあったが、積極的に動きそうな様子はない。

夕方になってから鵜川は、保健センターに行った。

「あれ、先生、今日、夜間診療の当番でしたっけ？」

房代が、けげんな顔で首を傾げる。

「いや」と言いながら、事務室の椅子に腰を下ろし、事務連絡のために小西が現れるのを待つ。

そのときめずらしく早く青柳が出勤してきた。そして鵜川の顔をみると、房代と同じ質問をした。

鵜川は笑って首を振り、スンパティ社から送られてきたテレックスを見せた。

「ははあ、生物兵器どころか、とんだ救世主じゃないですかね、あの会社」

ジャカルタのことを思い出したらしく、青柳はにやりとした。

「ところがだめなんだ」と、鵜川は事情を話す。

「そんなもん、だめに決まってますよ」

途中で青柳は遮った。そして親指を突き出して言った。

「コレを担ぎ出さなきゃ、先生」

「コレって、まさか厚生大臣とか、首相とか」

「こっちの方の親玉じゃなくて、向こうのスンパティ社のエミル・サリムに話を通せばいいんでしょうが」

「サリム……」

このバンダ諸島の主にいい感情を抱いていなかったせいか、鵜川は彼のことは思い出しもしなかった。

「ただし、先生、我々が電話してもだめですよ。やっぱり大臣とまではいかなくても、代議士クラスが表に出ないと」

「山村定夫議員なら、どうでしょう」

鵜川は、旭診療所のオーナーと同じ政党の国会議員の名前を言った。

青柳は、へへへ、と鼻先で笑った。

「泡沫政党の幹部が出たってね」

鵜川は別にそこの党員ではなかったが、泡沫と言われて少し気を悪くした。

「代議士がだめなら、鵜川先生の知り合いで有名な医学博士なんかいないんですか。腕なんかどうだっていいから、権威と名声のとどろいてるような」

「僕はそういった人々とは……」

言いかけて、思い出した。

スンパティ社で製造しているバイオワクチンの開発の先頭に立った人物がいたではないか。それも老人病院のベッドの上で、無為に時を過ごしている。

「いますよ。あのサリムと握手していた医学博士が」

しかし彼は、事実上、富士病院に拉致されている。その辰巳医師にどうやって、口きをさせることができるのだろう。

なんとか連絡を取って、電話をかけさせるか？

だめだ。病院の電話はたいてい、玄関かナースステーションのそばにある。それに国際電話のかけられるグレーボディなど普通は置いていない。こちらの用件を伝え、説得する間に、だれかにみつかる可能性もある。そうなったとき、辰巳の生命に危険が及ぶ。

「退院させられれば、一番いいんだけどね」

鵜川はつぶやいた。しかし富士病院が、そう簡単に退院させるはずはない。どうしてもと本人が言えば、もちろんできないことはないが、そのときには裏口から棺桶に入って出ることになるだろう。

先程から、ワインレッドの唇を一文字に引き結んで、鵜川の顔を見つめていた房代が、決意したように言った。

「連れ出しちゃいましょう。先生」

「今度はこっちが拉致するんですか」

青柳が薄笑いを浮かべた。

鵜川は、ほんの数秒間迷った後、大きくうなずいていた。

「正気ですかい、先生」

青柳がすっとんきょうな声を上げる。

「他に方法がないでしょう」

鵜川は手帳を広げてスケジュールを確認して言った。

「決行は明日！」

翌日の午後、房代は百合の花束とブルーベリーのゼリーを抱え、鵜川の車で桜ケ丘病院に向かった。

　辰巳を説得できるのは、房代しかいない。彼を救い出しサリムと交渉させるにしても、本人の同意がなければどうにもならない。

　病院に着いた房代は、外来脇に用意された折畳み式の車椅子を押して、この前と同様に地下からエレベーターに乗って辰巳の部屋の前に出た。

　土曜の午後とあって、予想した通り見舞い客が多い。この前空いていた隣の個室もだれかが入ったらしい。ビジネススーツ姿の男たちが大きな花束を抱えて出入りしているところを見ると、どこかの大企業の社長クラスか、政治家だろう。

　それに紛れるように、房代は辰巳の病室に入った。

「こんにちは、先生」

　房代はソプラノで呼びかけた。

　辰巳は気難しい顔で房代を見上げたが、その瞳の奥には柔らかな感情の揺らぎが見える。ブルーベリーのゼリーを取り出しながら、房代の気は急いた。早くしないと看護師や家政婦が入ってくるかもしれない。何から切り出そうか、と頭をめぐらせていると、ぼそりと辰巳は尋ねた。

「役に立ったかね」

「はぁ？」

「あれだよ、あれ」

　小西が盗み出したマイクロフィルムのことだ。

ない。役に立つのは、このとき辰巳自身だった。
「おかげさまで」
新型脳炎の起源を明らかにした重要な資料だったが、実は今のところ役には立ってい
房代は、少し間を置いてから、単刀直入に用件を伝えた。
「つまり、うちの研究室で開発したものを向こうで製造して、こっちに持ってくるって
わけか。富士では、やはり作っとらんだろうな」
「不活化ワクチンなら作り始めているって、聞きましたけどね、そのバイオどうとか、
って新しいのはやってないそうです」
辰巳は、ふうっと息を吐き出し、体を枕にもたせかけた。
「フロンティアスピリットというかね、そういうものが、ないのだ。とにかく新しいも
のを作ってみよう、それに自分の名前をつけられれば何もいらない、昔は若い医者はみ
んなそういう野心を持っていた。しかし今はみんな小粒になっている。失敗なく、論文
だけ揃えて、間違いなく教授まで昇りたいってやつばかりだ。そのうえ事務局の力がど
んどん大きくなってきて、少しでも危険性のあることには横槍を入れてくる。だいたい、
基礎分野なんていうのは、聖域のはずだ。それが、考えられるかね、金から人事まで、
医療のことなど何も知らない人間が牛耳っている病院などというのを。銀行や管理会社
が送り込んできた素人が大きな顔をしている研究室なんてのを聞いたことがあるか？」
「病院だの大学だの経営するっていうのも、なかなか難しいんでしょうし……。ともか
く、先生、急いで」

房代は傍らに畳んである車椅子のフレームを両手で持って伸ばす。

「歩ける。そんなものはいらん」

辰巳はベッドのフレームにつかまって立った。ゆっくりした足取りで廊下に出たとたん、向こうから中年の看護師がやってくるのが見えた。

辰巳は飛び付くようにエレベーターのボタンを押した。信じがたいほど素早い動作だ。

看護師の口が、ゆっくり大きく開かれるのが見えた。

「早くせんか」

一足早くドアから身をすべりこませた辰巳が叫ぶ。房代も慌てて後に続く。すぐにドアが閉まった。

地下に下りた後、剖検室前の廊下を抜けて階段を上がり、隣の棟との間の廊下を抜けて非常口から中庭に出る。辰巳は青い顔でぜいぜいと息を弾ませている。

「先生、もう少し、がんばって」

「うるさい、このくらい何ともない」

辰巳は体を真っすぐに起こし、立ち止まった房代を追い越していく。

植込みを突っ切ると、狭い空き地に出る。そこに、鵜川の車が止まっていた。

房代はスリッパにパジャマ姿の辰巳を後部座席に押し込み、自分も乗り込む。鵜川は無言のまま車を発進させた。病院の門を一気に走りぬけ、高速道路を飛ばし、一時間後には旭診療所に着いた。

部屋に入った辰巳は旭診療所の看護師が用意したトレーニングウェアを一瞥すると、

「わしはこんなものは、着んぞ」と言って、パジャマ姿のまま椅子にかけた。

診療所の二階には、青柳が来ていた。辰巳の姿を見ると、すぐに受話器を取ってスンパティ社に電話をかける。しかし、つながらない。青柳は何かインドネシア語で怒鳴っていたが、そのまま受話器を耳に当てて待ち続ける。その間に夕食が用意され、辰巳は少し食べた。一時間後、ようやく電話がつながったが、サリムはそこにはいないと言う。ジャカルタ市内にある別の会社に移動中とのことで、自動車電話の番号を教えられた。ところが、これもまたつながらない。

まもなく看護師がシャツやズボンを買って戻ってきた。辰巳はそれを身につけ、やはり買い揃えてきた少し大きめの靴を履き、うなじを反らして青柳の方をみつめていた。

そうして三時間ほど経った頃、ようやくサリムが電話の向こうに出た。インドネシア語で話していた青柳が、英語に変えた。そしてゆっくりと受話器を辰巳に渡した。

相手がだれでも、辰巳の尊大さは変わらない。一同が見守る中で、話は二言、三言で終わり、辰巳はがしゃりと音を立てて受話器を置いた。

「すぐにサンプルと資料を持たせて、厚生省に人をよこす、ということだ」

「いつ」と、鵜川が鋭く問い返す。

「すぐと言ったら、すぐだ」

辰巳は、唾を吐きかけるように答える。

「向こうの人間の、すぐですからね」と青柳が肩をすくめた。

房代が立ち上がり、「ありがとうございました」と丁寧に頭を下げる。

それから房代は辰巳に今後の身の振り方について提案した。監禁状態のまま、富士の桜ケ丘病院にいては危ない。このまま鵜川が保証人になって、落ち着き先がみつかるまで、一時、市内の老人ホームにいたらどうか。

「わしがどこに落ち着くのだ」

辰巳は、眉間にしわを寄せて、房代を見上げた。

「ですから、ケアつきの老人住宅もありますし、ホームでも設備の整ったところがいくらでもありますから」

「断る」と辰巳は短く言った。そして「帰るぞ」と立ち上がった。

「帰るって、どこに」

「病院に決まっているだろうが」

「あんなところに閉じこめられて、先生、何かあったら……」

「用は終わったんだろう。そこの運転手」と鵜川を指差す。

「早く車を出さんか」

「いけません」

鵜川は答えた。

「あなたは、このバイオハザードの事実を隠蔽しようとしている病院の理事たちによって、監禁されたんですよ。場合によっては、消されるかもしれません」

「わしの居場所は、あそこだ」

憤然として背を向け、出口のドアに向かって歩き出す。

「先生、いいホーム、知ってるんです。寮母さんも優しいし。一時だけでも、そこにいて」と房代が、追いすがる。

「断る、と言ったはずだ。どこのだれともわからぬ半ボケの年寄りといっしょくたに扱われてたまるか。あそこがわしの家だ」

鵜川と房代は顔を見合わせた。青柳はにやにや笑いながら、やりとりを見ている。

確かに桜ヶ丘病院は個室だ。他の老人といっしょくたに扱われずには済む。部屋の中にシャワーとトイレと洗面所もある。富士病院の教授クラスや政治家、財界人などが入院する部屋なのだ。そして表面的な敬意を払ってくれる看護師もいる。

生命の危険などというものをもはや辰巳は意に介していない。自分の生き場所がすなわち死に場所と腹をくくったらしい。

なおも説得を続ける鵜川を怒鳴り声ではねつけ、それから二十分後、老人は再び車に乗せられ真新しいシャツにズボンという姿で、桜ヶ丘病院に戻っていった。

24

それから四日後、朝刊各紙に、インドネシアのスンパティ社が厚生省に新型ウイルスに対応できるバイオワクチンの認可申請をした、というニュースが載った。

辰巳が言ったとおり、スンパティ社の対応は早かった。資料とサンプルを抱えた副社長が、厚生省を訪れたのだ。

辰巳からサリムに、ワクチンの認可申請をするように電話をしたその晩遅く、鵜川は各新聞社に匿名のファックスを送っていた。その内容は、現在接種されている日本脳炎ワクチンが新型にはほとんど効かないこと、国内メーカーも開発に乗り出したが、この夏の流行には、間に合わないこと、さらにインドネシアにはすでにウイルスタイプの一致するワクチンがあり、厚生省の認可さえ下りれば、この夏の接種を賄う量が確保できること、などである。

そのファックスが、新聞社でどのように扱われたかは不明だが、それから日を置かずに、スンパティ社の人間が、認可申請にやってきたのは幸運だった。

「バイオワクチンが救うか？　新型脳炎」という大見出しの記事には、厚生省側の「慎重に検討する」とのコメントも載っている。

「慎重に検討されても困るんだよな」と、新聞をばさりと閉じて、永井がつぶやいた。

「早いとこ決定してくれなきゃ、こっちだって準備ってもんがあるんだ」

「一体どういうことだ」と憮然とした顔で、所長が唇を嚙み締める。

「なぜ、これがここに載っているんだ」と指差したのは、新聞が載せた患者発生件数の年齢別分布だ。以前に日本脳炎の接種をした児童の中からもかなり患者が出ていることをそれは示している。それも最新のデータである。

「これは保健所から各市町村に電話で報せてくる内部資料じゃないか。いったいなぜこれが流れたんだ」

小西は聞こえないふりをして、記事に見入る。

「最近地方紙の記者が、保健所に張りついてるからな。昭川タウンズの記者なんか二十歳そこそこのネエチャンらしいから、鼻の下伸ばした担当がポロッと洩らしたんじゃないの」と永井が答える。

「そんなとこでしょう」と小西も、相づちを打つ。小西から鵜川に流れた情報であることは、今のところだれにもばれてはいない。

緊急接種の日程まで、あと十日。間に合わないとすれば、なんとか日程を繰り下げても、確実な効果のあるワクチンを接種したい。

「輸入物の薬を回してもらえるらしい」という、同僚の声がそのとき耳に入ってきた。びっくりして振り返ると、蚊に耐性ができて効かなくなった殺虫剤の代わりに、新しい薬剤を試してみる、という話だった。

新薬使用、耐性ができる、といういたちごっこにならなければいいが、と小西は思った。

翌日、保健センターの職員は昼休みも事務室内に詰めていた。電話の問い合わせが、その新聞記事が出て以来、再び増えているのだ。小西が仕出し弁当を食べながらラジオを聞いていると、新型日本脳炎、という言葉が聞こえた。

その場にいた者は一斉に顔を上げた。

この日、東京で五十人近い感染者の発生が報告された。そしてその大部分はすでに症状が出ている。場所は新宿だ。ビルの裏の水溜まりや、古くなった給水塔、管理の行き届かない公園などが、蚊の棲みかになっていた。患者は西口公園あたりをねぐらにする

ホームレスが中心だ。少し前から、西口の地下道あたりに死体が転がるようになっては
いたが、ここで保健所が一斉調査をして新型日本脳炎と判明したと言う。

続いて「国としても、原因究明と流行阻止のために、全力を挙げて対処している」と
いう厚生大臣の談話が発表された。

「ま、よかった」と、永井係長が小声でもらした。本音だった。不謹慎ではあるが、首都圏で大規模な発生が起きたことにより、危機感が高まり、各方面でより真剣に取り組み始めるだろう。

「これ、見たか？」と永井は、マークシート式の調査用紙を見せた。

「なんですか、この細かいのは？」

小西は目を瞬かせた。

「小西にも見えないか。俺なんか老眼鏡二つかけたって無理だ」

薄い色で印刷された文字は、四百項目からなる質問だった。疫学調査だが、保健所でやっているのとは違う。本人の病歴から住環境、家庭環境にいたるまでのおそろしく詳細な内容だ。

「国が本格的に動き出したんだよ。偉い先生集めて、疫学調査委員会なんてものを作った。これがそこでやった一発目の仕事だ。しかし『今まで何食ってきたか』なんて、こんなどうでもいい項目入れて、どうやってまとめる気なんだろな？　それをうちの市民対象に七万人規模でやるってんだから、気が遠くならあ」

「コンピュータ使うんですよ。国にはばかでかい処理能力持ったのがありますから、I

ＢＭかなんかの。母集団を大きくして、項目をたくさんつくって、それで多次元尺度構成法かなんか使って、環境とか体質とかで、どういう要素をもった人がこの病気になるかなんてことを調べるんです」

永井は、口をへの字に曲げると、首を振ってうなった。

「ガクジュツはいいんだ、ガクジュツは。もっと肝心なことがあるだろうによ」

「それにしても新型ワクチンを認可した、というニュースは聞こえてこないですね」

小西が尋ねると、永井は声をひそめた。

「副反応が、かなりきついらしい」

「どうしてわかるんですか？」

「富士大学から、厚生省宛てに報告が回ってるそうだ。なんでもインドネシアにあるのは製造所で、開発は富士でやったそうだ」

「それは、そうです」

小西はうなずいた。

「それで富士が言うには、なんだか組み込むウイルスの片割れにまだ問題が残ってるそうだな」

「ベクターのことですか」

「なんだか知らないが、その新しい製法で作ると、百万人に四十人から十五人の割合で、脳炎が発生するんだ」

「しかしすでに、百万人に四十人どころじゃないじゃないですか」

そこまで言って、小西は黙りこくった。

自国で行なわれる不確かなワクチンの臨床試験を承認した現地の厚相が言った「手をこまねいているのが一番危険」という言葉を思い出した。それと同様の事態、いやそれ以上に悪い事態が、この日本で発生している。

しかしここはあくまで日本だ。

伝染病発生は自然災害であり、病死は基本的には市民の責任である。しかし、公的機関の行った予防接種の副反応による死、あるいは障害は確実に行政の責任として追及される。長く面倒な行政訴訟が始まる。たとえそのために数千、数万の人の命が救われたにしても。

市が、県が、国が、積極的な方策を取れないのは、まさにこういう理由からだ。

普通の状態なら、小西だってあくまで行政の側の人間として、構えていたはずだ。だが、危険が自分の足元を洗っている今、彼自身が一市民の位置にいる。

責任追及を恐れて決断を下さないで済むのは、病巣から離れた霞が関にいる者だけだ。

「それにしても、こんなときに横槍を入れてくるとは、富士病院も何を考えてるんだろう」

小西がぼやくと、後ろで答えた者がいる。

「そりゃ富士だって、今、従来の不活化ワクチンを作る一方で、より高品質のバイオワクチンの開発を目論んでいるところでしょうからね。発展途上国から発展途上のワクチンが入ってきて、市場と学問領域を荒らされるのは嫌でしょうよ」

ぎょっとして振り返ると森沢が立っている。

「なんですか」

無愛想に尋ねると「ワクチンの納品に来たんですがね」と涼しい顔で答えた。

「どうせ効かないやつですよね」と言いながら検査印を取り出すと、「あたしに言われたって困りますよ」と肩をすくめた。

その向こうで、所長が受話器に向かって、何か必死で言い訳しているのが見えた。

「リエちゃんだよ」と永井が、薄笑いを浮かべた。リエちゃんというのは、藤原利恵子という市会議員のことだ。

話を終えて受話器を下ろした所長は舌打ちした。藤原は「今回昭川市の確保したワクチンが、ほとんど効かないというが本当か」と尋ねてきたと言う。

所長は厚生省の見解をそのまま引いて、答えた。すると藤原議員は、「新型のワクチンがあるのに、厚生省が認可しないというが、それに対し昭川市は何か働きかけをしないのか」と尋ねた。所長は、「新型ワクチンについては、効果と副反応が確認できないために、使用についてはこちらでも慎重に検討している」と答えたが、相手は副反応の詳しい内容と頻度について、さらに追及してきた。

「この忙しいのに、うるさい女だ」と所長は不快感をあらわにして、受話器を持っていた手のひらをハンカチにこすりつけた。

小西には所長の気持ちを男として理解できた。

藤原利恵子は、政党や労組の出身者ではない。無所属の新人として市民生協から出てきた。つい昨日まで主婦だった女が、素人臭さを丸出しにして甲高い声で議会で発言し、役所に現れては、なにやかやと要求をつきつけてくることに、職員は辟易し、感情的な反発を覚えていた。

しかし今回に限り、小西たちはこの藤原議員の協力を得ていた。藤原に情報を流したのは鵜川だ。そしてその情報の一部は、小西が洩らしたものだ。

二、三日前、鵜川から藤原議員の協力を得るという話を聞いたとき、小西は首をひねった。「大物代議士ならいざしらず、藤原のような生協おばさんでは、厚生官僚相手に勝ち目はない」と言ったが、鵜川は「藤原さんは、勉強家で誠実な人だ。ああいう人こそ議会に必要だ」と妙に入れ込んでいる。所長の不快指数を高める以外、あまり役にも立たないのではないか、というのが小西の実感である。

その夜、十二時間際に小西は鵜川から電話を受けた。灰の分析結果が出たとのことだ。内容を尋ねると、鵜川はとにかく今すぐ来てほしい、と言う。

通勤用の原付バイクで旭診療所に乗り付けると、ちょうど夜間診療所の仕事を終えた房代も、タクシーから降りてくるところだった。

旭診療所のドアが開き、鵜川が顔を出した。

「ご苦労さまです」とちょっと頭を下げ、二人を二階に招き入れる。

机の上にあったのは、厳重にパックされた焼却灰とその分析結果だった。

「パラチフスA菌が、出ました」

短く鵜川は言った。

「いまどき？」と房代が、目を丸くする。

「そう、日本で滅多に患者など出ない、ということは、特殊なところから流出した菌と言えるでしょう」

「特殊と言えば、富士病院しか市内にないじゃないですか。で、どうなるんです、昭川市は」

小西は、思わず立ち上がり、悲痛な声で尋ねた。日本脳炎の次は、パラチフスが流行るのだろうか。

「ただ、パラチフス自体については、細菌の量から言ってそれほど心配はいらないんじゃないかな。仮に患者が出たとしても治療法もあるし、それほど重くはならないはずだ」

「でも、新型日本脳炎の例もありますからね」と小西は言いかけ、それからふと不思議に思って尋ねた。

「ちゃんと燃やしているというのに、なぜ細菌が検出されたんですか。それに清掃事業所から桑原衛生サービスに調査に行ったらしいんですが、全く問題がなかったって話でした」

「立ち入り検査？」

鵜川は、聞き返した。

「ええ、警察や保健所のみたいに正式じゃないでしょうけど。炉なんかもちゃんとしていたし、燃焼時間も基準通りだったとのことです。もっともそのときだけかもしれないですが」

「たぶんそうだね」と鵜川は言って、立ち上がった。

「ちょっと見てほしいものがあるんだけど」と、手招きする。階段を下りていったん外に出て建物の裏に回る。

半地下になっているコンクリートの部屋の中央に、高さ一メートル程の焼却炉があった。

「こんなもの自前で持ってるんですか。業者委託したって、安いところなら燃料代以下ですよ」

小西は驚いて言った。

「いくら安くたってヤクザの懐を潤すような真似はしません」

いつになく激しい調子で、鵜川は答えた。

「一般ゴミは障害者団体のやっているところがあって、そこに出している。ただ、回収の際の危険を考えて、ものによってはここで焼却するんだよ。たいていのものは、これで十分焼ける。処理業者の使っているものはもっと大型だけど、原理的には変わらないんだ」

そう言いながら、鵜川は手にした袋を炉の中段にある網に乗せ、ガスコックをひねる。ごうッと音がして、青い炎が窓に映る。

「焼けていく様子が、わかるよね」

鵜川は、窓を指差す。先程網に乗せたものは、たちまち炎に包まれた。

次に彼は、シャーレのような透明な容器に入った物を、網に乗せた。

細菌用の培地だ。

「これはただの寒天なんだけど、普通は十分細菌が繁殖したものなんだ。それが廃棄業者に引き取られていく」

鵜川は再びコックをひねる。

「よく見てて」

房代と小西はしゃがんで、焼却炉の窓を覗き込む。

網の下のバーナーから炎が噴き出した。そのとたん、寒天が溶けたように、形を崩した。炎が一瞬小さくなり、網の上のものが消えた。

房代は目をしばたたかせた。

鵜川は火を消して、蓋を開ける。そして灰を指差した。蛍光灯に照らされた灰の表面は、濡れていた。

小西があっと声を上げて、濡れた表面に触ろうとするのを房代が止める。

「最近の容器は、プラスティックで作られているんで、火をつけたとたん溶けるんだ。そうすると中身が焼けないまま、網から落下する。細菌でもウイルスでも同じこと。その上、彼らは湿った熱には弱いが、乾いた熱には強い。炉に入れて加熱すれば、安全だとみんな思ってるけど、こんな盲点があるんだ。研究所なんかでは、こうした培養済みのシャーレがたくさん出る。今回のパラチフスはこうして焼け残ったものなんだろう」

「それじゃ新型日本脳炎のウイルスも、こうして富士病院でシャーレで培養していたものが、医療廃棄物業者に渡されたってことですか?」

小西は、灰の上に残っている寒天のかけらを凝視したまま尋ねた。

「正確に言うと、ウイルスの場合は培地に入れても生きていないんで、研究所なんかでは、特殊な細胞膜に包んで保管していたりする。ただその容器の材質次第では、今、見たような結果になる。そしてその灰の中にばらまかれたウイルスが、他の生物の体内に入り増殖する」

「つまりそれがゴミの上をはい回っているオカモノアラガイってことですね」

「たぶん」と鵜川はうなずく。

「それでそのオカモノアラガイの触角を虫と間違って食ったコジュケイの血液中で、ウイルスはさらに増え、コジュケイの血を吸った蚊が、人を刺して感染させる。しかしその頃には、オカモノアラガイの体内から、ウイルスは消えているってことですか」

小西は尋ねた。

「ただし従来の日本脳炎の感染環と違って、今度は感染した人の血を吸った蚊に刺されることによって、さらに感染する、というループもできているんだよね。黄熱病なんかでは普通そうだから、別にめずらしいことではないのだけど」

「とんでもないことだわ」

房代は身震いすると、どっこいしょと掛け声をかけて立ち上がり、スカートの汚れを払った。それから小西の腕を摑んだ。

「さて、警察、行きましょ」

「警察？」

小西はたじろいだ。

「そう、検査結果通知書とブツを届けて、あたしたちが窪山のゴミ捨て場で見てきたことを話さなきゃ」

「この真夜中に、ですか？」

「あそこは二十四時間営業よ」

鵜川にタクシーを呼んでもらって、二人は警察署に乗りつけた。

受付でわけを話して、防犯課生活安全係というところに行き、持ってきたものを手渡し、それをどうやって採取したのか、そしてこれを捨てていった車が桑原のものらしいということなどを話した。

年配の巡査は、事務的なことを尋ねながら手際よく調書を取っていく。

「捜査は、ちゃんとするんですよね」

話し終えたのち、小西は尋ねた。

「もちろんしますよ」

少し気を悪くしたように、相手は調書から目を上げずに答えた。

「あそこで何が捨てられて、どんなふうに汚染されてるのか、ちゃんと調べるんでしょう」

小西は念を押す。

「いや、こっちが捜査するのは業者です。そこの場所に問題のあるものが捨てられているかどうかとか、安全か危険かといったことは、保健所に調査をしてもらって、こちらはその結果に基づいて捜査します」

やはり調査の主体は保健所だ。いずれにせよ、警察が介入したことで、ようやく桑原衛生サービスと富士病院にメスが入るのかと思ったが、すぐにその可能性は低いと小西は気づいて悲観的な気分になった。

摘発されるのは、桑原衛生サービスだけだ。感染性廃棄物を出した側は、それを感染性廃棄物と特定して出したことがはっきりしていれば、処罰の対象にはならない。それにそのパラチフス菌を富士病院で出したとどうして証明できるだろう。さらに二、三年も前に遡って、新型日本脳炎ウイルスが、廃棄物として外に出たと、どうやって立証するのか。

ブンギのバイオハザード、富士病院、桑原衛生サービス、そして窪山地区を起点として広まった新型日本脳炎の流行は、今、一本につながったが、富士病院の業務上過失として刑事起訴できるほどの証拠は何もない。

結局、廃棄物処理法違反で、桑原が罰金を払って終わり、あるいは営業停止を食らうかもしれないが、その程度のことで終わるのだろうか。

翌日の午後、窪山のゴミ捨て場に保健所の調査員が入り、パラチフス菌は発見されなかったものの、医療廃棄物が不法投棄されていることがその二日後には証明された。付近の井戸水は、当分のあいだ飲用禁止になり、警察は桑原衛生サービスの摘発に向けて動き出した。さらに捨てられた医療廃棄物を含むゴミの処分についても県レベルで検討され始めた。

桑原に全部掘り出させて正式な処分場に運ばせろ、という意見も地元から出されたが、それには莫大な金がかかる。桑原にも、そして市にも県にも、それをやるほどの金はない。現実的な解決法としては、当面近辺を立入禁止にして上から土をかけるということしかない。その程度で一件落着だ、と役所内部ではささやかれている。後は土中からガスが噴き出そうが、地下水が汚染されようが、だれも責任は取らない。

上に芝を植えて児童公園にするのではないか、という本気ともブラックユーモアともつかない話なども緑政課の職員から漏れてくる。

パラチフス菌が発見されたという民間試験場の検査結果が新聞に載ったときは、市民の間で、バイオハザードの脅威について、ずいぶん語られた。しかし、とうとうそれが富士病院に結びつけられることはなかった。

一方バイオワクチンをめぐる動きはまったくないまま、市民からの問い合わせは、日を追って増えてきた。この二日ほどは、保健センターの電話はすべてふさがっていて、重要な事務連絡は所長席の直通電話一台しかつながらない状態だ。

市の集団接種で使うワクチンは、効果がないというのは、本当か？　効くワクチンがあるのに、なぜ打ってもらえないのか？

そうした疑問に対して、職員は、「新しいワクチンは副反応が確認されず危険。従来のワクチンについては、全く効果なしとはいえない」と答えるように言い渡されている。

嘘ではない。危険性とか効果などというのは、あくまで確率の問題なのであるから。

その日、県の伝染病対策室から、今度の新型日本脳炎の拡散と感染者数の予想値が出された。

一般的な日本脳炎の本格的流行期は初秋、九月初めということから考えると、まだまだ増え続ける可能性がある。今年中に昭川市を含めた県東南部で、約五百人、東京都心部で三百人、最終的には日本全国で一千人を超えるだろう。消毒と媒介動物の駆除、患者の隔離等は確実に効果をあげており、積極的なワクチン接種の効果もあり、来年度以降はその数値は急速に下がっていくだろう。報告書の内容はそんなものである。

県東南部で五百、東京都心部で三百、日本全国で一千というのは、エイズよりも多いが、インフルエンザに比べると極端に小さな数字である。しかし致死率の高さと後遺症の重さを考えたとき、その数字の深刻さに慄然とさせられる。そして来年以降は急速に下がっていくと結んであるのは、いかにも楽観的だ。逆に言えば、今年はなんとか各自持ちこたえろ、とも読める。

それに報告書からは、患者から患者に血液感染するという点が、すっぽり抜け落ちている。おそらく意図的なものだろう。現在のワクチンがほとんど効かないこと、蚊に耐性ができて殺虫剤の効果がなくなりつつあること、後遺症の残る患者のケアに関し、家族と自治体が、重い負担を負っていること、それらのいくつもの深刻な問題には、何も触れていない。

25

奇妙なことに小西が気づいたのは、今やほとんど効果なしと知れ渡ったワクチン接種の準備に追われながら、空いた時間で統計をつけていたときだった。

日付順に並べられた発生件数を、市内の地区別に分類しているうちに、二つの大きな数字の塊が現れたのだ。

市街地、それも市役所本庁にほど近い公団めじろ台住宅、さらにその南にある市営松江住宅。この時期、市域全体で一日に十数人の患者を出していたが、めじろ台住宅の一週間の発生件数が五十二件、市営松江住宅では三十六件と、全体の七〇パーセントを占めている。まるでひと頃の窪山地区のようだ。

しかし、めじろ台住宅も市営松江住宅も、コンクリートに囲まれた商業地の真ん中にある。窪山のように森に囲まれているわけではない。

小西は保健所の担当者に電話をかけた。

「めじろ台住宅と松江住宅で集団発生？」

相手は戸惑ったような声を出した。

「一週間で八十八件も出てるんですけどね」

「はあ」

全く気づいていないようだ。理由は理解できた。めじろ台住宅も松江住宅も市の中心部にあるために、周りにはいくつもの小規模病院や医院がある。そして都内に通うサラリーマンも多く、彼らは勤め先近くの医療機関を利用する。ところが、伝染病発生の報告は各医療機関から、個別に出される。しかも日付がずれているから、後で集計するまで、個々の患者の住所内の発生件数としての数字が摑めないのだ。

早急に確認、調査しておきます、という答えを聞いて、小西は電話を切った。

松江住宅は市営の低層住宅で、めじろ台住宅は公団の高層住宅。双方とも市街地にあり、前者には何代も前から昭川市に住んでいる土地っ子が多く入っていて、後者は主に都内から移ってきた新住民が居住している。規模から言うと、市営住宅は四百世帯しかなく、めじろ台住宅の八分の一。面積はほぼ同じだが、めじろ台が高層の分だけ、人口密度が高い。規模からすれば、めじろ台は隣の八幡町団地に近く、住民の所得水準から見れば、松江住宅と八幡町団地が近い。

めじろ台と松江という二つの団地に共通なものは何だろう、と小西は考えてみる。特にない。あえていえば、建物のできた時期がほぼ同じなのである。松江が一九七九年、めじろ台が八〇年。築十五、六年というところである。しかし市内には、同じ頃建った団地やマンションが他にいくつもある。ちょうど農林業を主産業とする昭川市が都心のベッドタウンに変貌しつつあった時期なのである。

昼前に、小西は永井や環境課の職員と連れ立って、めじろ台住宅に向かった。

一行を乗せた軽自動車は、市街地を真っすぐ南下する。

細かな路地が入り組み、家の建て込んだ一帯を抜けると、いきなり雲をつくような高層住宅群が現れた。

昔、旧市内にあった八幡神社の森を切り開いて作ったのが、めじろ台住宅だ。淡いベージュの建物は高層化され、市内ではただ一つの立体駐車場つき団地で、建物を上に伸ばした分だけ緑地が多い。永井も小西も、この緑地のどこかで蚊が大発生していると考えたのだ。

しかし目に入ったのは異様な景観だった。棟と棟の間にある広大な緑地は、今、ぎらつく陽射しの下で一気に秋を迎えていた。蒸し暑い大気の中で、黄色に枯れた草がそよりとも動かずに、太陽に焼かれている。

バス停脇や公園に心地よい木陰を作っていた金木犀や椿や欅といった木々は、枝を切られほとんど丸坊主に変わっている。

およそ蚊の潜んでいそうなやぶなど、ない。

児童公園の中央に作られたコンクリート製の毒々しい色合いの人工の大木だけが、白々と陽炎が立つばかりに焼けたコンクリートの上に、コントラストの強すぎる巨大な影をなげかけている。

彼らは車を降り、公園中央にある池に向かった。しかしめざす池と、その周りの人工せせらぎはなくなっている。水は完全に抜かれ、コンクリートの底に堆積したヘドロがすっかり干からびてへばりついているだけだ。

「駆除対策については、我々は完璧にやってるんですよ、こんなところで集団発生するわけないんですがね」

環境課の職員は、唇を噛んで足早に公園内を見回る。その腕に神経を刺激する小さな羽音を立てて、蚊がまつわりつく。

「おっ、このやろ」

隣にいた永井が、勢いよく両手で叩きつぶす。小西が車まで走って引き返し、防虫スプレーと蚊取り線香を持ってくる。

「なぜだ」

環境課の男が、悲痛な顔で永井の手のひらで潰れた節足動物の黒いしみをみつめる。

「なんでだか知らないが、いるな」

額の汗を拭って、永井はどさりと水のない池の縁に腰を下ろした。

「なあ、小西や」

両手で自分の太股をこすりながら、ぼそりと言った。

「死んだ町だな、こりゃ」

「静かですね」と小西は天を見る。黒味を帯びる程に青い中空に、ぎらついた太陽がある。蝉もこおろぎもいない。もちろん子供の遊ぶ姿も買物帰りの主婦の姿もない。

モーターの軽いうなり、連続した排気音だけが、空耳のように聞こえてくる。

この町は死んではいない。締め切った部屋の中で、エアコンをかけて人々は息をひそめているだけだ。狭い空間で、快適な人工環境のもとで人々は息をひそめて暮らしている。これが隣の県営八幡町団地ともなると、こうはいかない。エアコンのある家はまだ少なく、老朽化した建物で網戸から風を入れて暑さをしのいでいるのだ。しかし日本脳炎の発生件数は、めじろ台住宅の方が多い。

環境課の職員が「原因が、わからん」と首をひねりながら、一帯を見回りにいこうとするのを、永井は「まあ、ちょっと待て」と止める。それから財布を引っぱり出し、「ま、冷たいものでも買ってこいや」と小西に金を渡した。「了解」と彼は、住宅中央にあるコンビニエンスストアに向かう。

石畳を二、三段上り、この住宅の中でも一番の高層棟の一階にある店の前まで行ったが、シャッターが閉ざされている。年中無休を売り物にした店が、なぜこんな半端な日に休むのだろう、と首を傾げながら、自動販売機を見ると、一台が壊れている。それもウィンドウ部分のガラスが砕け、全体が歪んでいるというひどい状態だ。

トラックにでもぶつけられたのか、と思いながら隣の販売機からウーロン茶を出す。

この団地で飛び降りが相次いだことは、小西も知っている。しかし上から落ちてきた人間の体が、四日前にこの販売機を直撃したこと、そして一週間に三回も店のガラス壁に血しぶきを浴びせかけられたコンビニエンスストアのオーナーが、この前日に店を畳んで逃げ出したことまでは知らない。

缶入りウーロン茶で喉を潤した後、各自手分けして団地内を見て回る。

一人になると異様な静けさが体を包んだ。遮る緑一つない真夏の太陽が、脳天を直撃する。焼けたコンクリートにあぶられた足元を蚊が飛ぶ。確かに蚊の数が、異常に多い。

小さな花壇で、ひまわりが枯れていた。見上げるばかりに育った茎が茶色に変わり、干からびた大きな葉が垂れ下っている様は、この団地の墓標のようにも見える。

黄色く変わった芝生の向こうに、一階のベランダがある。曇りガラスを通して忙しなく点滅する光が見えた。大画面のテレビでファミコンをやっているのだ。

今は、夏休みの真っ最中ではないか、と初めて気づいた。

建物を回り込み、エレベーターの手前まで来て、小西は身をすくませた。

白いシーツのような物の上に、子供が体をねじ曲げて倒れている。とっさに上を見上げた。飛び降りだ。体が硬くなって、口の中がからからに乾いた。

逃げ出したかった。逃げ出し、永井や環境課の職員を呼んできたかった。一人でそばに寄るのはごめんだ。しかし何かの間違いなら、あまりに不様だ。

軋む膝を動かして、そろそろとそばによる。少しでも血の色が見えたら、すぐに逃げ出そうと思った。

二メートル程の近くに寄ったとき、子供はごそりと動いた。小西は驚いて後ずさる。子供は片手をついて身を起こし、不思議そうな顔で小西を見上げる。

「何やってんだよ、おまえ」

半ば拍子抜けし、半ば腹を立て、小西は尋ねた。

「死人ごっこ」

「死人ごっこ？」

なんという遊びだ。呆れて引き返す。

「はい、瞳孔は？」

「だめです。開いてます」

「脈」

「ありません」

そんな子供の声がして、小西は振り返った。

四人程の子供が、先程倒れていた少年の周りを取り囲んでいた。

「なんだ？」

小西は再び、そちらに近づいた。透き通るような色白の少年がくるりと振り返り、真面目くさった顔で、行く手を遮った。

「はい、住民の方は、こちらに来ないでください。子供さんは下がって」

そういえば、どの子の肌の色も異様に白い。この数カ月に、まともに陽に当たっていないのだ。

子供たちは、倒れている少年が乗っているシーツの両端を持って、少年の体を包む。そして前後に分かれたかと思うとそれを持ち上げ、エレベーターホールに運び去っていった。

一体、彼らは何回あんなものを見せられたのだろうか。

と、そのときエレベーターホールから、いきなり何かを叩く音が聞こえてきた。

「あれほど外に出るな、と言ったじゃないの。うちの中にいなさい」

ヒステリックな女の声だ。先程の子供の一人が母親に叩かれていた。

公園に戻ると、永井たちが集まって何か話し合っている。

「どうしたんです？」

永井が黙って地面を指差す。雨水升がある。その蓋の隙間から、ふわりと蚊が飛び出してきた。

「なんで？」

小西は環境課の職員の顔を見る。

男たちは、そこから十メートルほど離れたところにあるマンホールのある場所に移動した。

「やるか」

永井が、環境課の職員二人に目くばせする。それぞれ防虫スプレーを両腕や首筋などにびっしょりかける。蚊取り線香を折り、いくつもの破片にして火をつける。

それから環境課の職員二人がマンホールの鉄蓋に手をかけ、ゆっくり上げた。

小西は小さな悲鳴を上げて、飛びすさった。

直径六十センチほどの丸いコンクリート枠の穴から、薄黒い蚊の群れが、突然射し込んだ光に驚いたように、ふわふわと立ち昇ったのである。

四人とも物も言わず、目の前に現れた蚊の大群を払うこともせず、茫然とその光景を見ていた。

地獄の釜開き、そんな言葉が小西の頭の片隅をよぎった。

蚊取り線香のもうもうたる煙の中を立ち昇った蚊の群れは、焼け付くような陽射しの中をどこへともなく消える。

穴の中を覗き込んだ環境課の男二人が、一瞬「うっ」と呻いて顔を背ける。小西もその肩ごしに中を見た。

下水の流れなどなかった。底は驚くほど浅くなっている。泥が分厚く積もり、その上を無数のみみずが這っているのが見えた。さらにどこから流れてきたものか、鳩の死骸が二つある。

「これか……」

永井が低く呻いた。

環境課の職員は急いで蓋を元に戻した。下水道普及率の低い昭川市でも、市街地であるこのあたりには、公共下水道が通っている。

その太い地中の管を都市の静脈とするなら、個々の住宅や団地からその静脈に繋がる排水路は毛細血管である。そしてその毛細血管の埋設と管理は、個人や公団等に任されている。

めじろ台住宅の地下毛細血管は今、あちらこちらで梗塞を起こしていた。土がつまり、流れが細くなり、そこかしこに淀みができ、そこがぼうふらのすみかとなった。地上の木々を丸坊主にし、草を枯らしても、蚊は予想もしなかったところで大発生していたのだ。

小西たちは、急いで職場に引き上げた。

その日の内に、環境課では排水路の消毒を行なうと同時に、すぐに住宅公団に連絡を入れた。公団側の答えは、排水設備の清掃については清掃管理会社に一括して委託してあり、契約書の中にも、排水管清掃業務の項がちゃんと入っている、と言う。

しかしそれが実際に行なわれているかどうか、というのは、公団の職員がいちいち検査するわけではないからわからない。団地自治会も管理人も、マンホールの蓋を取ってまでチェックはしない。何もしなくても、七、八年はなんともない。十年経つと、なんとなく下の方の階では流れの悪さを感じ始める。臭いも気になる。何かおかしいと思うが、完全に詰まらない限りは、個々の家庭のパイプ掃除で済ましてしまう。

そして十五年目、このめじろ台住宅の排水管は完全に硬化症を起こしていた。同時期に建てられた松江住宅の地下でも、おそらく全く同じことが起きているのだ。

公団側は急遽、排水管清掃の専門業者を雇った。二日後には、業者の車が団地に入って、清掃作業が始まった。

蚊除けのマスクと手袋をした業者は、マンホールの蓋を取り、そこからホースを中に引き入れた。ホースは車の荷台に乗せたポンプと繋がっており、そこから圧縮空気を管の中に送り込む。中に詰まっていたどろどろの汚水や泥は、これによって一気に下水の本管まで押し出されるというわけである。

しかしスイッチを入れた瞬間、団地一階の便器という便器から、一斉に汚水が噴き上げた。

騒動は五分程続き、清掃会社の作業員も異常に気づき、機械を止めた。排水管の詰まりは、もはや圧搾空気くらいでは洗い流せないくらいひどくなっていたのだ。試しに作業員は先の曲がった鉄棒で中を突いてみた。汚泥はコンクリートのように硬く管を埋めていた。

ここまでくれば、蚊のすみかを絶つ方法はただ一つ、団地全体の排水を一時完全にストップさせ、管を掘り出し新しいものに替えるしかない。一棟あたり、数千万円。めじろ台住宅全体では、億の金がかかる。住民にはもちろんのこと、公団側にも、市にも、そんな金はない。マンホールから殺虫剤を注ぎ込んでも、焼け石に水だ。

同じような状態になっているところは、団地だけでなく市内の至るところにあるはずである。細かく張り巡らされた都市の毛細血管の至るところから、今後大量の蚊がわいて出てくることが予想された。

今年に入ってから、ほとんど休みを取らずに百回を超える現場出動を行なっていた環境課の職員の一人が、定年を目前にして日本脳炎に倒れた。炎天下、一日に七ヵ所も回るうちには、その都度、顔から指先、首まできっちり布で覆うということもつい怠る。暑苦しさに負けることもある。そして刺すようなかゆみを手袋と袖の隙間に感じたそのときは遅い。

肉眼では見えない微小な敵は、意志を持っているように、この中途半端に都市化した町の弱点をついて攻撃してくる。その場しのぎの防御の壁は、一つ一つ崩れていく。

現代日本の防疫体制は、そんなに遅れたものではない。厚生省を頂点とした完璧なシステムも、大学病院や企業の研究所の研究者の能力も、薬剤や医療技術の質も、世界のトップレベルにあるはずだ。しかしなぜか、今、このとき機能しない。なぜなのか、だれにもわからない。

小西たちが、地中にある新たな感染蚊の発生場所を発見していたころ、旭診療所の母体となっている生協を中心に、ワクチン認可の草の根運動が起こりつつあった。もちろん鵜川が積極的に動いていた。

鵜川も房代も、そしておそらく辰巳や富士大学のワクチン開発メンバーも、スンパティ社で作られたバイオワクチンの確実な効果と、無視しきれないほど大きな副反応については認識していた。だれもが、安易に接種すべきでないことはわかっていた。

昭川市民は、実験用チンパンジーではない。しかし通常の方法では防ぎようもなく病気が広がりつつあるとき、そしてこれが最後の手段となったとき、行政側や医者は、責任回避のために有効な手段を捨てるべきだろうか。

「手をこまねいているのは罪だ」

というのが、昨年の冬、インフルエンザ予防接種反対運動の急先鋒になった鵜川が、今回、行き着いた結論だった。

バイオワクチンを健康な人間に規定量接種した場合、百万人に四十人の割合で重篤な脳炎が発生する。

百万分の四十、これがスンパティ社が動物実験と臨床試験から得た副反応の最大数値である。富士病院が認可を踏み留まるように、と厚生省に働きかけた根拠となる数字も、まさにこれだった。これをマキシマムだと信じるとして、どう解釈すべきだろう。

人口八万六千人の昭川市民全員に接種したとき、三人ないし四人の重篤な健康被害、おそらく死に至るであろう被害が出る。この数値をどう見るべきか？

このまま放置した場合に比べ、問題にならないくらい小さな値だ。しかし現代社会で、ことはそう簡単には済まない。失われた三人かあるいは四人の命は、だれがどう保障するのか。

そんな疑問を残したまま、診療所にやってくる母親や生協のメンバーなどが、このワクチンの効果と副反応を知るうちに、認可を求める声は急速に高まっていった。集団接種反対、インフルエンザワクチン追放、抗生物質の乱用反対を唱えた同じ人々の間で、今、ワクチンを我々の手に、という叫びが広がっていく。

しかしそれはそうした一部の人々の間に留まらなかった。

房代が住んでいる八幡町は市の中心にあり、親子何代、という土地っ子ばかりの保守的な地域である。そこの公民館で今年に入ってから寄り合いが頻繁に行なわれていた。

その日も、近所の人々が蚊取り線香の煙の充満した和室に集まっていた。

当初は新型日本脳炎にどう対処しようか、と話し合うのが目的だったが、最近では病気そのものより派生した別の問題が話題の中心になっている。

頻繁に起こる放火やコンビニエンスストアの前でたむろしてシンナーを吸っている青少年、そして家々を訪問し怪しげな療法を勧めて歩く新興宗教団体や、得体の知れない薬や器具を目の玉が飛び出るような高額で売り歩く詐欺師の一団。

自警団を作れ、という声も、ひところ商店街の旦那衆から上がったが、少し前に県営住宅で暴力事件が起きてから、みんな二の足を踏んでいる。

この日の話題は、町内会の冠婚葬祭費が底をついたがどうしようか、ということだった。病死者が相次ぎ、香典代が予算を全部食ってしまった、というのだ。金の問題ではない、明日は我が身の深刻さに、一同が黙りこくったとき、房代が脳炎のバイオワクチンのことを話し始めた。

和室の長テーブルの向こうにいた男たちの視線がこちらに向けられた。

「新聞で読んだよ。その注射は危険だけど、効くんだってね。実際、どんなもんなのかね？」

房代の家の向かいの染め物屋の主人が、説明を最後まで聞く前に、身を乗り出してきた。房代は、鵜川から聞いたことを正確に伝え、あらかじめ用意しておいたバイオワクチンの解説書を配った。

「鵜川って、アカのやってる診療所の医者じゃないか？」

板金屋の親父が、鵜川の名前の入った解説書を手にしたとたん顔をしかめた。

「この際、どうだっていいじゃないさ。そんなこと」

板金屋の女房が、亭主の手から解説書をむしり取る。

「で、確かに効くんだね」と房代に念を押す。

「あたしが聞いたかぎりじゃね」

その先は話は早かった。板金屋を中心とした町内のおかみさん連が音頭を取って、その夜のうちに八幡町町会の名で、バイオワクチン採用を求める陳情を行なうということが決定してしまった。

役所の保健師の中にも、市民への啓発を始める者が出てきた。

二週間ほど前から、保健センターの東城を中心にした数人の保健師は、訪問看護や検診の合間をぬって、「伝染病予防教室」と銘打った講習会を市内の公民館や学校で自主的に開いていた。正しい知識を伝えることによって、市民の間で広まり始めた根拠のない民間療法や、伝道師による怪しげな治療や祈禱、暴力団関係者によって売られるニセ薬などに対抗するのが目的だった。その中にバイオワクチンについての情報を盛り込んだ。新しいワクチンの効果と予想される副反応について、包み隠さず、できる限り正確に伝えた。

東城らの行なったことは、ある意味で、住民に自分の運命の選択を迫ったものともいえる。

保健師たちの動きを知った所長や市の保健医療部の上層部が慌てている一方で、医者の中にも、おそまきながら医師会から厚生省に対し、バイオワクチン導入を働きかけるべきだ、と提案する者が現れた。

水谷ら数人の開業医である。もともと水谷は極端ともいえる予防接種推進派で、インフルエンザはもとより、その危険な副反応が話題になったMMRワクチンについてさえ、被害とワクチンの因果関係が立証された今年の春までは、積極的に母親たちに接種を勧め、良識派の医師からはひんしゅくを買っていた。

しかし、その正反対の立場をとっていた水谷と鵜川が、このとき主張を同じくすることになった。わずか数日の間に、バイオワクチン導入の声は、鵜川周辺の生協やボランティア関係者から、一般の母親や保守的な市民層の間にまで広がった。

そして運動の中心に据えられたのは藤原利恵子議員だった。もともと特定の政党の公認が取れてなかったのが幸いし、政治的に無色の藤原議員は、ワクチン認可運動のシンボルとして、どこの党派の人々にも抵抗なく受け入れられていった。

鵜川に呼び出されて、小西が仕事帰りに旭診療所に寄ったのは、緊急接種まであと一週間に迫った八月九日の深夜のことだ。

暦の上では立秋を過ぎたが、焼けつくような暑さは和らぐ兆《きざ》しもない。梅雨明けから一ヵ月以上も熱帯夜が続いていた。開ききった毛穴を照らす満月の光さえ、暑苦しく感じられる晩である。自室に小西を招き入れた鵜川は、厚生省には必ず緊急接種に間に合うように認可させるから、安心するようにと言った。

「目算があるんですか？」

「今、やっている運動の総仕上げをします」

回転椅子をぎしりときしませて、鵜川は言った。

「運動ですか。一週間後の緊急接種に間に合うように、認可させるっていうんですか？」

鵜川は何か言いたげに、口を開きかけたが、言葉を呑むように黙りこくった。

「正直な話、僕は市民運動なんてものでは、厚生省を動かしワクチンを認可させるには無理があると思うんですけどね」

「どうして？」

鵜川は顔を上げ、小西に鋭い一瞥をくれた。

「医師会や製薬会社が圧力をかけるか、各大学の教授連が見解を一致させるかならともかく、素人が騒いで、施策を変更するほど国の役所は甘くないです」

「なんでそんなことがわかるんだい？」

「彼らのことは、僕たちがいちばんわかってますよ。一般市民や市役所の職員なんざ、バカの集まりだと思ってる連中ですから。やるならマスコミを動かす方が、効果的なはずです」

「市民はそんなに無力ではないよ」

　と鵜川は、つぶやくように言った。

「マスコミは証拠がない限り、書きたがらない。昔とは違って、気骨のあるジャーナリストがいなくなったからね。このごろは記者までが、まるで裁判官のように証拠、証拠、と言ってくる。証拠が固まってから記事にするんでは、マスコミなんかいらないと思わないかい？　スポンサーへの気兼ねもあるんだろうが、最近はスクープ記事を書くのに、みんな極端に神経質になってしまったんだ」

「だからって、生協のおばちゃんたちが、ワクチンよこせ、危ない富士病院を町から追い出せ、ブンギの生体実験徹底糾弾なんて、街頭で鉢巻きしめて署名運動をして、何か効果がありますか？」

「富士病院も、ブンギもこの際、問題にしてはいないだろう」

　鵜川は、苦しげに顔をしかめた。

「今、ここで必要なのはワクチンなんだ。副反応を覚悟の上、それでも認可させ、接種しなければ、この夏は越せない……論点を絞りこまなくては」

「そりゃそうです」

小西が同意すると、鵜川はさらに説明した。

今、富士病院のバイオハザードやブンギの生体実験について論議すれば、真相究明と徹底糾弾を旗頭に、別の団体や政党が乗り込んでくる。彼らの多くは、地元住民の利益よりは、党や団体の利益を優先する。そしてより全国規模でアピールできる話題性のあるものに飛びつく。そのとき「昭川市民にワクチンを」という主婦たちの切実な声は、地域的問題として後方に退けられ、さらに特定の団体が入ってくることによって、藤原利恵子というノーカラーの指導者の下に一枚岩になった市民の結束が崩れる恐れがある。

「鵜川先生にしては、現実的な発想じゃないですか」

そう言ってしまってから、失礼な言い方だったたかと、小西はほんの少しばかり反省した。

気を悪くした風もなく鵜川は続けた。

「あさって、総勢五百人で厚生省にデモをかけます」

「五百人」

小西は目をむいた。

「総仕上げって、それですか。聞いてませんよ、そんなの」

「そう」

「まさか無届けですか？」

「ジグザグデモをやるわけじゃないからね」

「だれがやるんです？」

「藤原利恵子を代表に、市民生協と『昭川市、手をつなぐ母親の会』、『八幡町婦人会』、『公団高尾住宅自治会』、『千人町町会婦人部』、『医労連埼玉支部』、それから『ダンスサークルいこい会』っていうのもあるけど……」

鵜川は手元のリストを読み上げる。

「いいです、いいです」

小西は遮った。

「おばちゃん五百人で押しかけるって、嫌がらせの効果はテキメンでしょうけど、はたしてそれで検定がパスするものなんですか？」

「するでしょう」

鵜川は、このときになってようやく微笑んだ。

「どうやって？」

「動かすんですよ、さっき君の言ったマスコミを」

鵜川が何を目論んでいるのか、全く理解できないまま、小西は診療所を後にした。

26

主催者側発表によれば、五百人動員のデモは、実際は三百人足らずだった。しかしそれぞれ、たすきやプラカードを手にして、午後の太陽の下を行進する団体は、最近めっきり静かになった霞が関あたりでは、なかなか迫力があった。それが全員女性ということになれば、いっそう目を引く。

先頭を小柄な藤原議員が、ピンクのスーツにグリーンの腕章をつけて進む。その後ろは、町会や生協関係の主婦たち、さらに市内の各団体の参加者と白衣姿の医労連のメンバーがつく。最後尾には昭川市の予防接種担当の看護師が白の予防衣姿でいた。この道二十年以上の中高年の看護師たちだ。これからしようとしていることの重要さと深刻さを一番よく把握しているメンバーである。

日比谷通りのだだっ広い歩道を、行進は這うように進んでいく。無届けデモだが、女ばかりの、見るからに政治色の薄い団体、しかも子連れの主婦までいる、とあっては、各省庁前を警備している警察官も一瞥したきり、質問もしなければ止めることもしない。

ふと、陽が陰った。日比谷公園の緑の向こうに入道雲がわき上がっている。稲光が見えた。

厚生省前までやって来たとき、列の中からどよめきが起こった。

何台ものテレビカメラが待ち受けていたのだ。こんなことに慣れていない主婦や看護師たちは、ちょっと照れて顔をそむけた。

労働省、国土庁などの入った合同庁舎の中央玄関前まで進み、藤原議員が厚生大臣に会わせろ、と要求する。当然のことながら断られる。

数人の主婦が、庁舎内を通る人々にビラを配り始める。警備員が駆けつけてきて、ちょっとしたこぜり合いがあった。それから藤原議員と主婦たち六人を残して、他の者は玄関前に後退する。背後にはテレビカメラがある。

そのときぽつぽつと雨粒が落ちてきた。そして数秒後には、路面に穴があきそうな凄まじい降りになった。頭上で雷鳴が轟く中を房代たちはずぶぬれになってシュプレヒコールを繰り返す。

一方、中に入った藤原議員たち一行は、薬務局審査課のフロアに案内された。殺風景な応接室で十分ほど待たされた後、一目でキャリア組とわかる若い女性係長が現れた。

藤原は、自分たちがここに来た理由を説明する。係長は微笑みをうかべながらひと通り聞き終えると、やがて慇懃《いんぎん》な口調で話し始めた。

「まず新薬の承認については、一定の手続きが必要でございまして、製薬会社のほうから、こちらに申請書を出していただきましてですね」

「すでにスンパティ社からは申請書を提出してあります」と藤原議員が遮った。

「ええ、ですから、それについて医薬の専門家で構成される中央薬事審議会で、さまざまのデータと照らし合わせ検証した上で、OKということになりますと、厚生大臣のほうから正式に認可される、ということになるわけでございまして」

「失礼ながら、私たちはあなたのご説明を聞きに来たわけではありません。新型日本脳炎ワクチンのすみやかな承認を要求しているんです」

女性係長は露骨にいやな顔をすると、唇を引き結んだ。そこに定年間際と思われる頭の禿げあがった男が現れた。こちらが課長補佐だ。

なだめるような調子で係長と同様の説明を繰り返す。

「で、それが審議会を通って認可されるとしたら、いつになるんですか」

業を煮やした様子で藤原は尋ねた。

「ええ、まあ、通ったとした場合ですよね……ケースバイケースではあるんですが……標準的事務処理時間としてですね、一年半を見ていただくということになりますね」

「一年半」

その場にいた主婦たちからいっせいに抗議の声が上がる。

「これは新薬ではありません。すでにあるワクチンを緊急輸入してほしいということなのです」

藤原議員は、甲高い声で叫んだ。

「そうなりますとですね、薬事法上の承認というのは、あくまで国内で販売するに当たっての承認ですので、お医者さんが自分で輸入して自分で打つということにすれば、こちらを通さずにできるわけで、ただし税関検査を通るための証明書を厚生省で発行するのですが、それはこちらではなく、監視指導課というところに行っていただくことになります」

課長補佐はすでに腰を浮かせ、右手でドアの方を指差していた。

「市で集団接種を行なうというのに、医師の個人輸入で済むはずがないじゃありませんか。あなたと話していてもらちがあきません。厚生大臣を出してください」

藤原議員は半ば立ち上がり、怒鳴る。

すべては儀式である。だれも本当に大臣が出るとは思っていない。せめて課長くらいは出てくるか、と期待したが、結局彼女たちが会えたのは、そのノンキャリアの課長補佐までだった。

三十分後、一行は何の回答も引き出せないまま、厚生省を後にした。小西が言うとおり、忙しい官庁職員をわずらわせるという嫌がらせ効果以外に、何の意味もない行動に見えた。

だが、効果はあった。

さほど大きな事件もなかったその日の夕方、テレビニュースの画面は、プラカードを持った女性の顔でうめつくされた。激しい雨に叩かれながら、主婦たちは「子供たちにワクチンをよこせ」と叫んでいた。顔を伝う雨を片手でぬぐいながら、彼女たちは厚生省に向かって高々とこぶしを振り上げていた。

頭上に光る稲妻が、劇的な演出効果を上げた。この日の朝、各テレビ局にこのデモについて、匿名のファックスを流した鵜川でさえ、そこまでは予想していなかった。

自宅の茶の間でそれを見ていた房代も、残業のために丼物をかっこみながら職場のテレビにかじりついていた小西も、昭川市の予防接種行政に携わった者は、だれもが複雑な思いでそれを眺めていた。

ブラウン管いっぱいに映ったのは、インフルエンザ予防接種追放運動の急先鋒に立ったニュータウンの主婦の顔だった。それが今、ワクチンよこせ運動の中心になっている。

ブンギの人体実験だの、バイオハザードだのと、へたに問題を複雑化しなかったことが、功を奏した。

早く第二世代ワクチンを認可し子供たちを救え、という単純明快な母親たちの主張は、もとよりだれも反対を唱えられない内容だ。

翌日の各紙の朝刊にこのデモについての記事が載った。情報をリークしただけでは、記事にしなかったマスコミは、政治的に無色の主婦たちが動き出すことによって、この問題を大きく取り上げたのだ。しかも紙面は総じて、彼女たちの行動には好意的だった。

ある全国紙は、つい数日前に抗癌剤の薬害問題をめぐって、安易な新薬承認を糾弾したばかりだったのが一転し、「ワクチン導入に向けて、厚生省の柔軟ですみやかな対応をのぞむ」との社説をかかげた。

また別の新聞では、「ワクチンの副反応は予想されるが、この病気自体の高い罹患率と圧倒的な死亡率から考えれば、ワクチン接種が唯一の選択である」という、国立病院の感染症科部長の見解を載せた。さらにこうした問題はほとんど取り上げない経済紙までが、必要に迫られているにもかかわらず、ワクチンの緊急輸入販売を認めないのは、官による無用な統制であり、非関税障壁の一つである、と書き立てた。

大きなニュースのなかったこの日のテレビのワイドショーで、コメンテイターが「有効なワクチンの導入を渋っているのは行政の怠慢であり、ことなかれ主義にほかならない」と絶叫調の演説をぶつかと思えば、夜のニュースショーでは、ゲストの医学ジャーナリストが、「厚生省が認可を引き延ばしているのは、国民の健康よりも国内メーカー保護を優先させる態度の表れであって、官と業界との癒着ぶりをうかがわせる」とうがった意見を述べた。

この日一日、厚生省薬務局審査課と、保険医療局エイズ結核感染症課の電話は、一般市民からの抗議や問い合わせで鳴り続けた。前日藤原議員への応対に出た審査課の係長と課長補佐は、新聞、雑誌の取材攻勢を受けて、自席に戻る暇もなかった。

そしてその日の深夜、議員からの問い合わせに汗だくになって答えていた局長の机上の内線専用電話が鳴った。ランプが大臣官房からかかっていることを示していた。局長はいよいよ決断を迫られたことを知り、額の汗をぬぐった。

二時間後、自宅のベッドの中や病院や研究所にいた中央薬事審議会のメンバーは、前代未聞の午前二時の招集を告げられた。


二日後、事態を見守っている小西たちの目前で、所長宛ての電話がかかった。受話器を取った所長は、何度も相手の言葉を確認していた。そしてうなずくと、頬を緊張させたままもごもごと口の中だけで礼を述べ受話器を置いた。それから永井に向かいちょっと手招きをする。

「新型ワクチンがたった今、承認された」

低い声で言った。

事務所にいた者は、一斉にそちらの方を向いた。

ほんの一瞬息を呑む気配がしたきり、歓声も拍手も、万歳三唱も何もなかった。

事務職員も保健師も、無言だった。互いに視線を合わせ、うなずき合っただけだ。一呼吸おいて、さわさわと忙しなくマニュアルや書類をめくる音が、通り雨のように事務所内に響いた。

保健師たちが席を立ち、ナースシューズの足音も軽やかに小走りで二階の持ち場に散っていく。

接種の初日までは、あと四日しかない。

小西だけが、自席に座り込んだまま青ざめていた。

「どうします、永井さん。ワクチン変更の手続き、間に合いませんよ、これからじゃ」

永井の腕に取りすがって、泣きだしそうな声で叫んだ。

永井はそれには答えず、回転椅子に座ったたまま、横着な仕草でキャスターをすべらせ、ファイリングキャビネットのそばまで行った。中から書類を一揃い取り出す。

「おらよ」

小西の机の上にばさりとそれを投げてよこした。契約変更や予算流用の原議だ。

驚いて小西は、永井の顔と書類を見比べる。認可の下りることを見越して、先に事務を進めていたのだ。しかしそれにしても、もう部長決裁まで取れているとはどういうことか？

「どうしたんです、これ」と決裁欄を指差す。

永井は唇の端をひんまげ「けっ」と笑うと、机の引き出しを開けた。中には部課長に加え、財政課長や収入役の名前の三文判まで、ずらりと一揃い並んでいる。

「一本三百五十円。やつらの机の上で書類が重なってて間に合わなくなったら、取り返しがつかないだろうがよ」

「それにしたって……業者のほうは？」

「そんなもん、とっくに話をつけてるよ。だてに四半世紀も出先にいるんじゃねぇ」

「すいません」

小西はぺこりと頭を下げて、接種の準備作業に取りかかる。

まず、接種用備品箱から市民向けに注意事項を書いた幕を取り出す。通常の注意事項の他に、次の一文を赤マジックで付け加える。

「接種後は、発熱します。丸一日間は、運動、飲酒、入浴、車の運転等を避け、安静にすること」

通常の予防接種ではありえない注意書きである。

さらに異常な副反応に対応するため、接種会場に救急車を待機させる手筈を整える。昭川市内だけでは、対応しきれない場合も考え、近県の救急病院に協力依頼の文書を発送する。そして副反応が出た際、市民が役所に届け出るための健康被害届け出用紙を印刷屋に追加発注する。

雑用は無限にあるように思われた。

翌日には、医師や看護師、臨時事務員などを集め、説明会が行なわれ、さらにその翌日には、空輸されたワクチンが成田に到着し、検疫、税関をパスしてそのまま納品された。

一般市民よりも一足早く職員が接種されることを小西が知ったのは、接種の前日、統括責任者である昭川市医師会長宅に挨拶に行って戻ってきたときだ。

事務室は空だった。慌てて館内を探し回ると、全員が会議室に集められている。

ドアを開くと、消毒用アルコールのにおいが鼻をついた。看護師が二人ほどいて、注射器にワクチンを詰めているところだ。

初日の当番に当たっている老皮膚科医の姿があった。

「どういうことですか」

小西は驚き、永井に尋ねた。

「まあ、実際どんな様子のものか、市民への緊急接種に先立ってまず職員に打って、様子を見ようってことだろう」

小西は唾を飲み込んで、看護師の手元の横文字ラベルの貼られたビンを見る。

「実験台じゃないですか」

「ま、実際、どうなるのか不安は不安だな。やなもんだよ。俺が百万分の四十にならない保証はないものな」

永井は苦笑した。

「たまんないですよね」

小西はぼやきながら、腕まくりする。

所長が、つかつかと医師の前に出て、シャツの袖をまくった。

「やって下さい。私が無事なら、ここのメンバーから、いや昭川市の市民から一人も副反応による死者は出ない、と信じたい」

祈るような悲痛な表情で、所長は目を閉じた。年配の看護師が、その閉じた目の前に四枚綴りの書類を無造作につき出す。

「その前に、問診表を書いてくれませんか」

恨めしげな目つきで、看護師を見上げ、所長はポケットからペンを取り出した。

「八月十五日、終戦記念日か……」

日付を記入しながら、所長はつぶやく。

「ほんとに終戦になりゃ、いいけんど」

永井が独り言のように言った。

所長が書き終えると、医師は丁寧にそれに目を通し、所長の腕に左手でヨードチンキを塗りつけた。それから注射器を持った右手をちょっと止めた。

「あんたの命は少なくともこの夏は大丈夫だね、もっとも副反応が出なければの話だが」

七十をとうに過ぎた皮膚科医にのんびりした口調で言われて、所長はちょっと嫌な顔をした。

所長の接種が終わると、老医師は後ろに並んだ保健師の一人に向かって尋ねた。

「君、妊娠してないか？」

妊娠は、予防接種の禁忌である。

「めっそうもない」

定年間際の保健師は真面目な顔で首を振った。

結局その日は、体調をくずしていた数人を除き、センターの職員十九人が接種を受けた。終わると老皮膚科医は、軽く咳払いした後、「今夜は絶対安静にしてください。残業はせず、すぐに帰宅し、風呂には入らず、早く寝てください」と厳かな調子で言い渡した。

その注意に逆らうかのように、小西はその夜、役所の同期の男、四人と町に繰り出した。三ヵ月半ぶりに定時で仕事が終わったのだ。こんな日にまっすぐ家に帰って寝てなどいられない。

市内でたった三軒だけ、いまだに店を開けている大衆酒場があった。そのうちの一軒に彼らは入った。引き戸を勢いよく開けると、客のほとんどいない店内は、なにやらやけっぱちで荒廃した雰囲気が漂っていた。

うっすらほこりをかぶった椅子に腰を下ろし、運ばれてきたジョッキの冷たいとってをつかんだとたん、小西の胸に得体のしれない感慨が込み上げてきた。

「これ、やりたかったんだ。こんな夕方の明るいうちから、生ビール飲んでみたかった。給料安くって、上級官庁から足蹴にされて、市民から怒鳴られて、せめて、これができなくて、なんの地方公務員だよ」

「なにオヤジみたいなことを言ってんだよ。どうせ残業手当、がっぽり入るんだろ」

職員課勤務の男が、笑って言った。

「うるせえ、とっくに予算オーバーでただ働きだ」

怒鳴った小西を施設課の男が、「まあまあ」となだめる。

とりあえず乾杯をしようとした矢先、隣の席のサラリーマン風の客同士が殴り合いを始めた。

酒が入っているにもかかわらず、双方とも青い顔をしている。この頃、町中でやたらにこういう光景に出くわす。

とばっちりをさけて慌てて席を移った後も、何やら気分を削《そ》がれて、みんな言葉も少なくむやみに酎ハイをあおるだけだった。

そうしていると、つい半年ほど前までのこの町独特ののんびりした田舎臭さ、ダサイの一言につきる盛り場風景が、奇妙になつかしくなった。ずいぶん時が経ったような気がする。あの平和な光景は戻ってくるのだろうか、と小西は思った。

平和、という言葉に小西は苦笑した。ここ数カ月は、まさに戦争だった。もっとも危険な任務についたのは、現場の消毒作業員だったのだろうが、小西にしても夜間診療所のメンバーにしても、最前線にいたことに変わりない。

ミサイルも落ちず、弾は飛んでこなくても、ひとりひとりを狙い撃ちしてくる極小の敵との戦いだった。しかし半ばあきらめかけていた効果的なワクチンが手に入り、明日から緊急接種が始まる。

カタをつけるのだ、と思った。四月の半ばから始まった昭川市の、そして小西の長すぎる夏が終わろうとしている。

「お客さん、すみません」

店員に声をかけられた。

「七時で閉めるんで、ラストオーダーになります」

「なんで？」

時計を見た小西に他のメンバーが説明する。

「どこもそうなんだよ。この騒ぎで営業時間を大幅短縮してるんだ」

「ふざけんじゃねえよ」

抵抗したものの、半時間後には店から追い出され、小西はアパートに帰りぶっ倒れるように寝た。

朝、カーテンのすきまから射し込む光に、瞼を直撃されて、泥のような眠りから覚めた。上半身を起こすと胸がむかつく。昨日医師から言われた通り熱を計ると、三十八度ある。頭が割れるように痛む。酒のせいかワクチンのせいかわからない。

いよいよ緊急接種当日の八月十六日である。

澄み切った大気はすでに秋のものだったが、ぎらつく太陽の光はまだ少しも衰えず、早朝から気温は三十度を超えた。

だるい体を引きずるようにして出勤してみると、職員のうち、発熱した者が二人、頭痛や関節の痛みを訴えた者が六人いることがわかった。微熱はほとんどの者がある。

さらに午前中、訪問看護にでかけた保健師が一人、気分が悪くなって歩道で倒れ、近くの病院に担ぎ込まれたが、こちらは大事には至っていない。効果があるといっても、副反応のきつさは相当なものだ。

「おッ、小西、例の黄色紙、車に積み込んどけ」

永井の声が飛ぶ。

黄色紙というのは、小西たちがイエローカードと隠語で呼んでいる予防接種の副反応による健康被害届けで、本当にクリーム色をしている。数日前、小西はそれを印刷屋に追加発注していた。

小西は備品置場から段ボール箱に入ったイエローカードを担いできた。永井は目を丸くした。

「なんだ、おまえ、これ。何枚あるんだ？」

「一万枚ですが」

「ばか、程度というものがあるだろうが」

永井は唾を飛ばした。

「千枚も一万枚も印刷代はほとんど変わらないですから。それに作っときゃ、来年も再来年も使えるでしょう」

「やけっぱちになってやがる」

永井は舌打ちし、あたふたと点検作業を始める。

午後一時、私鉄会社から借り上げた大型バス二十二台が、大勢の看護師や事務員と大量の器具を乗せて、保健センターから各会場に向かった。

二万人分、一〇CC入りビン、千本は、この日すべて使いきる予定だ。

ニュータウンに行く一台に乗りこんだ小西は、何事も起こりませんように、としこった胃を押さえていた。ひどく暑いが、汗ひとつかかない。

会場となった小学校の体育館の周りには、すでに接種を待つ市民の列ができていた。

駐車場には救急車が一台待機している。

この日のために集まった臨時雇いのメンバーに、元からいる事務員や看護師がてきぱきと指示し、広い体育館に机が並べられ、注意事項が掲示される。

そして午後二時、事務員のいつもと変わらぬ「どうぞ」という間延びした声とともに、緊急接種が始まった。

今回のワクチンについての情報は、市民の間にすでに行き渡っているらしく、特にトラブルはない。普段より規模が大きいというだけで、接種は順調に進んでいく。

しかし開始から十五分ほどしたときのことだった。

注射を終えて傍らの椅子にかけていた中年の男一人が、いきなりその場に嘔吐した。やはり接種を終えて近くにいた親子連れが、それを見て青ざめ、その場にへたり込んだ。

小西は急いで、問診をしていた医師の一人をそちらに回し、待機している救急車に連絡する。

会場内にざわめきが広がった。いったん受付を済ませながら、引き返す者が続出する。そしてすでに接種を終えた者の中から、つぎつぎに嘔吐する者や倒れる者が出てきた。

いったいどうしたらいいんでしょうか、と市民は医師や看護師はもとより、事務員にまで尋ねてくる。救急車のサイレンが鳴り渡る中で、それでも接種は続けられた。

殺到する問い合わせをさばきながら、小西は背筋が粟立つような気がした。ブンギどころではない。とてつもなく大規模な臨床試験が始まった。

予想外の相談業務に追われ、集団接種は終了予定時刻の三時五十分を過ぎても、まだ半分も終わっていなかった。普段なら、予定時間を一分でも過ぎるとそわそわし始める市内の開業医たちも、この日ばかりは黙々と注射器を操り、あるいは市民の訴えに耳を傾けている。

小西だけが、校門付近と体育館を往復しては、「あと約三百人」「あと百五十人」と薬をつめている看護師に、接種待ちの市民の数を大声で報告する。

夕方の六時、予定時刻を二時間ばかり超過して、ようやく初日分の接種が終わった。

会場から保健センターに戻ってみると、接種で具合の悪くなった人々が収容された病院から、報告が入っていた。

そのほとんどは「事前に『副反応は非常に重篤』との情報を与えられていたことから来る心理的ストレス」ということだった。一種の集団ヒステリーである。

しかしそうとわかっても、小西の背筋の冷たくなるような思いは変わらない。

報告書をまとめ終えると、辺りは薄暗くなっていた。ひと息ついて、中庭に出た。

昼間の焼けつくような陽射しを吸い込んだコンクリートがまだむっと足元から熱気を放っている。

放心したように、小西は、まだうっすらと明るみの残る西の空の残照を眺めていた。

今年の残暑は厳しそうだ。これで最悪の季節は乗り切れるだろうか。

人口八万六千、都心からの距離約五十キロ。

八月十六日現在、昭川市内の新型脳炎が原因と見られる死者は、百名弱。後遺症に苦しむ者は、その数倍はいると見られる。新型ワクチンは、最終的には約六万八千人に接種される予定になっている。ただし副反応の程度は、いまだに不明。

これからが大変だ、と小西は漠然と思った。

「なに、ぼけっとしてるのよ」

房代が消毒室の窓から、上半身を乗り出した。

「いや、別に……ただ、結局、ひとの国行って人体実験した結果を僕たちがかぶったんだな、と思って」

「医者も役人も薬屋も、みんな、なんとか病気を克服しようとがんばってきたんだよ。その結果が、こんなことになってしまうことも、あるもんなのね。人は神様じゃないからさ。でもこれ以上悪いことは、起こらないわよ。予防接種もできたことだし」

「どうにか、なるもんですね」と、小西は言いかけ、それから言いなおした。

「どうにか、できるものなんですね」

なかなか捨てたものではないかもしれない、と思った。今の仕事も、この町も。災厄の向こうに彼自身の人生が見えてくるような気がした。

房代は両手を予防衣の腰に置き、顎を引いてうなずいた。

まるで何事もなかったかのようだ。そしてこの先も、怖いことなど何もないというようにゆったり笑った。

予防接種の日程をすべて終えた後も、昭川市内の脳炎発生件数と死者の数はじりじりと増え続けた。しかし接種初日から十日を過ぎたあたりで、その数字は急カーブを描いて落ち始めた。二週間目にはピーク時の半分になり、九月初旬には、発生件数ゼロの日が現れた。

人々の体に免疫ができたのだ。それも従来のワクチンの数倍の早さで。臨床試験は見事に成功したのである。

そして九月の終わり、暑さはまだまだ厳しいというのに、市内の蚊やその他の小動物の体内から、突然、ウイルスは消えた。

何も不思議はない。もともと日本脳炎ウイルスは、秋になるとこうして突然姿を消してしまうのだ。それはいまだに疫学上の謎とされるが、この悪性にして新型の脳炎も、その点についてだけは紛れもなく「日本脳炎」だった。それにしても気まぐれな印象さえ受けるほど、この消滅は早かった。

そして十月には、窪山の谷地には薄く土がかぶせられ、あれほどいたオカモノアラガイは見えなくなった。悪臭は少しずつ薄らぎ、「ホテル桃源郷」は細々と経営を続けている。

しかし裏手の焼き払われた林はそのまま植林もされずに放置され、土砂の流れだした斜面についにコジュケイは戻ってこなかった。

この年、昭川市の新型脳炎による死者は、最終的には、百一名に上った。

予防接種の副反応によると見られる死者はやはり一人出た。そして副反応の高熱に苦しんだ者は医者を訪れただけで、二百人を超える。それでも統計の範囲内に収まった数字に、小西たちは、死者には悪いと思いながらも、胸を撫で下ろした。

なお、富士病院のバイオハザードをめぐって、住民訴訟が起きたのは、緊急接種の日程がすべて終了した九月の初めのことである。

ワクチン認可運動は、小西たちのつきとめた事実が鵜川によって公表された時点で、そのまま損害賠償と危険な実験の差止めを求める訴訟に自然に移行していった。しかしウイルスが実験室から漏れたという事実を市民の側で立証するのが困難なのは変わりない。それでも裁判を起こすことで、病院側の意識改革を促す効果がある、というのが鵜川たちの考えかたである。

一方、小西の方は「あまりいじめて大学病院に逃げられたら、それはそれで困る」という、所長の言うこともわからないではなく、相変わらず腹の据わらぬ我が身にいくぶんかの後ろめたさを感じつつ暮らしている。


翌年、昭川市は平穏な春を迎えた。

市内中央部から西部にかけての広大な森林には、淡い朱や銀緑色の新芽が一斉に芽吹き、森全体が霞がかったように明るんで見える。木々の根元に下草が早くも繁茂し始め、いくつもの生命が活発に活動を始めた。

季節はゆっくりと巡っていく。森の緑は日に日に濃くなり、やがてその緑の海のそこかしこにぽっかりと、満開の桜の薄紅色が浮かび上がる。

それでも蚊の姿はない。森でも繁華街のビルの地下でさえ、あの神経に触る小さな羽音を聞くことはない。

昭川市から約五十キロ離れた上野界隈で、あの巨大な触角をうごめかせたオカモノアラガイが大発生していることは、この時点ではまだニュースになっていない。それを不忍池《しのばずのいけ》に集まった野鳥がついばむ光景も見られた。

夜が訪れると、ネオンの光の届かぬ公園のくずかごの周りや、美術館の裏手に、前衛作家の指先がきまぐれに夜光塗料を塗りたくったような、あの青白い光が現れる。しかし、都会人の多くはそんなことに関心を払うほど暇ではない。

あと数ヵ月で、再び、夏が来る。

解説　篠田節子は、激情を透徹した物語に封じ込める。

海堂尊

篠田節子先生は、作家生活25周年を迎える大先輩で作品は45作に達する。文庫化も多く解説者も錚々《そうそう》たる方たちが名を連ねている。というわけで篠田作品に関して系譜化、解析するのは私の役目ではないと勝手に判断した。というか、そう判断せざるを得ない。なので私は、篠田節子さんの、作家としてのたたずまいと本作の印象論について述べようと思う。

そう言いながらも実は私は篠田さんのあまりいい読者ではなく、既読作品は10冊程度である。しかし書評家でない私にとって同一作家の10冊というのは多い。私が好んで読む作品の基準は、「とにかく面白いと思える作品」だから、篠田作品が面白いことは太鼓判を押す。

篠田節子という作家をひと言で言い表すのは難しい。ホラー作家かと思えばSF作家でもあり、あるときは恋愛小説家、また社会派作家でもある。本作『夏の災厄』と直木賞受賞作『女たちのジハード』はいずれもリーダビリティの高い娯楽作品であるが、この2作を同時に生み出せる感性は凡人には理解し難い。最近はそうした分裂傾向に更に磨きがかかり、昨年2014年に刊行されたのは老親の介護やケアに悩まされる女性群像『長女たち』（新潮社）と最先端ビジネスの暗部をリアルに抉《えぐ》りだした『インドクリスタル』（角川書店）というのだから途方にくれてしまう。だがそれらの作品を通読すると、どの作品も篠田作品だと読者に伝わってくるから不思議だ。どうしてそんなことが可能なのか、この文庫解説依頼を受けたのをきっかけにつらつら考えてみたところ、自分なりに納得できる視点が見つかったので列記してみよう。

① **文体が端正である**

篠田作品は文章が必要十分・正確無比である。医学論文としても成立しそうな科学的正確性を有する一方、正確を期すると文章は往々にして冗長になりやすい。ところが篠田さんの文章は短い上に上品な色気が漂っている。これは情報を正確に把握した上でそこから相手に伝わる印象を吟味しながら執筆するという、相手に対する配慮が行き届いている証《あかし》ではないかと思う。通常、この文章は「読者に対する」と表現すべきだが、篠田さんの口調は「読者」というよりも「目の前の話し相手」に対する配慮であるように感じられる。

② **登場人物を誰も切り捨てない**

登場人物に血が通っている。各々が主義主張を持ち、同時に他人にも主張があることを容認し、限られた世界の中でできるだけのことをしようと悪戦苦闘する。本作で言えば昭川市保健センターの正職員で小市民的な小役人である小西、その上司で波風が立つことを極度に嫌う永井、腹の据わった肝っ玉母さんの年配看護師・堂元房代、マッドドクターの気配漂う辰巳秋水、窓口業務のいい加減で女にだらしがないというウワサの事務員・青柳、学生運動の闘士でもある旭《あさひ》診療所の鵜川医師といった、一癖も二癖もある登場人物が最初の40ページの自然な流れで顔見せし、次次に絡み合って物語を推進していく。物語が進むにつれて、そんな彼らが多様な表情を見せ読者をあっと言わせる。このあたりの展開の妙についてはいくらでも書けるが、読者の邪魔をしてはならないので思わせぶりな筆で抑えておこう。（うぐぐ、書きたい……特に青柳について……）。

　彼らが多面体の表情を見せるのは、人間は七色の虹《にじ》を生み出すプリズムのようなものだ、という認識を篠田さんが持ち合わせている故だと思われる。

③

舞台の二重性と日常の異次元化

　篠田作品では舞台設定に二重性が多用される。『夏の災厄』でも埼玉県の昭川市という地方の小都市に舞台が限定されているかと思いきや、突然物語がインドネシアのブンギ島という未開の島へとジャンプする。この二重性を成立させることは技術的に難しいが、篠田さんの筆は軽々と時空を超越する。閉塞感《へいそくかん》漂う地方都市にいたと思ったら次のページでは熱帯の小島に連れ去られる。これも著者の正確かつ必要十分な描写によって担保される荒技である。

　そうした二重性で発現される心象風景の本質とは何か。異世界に行き未知の体験をして自分の世界に帰ってくると、実は元の世界もそうした異次元世界のひとつに過ぎなかったということを追体験できるのである。「異世界との二重展開による日常生活の異次元化」とも言うべきこうした手法（今、私が勝手に命名した）は、篠田作品における基本構造である。

④ ディテールの深度と精度

行政批判やメディア批判は、現代社会を描くための必須《ひっす》のディテールである。ただしそこが生煮えだと作品は陳腐化する。篠田作品がそうした陳腐化を乗り越え、現代社会に対する冷徹な視線を普遍化することに成功している理由は、文体が端正であることに加え、自身が持ち合わせているノーブルだが確固たる批判精神が発露しているためだ。ただしそれだけでも普遍化には一歩届かない。最後に必要な一匙《さじ》は、そうした自分の意見すら相対的なものであり、正しいかどうか定かではなく、ひとつの立場にすぎないという、突き放した視線である。

一文を引用してみよう。

「市内で伝染病が発生しているのだ。それも二十数年ぶりの流行で、しかもとんでもない悪性の病気であるかもしれないのだ。

にもかかわらず、だれも迅速な対処ができない。前例がない。マニュアルがない。昔の原議もない。しかし関係法令だけは、厳然としてある。」（159頁）

ここには作者の批判精神が横溢《おういつ》している。しかし直接的には現実を描写しているだけである。現実を見つめながら自分の怒りの存在を認識し相対化し、普遍化する。高度な技巧によって描写されるシンプルな激情。それが篠田作品の真骨頂なのだ。

本作『夏の災厄』は作品を生み出した作者同様、多面体の顔を持つ小説である。未知の疾病に関するバイオミステリー、職業人の矜持《きょうじ》を描いたビジネス小説、医療現場の矛盾と医療行政の蒙昧《もうまい》さを指摘した医療小説、高度に発展した文明の陥穽《かんせい》を描出した社会派小説、地域社会が災厄に襲われた際の群衆劇としてのパニック小説。どれもこの小説の一面を表してはいるが、その言葉に代表させると何かがこぼれ落ちてしまう。というわけで多面体の小説と言うしかないが、別の角度から表現すれば「息もつかせず一気読みの極上のエンターテインメント小説」と逃げるのが一番ふさわしいかもしれない。

とにかくこの作品を何らかの枠に押し込むことは陳腐で無意味なことだ。

さて、本作のテーマでもある、感染症に関連する社会情勢についても触れておこう。2010年代は後世の歴史家からはパンデミック・ディケイドと呼ばれることになるだろう。鳥インフルエンザ、新型インフルエンザ、デング熱など日本を騒がせた感染症に加え2015年現在、日本には幸い未上陸であるエボラ出血熱など、世界的な感染症が巷《ちまた》の話題にならない日はない。これは航空機網が高度に発達した現代に出現した新たな状況である。本来なら致死的であるが故にエピデミック（流行）状態に留まるはずのエボラ出血熱がパンデミック（汎発流行）まで広がったのは、移動技術の進歩があったためなのは間違いない。正確に言えば本作はパンデミックではなく一歩手前のエピデミックレベルに収まっている。ただしエピデミックはパンデミック予備軍なので、常にパンデミックの影をちらつかせながら物語はスリリングに展開していく。

本作が刊行されたのは1995年だが、ちょうど20年後の現在であればまた違った展開になったと思われる部分もある。そのひとつはネットによる情報流通の迅速化・マス化である。ネットでの展開がないことは時代を感じさせる。だからと言って『夏の災厄』は時代遅れの物語では決してない。パンデミックが蔓延《まんえん》しつつある現代社会における予言書的な寓話《ぐうわ》という意味では、むしろ現代でこそ必読の書なのかもしれない。

私は医師なので、ここに書かれた医療現場が大変リアルに書けていることに感心させられた。

2012年、社団法人日本医師会が主催し新潮社が協力して「日本医療小説大賞」が創設された。私は2014年、15年の2年間、本賞の選考委員を務めたが、篠田さんは開始当初からの選考委員である。作風と見識からいって適材適所の人選だったが、懇親会で『夏の災厄』の話に触れる機会があった。よくここまで内実を調べましたね、と感心して言った時の篠田さんのいたずらっぽい笑顔が印象的だった。

「実は私、市役所でそういう部署にいたんだよね」

市役所勤務ということは伺っていたが部署までは存じ上げなかったため、少々とんちんかんな賞賛になってしまったが、そうした部署にいても医学的に正確な記述ができるようになるわけではないことは、作中の保健センターの事務員、小西や青柳の描写からも明らかである。したがって私の賞賛は決して的外れではなかったのだと自己弁護しておこう。

だが、篠田さんのその言葉を耳にした時に、篠田節子という作家の謎の一端が解けた気がした。

篠田節子は現在、自分の存在する世界に丹念な愛着と強い関心を持ち、その世界で起こったことを純化して物語として紡ぎ出す。そんな姿勢を持ち続けられるのは、篠田さんがその胸に水晶のように透徹した、揺るぎない存在（モノ）を抱き続けている作家であるからに他ならない。激情を透徹した普遍の物語に封じ込める。本作はそんな篠田作品の中でも象徴的な一作である。
端正な文章に騙《だま》されてはいけない。篠田節子は激情の作家なのだ。

（2015年1月）

本書は一九九八年六月に文春文庫より刊行された作品に
加筆修正のうえ、二次文庫化したものです。

夏《なつ》の災《さい》厄《やく》

篠《しの》田《だ》節《せつ》子《こ》

平成27年 2月25日 初版発行
令和6年 11月15日 13版発行

発行者●山下直久

発行●株式会社KADOKAWA
〒102-8177 東京都千代田区富士見2-13-3
電話 0570-002-301(ナビダイヤル)

角川文庫 19023

印刷所●株式会社KADOKAWA
製本所●株式会社KADOKAWA

表紙画●和田三造

ISBN978-4-04-102812-4 C0193

角川文庫発刊に際して

角　川　源　義

第二次世界大戦の敗北は、軍事力の敗北であった以上に、私たちの若い文化力の敗退であった。私たちの文化が戦争に対して如何に無力であり、単なるあだ花に過ぎなかったかを、私たちは身を以て体験し痛感した。西洋近代文化の摂取にとって、明治以後八十年の歳月は決して短かすぎたとは言えない。にもかかわらず、近代文化の伝統を確立し、自由な批判と柔軟な良識に富む文化層として自らを形成することに私たちは失敗して来た。そしてこれは、各層への文化の普及滲透を任務とする出版人の責任でもあった。

一九四五年以来、私たちは再び振出しに戻り、第一歩から踏み出すことを余儀なくされた。これは大きな不幸ではあるが、反面、これまでの混沌・未熟・歪曲の中にあった我が国の文化に秩序と確たる基礎を齎らすためには絶好の機会でもある。角川書店は、このような祖国の文化的危機にあたり、微力をも顧みず再建の礎石たるべき抱負と決意とをもって出発したが、ここに創立以来の念願を果すべく角川文庫を発刊する。これまで刊行されたあらゆる全集叢書文庫類の長所と短所とを検討し、古今東西の不朽の典籍を、良心的編集のもとに、廉価に、そして書架にふさわしい美本として、多くのひとびとに提供しようとする。しかし私たちは徒らに百科全書的な知識のジレッタントを作ることを目的とせず、あくまで祖国の文化に秩序と再建への道を示し、この文庫を角川書店の栄ある事業として、今後永久に継続発展せしめ、学芸と教養との殿堂として大成せんことを期したい。多くの読書子の愛情ある忠言と支持とによって、この希望と抱負とを完遂せしめられんことを願う。

一九四九年五月三日

角川文庫ベストセラー

静かな黄昏の国　篠田節子

国も命もゆっくりと確実に朽ちていく中、葉月夫妻が終のすみかとして選んだのは死さえも漂白し無機質化する不気味な施設だった……原発社会のその後を描く戦慄の書、緊急復刊！

純愛小説　篠田節子

純愛小説で出世した女性編集者を待ち受ける罠と驚愕の結末。慎ましく生きてきた女性が、人生の終わりに出会った唯ひとつの恋など、大人にしかわからない恋の輝きを、ビタースイートに描く。

美神解体　篠田節子

整形美容で新しい顔を手に入れた麗子。だが彼女を待っていたのは、以前にもまして哀しみと虚しさに満たされた日々……ねじれ、病んでいく愛のかたちに目をこらし、直木賞作家が哀切と共に描いた恋愛小説。

新装版　螺鈿迷宮　海堂尊

「この病院、あまりにも人が死にすぎる」――終末医療の最先端施設として注目を集める桜宮病院。黒い噂のあるその病院に、東城大学の医学生・天馬が潜入した。だがそこでは、毎夜のように不審死が……。

モルフェウスの領域　海堂尊

日比野涼子は未来医学探究センターで、「コールドスリープ」技術により眠る少年の生命維持を担当している。少年が目覚める際に重大な問題が発生することに気づいた涼子は、彼を守るための戦いを開始する……。

角川文庫ベストセラー

マリアビートル　伊坂幸太郎

酒浸りの元殺し屋「木村」。狡猾な中学生「王子」。腕利きの二人組「蜜柑」「檸檬」。運の悪い殺し屋「七尾」。物騒な奴らを乗せた新幹線は疾走する！『グラスホッパー』に続く、殺し屋たちの狂想曲。

世界の終わり、あるいは始まり　歌野晶午

東京近郊で連続する誘拐殺人事件。事件が起きた町内に住む富樫修は、ある疑惑に取り憑かれる。小学六年生の息子・雄介が事件に関わりを持っているのではないか。そのとき父のとった行動は……衝撃の問題作。

天地明察（上）（下）　冲方丁

4代将軍家綱の治世、日本独自の暦を作る事業が立ち上がる。当時の暦は正確さを失いずれが生じ始めていた――。日本文化を変えた大計画を個の成長物語として瑞々しく重厚に描く時代小説！　第7回本屋大賞受賞作。

夜明けの縁をさ迷う人々　小川洋子

静かで硬質な筆致のなかに、冴え冴えとした官能性やフェティシズム、そして深い喪失感がただよう――。小川洋子の粋がつまった粒ぞろいの佳品を収録する極上のナイン・ストーリーズ！

グランド・ミステリー　奥泉光

昭和16年12月、真珠湾攻撃の直後、空母「蒼龍」に着艦したパイロット榊原大尉が不可解な死を遂げた。彼の友人である加多瀬大尉は、未亡人となった志津子の依頼を受け、事件の真相を追い始めるが――。

角川文庫ベストセラー

悪果　黒川博行

大阪府警今里署のマル暴担当刑事・堀内は、相棒の伊達とともに賭博の現場に突入。逮捕者の取調べから明らかになった金の流れをネタに客を強請り始める。かつてなくリアルに描かれる、警察小説の最高傑作！

狂王の庭　小池真理子

「僕があなたを恋していること、わからないのですか」昭和27年、国分寺。華麗な西洋庭園で行われた夜会で、彼はまっしぐらに突き進んできた。庭を作る男と美しい人妻。至高の恋を描いた小池ロマンの長編傑作。

少女七竈と七人の可愛そうな大人　桜庭一樹

いんらんの母から生まれた少女、七竈は自らの美しさを呪い、鉄道模型と幼馴染みの雪風だけを友に、孤高の日々をおくるが——。直木賞作家のブレイクポイントとなった、こよなくせつない青春小説。

誰もいない夜に咲く　桜木紫乃

寄せては返す波のような欲望に身を任せ、どうしようもない淋しさを封じ込めようとする男と女。安らぎを切望しながら寄るべなくさまよう孤独な魂のありようを、北海道の風景に託して叙情豊かに謳いあげる。

聖なる黒夜（上）（下）　柴田よしき

広域暴力団の大幹部が殺された。容疑者の一人は美しき男妾あがりの男……それが十年ぶりに麻生の前に現れた山内の姿だった。事件を追う麻生は次第に暗い闇へと堕ちていく。圧倒的支持を受ける究極の魂の物語。